U0675465

大舍

吕晓娟 /著

作家出版社

图书在版编目（CIP）数据

大舍／吕晓娟著 . -- 北京：作家出版社，2024. 10. --
ISBN 978-7-5212-3057-4

Ⅰ . I247.5

中国国家版本馆 CIP 数据核字第 20242LS256 号

大　舍

作　　者：吕晓娟
责任编辑：宋辰辰
装帧设计：意匠文化·丁奔亮
出版发行：作家出版社有限公司
社　　址：北京农展馆南里 10 号　　邮　　编：100125
电话传真：86-10-65067186（发行中心）
　　　　　86-10-65004079（总编室）
E-mail:zuojia@zuojia.net.cn
http://www.zuojiachubanshe.com
印　　刷：三河市紫恒印装有限公司
成品尺寸：152×230
字　　数：269 千
印　　张：24
版　　次：2024 年 10 月第 1 版
印　　次：2024 年 10 月第 1 次印刷
ISBN 978-7-5212-3057-4
定　　价：52. 00 元

作家版图书，版权所有，侵权必究。
作家版图书，印装错误可随时退换。

目录

第一章 会变魔术的房间

> 既然上天早有安排，让你们在笑寺相遇，不如就索性捆绑在一起，修一个负负得正。
>
> ——黑牙

1

北方的三月，名义上已经是春天，外面却还是寒风刺骨冰雪难融，光秃秃的树枝看不见一点绿。

黑牙裹着厚厚的棉袈裟，咧着一嘴的小黑牙，笑嘻嘻地领着江何走进笑寺。

昨天，他在一家烧饼店吃饭的时候，偶然听见江何在跟老板娘打听这一带有没有房子出租，便主动上前搭话，介绍起了笑寺。

今天江何来看房，他说，要是没有什么意外，当场就可以签约。黑牙笑呵呵地答应，却没想到，意外还是发生了。

江何跨入笑寺大门还不到一刻钟，黑牙招呼住在寺里的一位居士过来见个面。就在他们互相认出对方的一刹那，两人都好像中了点穴高手的招，当场陷入木僵。

江何认识那个人，不但认识，两人之间还有一些非常深刻、刺痛的渊源。

三年前，江何设计的沐光美术馆发生了一起天窗坍塌事故，五个站在天窗下面躲雨的人不幸被砸中，其中最严重也最不幸的，是一个名叫李磊的年轻父亲和他4岁的儿子核桃，两人当场身亡。

这个居士，名叫李巧，是李磊的妻子，核桃的母亲。

那起事故发生之后，本地新闻曾经有过大量报道，质疑工程的设计和施工问题，警察介入调查，专家组也及时展开专业评估和测算。结果，既没有发现设计和施工问题，也排除人为破坏的可能，最后只能将事故原因归结为当天反常的天气。毕竟本市有数据记载的百年以来，都没有过那天的大风和强降雨。这个结论出来后，没热闹一阵子，就不了了之了，只剩下事故的受害者和他们的家属仍然对此耿耿于怀，反复申诉，还自发组成了群体向设计和施工方问责。

有一天，江何被他们堵在事务所里面，情绪激烈地质问：

"江何，你只有高中毕业，职校学历，你凭什么当上建筑师？"

"那个姓胡的包工头，他又是怎么拿到的资质去建美术馆？"

"那些专家收了你们多少钱，才会帮你们开脱？"

"我儿子跟孙子当场惨死，你们几句话就甩锅老天爷！今天你要是不给我一个交代，我就跟你拼了！"

最后这句话，出自一位老太太。

江何清楚地记得，当时站在老太太身边的，就是眼前这个李巧。比起破口大骂、怒不可遏的老太太，她平静得多，也深邃得多。

和那天一样，今天的李巧依旧穿着墨绿色的大衣，既没有花纹，也没有装饰，胸前的扣子也没有扣，翻敞着里面的内绒，透着英气和飒爽。

这个身材高挑的北方姑娘，长眉乌目，淡然大气，但是此刻，在她注视江何的眼神中，惊诧不足，狠厉有余。

李巧不动声色地询问起了黑牙："师父，如果我没有记错，街道让您在这儿看房子，没说可以拿去出租吧？"

黑牙听完挑挑眉毛，故意拖长音调反问："出租？哪个跟你说我要拿房子去出租的？"

李巧回道："昨天您自己说的，还要签什么租房合同。"

黑牙嘿嘿一笑，再次露出满嘴的小黑牙，从怀里拿出一张纸，悠悠道："那你可能听错了。我这白纸黑字上面写的，江施主向本寺捐赠功德，今后他将会在此留宿，跟你一样，想住多久住多久！"

李巧从黑牙手上接过白纸，真是这么写的。

黑牙转过身去，双手合十，笑眯眯地对着殿内那尊小小的鎏金菩萨像，躬身说道："阿弥陀佛，菩萨在上，我笑寺庙小人少，位置偏僻，香火一直都不旺盛，若不是江施主及时出现，慷慨解囊，我和我眼前的这个傻居士眼看就要出去化缘讨饭了。请菩萨保佑这样的好人，让他将来福报连绵！"

李巧听得差点没背过气去，没好气道："保佑他？师父，您可知道他是谁？"

黑牙摆摆手，一脸云淡风轻："这半年，你跟着我学佛法，修觉悟，证无上正等正觉，我一直都在教导你，无论过去发生过什么，都要以慈悲为怀，善念为本，难道这些你都没记住吗？"

李巧被黑牙教训，咬咬牙辩解："我自然没有忘记，只是师父您也不要忘记，佛法亦不可沾染铜臭！"

黑牙板起脸，严肃道："你这是在质疑我吗？如果不想我生气，现在就去禅房抄一百遍《心经》吧！"

李巧无奈："师父……"

黑牙补充："再要多嘴，再加一百遍！"

李巧无语："……"

江何见李巧说不过黑牙，转过头来恨恨地看了他一眼，朝着禅房走去。

虽然黑牙坚持要把房子租给自己，但是江何心里还是莫名打起了退堂鼓。黑牙之前介绍过，说笑寺除了他，还住着一位女居士，因为丧夫丧子遁迹空门，结果没想到竟会这么巧。刚才认出她的一瞬间，江何心里还是狠狠揪了一下。

回想自己，三年过去，刚刚决心开始新生活，却发现不管怎么辗转腾挪，还是躲不开绕不过那起事故。江何不经意间地转过头去，看到供桌上那尊鎏金小菩萨，正悄眯眯地看着他，仿佛看透了他心中的苦涩和纠结。

菩萨啊菩萨，您这是在给我出难题，想看看我究竟怎么应对眼前的窘境吗？

2

见江何犹豫，黑牙这才坦白，之前江何说他设计的美术馆出了天窗事故，他就已经猜到他和李巧有这层联系。

黑牙说："我坚持要把房子租给你，看中的也是冥冥当中的这层缘分。不管怎么说，你和李巧迄今为止都没有从心结当中走出来，执念太深，难以自拔。既然上天早有安排，让你们在笑寺相遇，不如就索性捆绑在一起，修一个负负得正。"

江何听完，纠结道："这……"

黑牙见状又劝："天色不早了，如果一时难以抉择，不如先在这里住一晚上，亲身体验一下，看看到底要不要留在这里？"

这天晚上，江何就在笑寺住下了。结果没有想到，他睡得格外香甜和踏实。直到第二天日过晌午，才意犹未尽地从床上爬起来。

自打天窗事故发生以来，江何很久都没有睡过这么好的觉。那些备受煎熬的夜晚，只要能睡着，就算做噩梦，他都觉得是恩赐。更多时候是睡不着，或者睡着了爬起来梦游，早上醒来，手上脚上全是血呼刺啦的伤口，却又不记得昨天夜里去了哪里，见过什么人，做过什么事。梦游症发作最严重时，江何一个月暴瘦几十斤，不熟的人还以为他染上毒瘾，或者得了不治之症。

昨晚在笑寺的那种睡眠，真是久违了。黑牙之前开玩笑说，笑寺会成为江何的福地，难道真被他说中了？

不过，江何有点困惑，为什么他会给一座寺院取名为笑？佛家不是最喜欢说苦？人生有七苦，人人都要根据自身的命运和能力，去承受不同的苦……笑寺，当然要比苦寺好听一些，比哭寺、悲寺、伤寺、痛寺都要好听很多。

记得母亲临终前，也是笑着走的。昨天晚上在梦里，江何又一次回到了母亲的病床前，母亲笑着叮嘱他，说："江何，这辈子你无论如何都要成为一个建筑师，自己给自己建造一个家。"

母亲留下了这样的遗言，然后撇下他走了。

那一年，江何26岁，虽然已经成年，却依旧觉得天都快要塌了。好在母亲留下了这句话，让他这个惊涛骇浪中的落水者，有了一块足够容身的甲板，挣扎着爬上去，艰难地存活下来。

当时江何下定决心，既然要当建筑师，那就要造最大的房子，花最多的钱，用最好的装饰，请最厉害的工匠，所以开办事务所的时候，他就直接起名叫大舍。大舍建筑事务所成立之后，刚开始也是用小项目养家糊口，但只要一有机会，他们就去参加各种大型项目竞标。第一次拿下沐光美术馆这种体量的项目，最终却以事故收场。

这三年来，事故发生后的震惊和惶恐萦绕不退，不管外界如何评价，内心深处江何依旧牢记母亲临终前的嘱托，紧紧抓住属于他的那块甲板。曾经的同事离他而去，铁搭档胡海不见踪影，天窗事故受害者还在紧盯着他，房地产行业也进入转型周期，如此形势之下，江何想要重新开始，并不容易。

想来想去，最后他决定回到他来时的地方，西郊那片老城区，找一处地方，哪怕只有自己一个人，也要让大舍建筑事务所重新活过来。

西郊的老城区，是江何和妈妈最初离开外婆家，第一次到外面独立租房的地方。这里鱼龙混杂，市井烟火气十足。青砖灰瓦的平房中，偶尔有几栋新盖的三四层小楼，更多的是不讲规则的私搭乱建。有些横空出世、别出心裁的搞法，让建筑师见了都不得不佩服高手在民间。

在小时候经常吃的烧饼店打牙祭，江何原本只是想随意打听一下，却遇到了热心跟他安利笑寺的黑牙师父。

黑牙说，笑寺很古老，破是破了一点，但是有好多间房子，除了大殿和藏书阁，还有斋堂、禅房和茶室，东西厢房也保存完好，光层高就有五米多，非常适合江何要经营的大舍建筑事务所……

江何听黑牙说得起劲，回想起自己小时候在这一片居住，有一座废弃的古宅，是孩子们的玩耍天堂。

黑牙只好承认，如今的笑寺就是那座废宅。早些年，他云游至此，一眼相中这块风水宝地，便在里面住下。因为他的热心打理和修葺，废宅渐渐有了烟火气，他就用毛笔在木牌上写上"笑寺"二字，挂在山门门头上。四邻乡亲见状，没事都喜欢跑来上香礼佛，因为他热心布道，弘扬真善，邻里关系越发亲和，街道居委会也就睁一只眼闭一只眼，由着他甚至鼓励他在这里住下。

江何一听正是那座熟悉的宅院，便想过来看看，跟黑牙约了次日下午。却没想到，那位不曾谋面的女居士，竟然就是李巧。

江何起床后，看到外面天气不错，昨晚睡得太好，今天状态也好。他便穿上衣服，准备出门转一圈，好好看看这座古宅。

在并不平整的石板路上踏起步来，江何用了不到一刻钟，就把里外转了一遍。院子不大，总共只有两进，估摸着占地三四亩。

山门是在那条古韵犹存的老街上，是一座小殿。原先可能也有彩绘金瓦，现在基本都已经掉光，一侧的檐牙还缺了一个角，像一个豁牙的老汉。门头上挂着一块破木板，张牙舞爪地写着两个大黑字——笑寺，乍一看并不觉得违和，反倒还有一种特别的遗世独立范儿。

穿过小殿门，沿着石板路往里面走，中轴线上依次是大雄宝殿和藏经楼，都是黑牙用毛笔写的木牌挂在上面。

从这些建筑屋脊和屋角起翘方式，江何判断很有可能是明代中晚期所建，屋脊上面还有一些残存的瑞兽，虽然被风化腐蚀得非常厉害，但也说明在很多年前，这里很可能跟皇家有关。两座建筑的屋顶上都长满荒草，屋檐下结满蛛网，早就看不出来曾经的鱼鳞覆瓦、柏木檩条，彩绘雕刻也灰暗斑驳、了无生气，有些地方甚至开了巨大裂缝，墙上留有雨水冲刷过的痕迹。

围绕两座正殿，院子四周依次排布着东西厢房、禅堂、茶室、斋堂、库房等几座小建筑。这些房子的立面也都很破旧，像极了风烛残年的老人，却又苍松劲骨地挺立着。

江何一直都对传统古建感兴趣，却又没有接触和实践的机会，能住在这样的房子里亲身感受，是个不错的体验。

一圈逛下来，好感度拉满，正在纠结要如何抉择时，一个明晃晃的东西忽然在他眼前狠刺了一下。

江何赶紧抬手挡在额前，快速向旁边移了一步，这才看清楚，那是一把磨得霍霍发亮的柴刀！

柴刀此时正拿在李巧手里，她就站在走廊尽头，虎视眈眈地看着江何。

江何一愣，心里飞速想着，她这是要干吗？冲上来砍死我，给丈夫和儿子报仇吗？那我是跑呢还是不跑呢？

四目相接时，两个人谁都没有动。

好大一会儿，茶室里传来黑牙的声音："巧！你在走廊上面杵着干吗？还不快去砍柴点火生炉子，我等着烧水泡茶！"

李巧这才像神游归位一般，口中喃喃回了一个"好！"字，狠狠瞥了一眼江何，转身下廊朝后院走去。

江何感到后脊背一阵发凉，不禁有些怀疑，刚才李巧定住的那几分钟，心里是不是已经将他大卸十八块了？

黑牙又在斋堂喊了好几声江何，他才反应过来，黑牙叫他进去喝茶。

江何刚走进斋堂，黑牙就迫不及待说道："我说这笑寺就是江施主的福地，这话说得真是一点儿都没错。"

江何心想，刚刚走廊上才发生了那一幕，这个结论他是怎么得出的？

黑牙照例咧着那一嘴的小黑牙，笑嘻嘻地跟江何说道："你相信我，我这张嘴可是开过光的。"

江何想听听他到底怎么想的，于是问道："师父您有什么还请明说？"

黑牙又眉飞色舞地说了起来："你猜怎么着，今天一大早，我到人家里去帮人超度，得知那家的先人临终之前留下一个遗愿，要他的小孙子改造他们现在住的房子。我看那家的房子不大，虽然您的事务所叫大舍，但眼下您只有一个人，就想着赶紧回来问一问，您有没有兴趣过去接洽一下？"

自打天窗事故发生以来，三年了，江何都没有正儿八经工作过。一阵兴奋涌上心头，江何忙道："当然有啊！"

话音落下时，他好像已经听见自己心脏怦怦直跳的声音，不由得握紧了拳头。

3

江何怎么也没有想到，自己摩拳擦掌、满怀期待见到的第一位业主，居然是一个年纪还不到 14 岁的小男孩。

黑牙只说了他的小名叫小树，却没说他是一个小孩儿。

江何跟小树面对面坐在沙发上，见他体形瘦小，却有着一头圆寸，皮肤黝黑，人如其名，活像一棵小树。

只是这会儿，小树因为外公离世，情绪不高，目光呆滞，显得十分茫然和伤感，桌上还摆着一份写有他名字的房产证。

小树名下的这座房屋，在笑寺旁边的一条小巷内。房屋坐北朝南，青砖灰瓦，格外破旧。室内不到 50 个平方米，搭有阁楼，将南边窗户的光线挡了个七七八八，导致房间内部昏暗闭塞，白天也需要开灯。房间里的家具也都是老式花样，厚实笨重，颜色发黄。杂物和纸箱随意堆砌在地上，只留下一人宽的狭长过道。正门前的案几上，摆放有一张老人的遗像，还有香炉、蜡烛、菊花等物品。

江何见小树一直不开口，先主动介绍了一下自己，然后又问道："我听黑牙师父说，你外公临终前让你翻修这座房屋?"

小树有气无力地点了点头，从裤兜里掏出一张银行卡，说："这是我外公留给我的工资卡，他说里面有20万元，用这些钱改造这个房子。"

江何没有去接那张卡，而是善意地提醒："你先把卡收好，在我们达成合作意向，正式签订设计合同前，我都不会收你一分钱。"

小树张了张嘴，想说什么，但也没有说出来，默默把卡收了回去。

江何又坦诚说道："说真的，我做了十几年的建筑师，今天还是头一回遇见你这么小的业主，心里挺高兴的。我想多了解一些修房子的事情，能请你说说外公去世前都是怎么跟你交代的吗?"

小树因为江何的话略微放松了一些，开始回忆起来："上周六，我外公去世前一天，他忽然精神很好，让我扶他出去走走。这半年，外公身体一直不太好，卧床不起，我见他难得起来，就扶他绕房转了一圈，然后在对门那个台阶上，外公拉着我坐下，跟我聊起了修房子的事情。"

江何顺着小树手指的方向，通过门口看到对门的台阶。想来那天，这一老一小就是坐在那边说话。

小树说："外公跟我说，他今年已经73岁了，这个房子是他

30岁那年盖的，现在也有43岁了。他老了，这个房子也老了。他想趁着还有一口气，要翻一回新。"

江何明白过来，小树的外公大概是想趁着还有精神头，好好安排一下孙子接下来的生活，结果没想到当天夜里就撒手人寰，心愿也变成了遗愿。

江何扫了一眼昏暗的房间，这个家里难道就只有一老一小两个人吗？他好奇问道："那你家里还有没有别的大人，他们都是什么意见？"

却没想到，小树立即迅速又笃定地回道："他们没有意见。"

江何问："他们同意让你一个人在这里生活？"

小树点头："嗯哪。外公走了，以后我就一个人过。"

江何又说："在我看来，你还是一个孩子。"

小树道："我可以照顾好自己。"

江何又问："没有大人在你身边，你打算怎么生活？"

小树道："和之前一样，吃饭，上学，睡觉，考大学，我爸爸妈妈会给我生活费。"

江何还是追问："那你一个人不害怕吗？"

"我不害怕。"小树眨巴眨巴眼睛，摇了摇头，有些倔强地说道，"虽然我今年只有13岁零8个月，但我7岁就上过电视，帮助警察叔叔抓到拐卖我的人贩子，电视台的记者还过来采访，就坐在你现在坐的位置。9岁的时候，我回到这里，跟我外公两个人一起生活。外公年纪大，身体不好，平时都是我在照顾他。"

江何听小树一口气说下来，露出了惊讶的表情："没想到你小小年纪，经历这么丰富，看来我的担心都是多余。"

小树再次笃定又坚决道："我可以一个人生活。"

江何想了想，又问："那对于要建的房子，你有没有具体的想法？"

还没待小树开口，门外就传来一个清脆又犀利的声音："小孩子家家的，对于建房子能有什么想法？"

江何跟小树同时转头，看见一位身穿黑色西服套装、手拎爱马仕包包的中年女性从外面走进来，跟在她身后的还有穿着深色外套的李巧。

"妈妈……"从小树的称呼中，江何知道了她的身份。

树妈妈进门以后，始终瞪着眼睛，一脸严厉地斥问小树："你昨天在殡仪馆怎么不跟我说外公给你留了钱和遗愿？要不是李巧阿姨给我打电话，你还要背着妈妈把这个房子拆了重盖不成？"

李巧安静地站在树妈妈身后，用深邃又淡泊的眼睛看着江何，倒是很有一种不言而喻的压迫感。

小树并没有被妈妈的强势镇住，反而有理有据地辩驳："为什么不可以？外公给我留了钱，交代我这么做，房产证上写的也是我的名字。"

树妈妈气不打一处来："你才多大年纪？把你能耐的！外公要把这个房子留给你，我也拦不住。可是，你现在的重点不是干这个，你要上学，好好学习，考上大学。我正在托人让你去寄宿制的国际学校插班，等办好之后就送你去上学。"

小树听完当即反对："我不去！我现在的学校很好，老师和同学都很好，这个社区也很好，还有黑牙师父和李巧阿姨陪我玩。我就住在这儿，哪儿也不去！"

见小树越说情绪越激动，树妈妈并没有改变主意，依旧板着脸，不由分说道："我不是来跟你商量的，你外公不在了，我工作忙，没有时间照顾你，由不得你胡闹。"

她说完又转头看向江何，一副盛气凌人的模样："还有你，李巧已经跟我说了你的事情，你盖的房子塌了，有争议和污点这些我不关心，但是我家的房子绝不会交给你改造，没有什么事你就请回吧！"

江何并没有被她的气势镇住，反而有些不紧不慢地回道："不好意思，我是业主请来的建筑师，除非业主让我走，不然我就在这儿。"

树妈妈一愣："你……"

她在江何这儿碰了软钉子，一旁的小树也不说话，江何坐着不动，她竟拿他们一点儿办法都没有。

李巧见状，只好走到小树面前，把江何因为天窗事故至今仍有争议的事情跟小树如实说明，希望小树慎重考虑找他当建筑师。

小树一边听，一边用狐疑的眼神看了看江何，又用同样的眼神看了看李巧，然后问道："那既然是这样，黑牙师父不知道吗？如果他知道，为什么还要把他介绍给我？他还一再跟我保证，说他一定能帮我造出我想要的房子。"

李巧气结："这……"

这时门外忽然响起掌声，黑牙咧着一嘴的黑牙，笑嘻嘻地走进来。他上前摸了摸小树圆滚滚的脑袋，赞赏地说道："小树呀小树，没想到你的小脑袋瓜转得挺快，一个问题就把你李巧阿姨问住了！"

江何看到，跟在黑牙身后走进房间的，还有两大一小三个人。

小树一脸惊讶地说道："爸爸、阿姨，还有糖豆，你们怎么也来了？"

4

其实不用小树问，在场的人也能看出来，树爸爸一家是黑牙找过来的。

刚才李巧得知黑牙把江何介绍给小树，准备帮他改造房子，出于对江何工作能力的质疑，她赶紧给树妈妈打了电话，让她马上过来处理此事。

黑牙对小树一家的情况也很了解，知道树妈妈的为人处世风格。他既然给江何介绍工作，就帮人帮到底，于是又将树爸爸找了过来。

树爸爸了解完情况，立即批评树妈妈武断专横，就像所有离婚失和的夫妻，两人见面没说到三句话，就开始夹枪带棒，话中带刺。

树爸爸希望树妈妈能尊重小树的意愿，同时也是外公生前的遗愿。树妈妈却指责树爸爸再婚后一心扑在新家庭上面，对小树疏于照顾，既然这么关心和尊重儿子，为什么不干脆把这个房子好好修一下，一家人搬过来，陪小树到他考上大学不好吗？树爸爸现任的妻子听完也站出来，表示他们的小女儿马上就要上小学，好不容易才买到学区房，安顿下来没多久，自然不能搬家。她还反问树妈妈，说女人的天职是母职，你也是个母亲，你怎么就不能为儿子做一点点牺牲？……

几个大人陷入争吵，小树夹在中间，像个皮球一样被他们踢来踢去。

江何见小树默默坐在沙发上，头深深耷拉到胸前。他很想带他离开房间，这些话根本不该让他听到。

就在江何准备这么做时，小树突然从沙发上站起来，冲着三个大人吼道："你们不要再吵了！这里是我家，我不欢迎你们在这里吵架。"

小树说完，一头扎向门口，头也不回地跑了出去。

吵得焦头烂额的三个大人见此情景，忽然安静了下来，面面相觑，不知所措。

黑牙见状，立即喊江何，让他去追小树，说他大概会去笑寺的后院，然后拉住李巧，让她陪自己安抚小树的父母。

笑寺的藏经阁后面原本还有一进院子，很多年前毁于一场大火，现在是一片荒地。江何一进去，就看到小树正蜷缩在一块石板后面，正低着头玩一种可以变形的魔术盒子。

江何走到他身旁，递了一张纸巾给他，见小树气呼呼的样子，开口劝道："刚才你爸爸和妈妈说的那些话你不要放在心上，我现在有些理解你为什么想一个人生活了。"

小树接过纸巾，把脸上的泪痕擦净。

江何又说："不过你发现没有，你妈妈虽然厉害，爸爸也有了新家庭，但他们听说了你的事，马上就放下手头的事情赶了过来，他们还是很关心你的。如果一定要你在他们中间选一个，你会选择谁？爸爸还是妈妈？"

小树鼓着腮帮子，幽幽地说道："我一个都不想选，谁都不想跟。"

江何无奈道："咦？你一个小孩子家家的，干吗总是把话说得这么绝？"

他说着揉了揉小树的脑袋，但看到他板着小脸，愤愤不平的样子，还是不忍心，又问道："我真的很好奇你爸爸妈妈是怎么把你给得罪了，让你这么烦他们？"

小树一边摆弄着手里的魔术盒子，一边跟江何说："我之前跟你说过，我小时候被人贩子拐走。那天，就是因为爸爸和妈妈吵架，我很害怕，一个人跑到外面，看到魔术师在街头表演，一路跟着看，走着走着，就走丢了，天太黑也找不到回家的路，被一个'好心'要送我回家的叔叔拐走。"

江何惊讶："那后来呢？"

小树道："后来我被卖到了农村，在一个家里当儿子。他们倒是对我挺好，还有三个姐姐，整天给我做好吃的。起初我也没想跑，后来因为我在电视上看到我外公外婆，他们举着我小时候的照片，到处找人打听。我才知道他们一直在找我，就趁着那家人晚上睡觉，偷偷跑到镇上的公安局报案，警察叔叔根据我的描述抓到了人贩子。"

江何点点头，又问："那之后你就跟你外公外婆一起生活了？"

小树道："没有，刚开始跟着我妈妈。妈妈说，我丢了以后，她就和爸爸离婚了，爸爸有了新阿姨，阿姨还生了妹妹，所以我只能和妈妈在一起。妈妈平常工作忙，顾不上我，所以没过多久，我又被她弄丢了。"

江何惊讶，忙问："呃？那你怎么办？"

小树道："外公给我买了小灵通，我给外公打了电话，让他来接我。"

江何问："外公发现妈妈又把你弄丢了，一定很生她的气？"

小树有些难过道："他狠狠骂了妈妈一顿！外婆还打了我妈妈，打在她的脸上，留下五个红红的手指印。我从来都没有见过外婆那么凶，她就好像变了一个人，眼睛都红了，跟妈妈像仇人一样。"

江何刚才见过树妈妈，对她的犀利有所领教，很难想象她会被自己的父母谩骂殴打，于是又问道："你妈妈和你外公、外婆的关系不太好吗？"

小树摇摇头："我不知道。半年前，外公带我去办理房子过户手续，他说那个房子本来不该给我，也不该给我妈妈，他说我还有一位大舅，可惜很早就没了。"

江何问："意外去世了？"

小树道："外公说，有一年过新年，外婆给大舅做了一身新衣服，没有给我妈妈做。妈妈气坏了，就跟外婆大吵了一架，然后离家出走，半个多月没有回来。大舅怕妈妈在外面出事，就出去找她，结果路上出了意外。"

江何微微张了张嘴，没想到小树除了被拐，原生家庭还有这样沉痛的往事。

小树见江何没说话，开口问道："江叔叔，你说这个世界上真的有魔法吗？"

江何想了想，道："我不知道这个世界上有没有魔法，不过，如果可以让你拥有一样魔法能力，你想要什么？"

小树道："只能有一样吗？我想要好多！"

江何道："只能有一样。"

小树于是说："那就，让时间倒流吧。我可以去跟我外婆说，请你对我妈妈和我大舅一样好，也可以去跟我妈妈说，请你不要离家出走，这样大舅就不会死了。"

江何听完很感慨，道："如果时间真的能倒流，说不定你就是一个幸福的孩子了。"

小树点点头表示认同，又道："那天，我妈妈被我外婆打了，晚上我们回到家里，我妈妈把自己关在房间里，后来还哭了。我听到她边哭边跟别人打电话，说她来到这个世界，不是在服役，就是在受刑，说她觉得这个世界无比丑恶，等到有一天我长大了，我也会知道这一点。"

江何不禁问起："那你现在觉得这个世界无比丑恶吗？"

小树摇摇头："我不觉得，至少我现在还不觉得。可是，我妈妈说，我和所有人一样，总有一天都要接受这一点。"

江何叹了口气，虽然他和小树一样，原生家庭也不完整，但至少自己的母亲从未说过这样的话。

停了一小会儿，江何又问："说了这么多你妈妈、外公和外婆，也说说你爸爸吧？"

小树道："我妈妈说我爸爸是一个好人。"

江何问："好人？为什么？"

小树道："我跟妈妈在一起生活不顺利，也搬到爸爸家里住了一段时间。不对，是爸爸、阿姨和糖豆的家。"

江何问："不是你的家吗？"

小树直摇头："才不是呢！那个家是粉红色的，充满鲜花、糖果、毛绒玩具，还有蕾丝，就像公主的城堡，阿姨是大公主，糖豆是二公主！"

江何问："你和爸爸是他们的骑士？"

小树道："骑士的家才不是粉红色的，也不要到处都有毛绒玩具和蕾丝，我想变魔术给他们看，得有足够的场地和空间。"

江何问："爸爸不让你在他家变魔术？"

小树沉下脸道:"也不是。是有一次我差点把爸爸的家烧了。"

江何问:"爸爸生你气了?"

小树道:"爸爸没有,但是阿姨有。"

江何问:"所以,你也不想住在爸爸家?"

小树道:"为了爸爸,我可以不玩魔术。但是,我不住在爸爸家,是因为我害怕把糖豆弄伤了。"

江何忙问:"怎么回事?"

小树解释:"那年过年,爸爸为了奖励我把魔术道具都扔了,给我买了一捆魔术弹,我带着糖豆出去玩。结果,有一枚魔术弹从后面喷出来,刚好击中了糖豆胸口,把她崩得一连后退好几步,然后晕倒在地上。我记得阿姨哭着从房子里面冲出来,爸爸也慌里慌张抱起糖豆,他们连门都没有锁,就冲到小区外面打车去了医院。"

江何关切:"他们也把你忘掉了?"

小树难过地点头:"我在雪地里坐了好半天,后来自己爬起来回了家。"

江何终于理解了小树的固执和决绝,原本还想劝他接受父母的话再也说不出口。如果换成是自己,也会做出跟他一样的选择吧。

"我只知道,爸爸的家,妈妈的家,都不是我的家。"小树收起一直拿在手上的魔术盒子,从地上站了起来,拍拍身上的尘土,望着笑寺外面那一片残破的民房,说,"我真的哪里也不想去,我的家就在这里。"

5

人不管走多远，天涯海角，世界尽头，心里只要认定了某个地方有自己的家，即便遇到再多的坎坷，再大的诱惑，也不容易跑偏脱轨。

当年，江何像小树一般年纪大小时，也曾经认定，自己和妈妈居住的那间出租屋就是他们的家。若干年后，当他经历挫折、指责、背叛和分离，再次回到这里，他还是能找到回家的感觉。

江何深深理解小树想要留在这里的愿望，只是他现在这个年纪，要将愿望变成现实，阻碍还真是不少。

天色越来越暗，江何估计黑牙和李巧已经劝走了小树爸妈，便提议先送小树回家，房子的事还需从长计议。

两人刚走到路口，就看见小树家的房子亮亮堂堂，屋里有忙碌的身影，厨房烟灶上烟雾缭绕，一阵阵饭菜的香味扑鼻而来。

凑近一看，不是什么田螺姑娘，而是当初从人贩子手上买下小树的那一家人来了。

大花、二花和三花正在帮着母亲做饭。小桌上已经摆满了饭菜，每一盘都分量十足，有炒鸡、把子肉、壮馍、煎饼卷大葱等，养母的脸被灶上的热气熏蒸得红扑扑的，锅里还烙着比盘口都要大的韭菜合子。

原本蹲在地上抽旱烟的养父一看到小树进来，立即兴奋地冲了出来，像看到亲生儿子一样激动地跟他打招呼。养母和三个女儿也围了上来，他们听说小树外公去世，因为担心所以赶来，他们的关切让小树情不自禁地哭了。

比起亲生父母，这些没有血缘关系的人反倒更加亲昵和体己。

养父母热络地招呼小树和江何上桌吃饭，这些粮食和蔬菜都是他们自家地里长的，鸡也是大花养的，这些菜都是小树从前最爱吃的。

自打外公生病以来，小树好久没在家里吃过这么热乎的饭菜，开心地敞开肚子大快朵颐。江何也沾光饱餐了一顿，还装了一篮子煎饼卷大葱、韭菜合子带回去给黑牙和李巧。

那天晚上，江何甚至想象，在不到50平方米的小空间，要让一家六口过得舒坦，平均每个人还不到10平方米，除了安排足够大的公共空间，还得做出三室一厅……

第二天起床，江何打算再去看看小树，结果一打开西厢房门，就看到李巧候在门口。

江何看她一副面无表情的样子，故意逗道："你这是……在偷窥我吗？"

李巧并不接招，眼睛都不多眨一下道："我答应小树妈妈，帮她盯着你。你要是敢乱来，我第一个不答应。"

江何故意开玩笑道："那你是准备继续游说黑牙师父赶我走，还是直接拿刀砍我？"

李巧不想跟江何废话，昨天晚上她去找过小树，听说了两人在后院的谈话经过，倒是有一些意外这江何居然还是个知心大哥哥。不过，知人知面不知心，李巧并不确定江何和善的外表下潜藏着怎样的心思，所以决定盯紧一点。

江何见李巧不说话，便道："随便你！想盯就盯吧，反正你也不太爱说话，我就当多带了一只乖巧的小狗。"

李巧白了一眼江何："我看你才是那个需要拴好脖圈的恶狗。"

两人一路无话，来到小树家的门口时，刚要推门进去，却听见屋里传来养父兴奋的声音："我家德旺长大了！我家德旺成男人了！哈哈哈哈！"

德旺是他们从人贩子手中买下小树后起的名字。昨天吃饭时，小树见他们都这么叫，好几次开口强调说自己的名字叫束正风，小名小树，希望他们不要再叫他德旺。他们嘴上答应，却还是没有改过来。

养母见江何和李巧进来，赶紧拽了拽养父衣角，小声说："快别喊了，叫外人瞧见，德旺该不好意思了！"

"啥不好意思？咱村大小伙儿不都这样！"养父大大咧咧，把刚刚举在手里的东西塞给大女儿，说："大花，你去帮德旺洗了，怎么能让男人干这活？"

江何这才看到，养父塞到大花手里的是一条内裤。

小树的脸瞬时红到了脖子根，想要阻拦却被养父拉住。大花也满脸通红，接过内裤低头小跑进了厨房，打开水龙头哗哗冲洗。

等江何和李巧带着小树去烧饼店，这才从小树口中得知原委。

原来小树今早睡醒，发现内裤上面黏黏的。生理课上老师教过，这叫作遗精，是这个年纪男孩的正常生理现象。

小树担心家里人多，偷偷把内裤脱下来，拿去卫生间清洗。结果被养父撞了个正着，不但把他的内裤抢走，还像宣扬功绩一样在家里四个女人面前大肆宣扬。

江何想起，昨晚饭桌上，小树养父还曾提起，既然小树不能给他们家当儿子，他想把大花许给小树，将来当女婿，里外一家亲。江何见小树面露尴尬，替他回绝，说他们现在一个还不到14岁，一个才17岁，谈这些太早了，现在年轻人都讲究自由恋爱，早就不讲父母之命媒妁之言……养父说不过江何，只好搪塞说他信口胡说，不要往心里去。

他们是没有往心里去，可是养父心里却还在惦记着。

江何问小树："和你养父一大家子住在一起，你的感觉怎么样?"

小树叹了口气，说："其实他们也不是第一次来这里了……"

李巧听完想了起来："对了！之前听你外公跟黑牙师父下棋时说过，你那养父因为买卖人口罪刑满出狱后，曾经带着你的养母和三个姐姐来找过你。"

小树忙道："没错，那次外公本来不想让我再跟他们扯上关系，还打了110叫来警察，结果东拉西扯时，我看到养母和三个姐姐一直护在手里的布袋掉在地上，里面装的都是我爱吃的东西。"

江何问："所以你就把他们留下来了?"

小树点点头，又很无奈道："不过，没两天我就后悔了。养母和三个姐姐都很好，她们平常不怎么说话，干活勤快，总是把房子收拾得干干净净，还会给我们准备很多好吃的。主要是养父，他本来就有很多坏习惯，在监狱里又学了不少新招数，整天游手好闲，坑蒙拐骗，净惹麻烦。"

李巧说："我听说你养父有一次还偷拿了笑寺的供果，被黑牙师父看到训了几句，夜里就翻墙进来砸了斋堂的窗户?"

小树说："这只是其中的一件……那段时间，我跟我外公只要一出门就会遇到告状的，天天跟人赔礼道歉，养父还屡教不改，胡搅蛮缠。最后，外公气坏了，发了大火，才让他们一家子都回去了。"

江何有些失望道："原来是这样!"

小树也有些沮丧道："虽然养母她们对我很好，但是在很多想法和观念上，我跟她们差异很大。我现在还只是一个小孩，说服不了她们，也照顾不了她们，所以我也不想和她们在一起生活。"

6

一连几天，养父一家在小树的房子里住下之后，竟然没有要走的意思。

以前这个家有外公做主，现在小树一个人势单力薄，又不想借助爸爸妈妈的帮助，实在有些头疼。李巧见状，决定帮小树将他们"请"走。

当着养父的面，李巧故意跟小树吹嘘，说笑寺那尊鎏金小菩萨如何如何金贵，而且就放在正殿，平时无人看管，谁想拿尽管可以拿。

小树的养父是一个惯偷，听了这些话，怎么可能不眼馋心动。但是，鉴于之前的教训，他一直犹豫，迟迟不敢下手。

已经决定在笑寺住下的江何，在一旁默默看着，见事情毫无进展，便不动声色地添了一把火。

他趁着养父到笑寺蹭斋饭的当口，假装接到了一个古董商人的电话，大谈小金佛的价钱。养父听得真真的，下定决心动手。

当天晚上，养父拎着一瓶50多度的高粱白，到寺里找黑牙喝酒，很快就把老和尚灌醉，不费吹灰之力偷到了小金佛。

回家之后，他马上敦促妻子和女儿收拾行李，又跟小树撒谎说家乡有急事，明天一早必须回去。

第二天，等黑牙宿醉酒醒，头疼欲裂中想起，昨天迷迷糊糊好像看到小树养父拿走了小金佛，赶忙爬起来跑到正殿。

结果，小金佛依旧完好无损地摆在那里，正眯着眼睛看着黑牙，搞得他真叫一个丈二和尚摸不着头脑。

事实上，昨晚养母打包时，小树佯装不小心打翻了行李，手疾眼快调了个包。等到养父在火车上兴高采烈地打开行李，却发现里面装的只是一块石头。

送走了养父母一家，江何跟小树又坐了下来，准备再好好谈谈房子的事。

江何现在知道，除了去世的外公，小树身边还有妈妈、爸爸、阿姨、妹妹，还有养父母以及三个姐姐，他不是一个人，可是，他却铁了心地想要独自生活。

江何劝道："小树啊，你为什么不去求一求你妈妈，让她回来陪你一起住？你妈妈虽然有些严厉和强势，可她也是爱你的，而且她也很可怜，她其实也没有家。外公把家给了你，你为什么不能主动接纳她？"

小树听完之后，有些难过地重复了江何的话："妈妈其实也没有家……"

泪水在他的眼眶里不停地打转，可是，没过一会儿，他抬起手抹掉了眼泪，有些恨恨地说道："虽然妈妈也没有家，可是，她是一个成年人，她怎么可以觉得这个世界很可恶，就让自己的孩子去接受这样的世界？她是一个成年人，她为什么不去做些什么，来改变这一切？她是一个成年人，为什么你还要一个孩子去主动接纳她？"

小树一连串的发问，江何听完也很愕然，不知道该如何回答。

他忽然觉得自己不该再继续质询小树，甚至不该追问他，真的做好准备了吗？到底知不知道独自生活意味着什么？有没有足够多的方法，能够去面对生活中随时随地会出现的风险和不确定性？

很多年前，像小树这般年纪时，江何心中也曾有过跟他一样的呼唤。虽然他身边还有母亲，可是说到底，他是一个单亲家庭的孩子。在周围人的闲言碎语和异样眼神中，江何同样经历着与小树相似的心路历程。

一个害怕的小孩努力想要睁开眼睛，想要独立前行，面对生活，探索世界。而他的内心深处，还掩藏着不安，压抑着愤怒，还有许许多多的不甘和委屈。如果把这些全都归咎于大人，怪罪于生活，那他将永远都是一个睁不开眼睛，看不见真实的孩子。

要想从一个孩子成长为大人，首先要让他看到的，就是生命当中有的是选择，而选择的主动权就把握在他自己手里。

想到这里，江何忽然意识到，他想给小树做一个什么样的房子。他郑重道："小树，既然如此，我决定接受你的委托，为你造一个房子。"

7

方案设计完成之后，江何带着小树分别会见了他的父母，耐心说服了他们。

李巧看到草图以后，一向冷淡的表情似有所动。江何本以为她又要找麻烦，结果她却破天荒地什么都没有说。江何知道自己的创意还算不错，但究竟能不能改变李巧对他的态度，还很难说。

正式动工前，江何还是遇到了麻烦。

因为小树手头的钱不多，再加上爸爸妈妈给的一点支援，想要找一支专业的施工队就很难再买好一点的材料。最后，江何还是决定买好材料，可东拼西凑找来的临时工根本不按图纸施工，还强词夺理，不接受指正，气得江何差点吐血。

就在他焦头烂额时，一个叫乌龙的小伙子及时出现。

二十出头的乌龙，年纪轻轻却已经在工地上干了五年活。他身高一米九，人高马大，因为长期从事体力工作，体格健壮，浑身都是腱子肉。他大步流星地走进施工现场，主动跟江何打招呼，握手时江何能摸到他的手掌布满老茧。

乌龙说："我刚刚在隔壁修防水，听见你们这边吵架，混凝土的事我有一些经验，不知道能不能让我试试，做不好也不要钱？"

江何当时就预感乌龙可以，结果也不负所望，便想将整个项目都交给他。

乌龙开的价钱也很合理，工期都在预算范围内。

不仅如此，他还会跟江何一起想办法优化设计，寻找更加便宜的方案。不但雪中送炭，而且锦上添花。

一个月后，房子基本重建完成。

收房那天，小树早早赶到笑寺。他背着双肩包，穿着天蓝色的中学生校服，笑起来一口好看的小白牙，比江何第一次见他时精神许多。

江何邀上了黑牙，毕竟这个工作是他介绍的。李巧这段时间也经常往工地跑，说是监视江何，帮小树把关，但只要碰到现场忙不过来，也会卷起袖子下手干活。

江何每每震惊于李巧的勤快和能干，眼里有活，做起事情有模有样。他记得李巧以前和丈夫一起开了一家面包店，自己当老板又是面包师，开门迎客，打理生意，所以性格相当独立。

有时候，江何也会忍不住感慨，若不是那起事故，李巧现在和她的丈夫、儿子应该也会在一起开心地生活吧。

收房这天，他特地嘱托小树，让他叫上李巧一起。

这天一大早，一行人喜气洋洋地穿过胡同来到小树新家门口。新家的外立面与之前相比变化不大，依旧保留了这片统一的青砖小灰瓦，只是新了一些。

开门之前，江何故作神秘道："小树，你平常给别人表演魔术的时候，开场白一般都怎么说？"

小树想了想，答："我一般都会说，让我们一起来见证奇迹！"

江何于是将家门的钥匙交到小树手里，郑重道："那就由你来开门！带我们一起见证奇迹！"

小树看了看手上的钥匙，有些紧张，又充满期待。他将钥匙放进锁孔。旋转。啪的一声，门打开了。

一个空空如也的房间出现在眼前。

小树不解："咦？这怎么是个空房间呀？"

"呃……"江何赶紧上前一步，一看果真，慌慌张张将门带上，道，"不好意思，我搞错了。来来来，我们再重新来过。"

江何将钥匙转了一圈，拔出来后又重新递给小树，说："刚才是一个意外，我们再重新来一次！这一次，你会看到你的新家。来吧，让我们重新见证奇迹！"

小树一脸狐疑，他身后的李巧也拧着眉毛，黑牙双手抱在胸前，都不知道江何葫芦里卖的什么药。

小树再一次将钥匙插进锁孔。旋转。啪的一声，门又一次打开，一个简单的一居室出现在眼前。

小树一脸惊诧道："咦？这是怎么回事？刚才明明是空的，现在怎么多了这些家具和墙壁？江叔叔，你不会真的变魔术了吧？"

江何道："来吧！让我带你们参观一下，揭晓这个房间的秘密。"

江何领着三人走进房间，开始边介绍边演示："之前做方案的时候已经跟你们介绍过，我想给小树做的这个房子，是一个多变体的盒子空间，可以随意地拆装成一居室、两居室、三居室，最多的是四居室形态。所以，刚才当门第一次打开时，你们看到的是这个房子的最终极形态，所有盒子都被嵌套进去，眼前看到的就是一个空房子。而当钥匙在锁孔里转动时，屋内的嵌套也被启动了，再打开以后，就变成了大家现在看到的一居室。"

黑牙见状忍不住啧啧称赞："神奇！真是太神奇了！我活了这么大，还没见过会自己活动的房子，你是怎么想到这个好主意的？"

江何说："这还不是我想到的。最开始构思的时候，是受到小树经常玩的那个盒子魔术启发，因为盒子互相嵌套，才能展开各种各样的形态。因此我给这个房子起了一个名字，叫作会变魔术的房间，意思就是它由不同大小的体块盒子嵌套在一起，它们可以随意组合，移动重构。"

江何边说边给他们演示房子的其他形态，一个小小的50平方米空间，居然充满了玄机。

李巧一边看一边皱起眉头，问江何："可我还是不明白，你为什么要给小树做一个这样的房子？"

江何摸了摸小树脑袋，解释道："答案很简单，因为小树他不是一个人。这段时间跟小树接触下来，我发现小树的身边，不光有妈妈、爸爸一家，还有养父母一家。我之所以这么做，就是要把跟谁在一起居住，过什么样的生活，建立哪种关系，这些选择的权利都赋予给小树。"

小树问："给我？"

江何蹲下身，对他说道："小树，从今以后，这个房子就是你的家，你的魔术房间，你想它是什么形态，你想和谁住在一起，一切都由你做主。"

"一切都由我做主?!"小树既惊叹又难以置信，语气中还有很多不确定，脸上的表情则是在激动和难过之间不断切换，眼泪随即涌出了眼眶。

他从肩上迅速取下双肩包，翻出一个皱巴巴的信封，有些发抖地递给江何，说："这是我外公留给我的遗书，江叔叔，你居然说了跟我外公一模一样的话。"

江何从小树手上接过信封，打开里面的遗书，看到上面写着：

正风吾孙：

　　你虽没有成年，却吃尽人间苦。

　　大人让你失望，但请不要对大人失望。

　　以后这是你的家，一切都由你做主。

外公

第二章　泡泡堂

如果天窗事故是我的责任，就算被你千刀万剐、碎尸万段，我也心甘情愿，绝不可能多说半句废话。

——江何

1

在斋堂揉面做午饭的时候，李巧看到一个妈妈领着七八岁的儿子走进笑寺。

妈妈到正殿参拜，儿子在院里等候，形单影只的，看上去有点无聊，他就从兜里拿出吹泡泡的玩具，熟练地取出小管，在塑料瓶里蘸上一点肥皂液，凑到嘴边轻轻一吹，漫天泡泡就飞了出来。

眼前的美丽场景并没有让李巧动心，反而像是被什么狠狠拧了一把，痛楚和难过次第奔涌而来。

天窗事故发生的那天上午，核桃也像这个男孩一样，在面包店门口用小管儿吹着泡泡，看到一大串泡泡飞起，露出了欣喜又欢快的笑容。

透明泡泡上浸透着光和色的斑斓，有种令人惊艳的瑰丽感。因为泡泡本身轻盈，风轻轻一吹，就在半空中不停地翻滚涌动。接下来再一瞬，一个接一个小爆炸发生，泡泡们纷纷不见了。除了一小片似有似无的水汽，连水汽也在眨眼之间消失，就只剩下无尽的寂寥感，好像什么都没有发生，什么也没有存在过。

核桃第一次吹泡泡，对此有一些意外，焦急地转回头问李巧："妈妈！妈妈！我的泡泡怎么都不见了？"

李巧正在忙着清点货物，没有注意到儿子的担忧，随口说道："泡泡不见了，是因为它的生命就只有那几秒。"

核桃更加不解："为什么？为什么泡泡的生命只有那几秒？"

李巧埋头填写账单，有口无心般说道："不光是泡泡，这个世界上的一切生命都是有限的。"

核桃被妈妈说得很沮丧，又问："那我的生命呢？"

李巧依旧绷着个脸，浑然不觉道："只要时间一到，所有生命都会像泡泡一样。"

核桃听完有些惊讶，像听到什么不得了的事情，幽幽抱怨道："怎么会这样？"他说完又转过身去，继续吹泡泡。

看到核桃努力用泡泡堆满空间，李巧无奈地摇摇头，继续重复手头的工作。她怎么都没有想到，这场没头没脑的对话，竟然成了她和儿子最后的交流。

那天后来，核桃吹完一管肥皂液，当所有的泡泡都消失以后，他不想再跟李巧说话，看到爸爸要出去送货，非要央求他带上他一起。

李磊和核桃，就像这些飘在半空中，瞬间寂灭的泡泡，啪的一下，从这个世界上消失了，只留下无尽的思念和复杂的情绪交织在李巧心头。

"那个面团在替谁给你出气呢？"江何的声音忽然从门口传来。

刚刚经过斋堂时，江何看见李巧在里面揉面揉得气势十足，因而好奇地问道。

李巧抬头瞥见是江何，并不想跟他多话，冷着脸埋下头继续干活。

江何被无视，有些委屈和无奈，说道："我还以为给小树造完房子，你对我的态度不说转弯，至少也会有所改观。"

李巧听完江何的话，砰的一声，将面团狠狠摔在案板上。

她再次抬起头，毫不客气地对江何道："你最好还是记住了，要是有一天被我查出，沐光美术馆的天窗坍塌就是你的设计有问题，就算警察不管你，我也一定会送你去给我的丈夫和我儿子赔罪。"

江何听完当即严肃起来："那不可能！"

李巧狠狠瞪着他，那眼神就好像在说，怎么不可能？

江何解释起来："我现在就可以告诉你，沐光美术馆的天窗之所以出事故，跟我的设计一点关系都没有。事故发生以后，我跟你们一样心痛和着急，没过多久我就找了国外的专业团队，对美术馆的建造数据进行反复推理和演算，还在实验室搭了 1∶1 的天窗做实验，为此不仅花掉了所有积蓄，还卖掉房子。我的网盘里有全部的设计资料、推理和演算过程，还有实验的视频记录，你可以随意调阅和检查！"

江何说着拿出手机，找到相关资料，递给李巧。

李巧在江何的手机上看了一小会儿，可是，面对这些复杂且专业性极高的测算，她无奈道："我看不懂。"

江何问："那你能相信我吗？"

李巧皱着眉头："我说了，我看不懂。"

江何目光坚定，看着李巧："那你就相信我！"

李巧干脆不说话了，沉默倔强地表达着自己的不信任。

眼见如此，江何也有些生气了，越发想要证明自己，语声低沉地问道："你怎么就不能相信我呢？"

李巧还是一脸理智地回道："我看不懂，而且这是你找的团队，都是按照你的思路做的演算，所以我不能相信你。"

面对李巧的拒绝，江何有些沮丧，默默收回手机，转身准备离开。

这时，黑牙刚好从外面进来，懒洋洋地对他们道："江何的证据李巧看不懂也信不过，那也不是什么大问题，找个看得懂也信得过的人来看不就行了！"

李巧愣了下，问："谁？"

黑牙呷摸着嘴："眼前不就正好有一个，三条胡同100号杂院里住着的那位，他就能做这个事！"

2

三条胡同100号杂院里住着的那位，在笑寺这一片几乎无人不知，无人不晓。

李巧在这儿待了大半年，早就听说过他的大名，当即问黑牙："大神除了搞发明创造，还能做建筑测算？"

这个名叫"大神"的街坊，是个不折不扣的发明家。平时主要工作就是搞发明创造，在专利局注册了不少专利，还出过一两个热门产品，被记者采访报道过。

黑牙颇有自信道："我听说他大学学的也是土木工程，跟江何一样，只是后来没干这一行。"

李巧被黑牙这么一说来了精神，如果大神肯出手，她倒是可以相信。

江何跟着李巧一起来到100号杂院门口，刚往那一站就听到里面有人在大声嚷嚷："……早知道你这么势利眼，我就不找你借钱了，现在家都快被你搬空了，你还让我怎么继续搞发明？"

李巧听到这是大神的声音，有点意外他正在被搬家。

几个搬家公司的人在一个西装男的指挥下将屋里的大件家具和电器陆续搬出来，西装男振振有词道："跟发明有关的东西我不动你的，我搬的都是能换钱的。谁让你到现在都不能把东西做出来，我开店也需要现金流周转！"

大神虽然长得五大三粗，浑身上下却透着一股知识分子的文艺气和脆弱感，除了骂骂咧咧，并不敢真的上前叫板。搬东西的越发有恃无恐，最后连大神的打印机也拿了出来，大神只好硬着头皮上前夺回……

等搬东西的都走了，大神才看到门口站着李巧，惊道："你怎么也在这儿？"

李巧问刚才什么情况，大神摆摆手不想多说，李巧于是简明说出来意。

正如黑牙所说，大神果然做过结构师，帮李巧做建筑测算不在话下。只是，当他知道李巧身边站的人就是江何，倒是露出了颇有兴趣的表情，问道："这就是帮小树家设计房子的建筑师？"

这段时间，因为小树家房子落成，笑寺这一片的街坊都知道了江何大名，有些蠢蠢欲动的甚至还想找江何改造房子。

江何没想到自己也受到了大神的关注，却听到他接下来又道："我刚好也想建一个卫生间，不知道能不能请你设计一下？"

江何一愣，道："你想让我帮你改造家里的卫生间？"

大神摇摇头："那当然不是！我想建一个公共卫生间。之前我跟黑牙师父商量过，可以暂时先放在笑寺。"

江何并没有听黑牙提起过，因而有些诧异道："你要在笑寺建一个公共卫生间？"

大神露出了一脸灿烂的笑容，完全没有了刚刚被洗劫家宅时的愤然和委屈，傲娇道："用来安装我的最新发明！"

看到二人脸上露出不解，大神邀请他们去家里瞧瞧。

大神的家是祖上留下的老宅，如今只有他一个人居住，是这座杂院中的东厢房，大约有60个平方米。

进去之后，房子内部是一整个开间，没有隔断，因为被搬得几乎什么都不剩，陈设一目了然。除了一张能睡人的海绵垫子，就是空荡荡的灰尘印记，勉强还能辨认出挂在墙上的电视机和放在桌旁的电冰箱……

整个房间里，现在只剩下东南角一片区域仍然堆满东西，却多而不乱，有条不紊。长板桌上有电机、电器、水泵、水管等，桌子的最中间还放着一只白色马桶。墙上的白板也写满了复杂的数据公式和演算过程。

江何想起大神要建卫生间，指着桌上的马桶问："这就是你的新发明？"

大神点点头，介绍道："这是一只可以自动检测尿液，长期追踪各项身体数据的智能马桶。"

大神说着打开马桶下面的小抽屉，向江河和李巧展示可以自动进行检测的试纸以及收集和分析数据的芯片。他又拿起一旁的烧杯，将里面的蓝色液体倒在马桶里，给江何和李巧演示了一遍马桶的工作过程。

李巧看完赞道："这个发明好，要是安装在家里，上趟厕所就相当于上趟医院了！"

"我想要的就是这个效果！"大神拍拍手，颇有些遇到知音的快意，解释道，"这三年，我倾家荡产，举债度日，全都是为了这家伙。如今万里长征只剩下最后一步，我准备把它投放到一个公共空间，让它被更多的人认识和使用，收集数据、接受检验、降低误差率。最后能不能得到投资人青睐，变成工厂流水线上的产品，走进千家万户的卫生间，就看眼下这一关了。"

江何被大神说得颇有些任重道远，然而转念一想，又忽然明白过来："难怪黑牙师父一听说我们要测算，就推荐你了。"

大神听完嘿嘿一笑，诚实道："其实黑牙师父之前也跟我推荐过你，可是我没钱，又不好白嫖你。不过，既然你要测算，我要设计，那用黑牙师父的话说，我们不如在一起修一个负负得正?"

江何猜想黑牙同意将大神的卫生间放在笑寺，应该也是在一起修一个负负得正的意思。他还真是喜欢这个说法。

江何又问大神："那不算设计费，你有建设费的预算吗?"

大神指了指空荡荡的房间，耸耸肩道："你看我这儿都这样了，建设费的最高预算我顶多只有这些。"

看到大神一脸不忍地伸出五根手指，江何疑惑："50000?"

大神摇摇头。

江何又问："5000?"

大神小声道："500……"

江何听完脸都青了，转头对李巧道："我觉得我们今天聊得差不多了，要不还是先回吧。"

李巧之前也不知道大神要修卫生间的事，刚才听下来觉得还蛮有意思，所以既没有动，也没说话。

江何继续道："就算我答应给大神免费设计，可是，500块钱盖一个公共卫生间，你们觉得可能吗？"

李巧明白了江何的顾虑，反问道："你是真的嫌钱少？还是在嫌这个项目小？"

江何深深地看了一眼李巧，没想到自己的小心思还是被发现了。

江何的建筑事务所名叫大舍，目标和愿景自然也是建造大舍。虽然如今深陷窘境，项目难接，但就算再不济，他也不接受降低要求，连成本五百块的项目都接。这要是让圈内同行或者以前的同事知道，脸往哪里放？将来要是有人查他的履历，看到上面还有一个500块的公共厕所，这又成何体统？

江何摆摆手，并不想正面回答李巧的追问，悍然拒绝道："不行，反正这个项目我接不了。"

3

江何拒绝跟大神达成劳务交换，李巧于是又恢复了横眉冷对的态度，她甚至觉得江何并不真的想证明给她看。

大神虽然没有收集到足够多的样本数据，但他还是硬着头皮去找了投资人，反复游说嘴皮都快说起泡了依然没能拿下。大神原本打算靠这个发明翻身，一举过上大富大贵的生活，如今简直都要"大负大跪"了，还是一筹莫展、前景难测。

因为心情低落，大神在笑寺斋堂喝酒。喝到烂醉时，也会一遍一遍絮絮叨叨追问："为什么这个世界上多的是雪上加霜，少的是雪中送炭？"

因为等不到自己的炭，大神只能把自己喝到烂醉，疲惫地瘫倒在长椅上，像只小猫一样蜷着身体昏昏睡去。

江何见状忽然有些好奇，向黑牙和李巧问起，这大神究竟是怎样一个人？他为什么放弃了结构师的大好前程，痴迷于发明？

黑牙认识大神挺长时间，对他的过去还算了解，便跟江何解释起来："你若想了解大神，首先就要跟你纠正一下，大神之所以被叫作大神，并不是因为他是发明的神，也不是创造的神。"

江何"咦"了一声，问道："那他神在什么地方？"

黑牙嘿嘿一笑，道："他是心软的神。"

江何一愣，瞅了一眼双颊通红、呼呼大睡的大神，没想到竟是这个答案。

黑牙继续道："说起来，大神这家伙，从小学习成绩就很好，动手能力也强。同学的自行车坏了，给他一个扳手，他就能修好。班里的火炉点不着了，他随手拨弄几下，也能把它点着。在他的同学和老师中间，他很早就得到了诸如'西城爱迪生''少年特斯拉'一类的称号。"

江何好奇："大神从小就喜欢搞发明？"

黑牙点点头："我听说他头一个发明是在上小学时期，据说当时他们学校门口有一个摆地摊卖零食和自制玩具的老奶奶，商品当中就有用来吹泡泡的肥皂液。因为那些肥皂液都是老奶奶自己在家里手工兑制的，所以出品很不稳定。时而能吹出不少泡泡，时而又少得可怜，小摊前经常有学生来闹着要求退货赔款，甚至还有调皮捣蛋的学生，会搞恶作剧捉弄老奶奶。"

江何道："心软的大神见不得这种场景？"

黑牙继续："对，下了课以后，他便研究起了肥皂液配比。在经过无数次实验，用不同的原料反复调配，观察数据之后，大神终于做出了自己的第一个发明，兴冲冲地把配方送给了老奶奶。"

李巧一听大神研制吹泡泡的肥皂液，不由得感慨道："没想到大神的第一个发明竟然是这个。"

黑牙道："我听说他上了中学学过化学以后，还重新测算了肥皂液中的配料和比例，发现了能吹得更多、更大、更长的，后来还到专利局注册了吹泡泡玩具的专利。"

"这我倒真是没有想到。"江何的好奇心被勾了起来，又继续问道，"那除了吹泡泡这个，大神还有别的发明吗？"

黑牙道："多的是。心软是大神搞创意和发明的源头，因为有了这个源头，他能看到别人的不舒适和需求，也有了改良和优化的动力。"

黑牙说着打开抽屉，从里面拿出一个小孩巴掌那么大的免打孔万向轮。

黑牙道："这就是大神做的。他看到我们胡同里住的这些老年人，年纪大，还独居，每次想在家里搬个重物都很艰难。他就参考旅行箱上的万向轮，发明了这个小东西，只要往重物或者家具下面一装，就能轻松推动。"

江何接过装在桌子下面推了推，确实挺实用。

黑牙又道："大神还有一个发明，曾经救过人命。"

江何问："什么？"

黑牙道："一个逃生锁扣，成本其实也只有两三块钱，非常便宜。我之前听他说过，当时他有一个朋友谈恋爱，家里不同意，要棒打鸳鸯，他那个朋友就被关在屋里，好像是在四楼还是五楼。为了和女朋友私奔，他那个朋友就把三张床单系在一起，从窗口往下滑。床单系得是没有问题，但是固定的那头却不够结实，滑到一半突然折断。当时刚好是冬天，楼下全都是冻土，就把那个朋友的腿摔折了。"

江何道："大神又心软了？"

黑牙点点头："大神去看望朋友，听说了事故原委，之后就在胡同的五金小商店买了几个螺丝，回家用老虎钳来回扳了几下，做成一个简简单单的逃生锁扣。据说安在墙上，往下坠1000斤的重物也不会脱落。"

江何越听越佩服，想起黑牙之前介绍过大神，又问："之前你说大神还被记者采访和报道过？"

黑牙转而问李巧："这事你也知道吧？他那次的经历是不是跟现在有一点像？"

李巧道："有一点，但也不完全一样。我之前听大神说过一些，他从小搞发明创造，都是将专利卖给别人或者厂家，眼看别人用他的发明赚了钱，自己心里也痒痒。那年，大神一连搞了两个发明，一个是扫拖一体机，另一个是暖气加湿一体机，都属于只要花一份钱就能办两件事的产品。他就想，这要是卖出去还不分分钟变成爆款！谁又能抵挡得了这样的诱惑？他不想错过这么好的发财机会，于是盘算一下手头积蓄，发现顶多只能支持一个产品的开发和市场投入。"

江何疑惑："难不成他没选对？"

李巧道："对！在扫拖一体机和暖气加湿一体机中间，大神觉得前者更实用，后者只有冬天一季的需求，因而选择了前者。他组了一个家庭小作坊，设计了生产流程，有模有样地搞了起来。可是，产品推出三个月，却没怎么卖出去，零星的几个订单都是亲戚朋友照顾生意。"

江何不解："为什么?"

李巧道："因为产品本身还有一些问题。扫地和拖地本身就是两件事，强行拧在一起并没太大必要。每次使用机器，还要往机身的水箱灌水，机器就会变沉；拖完地，清洗机芯也很恶心；机器本身耗电量也大……总之，问题一大堆，公司成立不到一年，就不得不宣布破产。这时候还传来一个消息，差点把他气吐血了。"

江何好奇："什么消息?"

李巧道："大神当时那两个选择，另一个暖气加湿一体机，做出来之后他就放在电器店代售，许久无人问津。直到天冷以后，人们开始关注取暖设备，一个美妆博主发现了这款产品。打听价钱时，得知买下专利比买下样机贵不了多少，干脆就连专利一起买下，花的钱几乎可以忽略不计。大神刚开始还有一点庆幸，总算卖出去了，专利申请费回本，搞这项发明不至于倒贴。结果，没过多久就听说那个美妆博主天天在直播间卖这款产品。对于北方冬季天干物燥的护肤达人们，这款带加湿的取暖器简直可以救命。美妆博主还特别会营销，请了当红设计师重新做了外观设计，瞬间成为颜值爆表的家居摆设，再加上一波一波的促销活动，直接把产品做成网红爆款，一个冬天就赚得盆满钵满。"

江何听完顿时明白大神为什么要气吐血了，语塞道："这……这大神看到别人赚钱，恐怕比自己亏钱还要难受吧?"

4

李巧却道："没太大所谓，好在大神足够心软，在创业失败这件事情上他也没太较真，没过多久就投入到新项目的发明当中了。"

江何点点头，算是对大神这个人有了更具体的了解。

这时，大神的声音忽然从一旁传来："你们在聊我呢?"

不知道什么时候大神醒了，仰躺在椅子上，静静地听了好大一会儿，忽然开口说出这句话把三个人都吓了一跳。

"你醒了?"李巧见大神发问，只好解释道，"我们在聊你是心软的神。"

"嗨!"大神听完一脸不屑地回道，"那是电视剧里的台词，后来也不知道怎么就变成是我了。"

李巧道："因为你给大家带来了福利，我们都觉得你是心软的神。"

大神却有一些疑惑："我心软吗? 我也不知道。我可能还是比较胆怯，我是因为胆怯才想着发明的。"

江何有些诧异："你怎么会这么想?"

大神说着从椅子上起身，走到桌边坐下来，拿起一罐啤酒边喝边说："我一直都这么觉得的，就拿眼前这个马桶来说，你知道三年前，我为什么要停下手上所有事情，开始研发这个马桶吗?"

江何摇摇头，表示不知道。

大神道："我当时受了一点伤，因为运动过量，导致腿上的韧带撕裂性拉伤合并骨骼断裂。送到医院之后，医生让我住院做手术。我从小就不喜欢医院，要是有可能，我想一辈子都不上医院。每次到医院，看到那些生病的人、陪诊的人，都很紧张、焦虑、虚弱，我的心情也会很糟糕。还有医院里面的各种检查，都是恨不得把人扒光了送上案板，一点尊严都没有……"

大神表情生动讲起自己对医院的感受，一旁黑牙还不忘添枝加叶："我好像听你说过，你那回进医院头一天就失去了童贞?"

江何和李巧一听，都露出了惊讶的表情。

大神忙解释："那是开玩笑说的，不过实际情况也好不到哪里。那回我住院经验不足，半条腿不能动，本想找个男护工帮忙，结果不巧第一天没有，就只剩下一个东北大婶。那天做检查，给我打了腰麻，也没有人提前告诉我要带尿不湿，我就尿在了裤子上。我坚持不让那个东北大婶碰我，挣扎着想要自己换裤子，结果下半身根本不听使唤。那个东北大婶就抱着胳膊，站在门口边看边笑话我，说你都到这种地步了，还在乎这个，八成是个处男。我吼她让她出去，结果她还跟我生气了，走到我床边，一把就把我的裤子脱了……"

三人都顾不上同情大神，忍不住笑出了声。

江何边笑边说："这场面可真有一点劲爆！"

大神无奈道："反正那次在医院，从肉体到心灵，甚至到灵魂，我都经历了一场暴击一般的洗礼。"

黑牙收住笑，也回忆道："我记得你在医院住了没多久，刚能下地跑，就来了趟笑寺找我说了点事。"

大神见黑牙提起，只好承认："没错！我当时在医院整天担惊受怕，同病房住的一个是跳楼自杀结果没死掉全身粉碎性骨折的，一个是遇到车祸被截掉下半身的。我的情况虽然好一点，可我是一个孤家寡人，我要是出了什么问题，连个送别的人都没有。我就只好来找黑牙师父，说我要是有个三长两短，希望他能送我最后一程。"

江何好奇道："那你的家人呢?"

大神道："都被我送走了。"

大神语气虽然轻快，但是在场三人都能感受到那种轻松背后其实饱含了莫大的悲伤和难过。

房间里静了一小会儿，大神又开口幽幽说道："这样说起来，我家里的人全都是由我送走的。"

黑牙也有些意外："这我倒从来没有听你说起过？"

大神叹了口气，道："怎么说到这儿了？我都很多年没有回想这些事了。第一次是什么时候？我记得那时我也只有七八岁，我妹妹五六岁，她还是很小的一只，小得就好像一个小虾米。不知道什么缘故，她总是长不大，脸上透着一种毫无生气的灰色。据说她出生时就不太顺畅，差点没有活下来，硬撑了五六年，最后还是衰弱而死。我妹妹死的时候，父母都去上班了，家里只有我一个人，她躺在那儿，突然一下睁开了眼睛，喊我一声哥哥，好像有什么话要跟我说，可又没有说出来，只是盯着我看，眼泪扑簌簌往下淌，再之后就是毫无痛苦地死去。"

大神沉浸在回忆当中，江何、李巧和黑牙都在一旁默默听着。

大神继续道："再之后就是我母亲。我母亲可不像我妹妹一样孱弱，她身体好得很。圆脸蛋上还有两个小酒窝，笑起来就像一个熟透的杏子。母亲走的时候50多岁，因为一起意外。事后，工友们都说她上班的时候走神，但我知道那天其实是我妹妹忌日，她大概是想去陪妹妹。那天事发之后，我在医院陪她，父亲在外地出差，总归没能赶回来见她最后一面。虽然我母亲走了十多年，但是不知道为什么，时不时地我还会感觉她好像就在我的身边，在那里守护着我。也不知道是不是这几年我烟抽太多，还是咖啡喝太多，总觉得有那样一个影子存在。就好像现在，我说起她的时候，也觉得她在这儿，就站在门口，默默看着我们。"

大神说的时候，朝斋堂门口看了一眼。江何吓得缩了缩身子，赶紧道："你不要吓唬我们好不好？"

大神再次嘿嘿一笑，又继续道："还有我父亲，他也是我送走的。我母亲和妹妹都走了以后，父亲染上了喝酒的毛病，我劝过他很多次，但是我的话对他没有影响力，所以我只有学会闭嘴。其实我父亲走得很蹊跷，就是一个流行性感冒，结果引起并发症，一发不可收拾住进医院，还被送进ICU。我在外面守了好几天，医生也不知道他能不能活下来，有一天我终于受不了，就去酒吧喝酒。结果，刚喝了两杯就听见有个男人在喊我的名字，回头发现其实是遇到同名同姓的人，但我忽然想起父亲，起身就往医院跑。到了医院，医生说，我父亲在呼唤我。我连忙换了防护服进去，父亲握着我的手，一边抚摸，一边说着很多我不知道的往事，都是些琐碎小事。等到第二天凌晨，他就去世了，死的时候也没有特别痛苦。"

5

大神说到这里，总结道："所以其实我也没有多心软，我的心软大概就是因为胆怯。我不知道我还活在这世上，如果不去想着创造点什么，解决些问题，那我接下来是不是就要死了？"

江何举起啤酒，认真道："虽然你总是说自己尿，但是听到这里，我还是很想敬你一杯！"

大神也举起酒瓶，跟江何碰了碰，仰头将瓶子里所剩不多的酒干了。

放下瓶子，大神又继续道："我小时候做过一个研究，就是做吹泡泡的肥皂液。我妹妹去世的时候，我有一种特别强烈的感觉，她的生命太短暂了，甚至都还没有来得及展开和绽放，就好像那些用肥皂液吹出来的泡泡，稍纵即逝地存在了一下，然后啪的一声，就消失了。"

大神喃喃说着，却不见一旁的李巧眼泪唰唰地往下流。

大神道："所以，我研究肥皂液也不仅仅是因为同情老奶奶。看到别的小朋友吹泡泡，大家关心的都是谁的泡泡吹得多，谁的大，谁的长，只有我关心这个泡泡怎么一转眼就没了？我想知道怎样才能让这些泡泡存在得更久一些。那会儿，我把我的这些困惑告诉我父亲，结果他跟我说，朝菌不知晦朔，蟪蛄不知春秋。他说一切生命都有尽头，包括我们生活的地球和宇宙，总有一天也会消亡。可是，我想即便如此，那我们有没有办法让它消亡的时间变得慢一点再慢一点？让泡泡存在的时间再多上一秒两秒或者三秒？我活在这世上，总要去做点什么，总要去改变一些。"

李巧越听越伤心，不能自已地抽泣起来。她又何尝不像大神这样想过，如果泡泡不会那么快寂灭，如果核桃和李磊还没有死……

江何见她悲恸，也知道大神内心的真实感受唤起了她的伤心回忆。他伸出手，想拍拍李巧的肩膀以示安慰，可是手伸到半空中，还是停在了那里，口中却饱含歉疚地说道："对不起！"

说完，江何又很茫然自己为什么要跟她说对不起，他很确信天窗事故跟他的设计没有关系，但他还是一连重复地说了好几遍。

好大一会儿，李巧的情绪才慢慢平复。

黑牙这时转过头去，又问起大神："那你刚才这样说来，做检测马桶和研究肥皂液目的一样？"

大神再次点头，道："嗯哪！在医院住院那段时间，我天天都在思考怎么才能让身体活得更好、更久、更健康，还有延年益寿相关的问题。然后我就有了一个很惊奇的发现，很多人在自己的一生当中，百分之七八十的医药费都是花在了生命末期，最后用以续命和维持的时候。但是如果能在更早之前，身体还没有坏到一定程度，病灶也没有不可收拾，甚至在它刚刚冒出苗头时，我们就能得到预警，进行干预，做出改善，那是不是就能降低往下发展的风险了？"

江何道："这倒是！千里之堤，溃于蚁穴。"

大神继续道："而且有时候，人的感觉和人的身体实际情况并不一致。这里就要说到我在医院的第二个发现。当时我在病房住院，每天只要一没有治疗，我就会跟着医生去查房问诊，观察他们怎么看病，我渐渐发现医生衡量疾病和制订治疗方案，除了问诊，最关键的还是检查数据。医院的数据检测基本有三种来源：人体血液、细胞组织切片和排泄物。这其中，前两者我们在家里都不太方便获取，后者虽然不雅，但只要经过恰当的自动化处理，在上厕所时就可以轻松获取，所以当时我就想，要是能做出一款可以自动收集排泄物，进行检测和分析的马桶就好了。"

黑牙道："这样说，从你想到这个主意，到现在已经过去了三年多。"

大神无奈地叹了一口气，道："是啊！从想法到落地，再到现在的成品，中间有太多的难关。"

江何在一旁追问："比如说，都有哪些难关？"

大神道："比如说在医院检验室里做检验，温差、湿度等条件都是恒定的，可是马桶如果放在公共卫生间或者家里的卫生间，这一点就很难保证了。怎样才能让试纸总是处在检测状态？怎样减少误差？在收集数据后，怎样创造一套自动处理的算法，最快得出身体的数据并给出合理的提示？……这些就好像孙悟空去西天取经，九九八十一难，关关难过关关都要过，只有过了才能往下走。"

江何点点头："没想到你在那个小小的工作台上，居然做了这么多事。"

大神也道："对我而言，这还只是一个开始，马桶是我的第一步，接下来我还想有更多更大的计划。"

江何问："什么计划？"

大神道："其实我真正想做的是一个卫生间。我想做一整个装有智能检测系统的卫生间，这样人只要一走进卫生间，就能对自己的体重、体脂、身体状态等进行一整套数据监控，再通过智能算法得出相应的健康管理方案，今天应该做多少运动？适合吃什么不适合吃什么？需不需要休息？系统都会帮我们出示。不但可以有效管理健康情况，还能收集身体数据在疾病来临前尽早控制，尽早治疗。最终，当我们收集到的数据库足够庞大，足够有效时，甚至还能对科研、制药产生影响。"

大神越说越起劲，越说越神往。

大神道："总之，就好像当时改造肥皂液，我要最大限度上延缓泡泡破灭的时间，通过马桶和卫生间达到的目的也是最大限度上延长人的寿命。毕竟从我的个人经历来说，生命无常，时间有限，既然活着，就要想办法，哪怕是一点微不足道的办法，我也要竭尽全力。"

6

大神的故事讲到这里，就又回到眼下，他正在遭遇的现实困境。江何忽然开口问道："之前我们聊的劳务交换约定，现在还算不算数?"

大神一听就知道江何改主意了,马上道:"算。"

江何说:"好。那我就用500块钱,帮你在笑寺做一个公共卫生间,用来放置你的检测马桶。"

江何决定接下大神的案子,虽然他也不知道有多少是因为听了大神的故事,被他的心软和温柔所打动,还是因为了解到大神追求的目标,恰好切中了李巧的伤痕,某种程度上也是他自己的伤痕。

也许黑牙师父说得对,人在一起,就是修一个负负得正。

但是,案子接下来之后,难倒江何的还不只是成本低廉、费用有限,更是要在有限的成本里做出有特点、有辨识度的设计,还能将大神的故事、他发明马桶的目的和意义、他想传递给大家的健康理念都放在里面。

在工作室憋不出来创意,江何只好出去瞎逛,在老旧的街道上不分昼夜、漫无目的地晃荡。

结果没想到的是,居然瞎猫碰上了死耗子,闲逛的时候不但想到了很好的设计灵感,还一举解决了成本低廉的问题。

在江何、李巧和乌龙的努力下,十天之后,这个位于笑寺的公共卫生间组装完毕,大神发明和制作的马桶也被安装在里面,接下来就是坐等大神的验收了。

这天一大早,大神领着投资人来到笑寺。

在江何的引导下,众人一起来到第二进小院。刚跨过院门,大神就被眼前的景象惊得嘴都合不拢了,他惊讶地看到两座老房子中间豁然多出了一个两米多高、不规则圆球形状的泡泡。

泡泡的外层晶莹剔透,五彩斑斓,横插在古旧的建筑中间,既有一种突兀的怪异感，又让人觉得新奇，想要上前一探究竟。

大神嗫嚅着问道："这……这里怎么会有这么大的一个泡泡？"

江何道："这可不是泡泡，你可得看仔细了。"

大神快走了几步，到近前才发现泡泡上的五彩斑斓其实不是五彩斑斓，而是因为本身是不锈钢材质，被打磨抛光后反射四周的红墙、灰瓦、绿树、蓝天，乍一看上去就很像用肥皂液吹出来的透明泡泡反射出的七彩光影。

大神在圆润的外壳上左瞧右看，惊喜道："我真是做梦也没有想到，你竟然会把卫生间做成一个金属泡泡。"

江何道："其实那天听你讲完故事，我就想以泡泡为主题来做这次的卫生间设计，因为泡泡是你最初的灵感，也是最能直接表达你发明检测马桶意义的象征。把瞬间寂灭的肥皂泡变成金属的泡泡和你希望用检测马桶传递给大家珍爱生命的道理一样。生命并不一定短暂，只是我们荒废太多、耗损太多，如果托付给一个理性的管理者，管理得当，即使只有一点微薄的资产，也会有所增长，充分延长。"

大神点点头："你说得很好，是这么个理儿！只是，造这个泡泡用这么多的金属耗材，500块钱怎么可能拿下？"他又看了看一旁的李巧和黑牙，狐疑道："你们不会是掏了自己腰包往里面贴钱吧？"

黑牙否认："怎么可能？我们就算有那个心也没那个力。"

谜底只有江何才能揭开，他笑着道："说起来这回可真是天降神兵。"

大神疑惑："什么意思？"

江何道："本来我想到设计方案之后，一直都在纠结到底用什么材料来做，既能省钱又不寒碜，那几天我天天在外面四处乱逛，结果逛着逛着遇到了我一个开雕塑厂的老朋友神兵。神兵正好在处理一件废雕塑，要拉到钢材厂去销毁，中间不光要运输费，还有环保、人工等一大堆费用，本来做这个作品就没赚到钱，他还要往里面倒贴。我一看这个材料正好可以拉回来做卫生间，就跟神兵商量能不能给我？结果他不但把那个废雕塑免费送给我，还出了工人和机器按照我的要求改成了现在的效果。"

大神听完由衷感慨："果然是天降神兵！"

江何道："估计是老天爷都看不下去了，想要帮你一把。所以，你那500块钱也就是花在运输费和内部装修上面。"

大神道："里面什么样？我都迫不及待想要进去看一看了。"

江何于是领着大神走到一侧的小门，推开进去发现里面是一个不到3平方米的小空间，内部陈设干净整洁，以白色为主色调。在最中间的位置放了大神设计的检测马桶，一侧还有洗手台、镜子和一棵绿植。

大神一脸欣喜，在这个小小的空间里左看右看，充满激动和欣喜："这比我想的好太多了！"

江何道："如果按照大神的规划，马桶只是第一步，未来要做的是一整个卫生间。所以，除了这一个泡泡，我还做了很多不同形状泡泡的设计，有单独的、连续的、长条的，设计稿都给你画好了，将来等你融了资，有了钱，把品牌做出来的时候，就可以把这个泡泡堂也推广出去。"

江何边说边拿出设计图稿。

大神讶异道："你管这个卫生间叫泡泡堂？"

江何不小心说漏了嘴，忙指着李巧道："这个卫生间的名字是她起的，泡泡堂，殿堂的堂。"

李巧如实道："其实你讲泡泡故事的时候也勾起了很多我的回忆，所以这个金属泡泡也成了我心里的某种寄托。"

大神以一个非常眷恋的眼神环顾泡泡堂内部，道："我喜欢泡泡堂，让我觉得还能再活好些年，再做好多好多的发明。"

7

因为有了泡泡堂，大神看到了梦想继续的可能，重新找回了初心和动力。关于沐光美术馆的建筑测算也全部做完，得到了一个好消息和一个坏消息。

李巧平静道："先听坏的吧。"

大神犹豫："你确定？"

江何原本信心十足，被大神搞得有点紧张，敦促道："你快说吧！"

大神于是道："经过测算得出的坏消息是，沐光美术馆的天窗之所以会坍塌，不是现在定案中的老天爷的锅，确实是一起人为的建筑事故。"

眼见大神言之凿凿，李巧心如刀扎，就像他们这些受害者一直怀疑的那样，这起事故一定内有隐情。

她并没有马上就迁怒于江何，而是深吸一口气，继续问道："那好消息呢？"

大神忙道："好消息是，江何的设计不可能导致天窗坍塌。"

江何绷紧的心弦终于平复，忍不住揶揄："真是一个天大的好消息。"

大神拍拍江何肩膀，安慰道："其实昨天验收泡泡堂的时候，我就想说你是一个不错的建筑师。"

江何回敬："我真是要谢谢你！"

两人一来一往，却见一旁的李巧一言不发，眉头紧锁，大神关切道："你在想什么？"

李巧回了回神，道："既然你说天窗事故是人为，又跟设计没有关系，那就只能是工程上的问题？"

大神补充："也有可能是人为破坏。"

李巧摇头："那就是凶杀案，这不太可能。我老公的为人我知道，平时好得连个苍蝇都不杀，核桃也只有4岁，我想不到什么人要处心积虑杀他们？"

大神点点头，转而问江何："你怎么看？"

江何面露难色，嗫嚅道："我是一个建筑师，工程上的事情虽然懂，但是并不具体涉及，所以我也说不上来。"

李巧见江何一推六二五，什么都不说，反倒有些奇怪，又问道："我记得事故发生之后，沐光美术馆的工程总监胡海忽然消失，走之前还把工程有关的资料都销毁了，警方根本没有办法深入调查，专家组也只能囫囵吞枣把锅甩给老天爷。如果我没有记错，你跟胡海的关系非常好？"

江何知道李巧对这些了如指掌，只好认下："我跟老胡的关系是不错，外界也一直在传，说老胡销毁资料，玩失踪，都是为了给我打掩护，帮我掩盖设计上的问题。但是，刚刚大神已经证实过了，我的设计没有问题。"

李巧不解："那胡海为什么要消失？"

江何摊摊手无奈道："这个问题只能问他。"

李巧又问："你们不是关系不错?"

江何道："可我也不知道他为什么会消失。"

李巧见江何口风很紧，很难从他那里问到更多的内容。她重重地叹了一口气，悻悻离开了房间。

大神有些心疼地看着李巧的背影，继续追问江何："那你总归有些内幕，不然带我们去找找那个姓胡的也行。"

江何翻了个白眼："我要是知道内幕，或者能找到老胡，我会平白无故承受这些骂名，三年接不到像样的工作，即便到了现在，能接的也都是一些鸡毛蒜皮的小项目。"

大神见江何油盐不进，有些不悦："你这话我就不爱听了！既然你和李巧都是整个事件的受害者，为什么不能齐心协力，找出凶手?"

江何皱眉："找出凶手，那是警察的工作，我只是一个建筑师。"

大神急道："警察那边都已经定案了！你是一个建筑师，你也是一个男人，你面前现在就有一个因为一起建筑事故家破人亡的苦命女人，你明知道其中有很多猫腻，却还是视而不见?"

江何被大神问得很无语，只能甩甩袖子也走人了。他知道李巧想知道真相，可是关于胡海的事情，他真的不知道该从何说起。江何越想心里越郁闷，不知不觉喝了很多酒，结果后半夜梦游症又犯了。

在笑寺居住一个多月，江何还是第一次深夜梦游。外面乌漆麻黑，伸手不见五指，他却轻车熟路，机敏地避开了所有障碍，就像脑子里安装了自动导航仪。

李巧住在西厢房，晚上一向睡眠浅，听到外面传来窸窸窣窣的声音时，还以为是野猫或者黄鼠狼，后来那声音越来越大，李巧觉得不对，只好披衣起床，拿手电出门去瞧。

刚出了宅院，手电灯光一晃，照到一个人影，李巧惊叫："什么人？"

人影瞬间就从雪白的灯光下消失，李巧惊异于这个人夜晚的行动能力竟然如此迅捷。

她继续搜寻，结果一道黑影忽然从她身旁闪过，将她整个人严严实实压在墙壁上。

因为距离很近，李巧认出了对方："江何？"

江何忙压低声音，在她耳边说道："别出声！"

李巧感觉到江何极度警惕且不悦，但她还是想问问他有没有看到一个人影，因而压低声音道："你有没有看……"

结果话还没说完，猝不及防地，江何就凑上来吻她。

李巧的嘴被江何整个堵住，发不出来声音。她怔怔地，背靠在墙根上，两只手都被江何按在墙上，根本没法动弹。

李巧能够感受到，这个吻虽然激烈，但是没有感情。江何压根没有张嘴，也没有迫使她张嘴，他们就好像在表演一对干柴烈火、情欲迷离的男女。

就在他们演得如火如荼时，李巧手里的电筒不小心扫过两人脸庞。

光亮之后，江何闷叫一声，起身离开："糟了！还是被发现了。"

江何样子有一些惊慌，回身将李巧挡在身后，就好像他们真的被敌人发现并且包围。李巧狐疑着江何的反常举动，踮起脚尖越过他的肩膀，朝黑暗中看去。

什么都没有。

李巧一脸发蒙，江何却在她身前大喊："跑！"

还没等李巧反应过来，他就拉着李巧的手，在夜晚的街巷中一路狂奔。

两人都属于身材高挑、腰细腿长型。李巧虽然也能跟上江何的步伐，但她很快发现，江何的路感实在太好。他不仅能在死胡同的最后一个分岔及时拐弯，还能精确穿过窄巷里的缝隙，而当遇到有路灯时，每每她望向江何的脸庞，都会看到他始终紧闭的眼睛。

这江何不用睁眼就能分辨方向？还是他有特异功能？他到底在做什么？李巧心中充满了疑惑和不解。

第三章　白龙马

这世上总有一半的人热衷于摧毁，另一半的人又忙不迭地建设。我是一个建筑师，我的使命自然是后者。

——江何

1

昨晚最后，江何带着李巧躲进一处安全屋，然后在那里呼呼大睡，叫也叫不醒。李巧无奈，只好将他背回房间。等她自己回到房间，已经累得连衣服都不想脱就倒在了床上。

这个江何难不成是在梦游？事后，李巧也向江何求证。江何只好坦承，自打三年前天窗事故发生以后，他就开始出现睡眠障碍。睡着以后经常爬起来，去哪里说什么做什么，都不由意识控制。经常睡醒发现自己浑身是伤，或者在一个意想不到的地方醒来。

李巧这才知道，原来事故发生之后，被折磨的并不只有他们这些遇难者家属。不管事故原因是否跟江何有关，至少他也深受困扰。

李巧问江何："医生是怎么说梦游症的？"

江何道："医生说，目前医学界还没有找到梦游症的发病原因，也没有特别的治疗手段，吃药，做心理治疗，我都尝试过，起不到太大作用。"

李巧有些不解："我昨晚见你一直闭着眼睛，怎么还健步如飞，比白天还要精神？"

江何解释："我听医生说，人在梦游时，大脑控制意识层面的板块都在睡眠，运动神经却异常活跃和兴奋，相比较平常会矫健和机敏一些。"

李巧又想起昨晚的那一吻，继续道："那梦游时的事你还记得吗？"

江何摇摇头："很少能记住！"

李巧见江何不像在撒谎，原本她还想追问梦里在追他的都是些什么人？为什么他会那么害怕？但她知道从他口中很难问到事实，便没再多说。

两天后的一个深夜，李巧刚睡下，又听见外面传来窸窸窣窣的声音。她估计江何又梦游了，连忙起身穿衣，拿起手电，跟出去查看。

斋堂一侧的走廊上，李巧看到了江何。他正面朝墙角，往墙上安装什么。

李巧看到江何闭着眼睛，手中空空，却一会儿做测量，一会儿拧螺丝，就像训练演员时进行的无实物表演，干得特别像模像样。

江何从"梯子"上下来，李巧走过去，好奇道："你在做什么？"

江何闭眼回答："安装监控系统。"

他说完弯腰从地上搬起什么，递给李巧："你帮我拿一下。"

李巧只好配合地从江何那里接过一团空气，江何则回身扛起他想象中的"梯子"，两人一起朝后院走去。

李巧有些不解，问江何："为什么要安装监控系统？"

江何压低声音，回道："有强盗。"

李巧虽然不知道江何指的是什么，却忽然福至心灵，白天问不出来的信息，为什么不趁他梦游套套话，忙追问："强盗来了抢什么？"

江何眼睛依旧是闭的，回道："人。"

李巧继续追问："什么人？"

两人说着已经走到后院，江何放下"梯子"，小声道："已经藏好了。等装好这个，我们一起去大门口放哨。"

李巧又看着江何忙忙叨叨地将一个"摄像头"安装好。

之后，两人到门口放哨。这一夜总体还算安全，江何口中的强盗并没有发现他们的踪迹，李巧一再探问他藏的人是不是老胡？藏在了哪里？江何却歪倒一旁，睡死过去。

李巧无奈："喂！怎么话还没有说完又睡着了？把你丢在这儿得了！"

她正待起身，江何却歪倒过来，整个儿压在她身上，嘴里还嘟嘟囔囔说着："别害怕！我会保护好你的。"

李巧再度无语，连忙将他推开，生怕他又和上次一样耍无赖。

看着江何眼睛紧闭，一副人畜无害的模样，李巧心底充满疑惑，这到底是不是好人？

这个问题自然无法从江何口中得到答案。李巧第二次耗费九牛二虎之力，把江何背回房间后，她觉得无论如何，都要搞清楚这一点。

第二天下午，李巧睡醒起床，本打算去斋堂吃点东西，却意外地听到了黑牙和快递员的对话。

快递员说："你们这边最近可热闹啊，前段时间来了个江何，现在又多出个胡海，江河湖海凑一块儿了！"

黑牙问："什么胡海？我们这儿没这人。"

快递员又说："咦！我早上还送了个胡海的快递。"

黑牙笑："那肯定是江何的马甲。"

"……"

李巧惊讶，江何居然用胡海的名字收快递？这说明他们还有联系？难不成就像他梦游时说的，他真的把老胡藏了起来？那他们在躲避的又是谁呢？

李巧想顺着这条线继续往下查，刚这样想时，身后忽然传来一个声音："请问大舍建筑事务所在这儿吗？"

李巧回头一看，是一个身材魁梧高大的中年男子。他脸上戴着墨镜，身上穿着风衣，风衣里面穿的却是一套椰林树影的沙滩服，手上还拎着一个LV的旅行拎包，风尘仆仆的就好像刚从海边赶过来。

李巧问："你找江何？"

男人摘下墨镜，露出了俊俏但又略显沧桑的脸庞，道："我有一个房子想找他聊一聊。"

2

这位自称老白的业主一见到江何就信誓旦旦道："只要你设计的房子能让我老婆回家，就算倾家荡产，我老白也绝不含糊。"

江何从业十多年，早年一文不名时，什么样的业主都接待过，五花八门的要求也听过。眼前这一位，一看就是夫妻闹矛盾。

江何慷慨道："好说。业主找建筑师寻求服务，不一定只是因为房子，一切要求我都会竭尽全力。"

老白赞道："好！"

他悬着的心总算放下来，大大咧咧往沙发上一坐，对引自己过来的李巧道："能不能帮忙泡壶茶？我赶了一天路，口渴得紧。"

李巧白了他一眼，冷道："想喝茶自己泡，我不是这儿服务员。"

老白被噎，吐吐舌头有点尴尬。

江何忙小声上前："你帮帮忙！茶在柜子里，我雇你烧！"

李巧本不想帮他，但顺着江何手指的方向，她看到柜子里放着不少快递盒，想起刚才快递员的话，顿时来了兴趣。

她朝江何比了一个 OK 的手势，两人一个去泡茶，一个去谈项目。

老白跟坐在对面的江何诚恳道："这两天，我马不停蹄地在约见建筑师，已经谈了好几拨，结果都是听完我的诉求，不肯接我的案子。"

江何问："为什么？"

老白一脸不忿："有的说，当了这么多年建筑师，没听过哪个业主提出我这样的要求；有的干脆问我，怎么不去找心理医生或者情感专家，跑来找建筑师？说得就好像我的脑袋被驴踢了一样。"

江何道："这方面你不用担心，我不会问你这些问题。只是不知道你怎么会想到要用改造房子，来解决夫妻矛盾？"

老白撇撇嘴："自然是我和我老婆的问题出在了房子上。"

江何问："房子怎么了？"

老白道："房子本身也没什么。单说硬件，我们那个小区没得挑，地段好，交通便利，物业也是最好的，家里就我俩，住着200多平方米绰绰有余。"

江何又问："那问题怎么会出在房子上？"

老白继续："装修也都是按我老婆意思办的，找了专门的装修公司，还请了设计师，花了上百万。"

江何无奈："没听出来房子有什么问题?"

老白支吾否认："可是上回我和我老婆聊，她就让我装修房子。哎呀，就是那个，我要怎么才能跟你说得明白……"

眼见老白说不出来，江何也不吱声，默默等着。

李巧在那边磨磨蹭蹭地烧水放茶叶，看到几个快递盒上都写着胡海，却没有拆封。当着江何的面，她不好动手检查，只能泡好茶端过来。

李巧面无表情道："一个大男人家的，惹得老婆不回家，还在这儿扭扭捏捏不说原因，我看八成是你出轨了。"

老白一口茶差点喷出来，瞪着李巧道："你属狗的吗? 鼻子这么灵!"

李巧不以为意："我属鸡的。"

老白只好老实交代："还真被你说着了! 其实说起来，我家的房子也没有啥问题，是我有问题。我不是人，我在我家的房子里做了对不起我老婆的事，还不幸被她当场抓包。她现在跑到外面，离家出走不肯回来，嫌弃我们现在住的房子被我弄脏了，让我改造到满意才肯回家。"

李巧听完当即说道："还真是风流债，房子其实只是你们关系拉扯的一个借口。"

老白悻悻道："幸好还有这个借口，不然我们就该上民政局了。"

江何听完缘由，虽然觉得这个案子有点麻烦，但是一想到刚才老白进门时说的倾家荡产、绝不含糊之类的话，他还挺想拿下这个项目的。

江何问："您今天主动登门，我很高兴，但我还想知道为什么会选我？"

老白没想到江何会问这个，敷衍道："我就在网上找的。"

江何心想自己前几天刚把小树家的房子和泡泡堂挂到大舍建筑事务所的网站上，结果网站第二天就被人黑了，现在一打开全是骂他的弹窗。

江何道："您上过我的事务所网站？"

老白只好坦白："上过啊。"

江何奇怪老白会怎么看待："您知道我设计的建筑出过事故？"

老白道："知道啊！争议嘛，又不一定是你的问题，再说就算是你的问题，我家的房子又没有天窗，你难不成还能把我家房子也整塌了？"

江何又问："您是没有问题，那您夫人呢？"

老白被问住了，支支吾吾道："我老婆她……哎呀，我还真不知道她会咋想。"

江何无语："您不知道她的意见？"

老白挠挠头："说真的，以前我觉得我挺了解她的，就是这段时间，也不知道怎么了，我觉得她变得特别陌生。"

江何没想到聊起夫人老白就发蒙，心下觉得这事不好办。

老白见江何皱着眉头不说话，生怕自己的迷惑会影响建筑师。现在他的婚姻命悬一线，急需救援。他就像抓紧救命稻草一样抓紧江何："我可以带你去见她，你可以花些时间了解她。她人特别好，就是脾气有些拧。"

老白拜托完江何，又转头游说起李巧："这边这位属鸡但是鼻子比狗还灵的伙伴也可以一起，我付双倍酬劳，拜托你们了！"

一个可以赚钱还可以接近江何的机会，李巧自然不想错过。江何也需要新的项目，这时候他哪里还有立场拒绝，于是一拍即合。老白决定立即带他们去见他老婆，一刻都不能多耽搁。

3

老白带着江何和李巧乘坐最近一个航班到达一座海滨城市，时间已经是深夜，三人只好先去酒店住下。等到次日一早，三人吃完早饭准备出发，江何和李巧才发现老白根本联系不上他夫人。

微信不回，电话关机。给之前住过的酒店打电话，都说离开了，不知去向。

无奈之下，老白竟然带着江何和李巧来到警察局。

两人十分意外，这里的警察跟老白都认识，一听说他又找不到夫人，就把一个有可能的地址抄给了他。

江何和李巧只好跟着老白去蹲点。两人心底都觉得奇怪，但又问不出所以然。

从老白口中，两人进一步了解到，老白的夫人名叫姜心，是一家拥有数千名员工的网络通讯公司技术一把手，重要股东，董事会成员，开全员大会时要坐在主席台上面，妥妥的英武霸气女总裁。

在那条繁芜、凌乱的小吃街上，三人一直等到天都快要黑了。却在这时，老白忽然看到街角走过来一个穿着暴露、妆容艳丽的女子，正在被一个醉汉纠缠，脸唰的一下子就垮了下来。

老白当即起身，怒不可遏地冲上前去，对着醉汉狠狠挥出一记重拳，直接将他撂翻在地，然后拉着站街女没命似的往海边跑。

江何和李巧被老白这一连串的动作看傻了眼。待两人反应过来，也追了上去，上气不接下气地跑到沙滩旁。

他们远远地听见老白正扯着嗓子连珠炮似的质问那站街女："你为什么不回我微信？你的手机为什么不开机？你怎么还在干这个？要是再被警察抓住怎么办？"

那站街女抱着胳膊，一脸高冷模样，也不搭理老白。

江何和李巧惊诧万分走上前。江何开口问道："这位不会就是尊夫人吧？"

老白听完没好气道："是啦！她就是我老婆，姜心！"

两人瞪大眼睛，嘴巴惊得合不拢，心想刚刚不还说英武霸气的女总裁，怎么变成了站街女？

老白跟姜心简单介绍了一下江何和李巧，软下声来哀求道："老婆你别闹了，我把建筑师找来了，你赶紧跟他们说一说，你想要一个什么样的房子？无论是什么，他们都能帮你实现。"

姜心听完当即露出一脸的嫌弃，狠狠甩开老白的手，凶道："谁让你带建筑师来的？我说了我不会跟你回那个房子，你非要重新弄一个，那你就去做啊，又跑过来问我做什么？"

老白无奈："我不问你怎么知道弄什么样的房子？咱们家的大小事情哪一样不是你拿主意？"

姜心不屑："少在这里给我戴高帽。现在这一切都是你造成的，你就受着吧。"

姜心说完，转身就走。在马路上扬手招了一辆出租车，钻进车里绝尘而去。老白眼巴巴地看着，怎么呼喊都不能令她改变主意。

直到马路上再也看不到出租车的踪影，老白泄气地蹲下身来，一脸感慨地跟江何和李巧说道:"现在你们应该明白了吧,我为什么要倾家荡产、绝不含糊了?"

江何和李巧点了点头。

沉默了一小会儿,江何好像茅塞顿开一般,忽然说道:"难怪你会找我当你的建筑师,原来是这样。"

老白却没明白:"什么?"

江何道:"你明明知道我有争议,我问你介不介意,你说不,而且好像还乐见于此,原来是因为这个。"

老白尴尬:"我……其实也没有找过别的建筑师,我一下飞机就直奔你那儿,我老婆这个事,实在没办法跟人说。"

江何这才发现,老白看着没心没肺,其实并非如此。他心里很清楚,正常建筑师很难会管这些事,更不会对他的遭遇感同身受。

老白见他不说话,紧张道:"那你现在都知道了,不会不管我们了吧?"

江何当即表态:"那不能够!我现在名声都快烂大街了,能有业主上门,我供都来不及,怎么会不管?"

老白松了口气,拍拍江何肩膀:"兄弟!"

眼瞅着江何和老白找了个烧烤摊子喝起啤酒,开始称兄道弟,互诉衷肠。李巧还算清醒,知道这时候不能只发泄情绪。

她按住酒瓶,对老白道:"你们慢点喝,在喝醉酒之前,能不能请你从头到尾说一说你和你夫人的经历?"

老白听完放下酒杯,道:"行!"

老白开始回忆:"我就从我老婆认识我的那天开始讲吧。主要因为那会儿我老婆是我们公司的老板之一,我只是公司车队一名微不足道的司机，我认识她，她不认识我。我当时工作多年，一直没有转正，除了基本工资加三险，并不享受正式职工福利。不过，哥们颜值还可以，个子挺高，走到哪儿都挺招小姐妹喜欢，在公司也不例外，加上我又经常跟在领导后头，所以都喜欢到我这儿打听领导秘事。"

江何点点头，确实如老白所说，他不但相貌英俊，身材挺拔，一双丹凤眼，尤其勾人心魂。

老白继续："我当时也不知道怎么了，或许就是冥冥当中的缘分吧，诸多领导当中，我就觉得姜心最厉害，所以就跟小姐妹们开玩笑，给姜心起了一个外号，叫她'野兽一样的大姐'，简称'兽姐'。也不知道怎么的，那天我正在车库擦车，姜心忽然朝我走过来。一般领导用车，只要打个电话就行。我看她这架势，当时就知道，八成是因为绰号的事情。果不其然，她确认完我的身份，就直接问我，是不是给她起了一个绰号？她说话的时候，脸上一点表情都没有，我当时站在那儿，腿都在发抖。"

江何猜测："你不承认？"

老白否认："当然没有，那多不爷们，自己干的事情自己还不认。我见她问，就说是的。我看她脸色略微变了变，正要发火，忙解释道，因为公司里的人都说您是social一姐，所以就管您叫cial姐，是简称。我这反应够快的吧？她听完了先是一愣，随后反应过来，才说，哦，那可能是我理解错了，以后别这么叫了，省得别人误会。说完转身走了，我当时吓得大气都不敢出，生怕她又回过头来再问我点啥。"

老白说着还长舒了一口气，就好像在缓解当时的紧张。

江何笑道，看老白的样子还有点可爱："居然被你糊弄过去了。"

老白一仰脖子喝掉杯子里的酒，又继续道："不过，接下来就没有那么容易了。本来我想以后无论如何都躲这位菩萨远一点，结果没多久，车队整编，我居然被安排成了她的专职司机。开始上班前，我还特地找了很多她的资料，了解到她17岁就考上国内最好的邮电大学，是不折不扣的理科学霸，从不富裕的西南小县城闯出来，一路飞升到金字塔尖，最终靠知识改变命运。我也是17岁离开老家外出闯荡，多年打拼，还只是一个给老板开车的司机，真是人比人，气死人。"

李巧听这话不悦耳，犀利地指出："要说人比人，你难道不觉得你父母把你生得又高又帅，已经气死很多人了吗？"

老白摆摆手："这倒也是，而且我也有我享受人生的方式，所以并不计较这些。"

江何见两人扯远，忙将话题拉回正轨："那你成为女总裁的专职司机之后，又发生了什么？"

老白继续回忆："刚开始很正常，我就是做好分内的事情，不迟到早退，随叫随到，她也没提那件事，除了沟通行程，从不跟我闲聊八卦。我当时还很好奇，每天被一个像我这样高大英俊威猛的帅哥鞍前马后接送，她脑子里在想些什么？"

李巧讪笑："你想得还挺多。"

老白一脸不在乎："可不，当领导司机都得有眼力见，知己彼百战不殆。虽然搞不懂她怎么看我，但我很快发现，她身上经常有乌青和淤痕，在脖子、胸口和大腿上，为了不被人注意，她在车上悄悄涂遮瑕膏被我看到。我这才发现，她不坐前排，也不跟我闲聊，是怕我见到她这些伤。"

李巧听到了姜心的遭遇，皱着眉头问道："好端端的怎么会受伤？"

老白解释："除了家暴，谁还能做出这种事？我嘴上没说什么，但还是留了一个心眼，结果发现她平常跟丈夫打电话总是小心翼翼，言听计从，从不违逆。但凡工作耽误下班，或者需要应酬，转天就能看到身上的淤青变多变深。"

李巧不解："没人知道她被家暴的事情吗？"

老白道："她一声不吭，也不闹离婚，我猜她可能有把柄握在对方手上，一旦撕破脸，在争夺财产、名誉，还有孩子的抚养权上不占优势。那会儿我有意在公司打听了一些关于她家庭方面的八卦，结果没想到，说她丈夫的全是好话，比如为了支持妻子主动辞职当全职丈夫。我都惊了，这男的吃软饭还能吃成二十四孝贤夫，真是有水准！"

李巧追问："那后来呢？"

老白道："后来说来也巧，没过多久，我居然在红灯区撞见了那个男人。"

李巧想起刚才站街的姜心，讶异道："你去红灯区？"

老白冲李巧翻了个白眼："去个红灯区至于这么惊讶吗？刚才不是跟你们说了，我也有我享受人生的方式。"

李巧懒得跟他争辩，一脸平静道："你继续。"

老白继续谈起妻子的前夫："我当时就很奇怪，我是一个被前妻嫌弃、女儿鄙视的外聘司机，只有跟妓女厮混在一起时，我才能感觉到自己雄风万丈、毫不卑微。可是，堂堂的姜总先生，二十四孝贤夫，他怎么也上这种地方？我还从熟悉的妈妈桑那里打听到，说这人不但出手吝啬，还打过小姐，口碑极差。于是，我重金请她们拍照，她们也都乐意帮忙。"

江何猜测："你拍照，然后给了姜心?"

老白一副做好事不留名的骄傲模样，道："我就放在她办公桌上，没留名没道姓，没多久就听说她离婚的消息，对方净身出户，她还争到了女儿的抚养权，可以说大获全胜。"

江何追问："她不知道是你帮她的?"

老白道："后来也知道了，不过说起来真尴尬，我知道逛红灯区的事情不光彩，所以一直都很小心翼翼。因为我在小姐当中颇有些人气，不光有人品，还有技术，所以她们才会破例帮我拍照。我本来想这事能瞒就瞒，绝对不能让她知道，结果好死不死，赶上了扫黄打非，被警察堵了个正着，跑都没跑了。到警察局交代身份和工作单位，打了电话等单位来领人。我心想这下完了，搁谁来了我都吃不了兜着走，又是一个外聘，八成要卷铺盖走人。结果，最后来的人是姜心。"

江何猜道："她帮了你?"

老白点点头："嗯！那天她正好跟人力总监在一块，听到警局给人力打电话，就说她过来处理，还让人力不要把事情声张出去，尽量大事化小小事化了。"

江何又问："她是不是知道那些照片是你放的?"

老白道："是的！她查了公司的监控，早就知道了。那天，她把我从警局接出去，还请我吃了小葱拌豆腐。最后还跟我说，今天的事不用担心，只要自己不说，没人会知道。我当时心里那叫一个感激，都做好失业准备了，又峰回路转，真是好人有好报。"

老白说着提起桌上的杯子，跟江何碰了一下杯，两人干掉了杯中的酒。

4

夜晚的大海漆黑一片,却有一轮圆月挂在海面上。江何和老白一人拎着一个啤酒瓶子,走在大排档不远处的沙滩上,李巧跟在两人身后。

老白指着月亮,开心道:"这月亮多像那天晚上我送姜心回家,在路口看到的那个。那几年我可倒霉了,前妻不要我,女儿也嫌弃我,我从来没有哪一刻像那一刻一样,感到那么温暖和开心。"

江何问他:"你后来还去红灯区吗?"

老白摇摇头,然后说:"那段时间我除了上班,还办了健身卡,请了私人教练,报了管理培训班,有条不紊地参加学习,提升自己。我跟姜心谁都没有再提过那晚的事,我尽心尽力帮她开车,她偶尔也会给我带个早饭,说家里阿姨做多了,扔了浪费。有时候在路上,我们也会闲聊几句单位八卦,因为一些好笑的事情大笑不止。我觉得姜心离婚之后,比以前开朗多了,不再是从前那个'野兽一样的大姐'了。"

李巧在他身后问道:"那你们是怎么走到一块去的?"

老白想了想,道:"有一天深夜,我忽然接到她的微信,让我去她家一下。刚开始我还有点诧异,三更半夜,孤男寡女,去她家做什么?但是,她的人品我是知道的,她叫我过去,我当然得去。结果去到之后发现,她一个人在家,肚子疼得在地上直打滚。"

李巧问:"她生病了?"

老白道:"急性阑尾炎。我把她送去医院看急诊,连夜开刀做手术,她就请了一天的假,第二天又跑回公司上班。我这才知道,那段时间，她那个渣男前夫蛊惑女儿跟她吵架，闹着要去国外上初中，她没办法，只好放人，忙着给女儿办留学。单位的副总工程师也趁火打劫，提出竞岗，她忙完女儿忙工作，生病也没顾上，越拖越严重。"

李巧感叹："真不容易。"

老白道："可不是嘛！一个女人家，身边又没个亲戚朋友，要不是我这个司机送她去医院，那天晚上她能疼死在家里。而且当时因为竞岗，我还替她瞒着生病的事，每天想尽办法让她去医院打点滴，到竞岗结束，单位都没人知道她生过病。"

江何继续问道："然后你们就在一起了？"

老白答："嗯呢。"

江何又问："她提的还是你提的？"

老白答："当然是她。"

江何问："她是怎么提的？"

老白惊诧："不是吧，这种细节你都要听？"

江何表示："听听无妨。"

老白喝了口酒，靠在栏杆上娓娓道来："那我就当故事讲了。她病好之后，请我吃饭答谢，不过饭后我还是坚持我买单，毕竟她帮我转正，我本来机会不大。后来，我送她回家，临分别时，她忽然问我，要不要上去坐坐？大家都是成年男女，这一问八成就是那个意思你懂的，我当时稍微有点犹豫，但还是很快就答应了。"

江何和李巧默默地听着。

老白继续道："我都不记得是怎么开始的，反正直到我把她衣服一件一件脱下来，才发现她是真的瘦。做的时候，我趴在她身上，她那么瘦，我真怕把她压坏了，从头到尾，我都半撑着身体。

那天也是借着酒劲，从前戏到进入，我感觉我们好像做了很久。我对自己的表现还算满意，但是过程中好像没怎么听到她出声。她就一直牢牢抱着我的腰，紧紧将我环住。我因为有些吃不准她的感受，最后要射之前，及时遏止了。"

老白讲得绘声绘色，仿佛还沉浸在那天的亲密当中。

江何忍不住追问："那后来呢？"

老白想了想，道："后来，我们做完就在那儿躺着，我当时很拘谨，不敢轻举妄动，借着床头灯的微光，看到她背上高高凸起的蝴蝶骨，忍不住轻轻摩挲。她忽然问我，说你跟我是不是认真的？语气弱弱的，好像很不安，又好像在试探，我做梦都没有想到，有一天我老板会用这种语气跟我说话，我当时就脱口而出，说我当然是认真的！她听完翻过身面对我，说她也是认真的，那既然都是认真的，干脆结婚好了。我当时一愣，心想还有这等好事，好到不真实，我问她说，我就是一个司机，要钱没钱，要地位没地位，而且我还结过婚，有孩子归她妈。结果她说，没关系，钱和地位她都不在乎，她也结过婚，也有孩子，孩子眼里根本就没有她这个妈。我听她说得可怜，就爽快答应下来，说你是老板，你决定吧，就算你拿我当工具人，我也乐意。她又板起脸来，说她从来都没有把我当成工具人，不过她有一条，她不想再要孩子了。这个我当然没问题，我说无所谓，反正我也没妈，以后我们就是彼此的孩子。"

江何问："然后你俩就结婚了？"

老白答："那个周末我们就去领了证，我俩都可开心了，笑得像个孩子一样。结完婚，她不想继续住在之前那套房子，说有不好的回忆，要换个地方。我当时住着一个40多平方米的老破小，比她那个70多平方米的塔楼经典户差多了，我也不好意思说你搬到我家去，就听从她的安排买了现在那套200多平方米的大平层。大头是她出的，我有点不好意思，坚持卖掉老破小，勉强也就凑了个零头。"

李巧问："你俩结婚之后，你还给她开车吗？"

老白摇头："当然没有，那不是给她丢人嘛。结完婚之后，她就问我，除了开车，还有没有别的梦想？我说我喜欢做汽车模型，做玩具车，还可以给玩具车改装马达，换驱动，装摄像头。她觉得可以做个玩具品牌，应该会有人感兴趣，就帮我找了投资人。我把一起玩的几个哥们拉进来，很快就弄起来了。"

江何惊讶："嚯！成白老板了！"

老白连连摇头："什么白老板，品牌弄了还不到三个月，就遇到了危机，另一个合伙人要撤资，我们只能再找新的，结果中间又出了一些别的问题，总之第一年都差点没有熬过去。说到底还是我自己不争气，该争取的机会她都帮我争取了，可我不知道咋回事，一到关键时刻就掉链子。"

老白说着叹了一大口气，一脸的无奈和焦虑。

江何举起啤酒瓶，跟老白碰了碰："喝一个。"

老白仰起脖子喝了一大口，悻悻道："我想躺平，刚开始姜心不同意，还帮我约了投资人，想哄他再投点钱，所以就找了几个朋友去玩那个投资人喜欢的真人密室。那天也是巧了，我进密室没到十分钟就被干掉了。我出去之后，估摸着离游戏结束还有五六个小时，就开着车打算回家睡一觉再去接他们吃饭，结果刚到楼下，就碰到她前夫来替女儿讨要生活费。自打姜心跟我结婚之后，她女儿就彻底不跟她联系了，她人在国外，每次要钱都让她爸爸来，还大言不惭地要加钱，生怕便宜了我似的。我知道那姑娘毕竟是姜心身上掉下来的肉，钱还是得给，刚好我那天网银转不出去，我就拿着银行卡跟前夫去街上找提款机。结果那一路上，前夫的嘴就跟含了粪一样，一刻不停地朝我身上喷，先是问我一个月挣多少？有她零头多吗？又问我靠老婆上位，滋味怎么样？还好奇说我就一司机，她怎么就愿意跟我结婚？是不是我每天晚上趴在她下面给她口到爽为止？……我越听越窝火，最后终于没搂住，看到花台上有一块砖头，大小正合适，于是捡起来直接敲在他后脑壳上。"

江何道："你把他给打了?!"

老白道："活该丫的！他也给我抠破相了。大老爷们打架跟个女人似的，指甲还特别长，直接给我脸上抓出了四道血痕。后来，有人报警，警察来了，我俩又不想惹事，就互相道歉认错，去提款机取了钱，然后各回各家。"

老白说着，又提起啤酒瓶找江何碰杯。

江何看老白喝得有点猛，好心提醒："你少喝点。"

老白又喝了一大口，道："没事。反正那天我贼憋屈，本来想给姜心打个电话求安慰，结果响了半天没有人接，刚好看到那个投资人发朋友圈，姜心正陪他玩着，哥们嘴都笑歪了，我那个窝火更是无处发泄，抬手就拦了一辆出租车。开始我想去找姜心，但是想想又算了，就去了红灯区。"

江何和李巧都有点无语。

老白继续道："我找了以前经常厮混在一起的老妓，二话没说，把她拉进房里。裤子扒掉，按在地上，从后面一通猛冲，动作粗暴，老妓开始叫得很凶，后来甚至还带了一点哭腔。我自己都不知道，我到底是在生姜心的气，还是在生我自己的气，总之就很想发泄。"

老白说完重重地叹了一口气，发泄一般把啤酒罐捏扁。

老白又道："反正从那之后，我又成了红灯区常客。中间有几个月，姜心被关在公司搞技术转型，我就干脆把人约到家里。前不久，她本来要去出差，我都把她送到机场，目送她进了安检，结果对方临时取消。她没告诉我，本来想给我一个惊喜，结果惊喜变成了惊吓。姜心也真是沉得住气，我带着一个穿着暴露、打扮妖艳的女孩进屋时，她已经在里面了，居然一声都没有吭，就坐在房间拐角的沙发上，一直到我们做完全套，我才猛地看见她，把我吓了个半死！"

江何和李巧大概明白过来，堂堂的女总裁怎么变成了站街女。

老白道："姜心说，她才明白，这一年多在家里发现的长头发和不是自己的丝袜，我都撒谎说那是阿姨留的，其实不是。她还说，我从来都没有像跟妓女做爱那样跟她做过，那么忘我，投入，从头到尾把控和主导，用的都是她从来没有见过的花招和姿势。反正最后，她不顾我的阻拦，带着一把伞就离开了家。她先到单位请了假，把工作交给几个副手，然后销声匿迹。我到处找她，又不敢瞎打听。直到上周，这里的警察忽然给我打电话，说他们抓到姜心卖淫嫖娼，让我过来领人。刚开始我还以为她找牛郎被抓了，结果警察告诉我不是，是她当小姐，我都惊呆了。"

江何感叹："挺匪夷所思的！"

老白继续说道："不过，我还是当天就赶了过来。真是风水轮流转，就跟当年她到警局去领我一样，这回换成我到警局去领她，她还一个劲地问我，你的感觉怎么样？叫我怎么回答。"

老白说着提起手里的啤酒瓶，发现已经空了："哎，没酒了！

我们回酒店怎么样？我怕姜心万一后悔了，会去酒店找我。"

5

三人从出租车上下来，走进酒店大堂，在水吧点了啤酒，然后坐下继续聊。

老白介绍道："前天也是在这个酒店，我把她从警局领出来，带她到这里。结果我们大吵了一架，最后不欢而散，我开始想找建筑师给我们弄房子。"

见老白聊起了房子，江何问道："你们都是怎么谈到房子话题的？"

老白道："我记得，那天最开始是她想扮演妓女，让我扮演嫖客，然后跟她互动，神里神经的，我可受不了，就问她为什么要这样？她也不好好回答，我就问她，你是不是在用这种方式惩罚我？"

江何问："她是怎么回答的？"

老白道："她当然否认了，说她就是想知道当小姐是什么滋味？为什么我跟她前夫，都那么愿意找小姐？她也想试一试，自己能不能做好小姐？我听了就很崩溃，我说当小姐又不需要考职称，这有什么好试的？她就问我为什么要找小姐，是不是对她有什么不满？我说姑奶奶，我能对你有什么不满？你什么都好，赚得比我多，聪明，优秀，漂亮，人品也好。我是谁啊？我就是一个司机。结果，她一听我这么说，就说那她现在是小姐了，司机和小姐，难道不是绝配吗？这都什么歪理邪说。"

江何感慨："感觉你们好像在一个很深的地方发生了误会。"

老白道："我也不知道。反正那天后来，她见我不同意当嫖客跟她发生关系，就要走，继续出去站街。我就拦着不给她走，后来甚至都快哭着跪下来求她了，让她跟我回家，想骂我打我都依，只要别再继续做伤害自己的事情就行。毕竟做错事情的人是我，是我对不起她！结果她说，她现在是小姐，小姐没资格接受我的道歉，还吼我让开。我当时心里慌得一批，发现根本就哄不好她，只好一把抱住她的大腿，给她交底说，其实从第一天跟她在一起时，我就觉得自己配不上她，不仅配不上她，我就配不上爱情这两个字，配不上婚姻，配不上被一个好女人好好爱着。总有一天，当她看清我的真面目，也会像我的前妻和女儿一样嫌弃我，抛弃我。我就只配跟小姐，只配跟她们。"

老白坦露心迹，毫无保留。

江何和李巧听得心口憋闷，一种心酸难耐的感觉油然而生。

老白又道："那天最后，我一直一直都在哀求她，让她跟我回家，可她还是摇头说她已经没有家了，她再也不要回那个房子。我就说要不我重新弄一个家，现在的家不想回就不要了，我再弄一个新的。"

江何忽然发现，正像刚才姜心在海滩边说的那样，这个提议确实是老白先说出来的。

江何道："所以，确实是你先提出来的，你要给她重新弄一个家。"

老白一愣，然后道："那也是话赶话，正好说到了那儿。她不肯回家，嫌我在那个房子里面做了对不起她的事，我除了这么说，还能怎么说？我又不是建筑师，哪儿知道要给她弄一个什么样的家？"

一直都没有开腔的李巧见老白又一次否定自己，开口反问道："你难道不觉得，你太太她其实会期待你要给她一个什么样的家？"

老白不敢相信："她会期待吗?"

李巧肯定道："当然。我也是女人,我猜她之所以会同意,是因为她也很想知道你能给她一个什么样的家。因为这恰恰意味着,你能给她什么样的爱?如果我是她,我想要看到的,绝不会是什么建筑师的新奇方案,真金白银堆砌出来的豪华装饰。我猜她真正期待的,恰恰是你的想法,你的回答,你到底爱不爱她?爱得有多深?你要用什么方式来表达爱?"

"我当然爱她!"老白很笃定地说道,说完又有些委顿,"可是,我真的不知道要给她一个什么样的家。说白了,我就是一个司机,要钱没钱,要学历没学历,既没有本事,也没啥想法,我什么都没有。今天能把你请到这里,在这酒店大堂坐着喝酒聊天,还夸下海口砸钱让你搞设计,也都是吃软饭吃出来的。"

眼见老白深深地陷落在自己的思维里,李巧严厉道："这句话你今天晚上都说过多少遍了,我就是一个司机。"

老白仍旧执迷不悟："可我就是一个司机啊!"

李巧哀其不幸,怒其不争："你能不能不要总是把自己说得这么卑微和无能?好像因为你是一个司机,别人都得让着你似的。"

也许因为李巧直白地揭露,老白内心陷入到深深的纠结当中,好大一会儿没有说话。

江何作为在场唯二的男性,此时倒是更能理解老白的脆弱,见他们不说话,语重心长道："我觉得你可能还没有意识到,你太太之所以委身成为小姐,其实她这么做的目的应该是拉近你跟她之间的距离。她不惜自降身份,自甘堕落,就是因为在你的心目中,你总是觉得自己配不上她,你只配跟职业的性工作者在一起。好啦,她就去做性工作者,这样你们就一样了。"

老白忽然被江何点破，恍然大悟："她应该就是这么想的。"

他露出了一脸的自责，抬手一连扇了自己好几个耳光，边扇还边骂说："我真是个混蛋！混蛋！混蛋！混蛋！"

江何忙拉住老白，他脸上已经多出好几个大大的手印。

江何鼓励着问道："所以，你到底想给你太太一个什么样的家？"

"我……"老白急了，挠着头烦躁道，"我不知道啊，我能给她什么？就算我给了，也只会被她嘲笑，然后让我赶紧滚蛋。"

江何不解："你又怎么知道她会嘲笑你？"

老白愤然道："我前妻啊！我小的时候，看《西游记》，小朋友们都想当孙悟空，我却心仪白龙马。如果成了白龙马，就可以踏遍千山万水，走遍天涯海角。后来我每天开车，辛苦加班，攒下了第一笔钱，就买了一辆皮卡。我心里想着，要把它改装成房车，带着我的前妻去环游世界。结果，她却嘲笑我，说我就是一个土包子，她宁愿坐在宝马里面哭，也不要坐着我的皮卡笑。再后来她跟我离婚，嫁了一个有钱人，还带走了我们的女儿。你问我最想给姜心什么，我其实也想过，我想等她老了，退休了，不工作了，我就把我那辆皮卡改装了，我加车厢，做房车，刷纯白，印上我设计的白龙马标志牌。我要带着她，驾着我的白龙马，环游国境之内的每一寸土地……"

江何和李巧听着听着，不知道为什么都有一点激动，也有一点感动。

有时候，爱意就在每个人的心中和手中，可是，他们却偏偏不拿它当一回事。

江何笃定道："你该做的就是这个！白龙马。"

6

那天晚上，老白跟江何和李巧聊完之后，在江何的帮助下，用酒店水吧的餐巾纸画下了房车的草图。

老白用手机拍下来，发给姜心，还打了一段长长的文字。

文字的最后一段，他说："老婆，我知道我想给你一个什么样的家了。请你给我半个月时间，我跟建筑师一起，我们加班加点把它造出来，这次一定不会让你失望。"

结果没过太久，手机上收到回复，就一个字："好。"

半个月后，在笑寺后院的荒地上，一个简易塑料棚下面，"白龙马"顺利组装完成。

老白焊好了最后一块零件——龙飞凤舞的"白龙马"铁皮标志牌，然后飞速地换掉满身油污的工作服，跟江何、李巧一起坐进驾驶室，开着它去见姜心。

从南方回来后，姜心把单位的工作辞掉，在郊区山涧找了一个安静的民宿小院，过了一段规律又养生的日子。

房车开到山门前，老白按了两下喇叭，就看见姜心从院子里面出来。

半个月没见，姜心的气色明显好转了很多，穿着一身素色的布衣，长发像瀑布一样披在身后。老白却累得眼圈浮肿，头也不知道几天没洗了，只能戴着帽子，他一见到姜心，就像个孩子一样绽放出灿烂的笑容。

老白指着身后的房车跟姜心说："看！这是给你量身打造的新家！"

姜心读着车身的标识:"白龙马!"

老白用胳膊肘拐了拐身旁的江何:"江工,你来跟我老婆介绍一下吧,你是专业的建筑师!"

江何不想夺人之美:"别别别!还是你来吧。这可都是按照你的思路做的,我就是个打下手的。"

老白挠挠头,开心道:"那就我说吧。按照江工的话说,这是一个会移动的房子。我们经过了一天一夜的讨论,还有汽车工程师的协助,李巧也给我提了一些意见,最后还是决定在我之前那台老皮卡的基础上进行改装。老皮卡的年龄虽然有点大,可是因为我的保养做得好,它的性能、里程、耗损等方面都还不错。我们先将皮卡的后座卸除,锯掉后车厢,重新加装了一个房式厢体。这车里的每一件东西,包括线路板,都是我们亲手焊上去的。"

姜心在一旁边听边点头,认真得就像一个小学生。

老白操纵遥控器,车厢的顶部开始往上升起,瞬间变高了不少:"因为市内的道路和车库都有一米五的限高问题,所以新装的车厢选用了硬拉升顶模式。"

介绍完外观,他又打开车厢门,带着姜心进入内部。

老白道:"顶棚升起来后内部有两米高,就算我这种一米九的大个子,进去里面也不需要弯腰。"

姜心看见车厢内部刷成温暖的淡黄色,不仅有一个小吧台、柜子、烤箱、电磁炉,还有隐藏式的冰箱;一个小小的卫生间里面有马桶、面盆和淋浴头;在车厢的尾部,还有一张双人床。

老白拉开车窗对外面的江何说:"对了,江工,你在外面帮我把车后门开一下。"

车后门被江何打开,老白拉着姜心趴在后门边的双人床上:

"我特地做了双敞的后舱门，然后把床铺安排在这里，这样等将来我们把车开到大自然当中，就可以实现躺在车厢的床上，卧拥一整片风景，躺着看星星，看银河，看雪山！"

姜心环视着车厢内这个不到10平方米的小空间，一切生活需求应有尽有，仿佛马上就可以开始一场说走就走的旅行。

老白见姜心不说话，急切地询问："怎么样？还满意吗？"

姜心重重地点了一下头。

老白于是开心地从床上跳起来，拉着姜心出了房车："我再带你看一个东西。"

老白指着车身外观一一介绍："房车的外观是纯白色的，四面总共设有六个大小不一的窗口，一侧还装有天幕，车一停就可以拉开，变成一个露天客厅。"

最后，两人来到那个"白龙马"的标志牌前面："还有这个logo，是我亲自设计，江何和李巧帮我一起脱模、安装上去的。"

老白伸手把它拆了下来，从里面取出一把钥匙，郑重递给姜心："亲爱的老婆大人，这么多年，我因为念念不忘前妻和女儿的抛弃，荒唐行事，难以自拔。因为有幸认识了你，你给了我重新做人的机会，还让我明白如果我一直把自己的不幸摆在心头，那就永远都不能从中走出来。我知道错了，请你原谅并且重新来过，好不好？"

姜心接过钥匙，低着头看了又看，然后将它紧紧地攥在手里。

姜心轻声道："好！"

在江何、李巧的口哨和鼓掌声中，老白将姜心紧紧抱在怀里，不愿撒开。

两人打算立即开着白龙马，开始一场横跨全国的旅行，去高原，去沙漠，去国境的东南西北。

老白跟江何和李巧告别，还许诺说："我们会一路给你们寄明信片的！"

白龙马迎着夕阳，绝尘而去，渐渐与太阳一起消失在地平线处。

江何知道这次能准确找到这对夫妇的症结，促成和解，也是多亏有李巧在旁。他转头看向李巧，问："你有没有看过凯鲁亚克的《在路上》？"

李巧摇头："没有。"

江何解释起来："那是一本讲旅行的小说，里面有一句话我非常喜欢，说只有在路上，灵启才会到来，蚌壳也会张开，珍珠将会送到我们手里。"

李巧知道江何说这话的意思是想感谢她。这两周，他们一起帮老白改装房车，有时候她也觉得，如果没有天窗事故，或许她和江何也能成为不错的朋友。

但是，每个人都想得到自己的珍珠，只有打开蚌壳，才知道里面装的到底是什么。

7

李巧一直都在试图搞清江何的秘密。这天，她发现江何带着柜子里的快递准备出门，正想跟在后面看个究竟，结果，江何早就注意到她的企图，并且大方地邀请她上车同行。

江何的目的地是一家疗养院，探望一位姓胡的女士。

李巧一进门就发现那个大妈染着一头红色的头发，扎着大麻花辫，看起来还挺酷的，就是有点神志不清。

大妈盯着江何看了半天，也没有认出他。

江何放下手里的东西，亲昵地问道："真不记得我是谁吗？"

大妈试探："小王？"

江何摇摇头："我是小江，这是小李。"

大妈当即板起脸，严肃道："撒谎！你怎么可能是小江？"

江何无奈："那您说我是谁？"

大妈不乐意道："你是我们家大海！这是你新交的女朋友吧？姑娘见笑了，这小子平常一直没正经，连自己老妈他都骗。"

李巧这才意识到原来江何一直在照顾老胡的妈妈，而她的阿尔茨海默病已经非常严重了。

李巧眼见大妈亲昵地拉着江何的手，当即附和道："可不是嘛，阿姨，您可得好好管管他。"

两人在胡大妈的病房里陪着她说了好大一会儿话，吃了零食和罐头。疗养院的医生过来探视，说了下病情，将缴费单递给江何。

从疗养院出来，江何主动跟李巧谈及有关老胡的话题。

江何坦诚道："我知道你最近一直都想从我这里打听有关老胡的信息，但是其实我跟你一样，知道的并不多。"

李巧见江何忽然开口，便问起："那你能跟我说说你和老胡的关系，你们是怎么成为合作伙伴的？"

江何点点头："这也没什么不能说的。我跟老胡认识快十年了，当初他还在建材市场做批发生意，因为认识几个木匠、瓦工，也接一些零散的装修工作。我当时虽然考过了一注，但是因为没有学历，进不了大事务所，只能做一些打杂的临时工作，帮人画图，去剧组做做美术什么的。我们因为一个工作而认识，他干活讲究，肯动脑子，慢慢地就成了朋友。他想搞装修队，为了招揽生意，就找我合作，打出了包工程送设计的旗号，还跟我对半分账，我最初就是这样进了这个圈子。"

李巧知道江何只有高中学历，但还是第一次听到他的入行经历。

江何继续道："后来我和老胡合作多了，活也多了，慢慢地就把装修队做成了事务所。我一直想当建筑师，要造大舍，老胡说这也是他的目标，就用大舍这两个字注册了事务所的名字。我们一起白手起家，一个项目一个项目干起来，直到三年前，拿下了沐光美术馆这种千万级别的项目。"

李巧又问："那你们第一次接到这种大项目，你和老胡在里面怎么分工？"

江何耐心道："还像之前一样，我做设计，他管工程。其实直到天窗事故发生以后，老胡失踪了，我才忽然发现，一直以来我好像就是一个书呆子，平常埋头做设计，把跟现实有关的所有事情都交给老胡。我并不了解老胡每天都在做什么，跟什么人打交道，有没有惹什么不能惹的事，甚至连他在背负哪些压力我都不知道。等到事故发生之后，找不到他人，我就整个蒙圈了。"

说起这些，江何露出了一脸的惭愧和内疚。

李巧觉得他不像在撒谎，又问道："那老胡消失这三年，你有找过他吗？"

江何道："当然！事故发生之后，我一直都在寻找原因。老胡是整个事件中最最重要的当事人，找到他就能解开所有的问题。我了解老胡的为人，他不是随随便便就会撂挑子、不负责任的人，所以一定有什么难以启齿的原因让他选择了失踪。事故发生第二年，有一次，我在胡大妈家意外看到他从日本寄来的东西。我们之前跟日本事务所有过合作，我想老胡去日本也许会找他们，顺着这条线我就追到了日本。"

李巧惊道："你追到他了？"

江何点头："总共两次。第一次在他的临时住所，结果他早就准备好了逃生路线，我只是远远看到他的背影。第二次在一个停车场，我成功堵到了他。可是，他什么都不肯跟我说，也不肯跟我一起回国面对问题。我当时甚至想把他制服然后绑回国，结果这时候，四辆黑色汽车忽然开进停车场，八九个穿西装戴墨镜的男人从车上下来，其中有一个手上拿着棒球棍，对着我的头，兜头就是一棍子……"

江何指了指头上受伤的地方，李巧这才看到一条小蜈蚣一样深红色的伤疤埋在头发丛中，若隐若现，不仔细看还看不到。

李巧问道："伤你的人是谁？"

江何摇摇头："不知道。我醒来的时候是在一家医院，医生说有人打了119，急救车过去时，只有我昏迷在路边，满头都是血。路边和发生冲突的停车场都没有监控记录，老胡也不知所终。"

李巧想起江何的梦游症，又问道："你的梦游症就是因为这个受伤导致的吗？"

江何不置可否："医生说可能性很大，毕竟梦游症也是从那之后才开始的。"

李巧点点头："这样说来，天窗事故的背后还有很多隐情。"

江何一口气说了这么多，但他也知道，真正有用的并不多。他无奈道："说起来还是抱歉，我知道的也尽是一些没用的。"

李巧摇摇头，对于这桩已经盖棺论定的案子，除了他们几个受害人家属，如今已经很少有人再关心了。

至少此时，作为当事人的江何，愿意敞开心扉谈及往事，她还是很感激的。

第四章　轮椅上的四合院

佛说人生有七苦，我说那是说少了。我现在是站着也苦，坐着也苦，躺着也苦，一分一秒都是苦的。

——安妮

1

眼瞅江何在笑寺已经住了两个多月，做了三个项目，都得到了李巧的帮助。两人的关系也由刚开始时的剑拔弩张，到误会消弭，渐渐成为同舟共济的伙伴。

黑牙把一切都看在眼里，这也是他一开始极力主张江何住进笑寺的初衷。

记得半年前，黑牙刚收留李巧时，她还沉溺在丈夫和儿子的意外死亡中，要死要活，消极厌世。

江何的出现，也许真的能帮她完成哀悼。黑牙心里想着，眼见李巧从廊前经过，张嘴便问道："最近你跟江何走得挺近？"

李巧知道黑牙师父在关心自己，便在他身旁的蒲团上坐下，与他聊了起来。

李巧说："江何把他知道的情况都告诉我了，虽然没有直接的线索，但我至少确定，天窗事故是一起人为的事故。"

黑牙有些吃惊，问道："那你接下来打算怎么做？"

李巧道："当然是继续调查。江何说老胡逃到了日本，如果能找到他，就能找到解开事故的线索。"

黑牙又问："江何也跟你一样想吗？"

李巧摇摇头，道："他吗？他应该更想当一个建筑师吧。"

黑牙点点头："那他看得比你开。"

李巧表示同意："也许吧。不过，他说他之前为了调查也吃了很多苦，还受了伤，留下很严重的后遗症。"

黑牙第一次听闻，挑挑眉毛，颇有疑虑地问道："即便这样，你还会要求他跟你一起继续调查？"

李巧不确定："我不知道。"

黑牙见状又道："阿弥陀佛！你到笑寺已经半年有余，可还记得你刚来时，我就跟你说过，本来一切是空，无生亦无灭，无失亦无得。世间的事情自有因果，如果你执着于其中，就永远都不可能放下。"

这番话黑牙已经跟李巧说了多次，道理她也都懂，可若真要放下，她又总觉得丈夫和儿子死得冤枉。

多少个夜晚，在李巧的梦里，和他们重逢时，她总是只能看到他们的背影，无论她怎么呼喊，父子俩都不肯对她回头。

李巧难过道："可是师父，我也记得我刚刚认识您的时候，您也跟我说过，地狱不空，誓不成佛。我如果放下了，那我的丈夫和儿子，还有谁能记得他们的冤屈和不甘？"

黑牙见李巧固执，无奈道："你怎么就记了这一句，没记我那句？"

李巧苦笑："可能我从小到大就是这个性格吧，只要认定的事情，就算再难也不会回头。"

黑牙知道自己劝不动李巧，只好无奈道："罢了罢了，老和尚说不过你，就只能祝福你了！"

李巧感激："有您这句话就够了！"

两人正聊着，笑寺门口忽然传来一个女孩清脆的声音："有没有人啊？有没有人可以过来帮我一下呀？"

黑牙和李巧起身走到门口，看到一个坐在电动轮椅上的姑娘。姑娘连忙招呼二人："哈喽哈喽，你们能不能帮我一下？"

姑娘看起来年纪不大，也就 20 岁出头，除了嘴巴还能说话，两眼滴溜溜转，全身上下都不能动。

姑娘说："我想进去，可你们这儿的台阶和门槛让我很无奈啊！"

李巧忙道："不好意思！老建筑就是这样子，我们来帮你吧。"

李巧说着就和黑牙连轮椅同姑娘一起抬进了寺院。

轮椅刚刚落地，姑娘就礼貌地感谢道："谢谢你们！今天要不是你们，我连这大门都进不来。"

李巧刚想说不客气，结果那姑娘没给她开口的机会，又接着说道："不过说起来，适当地麻烦别人，也是我们身为残疾人的一项工作。"

黑牙听了这句话，吃了一惊道："工作？我没听岔吧小姑娘，你说麻烦别人是残疾人的工作？"

轮椅上的姑娘应和道："你没听错老师父，我还想再麻烦您一件事，听说大舍建筑事务所在这里面，您可以带我过去吗？"

黑牙挑了挑眉毛，故作不情愿道："如果你不是这么理直气壮，没准我还愿意带你去，可是现在我觉得你脸皮太厚，不想理你。"

那姑娘也不觉得冒犯："没事，您不愿意我就去问别人。"

三人正说着，江何恰好从外面进来，轮椅上的姑娘背对着他，刚好没看到。

黑牙对江何使了个眼色让他止步，故意拖长音调问那姑娘："姑娘，你去大舍是想见江何吧，找他有什么事？"

姑娘道："江何是个建筑师，除了盖房子，我还能找他做什么？"

黑牙坏笑着道："那你知不知道，江何盖的房子出了事故，你还找他盖房子？"

姑娘却一本正经地回应道："说真的，要是没有那个事故，估计我还请不起江何这样的建筑师！"

黑牙咧着一嘴的小黑牙，转头对江何道："江何，你都听见了吧，这小丫头片子还没见到你，就琢磨着杀你的价。我看她这个工作你还是慎重一点，别最后忙死忙活，她再以残疾人的身份把你给讹了！"

姑娘这才意识到自己身后有人，连忙转动轮椅，结果真的看到江何就站在身后。

2

姑娘没想到自己不小心说的话竟然被江何听见了，连忙解释道："我就是随口一说，你别听老和尚的，我不会讹你的。"

黑牙还在那边没好气道："反正你不是她对手，她这样的人我见多了。依仗自己是残疾人，博取他人同情心，认为别人帮助自己就是天经地义。你看她刚才那个理直气壮的样子，小姑娘脸皮真厚，没羞没臊。"

姑娘被黑牙一通贬损，身体虽然不能动，口齿却依旧伶俐道："不是这样的，老和尚太过分了，居然在这里给我下套。出家人没有慈悲为怀，枉为出家人！"

黑牙威胁："还敢随便议论长辈，信不信我让他们再把你抬出去？"

姑娘急得要哭："哇！老和尚欺负人了！"

黑牙一看她哭，顿时手足无措起来："嘿！你怎么还会哭?!"

江何见状忙解围道："如今不介意我造的房子出过事故的业主，我感激都来不及，还是去我的事务所聊聊吧。"

黑牙其实也不是真心要为难这位残疾小姑娘，只不过因为她刚才说话有点过头，想要逗她玩。

既然江何找了台阶，黑牙立即对李巧道："你跟过去看着点儿，要是这个小姑娘敢耍滑头，马上过来跟我汇报。"

李巧当然知道黑牙是让自己过去帮忙的，却又不肯直说，只好答应下来。

江何装修工作室时考虑了无障碍通道，还修整了院子里的小路。在他的指引下，那姑娘操控电轮椅，一路顺顺当当地到了。

姑娘一进屋，就开始叽叽喳喳赞叹："哇！亲眼看到你的工作室和看网上的图片果然还是有差别的。我本来以为这个屋子会很小，结果没想到我还能在里面自由活动。风格我也很喜欢，为了呼应中式建筑和玄窗，内部格局也很有中式风采。所以江工，你是很喜欢宋朝风雅吗？不对，应该说是侘寂美学？或者是二者的结合吧？"

面对连珠炮式的发问，江何回道："你知道的还真多！宋朝和侘寂我都很喜欢，也尝试着做结合，你的观察很准确！"

姑娘很满意，又抬眼看了看屋中间的挑高，煞有介事道："中间这一块挑高也很大气，可是你留的是正方形，如果换成我设计，大概会把这一块做成圆形。"

江何一愣，最开始设计时他确实想弄成圆形。当时，他还跟李巧说过，但是合计完成本，发现超出预算，最后只好遗憾地放弃了。

江何心生好奇，反问道："你怎么会这么想?"

姑娘道："不知道，我就是觉得圆形舒服。"

江何又问："你学过建筑?"

姑娘问："你觉得我这个样子，可能吗?"

江何自觉失言，歉意道："对不起。"

姑娘倒没有一点哀伤难过的意思，而是滔滔不绝道："我连初中都没有毕业，平常就喜欢看一些艺术相关的节目，建筑是一大块。之前在网上看到你的作品，还有你的工作室，就很想来现场看看。虽然挑高不是圆的，可它还是很漂亮，我仍然喜欢!"

江何诚实道："不过说真的，你的感觉很准。刚开始我确实想弄成圆的，她可以证明，但是因为造价太高，最后放弃了!"

李巧也点点头："是这样的!"

姑娘听了有点激动："啊哈! 我就说嘛，看来我们很投契，你们一定能帮我造出适合我居住的房子。"

江何又问道："谢谢你的认可! 不过聊了半天，还不知道你叫什么?"

姑娘俏皮地说道："瞧我这记性，居然忘了做自我介绍。我大名叫作安怡宁，今年23岁，目前住在我父母家里。因为是个残疾人，所以没有工作，平时我会在网上拍视频、做直播、记录病情、分享治疗心得，很多人关注我，也会来我家里做志愿者帮助我。大家平常都喜欢叫我的英文名，你们有没有看过一本加拿大小说，叫《绿山墙的安妮》?"

江何摇了摇头。

李巧倒是看过，道："我看过同名的动画片。"

安妮继续："反正大家都觉得我和安妮很像，是个话痨，唠起来没完没了，所以给我起了个英文名，叫安妮，你也可以这样叫我。"

江何又问："安妮，那么你找我是想让我为你造一个什么样的房子?"

安妮道："说真的，我很喜欢《绿山墙的安妮》，将来等我盖房子时，我也想做一个系列vlog，叫《四合院的安妮》。"

江何问："你住在四合院?"

安妮道："在城郊的村子里，是我太爷爷太奶奶那一辈留下来的房子，面积不大，加上小院总共不到90平方米。房子已经很老很破了，我都不想说它的台阶和门槛比刚才寺院门口的还要多和高，单说那个院子里的地砖，坑坑洼洼，凹凸不平，我坐着轮椅在上面走，随时随地都能体验到澳大利亚袋鼠的感觉。"

因为安妮的生动描述，江何和李巧都忍不住笑了。

眼前这个轮椅上的残疾姑娘，思维敏捷，语速奇快，乐观活泼，心灵丰富，江何渐渐对她产生了兴趣。

江何又道："安妮，在给别人做设计之前，我们一般都会花很多时间和精力去了解对方，比如生活经历、家庭关系，走访现在或者以前的家，实实在在跟对方过一天，这些你没有问题吧?"

安妮爽快道："没问题！你有什么想知道的尽管提，我来安排。"

江何于是开了个头："那就先从你的身体开始说起吧。"

安妮于是滔滔不绝地讲了起来："我这个毛病用医生的话说，

叫作进行性肌营养不良，就是一种在我年轻的时候，一边生长一边衰败，一边绽放一边凋零，等到年纪再大，发育停止之后，就只有衰败，没有绽放的疾病了。"

李巧不是很明白，问道："你能说得具体一点吗，身体哪些地方会衰败？"

安妮解释道："全身上下只要是长肌肉的地方都会衰败。先从四肢开始，然后躯干，肌肉逐渐萎缩，无法独立行动，只能瘫在轮椅上，以后还会发展到内脏器官，比如心肌、呼吸肌等，那时候就需要人工起搏器、外置呼吸机的帮助，但是不管怎么说，都改变不了最终衰竭而死的命运。"

听起来非常凶险，李巧有点揪心，又问："现在医疗这么发达，就没有什么有效的治疗手段吗？"

安妮道："目前还没有。不过我已经很幸运了，我小时候在医院确诊病症时，医生用很确定的语气跟我父母说，我这个病一般活不过20岁，可我今年都已经23岁了，能多活一天都属于奇迹。"

江何问："那医学上有说是什么造成的肌营养不良吗？"

安妮道："这个也没有确定的说法。最多观点是说由于人类基因突变造成。人类在从受精卵变成胚胎的过程中，要进行繁复的DNA复制，在一百万到一千万次的复制过程中，大概会有一两次的误差，肌营养不良就是这微小概率中的一种。"

江何和李巧都很惊讶。

安妮见状就用一种轻松的语气道："就因为概率小，我妈经常跟人说，这么难得的事情都被我家闺女碰上了，她就是个宝，咱们可得好好对她！"

江何见安妮轻松，庆幸道："你妈妈还挺乐观的！对了，你爸爸和妈妈都是做什么工作的?"

安妮道:"他们都在机场工作。爸爸是做指挥调度,妈妈是地勤。爸爸年轻的时候当过兵,是空军,退伍后被分到了机场。"

李巧又问:"那你是几岁确诊的?"

安妮道:"9岁左右吧,小时候我很瘦弱,一般的早操课、体育课,一年一度的春游和远足,只要是跟运动沾边的,我都吃不消。看到别人家小孩生龙活虎,爸妈刚开始没太在意,一直到我小学二三年级才带我去医院检查,一查就发现是这个病。不过,他们都还算乐观,为了保障我的生活质量,也一直没生二胎。"

3

江何和李巧对安妮的残疾有了大体的了解,但是,作为正常人他们还是很难对她的生活和病情感同身受。

于是,江何又问:"那你能不能坦白告诉我,当残疾人是一种什么感觉?"

安妮顿了顿,反问:"一定要坦白吗?"

江何道:"对。"

安妮小声:"不太好。"

江何虽然不想揭疮疤,但他还是想了解得更具体一些,于是又道:"能不能说说看,怎么个不太好?"

安妮无奈道:"说到这个我可能会哭。不过,只要你们不介意,帮我把眼泪擦掉就行。"

李巧起身将纸巾拿到身旁,道:"放心吧。"

安妮于是深吸了一口气,开始说道:"我记得到我上初中时,进入青春期，就是刚才我跟你讲一边绽放一边凋零的鼎盛时期。那会儿第二性征出现，我别说长胸了，连身体和个子都比别人长得慢好多，走起路来摇摇晃晃，整个人瘦得像纸片。我左手是全身最早开始萎缩的部位，原来还有点肉，后来逐渐枯瘦，同学背后议论我，有的说我这是鸡爪子，有的说我在家偷练九阴白骨爪。"

安妮两只手都放在轮椅把手上，江何和李巧看到她的手上没有肌肉，皮肤耷拉在骨头上，一条条血管清晰可见，看起来是有一点恐怖。

一想到这双手曾让安妮遭到了同龄孩子的非议，江何心酸道："太过分了！"

安妮继续道："刚开始我也很伤心，回家还躲到房间哭，被我爸爸撞见了。爸爸平常一直对我很好，和蔼又亲切，可是那一回却一反常态，用很严厉的语气跟我说：如果觉得委屈，就去反击，一个人躲在房间哭哭啼啼算什么？"

李巧问："那你反击了吗？"

安妮道："嗯！我现在经常跟人说，我的嘴炮能力就是那个时候练出来的。后来，当我再听到同学议论我，就痛痛快快反击，说你们凭什么这么说我？我是因为生病才这样的！瞧瞧你们自己，要么满脸青春痘，像个癞蛤蟆；要么说话喘粗气，快要胖成猪了；要么不讲个人卫生，头发快滴油了也不洗。一个个四肢健全，却在这里讥笑我一个残疾人，你们身体没有残疾，心灵有残疾！"

江何听了差点鼓掌，赞道："说得好！"

但是，安妮并没有沉浸在这种兴奋中，眼眶随即噙满泪花，道："不过，说是说爽了，结果却是老师找我爸妈谈话。我记得很清楚，我爸爸平常一向都很讲道理，那次居然跟我老师拍桌子，还情绪失控地骂了他们，我妈妈也哭了，很伤心。"

李巧惊讶："怎么回事？"

安妮道："老师并没有因为别的同学议论我而帮我说话，反而要求我父母能够照顾其他小孩的感受，把我送进特殊学校。我爸爸当然不同意，而且还很生气，他说，明明是别的小孩欺负我，为什么要把我送去特殊学校，由我来承担后果？老师就这么办事吗？正常人的世界就那么了不起吗？了不起到容不下一个身体残疾的孩子？"

说到这里，安妮的眼泪夺眶而出，李巧连忙拿起纸巾帮她擦掉，转身也擦掉了自己眼里的泪水。

等到安妮情绪平静，江何又问："那后来呢？"

安妮大度道："其实这些都不算什么，我都已经习惯了，况且他们说的也没有错，我的手本来就像鸡爪子。所以，那天回家以后，我就跟我爸妈说，我不想再去学校上学了，我想去我该去的地方，专门接收像我这样病人的护理机构。"

江何得知安妮从十三四岁就去了专业护理机构，一直待到了20岁，随即提出参观。毕竟机构囊括了各种程度的病人，也有满足不同病人的设施。

在安妮的安排之下，第二天，江何就开车带着李巧和安妮，一起前往机构。

那个地方在郊区，虽不是偏僻地界，但开车也用了一个多小时。

还没下车前，安妮就好心提醒二人："待会不管你们看到什么，都不要太过惊讶。"

江何和李巧带着十万分小心和警惕进门，结果没多大一会儿，江何还是被结结实实吓到了。他看到一位护士在给一个重度病人换衣服，整个躯干和四肢都极尽萎缩，于是头就显得很大，整个人像个水母。

江何胃里一阵不舒服，尴尬地辩解说："今天穿少了，早上开车着了风。"

安妮心领神会，道："当初我比你熊多了。刚到这里头两个月，每天晚饭之后我就滴水不沾，因为害怕起夜。"

江何感到走廊里寒气逼人，裹紧衣服道："估计我也不敢。"

安妮看着窗户外面的树影道："我一直都不明白，为什么一所残疾人疗养机构的院子里种的全都是松柏树？而且棵棵树影巨大，遮天蔽日。在这里住上一段时间的老病人，到了晚上没事干，又睡不着，就喜欢讲鬼故事。"

江何和李巧也觉得有种莫名的阴森恐怖氛围。江何问安妮："那你后来是怎么习惯的？"

安妮道："我后来把这里的一切都想象成动画片。这座疗养院就是松柏怪屋，住着形形色色的古怪成员，重症和危重的大头娃娃，他们有的是水母先生，有的是章鱼大王，还有火星男孩、僵尸新娘；中度的总是带着下肢助行器，走起路来咯吱作响，像科学怪人；还有一头长发，总是穿着宽大病号服，喜欢在地上爬来爬去的贞子小姐，每当她悄无声息地探出头来，总能把人吓一跳……"

安妮讲得绘声绘色，在一片绝望和压抑的氛围中，她愣是靠想象力突围，创造了一个奇幻的世界，度过了漫长的七年。

安妮道："不过，那都不是最让我感到绝望的。"

李巧问道："那最让你绝望的是什么？"

安妮道："刚认识不久的新朋友，过不了多久就消失了，忽然一下子，什么征兆都没有。护士过来收拾床铺，我去问他们，一般得到的答案都是被家人接走了，或者转到别的医院去了。可是，我如果还想要联系方式，百分百会遭到拒绝。所以，你们应该都能猜到，他们是去哪里了吧？"

江何惊讶："你是说他们死了吗？"

在孤独少女的眼里，那些拒绝和掩饰，无疑就是隐瞒和撒谎，而唯一的真相，就是他们都死了。

安妮的脸上没什么表情，继续道："我在这里度过了七年，见过很多轻症变成中症，中症发展为重症，很多人悄无声息地消失，连一场正经的告别都没有。"

李巧问："所以，最后你选择了离开？"

安妮没有马上回答，而是透过宿舍的窗口，静静地看着外面。李巧顺着她的目光，看到不远处有一扇老旧的铁门。

此刻一辆运货的面包车刚好开过来，司机按了两下喇叭，大腹便便的中年保安从小屋伸出头来，随后大铁门缓缓打开，面包车开进来，大铁门又缓缓合上。

安妮默默地看了一小会儿，解释道："外面那扇大铁门平常总是关着的。我曾经在这个窗口，看到过世界上最美丽的风景，等到风景消逝的时候，我就没有活下去的力气了。"

李巧不解："什么意思？"

安妮道："以前，机构的大铁门外面，经常会有一群社会青年在那里聚集，他们骑着摩托车载着漂亮的女孩，呼朋结伴呼啸而来。也许是因为地处偏僻，大门前又很空阔，反倒成了他们幽会、约见的地方。透过窗户，我看到一对男孩女孩，从相识相恋，到劈腿分手，最后化解误会，含泪复合。虽然听不见他们说话的声音，但是在我心中，就好像观看了一部精彩曲折的连续剧。"

李巧追问："那然后呢？"

安妮道："然后他们就消失了啊！也许是去了远方，也许结了婚，需要认真打工，赚钱生小宝宝。我也不知道，也不会知道，反正从那之后，我开始怀疑，我为什么会来到这个世界？活着的意义到底是什么？也许一开始我就不应该来，也许悄无声息地走才是最好的方式，当自杀这两个字在我的脑海中形成，我觉得整个人都轻松多了。"

李巧惊道："你自杀过？"

安妮难过地说道："我之所以离开这里，是被一辆救护车抬出去的。当时，我把我攒了半年多的安眠药一口气吃下去，可惜不够量……"

4

听完安妮的讲述，江何和李巧也很难过。

李巧庆幸道："幸好不够量。"

安妮也很庆幸地说道："是啊！幸好不够量，要是那么熊地走了，也就没有现在的我了，更没有现在我想在家里居家护理，尝试过不一样的生活。"

江何又问道："那我又很想知道，你是怎么变成现在这样的，这么有勇气想要活下来，还要给自己造一个房子？"

说到这个，安妮有些开心，建议道："我带你们去见一个人吧！"

江何好奇："谁？"

安妮道："一个给我生活希望的人。"

江何问："那是个什么样的人？"

安妮道："你们猜猜看！"

李巧问："是个大帅哥吗？"

安妮否认："不是。"

江何问："很酷的小姐姐？"

安妮再次否认："也不是。"

李巧问："成熟稳重的大叔？"

安妮还是否认："那更不是了。"

让江何和李巧猜半天也没猜到的人，其实是一位头发花白、牙有点龅的老奶奶。

老奶奶一把年纪，却跟安妮一样思路活络，幽默风趣。她听安妮介绍过江何，也知道李巧是天窗事故的受害人家属。

安妮说："那次自杀之后，我被送到医院，人是救回来了，心却没有，还在偷偷策划下一次自杀，多亏遇到了老奶奶。"

老奶奶对江何和李巧道："我们是同一个病房的病友，我当时也刚做完手术，鬼门关前走了一遭。我劝小姑娘别气馁，人生还有很多值得我们活下去的东西，那时我快70岁了，还没有看过大海，我怂恿她出院以后跟我一起去看大海！"

江何惊讶："离这里最近的海开车也得300公里，你们真去了？"

安妮说："刚开始我也不相信，我说老奶奶你开什么玩笑，我们两个一个老得直不起腰，一个残得离不开轮椅，都是废物当中的废物，只怕车都还没有开出市区，就已经死在路上了。"

老奶奶补充道："你还说我老糊涂了呢！"

安妮回敬："你不也回骂我胆小鬼，怕死在路上才不敢出门。

我说我巴不得马上死掉，所以去就去，谁怕谁啊！然后我们就出发了。"

李巧不敢相信："就你们两个？"

老奶奶说："就我们两个！我65岁去驾校辛苦考来了驾照，还没有出过远门，找朋友借了一辆小汽车，说服小姑娘的父母，让我们老弱和病残一起上路。"

李巧道："安妮的父母能答应也挺不容易的。"

老奶奶说："他们也没有办法，当时小姑娘根本就不想活，与其让她一个人窝在家里，天天关小黑屋，谁都不理，茶饭不思，还不如跟我一起出去闯闯。刚开始上路头两天，小姑娘还一心求死，我只好用激将法，说你没抽过烟吧？没喝过酒吧？没在野地里睡过大觉？没在小河里撒过野尿？要是这些全都没有经历过，人生就结束了，那该多遗憾啊！"

安妮继续道："反正我就被她这些话说动了，心想反正早晚都是死，死在家里和死在路上又有什么区别。所以刚开始上路那会儿，我还坚定地认为，身为残疾人，我活在这世上就只能麻烦别人，一点尊严都没有，就是多余。结果，老奶奶问我，活着麻烦别人就是多余，一点尊严都没有，那反过来，如果活着一点都不麻烦别人，就不多余，就很有尊严了吗？我就被她问住了。"

江何点点头："说得真有道理。"

老奶奶说："那次旅行，我们被很多人帮助过。当然，也遇到过坏人、酒鬼、小偷、抢劫，还有讨厌的咸猪手，不过我们一点都不害怕。"

安妮开心道："死都不怕，当然也不会怕这些！我从13岁进入机构，就再也没有体验过自由自在的生活，想几点起床就几点起床，想什么时间吃饭就什么时间吃饭，没有人规定我必须要在规定的时间干嘛干嘛，这种感觉实在太好了。"

老奶奶充满怜惜道："可怜的娃，正常人最基本的生活权利，对你来说，都是无比珍贵的体验。"

安妮继续道："正是因为珍贵，我才格外珍惜。我到现在都记得，在黄金海岸，我亲眼看到望不见尽头的宽阔海面，心情多么激动；亲耳听见了海浪拍击礁石的呜咽声，海鸟飞过天空时发出尖锐刺耳的鸣叫声；亲身体会海风吹拂在脸上，既不轻柔也不粗暴，空气中充满海水的潮腥气味。奶奶还帮我脱掉鞋袜，卷起裤脚，让我站在柔软的沙滩上，海浪一下一下拍打我的脚背。那些美好的感觉，让我终于不再想死了，不但不想死，我还很想活，更好地活。"

最后这一句，安妮说得特别认真，江何、李巧，还有老奶奶，三个人的眼睛里都闪烁着泪花。

江何听完安妮的故事，虽然对她的选择充满理解，但也有很多担心："嗯！安妮，我现在理解你为什么一定要离开机构，开展居家护理。不过，就好像你第一次到笑寺那天，老宅门口没有无障碍通道，你就没办法进去。如果要实现居家护理，你可知道这样的阻碍几乎遍地都是？"

安妮听完一脸严肃地回道："我当然知道。但是，正是因为有这么多阻碍，我才觉得这件事必须要做。"

江何不解："为什么必须要做？"

安妮道："这个社会对残疾人的关注，不仅仅是有没有无障碍通道、残疾人厕所或者其他辅助设施，我曾经不止一次被学校、餐厅、咖啡馆拒绝，有些公共场所甚至会觉得招待残疾人会影响正常顾客的消费体验。就因为这种排斥、隔离，我觉得我更要走出疗养机构，身体力行地面对世界。我不光要跟疾病作斗争，还要跟正常世界的审视和接纳度，跟社会福利的偏向性作不懈的斗争。"

李巧也说道："安妮，你很了不起，但是要做到这些，就必须要有一整套成熟稳妥的方案。"

安妮说："从看海回来这一年多，我跟父母、老奶奶，还有经常到我家帮忙的几位护工、志愿护理人员，我们一直都在探讨和尝试一种新的居家护理方案。现在这个方案越来越成熟，父母也同意资助我改造老宅，给大家提供更舒适便利的生活环境。"

李巧没想到安妮早有打算，又问道："能详细地说一说吗？"

安妮道："首先，奠定居家护理计划可行性的核心就是要有足够的护理人员。如果把一天分成三个时间段，每段八小时，至少需要三到四名护理。我从今年开始，不断去大学、社区发表演讲，我妈妈还帮我在B站、抖音、小红书上注册了账号，在这些地方我可以招募到很多愿意来照顾我的志愿者。其次，我一直很困惑，让志愿者来照顾我，他们又能从我这里获得什么呢？后来我慢慢发现，除了可以教他们护理技术，跟他们谈论生活，还有很多人从我身上感受到力量，从而更积极地投入生活……"

安妮说着又让老奶奶从轮椅后面的背包里，拿出一本绿色封皮的护理笔记。

江何打开本子，看到上面有很多人写下的护理笔记，其中字里行间出现频率最高的就是"谢谢安妮！""认识安妮多么幸运！"之类的感谢话。

安妮说："我也没想到会有这么多人愿意来做志愿者，后来爸爸和大家讨论才知道，现在大家都喜欢宅在家里，不愿跟人发生实际的互动和连接，人们的生活压力也很大，人人都以赚钱为目标，卷生卷死，但是却在照顾一个像我这样的残疾人时，找回了生活原本的价值和快乐。"

一连两天，看了安妮的生活环境，也听安妮说了很多，江何其实还有很多问题，毕竟作为建筑师，他需要格外细致地设想生活场景。

面对江何的担心，安妮涨红着脸，语气笃定，甚至坚决道："想过，想过，你说的这些，我全部都已经想过了……当初第一个给我做诊断的医生，说我活不过20岁，结果没想到我都23岁了。我一直觉得，我这一生最大的敌人不是别人，而是把这一手烂牌变着方子打到最好。为了能够按照自己的想法活下去，我必须一刻不停、无休无止地进行战斗！我恳求你帮我打造一个轮椅上的四合院，让我脱离疗养机构，实现居家护理。我很清楚，我想在这世上好好生活，只凭借自己一人之力，是没有任何胜算可言的，所以，拜托了，江何！拜托了，大家！"

麻烦别人是残疾人的一项工作。江何忽然想起，在笑寺门口初见安妮时，黑牙还因为这句话讥讽过她。

可是现在，当这些话自然而然地从安妮口中说出来时，江何和李巧都很动容。

终于，江何不再犹豫了，接受了安妮的邀请："一定不负所托。"

5

第二天一早，吃完早饭，江何正准备去安妮家，却碰到两名警察点名来找他，要跟他谈谈。

从警察处，江何得知有人报警说他在沐光美术馆建设过程中，朝下游材料商索要、吃拿回扣。他惊诧道："你们是不是搞错人了？"

警察拿出一张江何和材料商在餐厅见面的照片，问："照片里的这个人，不是你吗？"

江何接过照片，照片里是他和一个穿西装的微胖中年男人。

可是，江何毫无印象他去过那家餐厅，见过那位材料商。

警察道："鉴定科鉴定过，这张照片是真的，餐厅的工作人员也对你们有印象！"

因为人证、物证俱在，江何被警察带去调查，之后关进看守所。

这个飞来横祸，带来的麻烦不光是让江何身陷囹圄，安妮家的工程刚刚准备上马，此时也被强行按下了暂停键。

李巧替江何看望安妮。所有人都很清楚，安妮家的房子一天弄不好，她的生活就一天得不到改善，而她的身体正在每分每秒衰败。安妮虽然相信江何，但警察一天找不到证据，江何就一天不能出来。

恰在这时，一家公益组织下辖的建筑机构找到安妮家中，慷慨地表示愿意为她设计住宅，不收分文，权当献爱心。

安妮家的人都很心动，有那么一瞬间，安妮也心动了。但是，一想到这两天跟江何的相处，她还是咬牙坚持再等一等。

李巧去看守所探视江何，将安妮的决定转告给他，劝他说："虽然安妮决定等你，但她的情况你也清楚。既然她没有办法提出更换建筑师，不如你自己主动退出。"

江何之前还挺会从别人的角度为别人考虑，此时却一反常态道："可是，我不想放弃安妮家的项目。"

李巧不解，问他："为什么？"

江何道："从一开始安妮来找我，我就觉得这个项目是为我而来。公益机构也好，圈中大咖也罢，我坚信我更知道什么样的房子适合安妮。"

李巧没想到江何会坚持，她得知只要交纳足够的保证金，就能把他先保出去。可是，江何的存款不够，李巧倒是有一笔不大不小的傍身钱，是李磊和核桃去世后的赔偿，婆婆拿了一部分，给她留了一部分。

李巧思来想去，踌躇不前。只好把江何的情况说给黑牙，问他自己该不该用那笔钱把江何保出来？

黑牙于是问她："你想救他出来，究竟是要他帮你查案，还是让他给小姑娘造房，又或者……"

李巧见黑牙停下不说，奇怪道："又或者什么？"

黑牙这才说道："又或者，你已经对他动情？"

李巧一愣，当即冷道："只有前两者。"

黑牙盯着她的眼睛："真的？"

李巧叹了口气，道："我一个寡妇，丈夫儿子死得不明不白，谈情说爱、花前月下这种事好像和我没什么关系？"

黑牙也叹了口气，道："他们死得不明不白，所以你不能过上好生活？"

李巧说不过黑牙，但她还是认定现阶段的目标就是追凶。结果，第二天中午，当她刚下定决心打算去赎江何时，却看到黑牙领着江何回到笑寺。

李巧惊道："您哪来的钱赎他出来？"

黑牙道："你没发现寺里少了点东西吗？"

李巧这才发现大殿里的鎏金小菩萨不见了，惊道："您把镇寺之宝拿去卖了？"

黑牙挥挥手，不在意道："什么镇寺之宝，那都是身外之物。不过，我跟江何说的可是拿你的傍身钱救的他。"

黑牙边说边为自己的不居功扬扬得意，江何也过来对李巧再三感谢，并表示自己会尽快还钱。

既然江何出来了，李巧还是敦促他赶紧去安妮家，他们都在等他。

安妮的父母和老奶奶一直在做安妮思想工作，劝她早做决定，不要再等了。江何及时出现，还拿出准备好的草图。安妮听完江何的想法，喜不自禁，没想到自己不经意说出的小想法，居然成了江何最重要的灵感。

工程立即上马。一个多月后，安妮家的房子差不多改造完毕。收房那天，江何特地叫上黑牙和李巧，还有安妮、她的父母、老奶奶和几个经常帮忙的志愿者，大家一起兴高采烈地赶到新房。

房子的立面依旧保留着四合院外观，样式古朴，端庄内敛。乍一看上去，并没有任何特别之处。

推开东南角大门，江何有意请安妮先行。只见她操控电轮椅，沿着缓坡平稳进入，再也不用受门槛和台阶困扰。

随着安妮进入内部，一声惊叹传来："天哪！"

大家齐齐跟了进去，这才看到院门里面正对着的是一个圆形的院落。

安妮开心道："我第一次去江工事务所，对房间内部的装修和陈设评头论足，说如果我是设计师，就把屋内的挑高空处留成圆形，而非方形，结果现在江工帮我实现了。"

江何说："不光是我！能最终落地实现，李巧也帮了不少忙，还有乌龙的工程小分队。"

安妮惊喜地操纵电轮椅，在院落中自如地转了一圈："辛苦大家了！所有几何图形中，我最喜欢圆形，因为它最适合我的电轮椅了。"

沿着圆形院落的边缘，江何安排了一圈花台，里面种满了紫茉莉、秋海棠等植物，拐角处还有一个鱼缸，几尾漂亮的红金鱼正在睡莲下嬉戏游玩。

老奶奶开心道："真好！以后只要天气晴朗，小姑娘足不出户，就能在这里晒到太阳，闻到花香，听到鸟语，看到鱼游。"

安妮兴奋地说："院子我很满意！接下来再带我看看房子吧！"

江何走到安妮身后，轻轻地将轮椅翘起："看房子之前，我想先让你看看屋顶。"

江何拉着轮椅做360度旋转，安妮看到这个四合院内部的屋顶并不是传统的四角方正，而是像一条丝带一样流畅顺滑。

江何说："屋顶采用的是大型单向倾泻型设计，外高内低，北高南低，整体形成一个漂亮又柔和的环状流线。"

安妮立马展开想象并且补充："我感觉人在这个院落里，就好像被一个臂弯紧紧地环抱在中间！"

黑牙却在一旁感慨："哎哟！小姑娘要写诗了。"

大家听完都忍俊不禁。

介绍完屋顶，江何又招呼大家参观房间。他领着众人重新回到东南角，进门入口左手边是玄关，然后依次是厨房、餐厅、客厅和志愿者休息区、卫生间、安妮的房间、父母的房间。

这些房间在一整个环形空间内依次排列，屋与屋之间都安装了滑动推门，既能各自独立，又能随时分开。

江何说："让整个房子的不同房间都能相互开敞，主要是为了让安妮坐在轮椅上，也能毫无障碍地到达家中每一个角落。"

除了空间划分和动线上的安排，江何为安妮今后生活还做了很多便利设施。比如洗澡用的小吊椅，可以方便翻身的护理床，餐厅也设计了一目了然的橱窗，柜门做成白板，可以写每日提要、护理知识、安妮的个人喜好，以方便新加入的志愿者快速上手……

一圈看下来，安妮眼圈红红道："我很喜欢这个房子。谢谢你们！"

江何也很感激："其实我更想谢谢你安妮，把这个机会留给我，让我可以通过这个设计说一点心里想说的话。"

安妮惊讶："你心里的话，是什么？"

江何道："做这个构思的时候，我人在看守所。这三年来，因为天窗事故，我受到很多非议，也遇到很多麻烦。我想起小时候，母亲跟我说过，一般小孩去学校上学，交朋友进圈子，家长都会教导孩子要外圆内方，对外界圆润通达，自己内心方正有序，但是我是一个单亲家庭的小孩，我在外面难免会遇到异样的眼光、不好的议论，甚至还会被排斥和欺负，所以我母亲就提出，让我面对世界的时候能够反着来，外方内圆，对外界方正有序，自己的内心则要圆润通达。"

江何一直牢记母亲的教导，在遇到安妮这样同病相怜的病友时，更是把这个理念放在设计中。因为他清楚地知道，当生活本身就处在巨大的逆境当中，面对他人、面对世界，只有更多依靠有形的规则，保护和稳定好自己，内心不必有太多自责和负累，拒绝内耗，让自己圆润和通达起来。

安妮听完由衷地说道："我觉得你的妈妈很厉害，我太了解那种感觉了，作为一个残疾人，比起外圆内方，我更需要外方内圆。"

6

交完安妮家的房子，江何马不停蹄地开始调查回扣案。他见了好几名过去的同事和合作伙伴，结果不查不知道，一查吓一跳。

从法律层面上，江何发现他根本就不属于老胡的工程公司，既不占股权，也不具备利益交割。他拥有一家完全独立的建筑事务所，注册时间是拿下沐光美术馆工程后不久，与老胡的工程公司只是主体对主体的合作关系。

江何只记得当时特别忙，经常要签署很多文件和合同。有时候老胡拿过来，简单交代这是什么，他都顾不上看，草草就把字签了。

江何猜想，那份脱离老胡公司，成立建筑事务所的合同，就是被老胡混在那一堆文件中，稀里糊涂签下的。这件事从头到尾，江何都被蒙在鼓里。

因为公司不是涉事主体，本人也没有工程上的话语权，索要回扣一说自然不攻自破。

但警方提供的那张照片，还有照片上材料商的指控，江何思前想后，觉得他有必要去见一个人。

一个他必须在深夜，戴上帽子和口罩，悄悄去见的人。

江何从不对外提起自己的父亲何东，因为他实在很有名，也很有钱。业界为人敬仰的大建筑师，赫赫有名的房地产公司东吴集团也是他一手创建。只是在江何出生不久后，为了自己的野心和发展，何东抛弃了他的母亲和他，另娶更有背景也更有助于事业的女人，并且生下一个儿子，取名何欢。

江何要见的这个人就是何欢。

成年后的江何和何欢，虽不是一母所生，却长了一张双胞胎般的面孔。唯一差别就是何欢患有先天性心脏病，总是脸色苍白，憔悴无神。不过，只要稍加修饰，外人还是很难分辨他们究竟谁是谁。所以，当警察说照片是真的，江何第一时间联想到，照片里的那个人应该是何欢。

何欢这次会见江何，地点是在医院的VIP病房。他最近身体不太好，在住院治疗。

面对哥哥的求助，何欢虽然一脸病容，有气无力，但还是勉强坐了起来，努力回忆照片中的会晤："这是跟东吴有过合作的材料商，我记得那天是父亲让我去会见他。"

江何说出了心中的疑惑："我最近复出，工作上刚刚有一点起色，他就出来搞事情，很像有备而来。"

因为知道江何身份的人不多，所以何欢知道他会怀疑的就只有那几位。

何欢跟江何透露："这段时间因为我生病，父亲那边的压力也很大，公司又没有得力的帮手，我就提议说要不要把你找回来，父亲没有说话，我觉得他好像也是这么想的，准备找个时间让你们碰面。结果前几天，我听到母亲在跟他争执关于你的事。"

江何点点头："这样看来，是吴海桐不希望何东跟我接触，所以故意给我找麻烦。"

何欢道："但是父亲会觉得是你办事不力，连这点小事都解决不了，自然不配回到他身边。"

江何恨道："我从来没想要去他身边。"

何欢见江何倔强，忙劝："哥！你别这么任性，父亲年纪大了，我又是个废人，以后能指望的就只有你。你不能对他低一回头，把你们的结解了？"

江何不为所动："你别担心，有那么多人帮他，他也有钱可以请到任何他想请的人，根本不需要我。"

何欢强调："那不一样，你是他的亲生儿子。"

江何听完忍不住想笑："亲生儿子！他什么时候又当过我是他的亲生儿子？"

江何觉得自己一生大概都不会原谅何东早年的抛弃。这些年他之所以拼命努力，让自己变好，想在建筑圈崭露头角，建造大舍，其中暗含着可能连他自己都不知道的动力，就是为了证明自己。

十多年来，江何从未主动联系过何东，对东吴集团也是退避三舍，却唯独对这个身患重病、心性淡泊的弟弟反复破防。

何欢见他劝不动江何，重重叹了一口气。

江何只好反过头来安慰弟弟："你别担心！其实这段时间我过得挺开心，重开了事务所，虽然是在一个破破烂烂的寺庙，接的也都是小项目，但是做出来的成品，无论业主还是自己都挺满意。"

何欢道："我看到你的网站有更新，你的事务所还是叫大舍，你的目标依旧是大舍？"

江何坦然认下："当然！一直以来，我的目标和梦想都是大舍。"

何欢诚恳："哥，如果有需要，你尽管跟我开口。"

江何却道："你现在最要紧的就是把身体养好，其他的都不要管。"

两人又聊了一会儿，何欢主动表示要去找他母亲谈，让她不要再针对江何。江何也答应一有时间就来看望何欢。

了却心中疑惑，江何觉得心里还是沉甸甸的。

一个多月前，黑牙告诉他，李巧用自己的傍身钱帮他交纳了保证金，为他换得自由，江何听后大为感动。

从几个月前两人狭路相逢，最开始她恨不能拿刀将他砍死，到后来慢慢了解，互相熟识，江何越发觉得，李巧身上有一种非常特别的魅力，虽然她平常说话办事喜欢板着个脸，但是内心当中，其实无比活跃和灿烂。

这天晚上，江何做了一个梦。他虽然爱做梦，却总是记不住，唯独这个梦，从头到尾、清清楚楚地记了下来。

梦里，他记得自己在深夜的笑寺中行走，后来他来到了李巧的床边。他静静地坐在那里，看她乖巧安静地睡熟。这时候，有各式各样的鲜花从李巧身上冒出来，有蓝色的鸢尾，红色的睡莲，黄色的水仙，白色的芍药……那些娇嫩欲滴、五颜六色的花朵，在她的肩头、手臂、胸口、肚子、大腿、小腿上面，以她的身体为沃土，就好像被赋予了无穷无尽的生命力一般摇曳绽放。

江何惊叹着，流连着，伸出手想要去抚摸其中的一朵，却又不小心惊醒了李巧。

李巧有些诧异，问江何："你在做什么？"

江何道："在看你身上开花。"

李巧不解："我身上怎么会开花？"

江何道："你一睡着，身上就会开出五颜六色的花，我想把它们摘下来，拿到我们的花店里去售卖。"

李巧茫然："我们的花店?"

江何点点头："是啊！我们结婚了，是一对夫妻，一起经营一间花店。"

……

梦醒之后，江何清楚地记得最后一个画面，他和李巧两个人站在街角的花店里，一起经营着店铺。

类似的梦，江何记得他很小的时候也做过。

那些梦里，是母亲卖掉了自己身体里绽放的花朵，将他养育成人。而现在，那个人变成了李巧，身份是他的妻子。

梦醒的一刹那，江何反复地回忆咂摸后，忽然意识到，他爱上了李巧。

第五章 命园

> 硬核！这简直就是金刚遇罗汉，乌龟撞石头，不分
> 出个高低胜负，绝不可能善罢甘休的。
>
> ——黑牙

1

李巧怎么也没有想到，自己生平第一次帮着黑牙师父给人做超度仪式，竟然帮的是一个活人。

他叫高大全，人如其名，永远活得伟光正。

时年74岁的高大全破天荒地给自己办了一场生前祭，请了八角井社区所有能请到的街坊。他的目的很简单，就是要联合一切能够联合的人，让社区给他们这些老年人建一座老人公园。

在八角井社区居住了大半辈子，高大全至今最大的遗憾，就是每周雷打不动的三场京剧票友会，都要到别的社区去蹭别人家的公园场地。每每惨遭白眼，饱受嫌弃，被逐出场，他感到十分郁闷和憋屈，为什么老城区资格最老、年代悠久的八角井社区就没有一块属于自己的场地呢？

如今他有了机会。

居委会主任铁梅最近宣布，要在社区里面建一座五十几个平方米的社区公园。

高大全等一群京剧票友听说以后，恨不能敲锣打鼓，扛着锦旗，到街道办事处给铁梅送去。结果仔细一打听才知道，铁主任要建的那是一座儿童乐园，只供低幼龄儿童休闲玩耍用的。

高大全当时就愣住了，一种被忽视和遗忘的感觉扑面而来。

作为这群老票友当中年岁最大的，他受不了这个气。一个小小的居委会主任凭什么想修啥就修啥？坊间传说又告诉他，铁主任家里有一个6岁的女儿和一条哈巴狗，她是为了让他们有一个玩耍的空间。

这还得了！这不就是以权谋私、滥用职权吗？高大全表示自己看不下去。

以前在工厂上班的时候，高大全就曾经无数次充当厂里弱势群体的代言人，勇斗厂长女秘书，捉工会主席的奸，查过财务处长的账……哪里有不平哪里就有他，现在临了他也要为自己的权益再热血一次。

一把年纪的高大全支棱起来，带着一众京剧票友高呼"社区是我家，建设靠大家"，闹完街道办，又闹到区领导跟前。没想到铁梅主任自始至终也很硬气，据理力争，绝不松口，就是要建儿童乐园。最后，区领导只好想了一个折中的办法，让八角井社区的居民自发投票，决定到底是建儿童乐园还是老人公园。

投票时间定在五日之后，为了拉选票，博支持，高大全和铁梅都使出了浑身解数。

高大全的生前祭现场，房里房外都挂满了黑白幡，他躺在棺材里，穿着寿衣，四周铺上菊花。一身黄色僧袍的黑牙师父坐在祭台后面，错落有致地唱着《地藏菩萨本愿经》，李巧在他身旁有条不紊地敲着木鱼。到场的街坊年纪都比较大，本来心里都很忌讳这些，可是迫于高大全在请柬上写的话，又不敢不到场。

请柬上是这样写的："虽然这是我的祭礼，但是我还没有死，如果您没有到场，我是知道的……"

高大全其实就是想借祭礼提醒大家，在修公园的事情上千万别犯糊涂，孩子们需要玩耍空间，但他们还有未来，还有大把时间、似水年华在前面；而老年人需要娱乐场所，如果做出牺牲，那他们的未来有什么？棺材，菊花，地藏经，黑白幡……

虽然也有心疼小孩的老太太想两边劝和，让高大全不要把事情想得这么极端，还说："铁主任不是答应了，先修完儿童乐园，再给咱们建老人公园，谁先谁后又有什么差别，就再等一等呗！"

"等她？"高大全拧着眉毛，诈尸一样从棺材里面坐了起来，既惊又叹道，"天真死了！你难道看不出来这是铁梅放的烟雾弹？咱们八角井社区，弹丸大小的地界，让她先把儿童乐园建了，哪还有地方再建老人公园？"

说的是正理，在场的人顿时都安静了下来。

李巧婆婆见高大全头上还挂着菊花，在一旁小声提醒："你都已经死了，就别说话了，赶紧躺下！"

"起都起了，我就再多说一句！"高大全不甘心，又补充道，"尊老爱幼是我们中华民族的优良传统！千百年来，这话都是这么说的。可是，要说得再具体一点，在尊老和爱幼当中再排一个序，那我觉得应该还是先尊老，再爱幼。"

话音刚毕，砰的一声，巨大的闷响传了出来，吓得众人又是一哆嗦。

祭台上面的小铜香炉滚落到地面，摔成了两瓣，里面的香灰撒了一地。

李巧一脸愕然地看着几十道目光齐刷刷看向自己，一旁的黑牙忙帮她解围：“腿。腿盘得太久，不受控制了。”

高大全恶狠狠地瞪了李巧一眼，这已经不是她今天第一次出状况了。

仪式刚开始时，她从外面往里走，差一点被身上的长袍绊倒。之后黑牙念经，她在一旁木鱼敲得咚咚响，还是婆婆提醒才慢了下来。现在他才刚发表重要讲话，她就打翻香炉，搞得好像故意跟自己作对似的。看她那个慌里慌张的样子，真替自己死去的外甥李磊不值，怎么就娶了这么个扫把星？

李巧其实也是一肚子腹诽。前几天，婆婆忽然找到寺里，她从天窗事故受害者群体那儿听说了她和江何的事情，一气之下跑过来找李巧当面问责。

李巧一通解释，再加上还有黑牙在一旁帮衬，可是婆婆就是不信，坚持认为大家被江何蒙蔽，还说让他这样不称职的建筑师出头，就是危害社会，为祸百姓。

婆婆知道八角井社区的居委会主任铁梅正在找江何设计公园，她的亲哥哥高大全则因为公园的属性问题和铁梅展开对峙，当即让李巧别站错队，要给舅父助威。

2

同一时间，八角井社区街道办，江何也在跟铁梅会面。

铁梅今年45岁，气质卓然英雅，但是在居委会主任这个劳心劳力的位置上，满头黑发已经白了一半多。

跟很多能说会道、善于做群众工作的基层干部一样，她此时正在做江何工作："……没想到这段时间出了这么多的波折，但我还是希望江工能在五天后的投票日之前，帮我们出一个儿童乐园的设计方案，我希望凭借这个方案，可以打动和说服社区的年轻家长，让他们把票投给我。"

江何颇感有些为难："这……"

刚开始接洽铁梅和这个小公园项目时，江何特别积极主动，不光是因为铁梅给了他很大的礼遇和褒奖，还因为这是安妮推荐的。

不久前，安妮母女到八角井社区，动员居民参加她的家庭护理计划，顺便展示了江何设计的四合院。铁梅看到后赞叹不已，正好她准备修公园，便请安妮引荐建筑师。

能被之前的业主二次推荐是对职业能力的巨大认可，江何刚开始也拍着胸脯跟铁梅保证，一定会把儿童乐园建好。结果，没过几天就冒出了一个高大全，更没想到这个高大全还是李巧丈夫的舅舅。随即李巧的婆婆又跑到笑寺，对着江何、李巧一通臭骂，还逼着黑牙和李巧去给高大全搞什么生前祭。

铁梅看江何为难，试探着问道："你是担心我干不过那些老家伙们吗？"

"那倒不是。"江何没有直说自己和李巧的关系，转而问道，"我听街坊邻居们议论，说铁主任在修儿童乐园这件事上特别坚持，我想知道为什么？"

铁梅叹了口气，起身走到墙边的八角井社区地图旁，指着地图说："你看我们这个社区，在整个老城区最中间，一点不起眼不说，老城区的缺点它还一样都不落，破旧、衰老、逼仄，没有公园绿化带。平常倒也没什么，但是如果碰到特殊时期那会儿，就遭老罪了，全社区的人哪也去不了。我记得那阵子家里头的人只要一给我发家里的照片，我就看到我闺女，还有我们家的狗都是一副垂头丧气、蓬头垢面的样子，那种被关在家里、无处可去的苦闷和憋屈，我是看在眼里，疼在心里！"

江何问："所以你是为了他们才想要修儿童乐园？"

铁梅愤愤不平道："外面都在传，说什么我滥用职权，以权谋私。我呸！我要是真有那个权力，我就给他们盖个体育馆。不但有塑胶跑道，还有草坪球场，大爷们想在里面唱戏，大妈们想跳广场舞，统统没问题，体育馆还有顶，风吹雨打都不怕！我何至于为了50平方米的地界，跟他们吵翻天？"

江何赞同："那倒是！"

铁梅摇摇头叹息道："太难了，我真的太难了。就现在这50平方米的地界，都是我好不容易才争取到的。之前我只要不忙，就在社区里四处寻摸，最后好不容易才找到了那块臭水沟地界。我到处查资料翻档案，想找到这块地的归属。从民国到新中国，从"文革"前到改革开放后，结果发现芝麻大小的地界居然属于7个业主。麻烦归麻烦，但我还是着手跟区里打了报告写了申请，又到这七家逐个拜访，拿出了求爷爷告奶奶的劲头，盖公章、搞审批，才把这50平方米的产权都争取到了社区。"

江何道："真不容易。"

铁梅就事论事："我废这么大的劲才把项目争取下来，凭啥他们要修老人公园，给他们唱戏、下棋、跳广场舞，我就乖乖地按照他们的意见来？孩子们才是祖国的花朵，社会的明天，家长的希望，我们当然要以孩子们的需求为重，先照顾、呵护好孩子们的童年，你说对不对？"

江何依然感到纠结："您的心情我完全可以理解。只是我就算答应给您做设计，也侥幸赢得了很多居民的投票。可是，那些没地儿唱戏、下棋、跳广场舞的老年人不还是没地儿吗？他们能甘心？"

铁梅坚持立场："可他们这样欺人太甚也不是一天两天了。说真的，我在别的事情上都可以忍受，也会尽量找补，就是唯独这件事，不行。"

江何想了想，还是决定说出李巧的事："其实有个事情还挺巧的。我有一个朋友，她家亲戚恰好就住在你们八角井社区，现在他们正在家里办一场生前祭，说要号召社区的老年人把票都投给他们，这件事您知道吗？"

铁梅愤然地一巴掌拍在桌子上："你都听说了我还能不知道吗?! 这个高大全，我刚才说的欺人太甚就是他。先是跟我闹，发现没用又跑到区里，逼得区里不得不说搞投票，投票就投票，我以为他顶多就是搞搞串联，拉帮结派，结果没想到连生前祭这种阴招都能想得出来。早知道我当初就不该听我家人的，就应该速战速决，找你画完图纸，找工厂把它们全都做成预制模板，到时候月黑风高，拉过去一通安装，齐活，一句废话都不用多讲。"

江何很意外："您还有过这种想法？"

铁梅无奈道："这也都是被逼的！最开始那高大全带着一群大爷大妈到社区来闹，我好说歹说，他们就是不听。之后我就挨个登门，搞家访，做思想工作。结果等到我忙完了一天，累得筋疲力尽回到家里，打开门一看，高大全居然端坐在我家小客厅，跟个老佛爷似的，还让我女儿剥橘子给他吃。"

江何惊讶："他是去做你家人，还有女儿的思想工作吗？"

铁梅道："可不是嘛！这招釜底抽薪真是杀得我措手不及。那天晚上，我老公还劝我说，要不算了，他要是想要修老人公园就给他修，咱不跟他一般见识。我老公不想我为难，我女儿也不希望我不开心。可是，他们越是为我着想，我就越不想让步……"

铁梅也有自己的理由和苦恼，江何见她和高大全僵在这里，也不好再说什么，又请铁梅带他再去待建现场看一看。

然而，两人还没有走出街道办，就看到李巧婆婆在几个大爷的簇拥下冲了进来，说要找铁主任谈点事情。

江何用脚指头都能想到李巧婆婆要谈什么。说不定等到五日后投票对决，整个八角井社区的居民都会知道，他是天窗事故的肇事建筑师。那时候就算他拿出多好的设计，也会大打折扣。

铁主任叹了口气，说她不能陪江何了。江何也叹了口气，表示没事。

3

天快黑了，黑牙和婆婆都已经回去了，李巧还在帮高大全收拾生前祭现场，江何把车开到胡同口，坐在车里等李巧。

那天晚上的那个梦一直萦绕在心底。从那以后，白天再面对李巧时，江何总觉得内心深处好像窝着一团小火焰，扑不灭，浇不息，就那么悬在那里。

他是一个建筑师，向来追求平衡、精确、稳定，这种毛毛糙糙的感觉实在是陌生。

这是爱情吗？叫人忐忑、心神不宁、忽喜忽悲，像喝醉了酒或者中了毒一样，江何以前从来都没有体验过。

在没有被这种不确定性彻底搞乱之前，江何决定适可而止。他打开平板电脑，开始认真画图。

有人敲响了他的车窗，江何忙摇下玻璃，看见李巧。

李巧问他："你怎么还没走？"

江何道："在等你，黑牙师父让我们去市场买点东西。"

自打婆婆在寺里住下，多了一张嘴吃饭，黑牙就让李巧去市场采购。一连几天都忙得连轴转，李巧压根忘了这件事，好在江何提醒。

两人一起来到市场，在粮油杂货店采买。

结账时，穿粉红色外套的店主大妈颇有兴味地看着两人，调侃道："小两口一起来采购啊，穿得这么有情侣范儿！"

李巧这才注意到，她今天和江何都穿着同款的黑白色衣服，在别人眼里可不就是一对情侣。

江何倒是没有特别意外，他早上看李巧穿了这身衣服，出门时特地选了这件，现在被人点出来，心里还有点得意。

那个大妈还在唠叨："你俩站一块儿别提多登对了，将来要是生娃娃，那小模样一定没的说。"

大妈越说越离谱，李巧有些尴尬，却被江何抓住右手，一脸讨好地对大妈道："承您吉言，那就给我们家小娃娃打个折吧！"

大妈一惊，看了一眼李巧肚子，乐和道："不说我还没看出来，得嘞！打八折！"

两人大包小包地从杂货店出来，江何明显心情不错，又是建议这个，又是介绍那个。李巧本来还想说他刚才有一点过分，结果连话都插不上。

这几天，凭着女人敏锐的第六感，李巧已然感受到了江何对她的取悦和讨好。

这种迹象最早从什么时候开始？好像是黑牙说她用傍身钱把

江何救出来那天，又好像是之后有一个半夜，她一觉醒来，忽然看见江何闭着眼睛坐在自己床头。

那天，李巧意识到江何又在梦游，只是没想到他会潜入自己房间，还神神道道地说她身上会开花，他们在经营花店，是一对夫妻……

李巧越发觉得，江何的变化就是从那时候开始的。

这段时间，随着她对江何的了解越来越深入，也不能说没有欣赏和感动。有时候，跟他一起讨论方案，提出类似的见解或观点，两人甚至还有一种惺惺相惜的感觉。但是，每当这些时候，理智又会提醒她，她还有血仇未报，丈夫和儿子不能白白冤死，她不能独自去过好生活。

想到这里，李巧觉得自己有必要提醒一下江何。她看了一眼市场，不远处刚好有一个卖镜糕的小摊，立马道："这儿也有卖镜糕的?"

江何欣喜："你喜欢吃这个？我去给你买。"

李巧摇头："我老公特别喜欢，一看到这个就跟小孩儿一样，不买上十个八个，路都不知道怎么走。"

看到李巧一脸宠溺地说着，上前让老板做十个新鲜的，多放糖多放芝麻，要打包带走。老板问她带给谁吃？李巧就没完没了地说起她老公，对他的思念，对他的遗憾，过去的经历，好像只有他们才是天造地设的一对。

江何觉得李巧这是故意的，目的就是想让他知道，他俩不可能。

前几天，他找大神喝酒，不小心透露了对李巧的心思。结果没想到，这家伙竟然张口就说江何没戏。江何逼问了他一晚上，为什么没戏？大神最后告诉江何，因为活人是不可能打败死人的。

想起大神那个话，江何就来气，他偏就不想信这个邪！

等两人把东西买好，放进车后备厢，刚关上门，江何忽然拉住李巧。

江何道："问你个问题。"

李巧回身看向江何。

江何道："八角井社区的公园，你是希望我帮铁主任拿下，还是你丈夫的舅舅获胜？"

李巧一愣，他怎么会这么问？铁主任和丈夫的舅舅，这是在跟我吃醋吗？

她有些不置可否，敷衍着道："都好！"

江何不悦："撒谎！"

江何直不棱登地看着李巧，仿佛要将她看穿看透。李巧心里却是有点虚，因为内心层面，她并不喜欢婆婆和舅舅的立场，但面对江何，她也只能回撑："幼稚！"

江何道："那我就幼稚一个给你看看。"

李巧还没反应过来江何要做什么，就被他推靠在车身上，随即他的唇便牢牢印在了她的唇上。

跟那次梦游时不一样，这一次，她明显感受到了他的情感。有些果断，毫不犹豫，不容抗拒，慢慢研磨，缓缓侵入，迫使她张开嘴，接受他。

他似乎很想让她知道，他动情了，他也嫉妒了。不过就算如此，江何也没有意乱情迷。没多大一会儿，他就和李巧拉开距离。紧随其后，是李巧抬手一巴掌扇向江河。

江何在空中接住了她的手腕，像发誓一样道："你等着瞧，我一定会赢。"

赢项目还是赢她，他没有说。李巧从江何手中抽出手腕，头也不回走到车内。回去路上，两人没再多说一句话。

回到笑寺之后，江何就把自己关在事务所埋头创作。铁主任中间来过一趟，跟他讨论方案。

投票日一早，江何将精心绘制的图纸和模型搬到了居委会办公室，还和铁主任一起守在那里，给社区居民答疑讲解。

江何设计的这座儿童乐园别出心裁，十分特别。

整体风格偏欧式花园，风格典雅，不失童趣。从场景图中可以看到，高低错落的云墙围合而成的院落，仿佛被朵朵白云环抱；用造型奇特的树木搭建出绳梯、木马、秋千、滑梯等儿童玩具；又用奇形怪状的石头营造出微型山景，引地下水做了一个小瀑布，内部还隐藏着一个小小的洞穴，颇有些神秘谐趣……

欧风西韵当中却又不失自然本真，让从小被塑料玩具包围的孩子和家长耳目一新，也让很多中老年人觉得别有致趣。

而高大全还是老一套，扛着花圈，穿着寿衣，戴着菊花，身旁还有一直敲木鱼唱佛经的黑牙和李巧，看着就让人闹心。

整场投票采取不记名的形式，每位居民都能领到一张投票卡。勾选之后，扔进投票箱中即可。

下午五点，工作人员准时封箱，然后当着大家的面将所有选票拿出来唱票计数。最后，算出来结果，高大全以十一票之差输给了铁梅。

铁梅长舒了一口气，开心道："民心所向，大道可成！"

一旁高大全却当场掀翻了桌子："我不服！我举报！居委会干预选举，操作选民，诈取选票。"

铁梅大声反驳道："高大叔，您要是这么说，我可真生气了！

要说这三件事，我们居委会一样都没有做过，您可是样样都做了！"

高大全继续发疯："你胡说八道，血口喷人！"

铁梅怒道："胡说八道，血口喷人的难道不是你吗？"

高大全被铁梅不留情面地撑回来，捶胸顿足，痛心疾首道："你……反正我就是不同意，你们知不知道，这个园子，它就是我的命，命啊，命……"

"命"字的话音刚落，高大全忽然一捂胸口，直挺挺地栽倒在地上。

在场的所有人都看傻了，刚开始还以为他是在表演或者耍赖，面面相觑好一会儿，才确定高大全是真的昏厥过去了。

4

一群人这才手忙脚乱地将高大全送去医院抢救。然而，医生检查完却告诉他们，高大全得的是不治之症。

铁梅几乎不敢相信，半小时前还跟她斗得不可开交，张牙舞爪、龇牙咧嘴的小老头，居然是个二期食道癌患者，目前正在化疗。

更让铁梅意外的是，包括李巧婆婆在内，平常跟高大全一起唱戏的票友，还有被他逼着投票的老街坊们，都不知道他得病的事。

当大家得知以后，又直呼难怪他会为自己举办生前祭，还在请柬上写出那样的话恐吓大家。

所幸只是急怒攻心，暂时没有生命危险。医生们处理之后，病情再次稳定下来。李巧婆婆让大家都先回去，自己留在医院照顾哥哥。

回去的路上，江何和李巧见铁梅一声不吭，也没有多嘴追问接下来的打算，大家心里都很沉重。

两天后，高大全给铁梅打电话，叫她过去聊一聊。铁梅答应以后，又给江何打电话，叫上他一块儿。

病房里的高大全虽然没有了往日逼人的气场，但是说起话来，还是思路清晰，不卑不亢。

高大全看到铁梅，开始追忆起了往事："你还没来之前，正是这几年最难的那段时候，我心想要是发生在武汉的事情发生在我们八角井社区那可咋办？当时居委会主任老余头，一把岁数，走起路来都战战兢兢，早就到了该退休的年纪，别说动员组织大家，就连让大家戴口罩、勤洗手、不聚集、提高风险意识这些小事，我看他都够呛。不过还好，就在那年春天，区里把你给我们派过来了。"

铁梅也回忆起自己对高大全的第一印象："我也记得上任之前，老余头就跟我介绍，说要想在八角井社区干好干稳，有三个人千万不能惹：第一，当然就是区领导，咱的顶头上司；第二，卫健委领导，得确保人民群众的健康和安全；第三，就是八角井社区的一位居民，名叫高大全，别看大叔岁数一把，却是远近闻名响当当的人物。"

高大全一听铁梅这样说，不忿当中带着骄傲道："这个老余头，竟然还拿我跟区长和卫健委领导比。"

铁梅应和："可不就是嘛！当时我还让老余头跟我好好说一说您，他神神秘秘地，说等我上班就知道了。果不其然，我第一天上班，前脚刚跨进居委会办公室大门，就看到一个大叔板板正正地立在那儿，正抬着手腕，看表数秒。幸好我是踩着点儿进门，不然这上班头一遭，就被热心居民抓了个迟到。那天我就知道，老余头说得真是一点都没有错，高大叔确实不好惹。"

高大全听了没好气地回道："不好惹你不是也惹了。不过，你猜怎么着，在你还没有来上班之前，我也跟老余头打听过你来着。老余头说，你这人踏实、稳重、责任心强，一看就是个能干事能扛事的人，让我有什么需求和想法，之前他不能帮我完成的，尽管都往你身上招呼。所以，这几年下来，我没少给你找麻烦，你也通通都能接着，这些我是看在眼里，记在心里。"

铁梅跟高大全互相交换了一下对对方的看法后，充满感激地说道："我是真没想到，高大叔您对我还挺认可的！我还以为在您眼里，我就是一个顶顶糟糕的居委会主任。说真的，这三年，要不是您的监督和敦促，有事没事就往街道办跑，给我提供线索和思路，我可能也没有那么多的机会为社区居民办实事、解难题。虽然咱俩外表一直在斗，但是事实上，我们是合作共赢的关系。"

高大全也很认同："没错没错！合作共赢。"

江何在一旁见铁梅和高大全推心置腹，将彼此的真实想法都说了出来，场面难得地和谐和温存。

高大全见聊得差不多了，开始切入正题："那铁主任，既然话都说到这个份上了，我就仗着自己岁数比你大，倚老卖老，直说了。你现在也知道我得了癌症，时间不多了，我是很想在离开之前再做一点有意义的事，让自己觉得有劲头也好，让别人对我留下点念想也罢。总之，这个小公园我还是希望你能把它修给我们这些老年人。"

铁梅见高大全一意孤行，并没有因为他的恳求而松口，依旧循循善诱、剖析根本："高大叔，您这样说我真是愧不敢当。之前不知道您生病，我还真是不太理解您为啥一门心思跟我闹。现在我开始有点明白过来，您是把您对生活的意义感，甚至说对生命的意义感，全都投注在这件事上了。可是，这样我就更加想不通了，您难道不觉得这是一件很私人、很自我的事情吗?"

高大全听完目光垂了下来，感慨道："我们这一代人啊，哪有什么私人的事情? 哪一件不是公家的事，就连我们自己也都是公家的。到了你们这一代人，你们开始说，人人都要有自己的私人空间，我们的私人需求、私人目的，公家不会管也不该管，但是，这跟我们最开始形成的观念就不一样。我们把整个青春，最好的年华，最大的热情，全都交给了公家，到最后被抛弃、被遗忘的也不该是我们。"

铁梅依旧坚持自己内心的想法，企图说服高大全："这话您说得虽然没有错，您这代人的努力和牺牲，让后来的我们有了更好、更自由的生活，我们不能忘，也不该忘。只是有一点您没说对，您这种不甘心、要意义、求认同，它为什么一定要放在现在社区要修小公园这件事情上呢?"

高大全不解道："那我应该放在哪里? 铁主任，你说我还能放在哪里? 我都是这个岁数的人了，社会上早就没有了我的位置，我如果不把这点光和热放在我生活的社区，那些天天跟我一起唱戏的票友，跳广场舞的大妈，抬头不见低头见的老邻居、老街坊，我还能放在哪里?"

铁梅提醒道："我记得您是有一个女儿? 当然是放在下一代身上，就像我坚持要修小公园，不光是为了我的女儿，我的下一代，还有整个社区的孩子们，社区的下一代。只有下一代好了，我们的国家、社会，才会有将来!"

当铁梅说到女儿时，高大全的眼光彻底黯淡了下来。

江何早上在斋堂刚好听到李巧的婆婆跟她抱怨，说高大全都住院了，他女儿却一直没有露面。

高大全重重地叹了口气，道："唉！都说家丑不可外扬，我高大全在外面横行霸道了一辈子，结果家里这点事怎么都摆不平。我那个狼心狗肺的丫头，她妈妈在世的时候，她一年还知道回来一两回，从她那里拿点钱。她妈妈一走，几乎连面都跟我不碰，还说我在她小时候，整天不是忙工作，就是忙着替工友申冤叫屈，我那么爱照顾人就让我照顾的那些人来照顾我好了，反正我也没有管过她，现在也别想叫她来管我。"

高大全说起家事，之前那份振振有词、据理力争的劲头一下子就没了，好像一个充满委屈的哀怨妇人。

铁梅无奈："这……"

她这才知道，原来家家都有一本难念的经，即便外表强悍如高大全这样的，也照样不例外。

高大全用越来越微弱的声音，再一次地恳求铁梅："所以，你现在明白了吧？不是我非要跟你较这个劲，而是我已经没有别的更多可能性了。你大人有大量，能不能满足我这个将死之人的心愿，就把那个地界建成老人公园？"

5

那天，面对高大全的一再恳求，铁梅什么都没有说。既没有答应，也没有不答应。江何感到十分奇怪，她越是不发一言，说明她内心的纠结越大。

下了地库，坐进车里，铁梅忽然开口跟江何说："昨天晚上，我跟我老公又在家里狠狠吵了一架。"

江何问："啊！你们怎么了？"

铁梅道："我女儿想要一个篮球，没事能在家里拍一拍，我就答应了。可我老公却说，先不说在家拍球会不会影响邻居，就说我家那点地儿，转个身都嫌窄，要是磕着碰着弄伤弄死了怎么办？我一听就很烦，说孩子就想要个篮球，你在这里说死说活的干什么？她又不是玻璃做的，整天神经兮兮，要是不行就去看心理医生。然后，我们就吵了起来……"

江何为当下的两难境遇深感无奈："这……你的难处我很理解，碰巧高大叔也有自己的难处，你们双方有自己的立场。"

铁梅双手趴在方向盘上，一副愤愤不平的样子，感慨道："唉！真的！我现在是内忧外困、走投无路。本来不应该是这样的，本来我们一家四口人整天有说有笑，其乐融融，从来也不会因为一点小破事就争执不休，我和我老公的感情也很好，更不会动不动就给对方添堵。"

江何诧异："你们一家四口人？"

铁梅一愣，抬头道："啥？"

江何想起那天投票日，他只见过铁梅的丈夫、女儿，还有小狗："刚刚你说你家有四口人，但我记得，你不是只有一个女儿？"

铁梅眨了眨眼，又说："我说了四口人了吗？那我可能是把狗也算进去了。"

江何敏锐地觉察到铁梅好像在掩饰什么："不是。你说的是本来，本来你们一家是四口人。"

在江何的逼问下，铁梅双颊微微涨红，好大一会儿都没有吭声。

江何也不说话，陪着她沉默，空气中的张力在一点一点凝结。

好大一会儿，铁梅就如同从梦中醒来一样，有点奇怪地问江何："我们怎么就聊到了这个呢？"

江何还是不依不饶，并不想让铁梅把话题带走："所以其实你有两个孩子？"

铁梅意味深长地看了江何一眼，有些不满、责怪，或者被揭穿之后的仓皇。

最终，她无奈地承认道："好吧，还是被你抓到了，你不但能当建筑师，还能当福尔摩斯！"

江何追问："所以你想修公园的真正目的，是为了你家这第四口人？"

铁梅点点头："我还有一个儿子，儿童乐园也不仅仅是为了我的女儿和小狗，还有我的儿子。"

江何愣愣地看着铁梅，这个猝不及防中冒出来的儿子，才是铁梅始终坚持立场，不肯动摇的真正理由。

可是，为什么他从来都没有出现过呢？

铁梅问江何："你一定很好奇怎么不见我带我儿子出来吧？"

江何忙点头，结果却看到铁梅的眼睛迅速湿润，继而有热泪滚落。

铁梅将一只手放在自己的左胸前，说："他现在只能在我这里。"

江何当即明白了铁梅的意思，眼睛也瞬间红了。

铁梅边哭边说："我自打搬到八角井社区以后，就再也没有跟人说起过这件事了。我以为我可以忘掉他，毕竟他走的时候才6岁，我家的小狗现在都已经9岁了，跟我的时间都比我跟他长了二分之一，可是到最近我才发现，其实我从来没有哪一分钟，甚至哪一秒钟，忘记过我的儿子。"

江何赶紧从手套箱里拿出纸巾，递给铁梅。

铁梅擦掉眼泪后，抱歉道："对不起！不该跟你聊这些的。"

江何道："没有，我想听你说一说，起码可以让我明白为什么你一直这样坚持，也好知道接下来我能做些什么。"

铁梅擦掉眼泪，点头同意："也对，那我要不从头跟你说吧。我这个人呢，就是典型的被人说成是小镇做题家的那一类人。我老家是一个经济不发达的九线小县城，但是我从小就很爱学习，大学毕业又考上公务员，端上铁饭碗。我和我老公是相亲认识的，他也是小城市的，人很能干，也很爱我。我们在一起生了两个孩子，大的男孩，小的闺女。我俩最大的心愿就是能在大城市有一个自己的家，攒了好几年工资，后来终于在一个老社区买了一套老破小，结果没想到，我儿子却在那里送了命。"

江何惊讶："怎么回事？"

铁梅回忆："那个老社区就跟咱们八角井社区特别像，破旧、衰老、逼仄，但是刚开始那里还有一块挺不错的绿地。刚搬过去那一阵子，我跟我老公每天吃完晚饭，都会带着两个小朋友到楼下玩耍。看到孩子们跑跑跳跳，玩得非常开心，我们也很满足。可是，这种日子并没有持续很久。那之后不久，物业忽然说要在小区里面修停车场，那块绿地就被推掉了。我看着推土机开进来，将原本花草丛生的小路掀开，没多久之后，就变成了冷冰冰的水泥车道。"

江何默默地听着。

铁梅继续道："当时，发生了一件事，对我的影响也很大。因为失去绿地，社区里的一部分人意见很大，平时就比较爱仗义执言的几个业主就去找物业投诉，要求拆除停车场，恢复绿地。我那时是在市委机关的一个直属部门工作，只是一个小小的办事科员，所以我对很多事情都习惯性地保持观望和骑墙状态。在业主维权要求恢复绿地如火如荼的时候，物业提出只有全体居民一致同意，才肯拆掉停车场，恢复绿地。我知道这是物业下的套，全体居民怎么可能完全统一，有车的家庭认为停车场在小区更方便，停车费也便宜，包括我自己，我当时还跟老公筹划过，等儿子过两年上学，我们家也要买小汽车，有了小汽车，自然就需要车位。所以，因为这两个原因，我就没有在表决书上面签字。"

江何问："然后呢?"

铁梅又道："然后因为签字群众远远不够，物业自然没有恢复绿地，只是客气地劝说大家，在小区出行要注意安全，避免车辆剐蹭。我本来以为这件事不会再有下文，却没有想到，等到儿子6岁、女儿3岁那年，有一天，社区小超市搞了一个抽奖活动，儿子随手抽到了一个篮球。我上学的时候就很喜欢打篮球，当时一高兴，就带着两个小孩在过道上玩了两把。结果，我给儿子传球，儿子没接住，追出去的时候，刚好有一辆越野车开了过来，眨眼之间就将我儿子轧到了车轮底下。我当时整个人都傻了，还没有等到救护车赶来，我的儿子，就在我怀里咽气了……"

铁梅越说越难过，说到后面甚至哽咽不止。

江何默默递上纸巾，现在他终于明白了，为什么铁梅到底都没有答应高大全的恳求。

铁梅擦掉眼泪，一脸哀伤地说道："原来雪崩发生的时候，没有一片雪花是无辜的。我是从那件事情之后，才彻底明白了这句话。可惜我实在太傻了，一切都已经太晚，我怎么都不可能换回我儿子的生命了。"

江何问："所以你也是因为这件事，才离开了市委机关，跑到八角井社区当上了居委会主任？"

铁梅承认："没错！那件事之后我渐渐发现，比起待在机关里面空口白话讲战略，我更想去基层，做那些实实在在、鸡零狗碎的事情。我再也不要我家的悲剧在其他家庭身上重演，我不但要让我治下的社区，没有绿地变停车场这样的事情发生。我还想着无论如何都要在社区里面为小朋友们建一座可以随意奔跑、玩耍嬉闹的儿童乐园。所以，你现在可以理解我在修公园这件事情上，为什么这么较劲了吧？"

江何点点头，心底由衷地觉得，对于经历过丧子之痛的铁梅，不管是他，还是别人，都不该再劝她一个字。

6

铁梅和高大全在社区公园的属性问题上都有着自己的执念。后来，高大全也从老余头的口中得知了铁梅的家庭悲剧。最后，两个人都找到江何，说他们想放弃自己的想法，成全对方。

江何思想前后，于公于私，原本他都想帮铁梅拿下修建权，可是现在，连他自己都不这么想了。

他跟李巧自打那天的事情后，这几天碰面都没有说话。不过，李巧还是很想知道江何的想法，便主动问了他。

江何说："高大叔也好，铁主任也罢，修公园对他们而言，都是堵上了自己对生命意义的理解，所以不管成全了谁，对对方都不公平。"

李巧道："可是，总共只有50平方米的地界，难不成你还能给他们修两个公园出来？"

江何听完李巧的问话之后，忽然一激灵，如梦初醒一般说道："你说得对啊！为什么我们不给他们修两个公园出来？做了这么多小户型，每次碰到户内面积不足时，就只能在层高上做文章，公园不也是一样的道理？"

李巧听完眼睛一亮："对啊！我们小时候上学都学过，世界八大奇迹当中有一个巴比伦空中花园，这样就可以做一个地面公园，然后再做一个空中花园。"

江何道："做都做了，那就别只做一个两个，都巴比伦空中花园了，我们为什么不多做几个平台，不光老年人、小朋友，年轻人、中年人，大家都有份儿，都有可以活动的公共空间。"

李巧赞道："这是一个好办法！"

两人说着就拿出纸笔，开始在纸上研讨方案，丝毫没有之前的尴尬和难堪。

两全其美的方案出炉后，受到了铁梅和高大全的一致拥护，工程随即展开。

一个月后，在江何、李巧、乌龙以及八角井社区居民的共同努力下，社区小公园正式落成。

铁梅画掉了日历上标记的最后一格，终于等到了这个翘首期盼的日子。昨天，她还特地开车去医院，接了刚刚化疗结束的高大全，带他到商场买了新衣裳，还有一顶假发，搞得比过年还要隆重。

落成典礼上，铁梅请了很多社区的热心群众，江何也拜托她邀请李巧婆婆和黑牙师父，结果李巧的婆婆没有到，李巧也没有到，只有黑牙师父一个人来了。

江何见状无奈道："应该不会来了，我们还是不等了，一起过去吧。"

一行人在他的带领下，从街道办出发，穿胡同走巷子，一路到了原先那个臭水沟地界，老远就看到一座花式院墙的开放型院落。

走到跟前更清楚，高低错落的波浪云墙从一层边界延伸到二层、三层的几个平台，仿佛有一种流云相栖的缥缈意趣。而流云当中赫然出现一座亭子、一件雕塑、一棵大树，流云之下还有喷泉，可以随音乐节奏不断变化。

一层的造景主要围绕着喷泉。除此之外就是不同植物垒砌而成的花墙、花道，中间还间或点缀着几尊雕像。长条形的水池中，池水清澈见底，里面养着金鱼，四周种了丰茂的水草相互掩映。

铁梅深呼吸了几大口之后，开心地说道："这个地方真有意境，感觉空气都比以前好多了！"

江何连忙解释："空气变好了倒是真的。之前这里是臭水沟，乌龙他们光是清理淤泥，就花了三天时间，清完之后用干净的沙土重新填埋，连地下水都变干净了！现在这个瀑布上的水，也是从井里打上来的地下水。"

铁梅问："我听说你们还保留了以前这里的那口古井？"

江何道："没错，我带你们去瞧瞧。"

江何说着带领大家来到东南角那株玉兰树下的一口八角井旁。

铁梅说："我在书上看到我们八角井社区之所以叫八角井，就是因为它。要知道古时候也没个自来水，社区叫作坊，一个坊的房价高低，除了看地段，就看有没有一口好井。所以啊，咱们这片在很久以前，也是本市最高端的社区了。"

穿上新衣，戴着假发的高大全也颇为感慨："哈哈！没想到这口废井现在又变成了宝。我在这儿住了快一辈子了，都没见这井往外淌过水。"

随着两人的回忆，八角井社区的居民也纷纷说起很多跟井有关的故事。

看完八角井，江何又说起一层的几棵树和石头，那是特地给京剧票友和广场舞大妈们遮阴用的，给下象棋的大爷们也准备了专门的石桌和树椅。

铁梅还在一旁补充道："你们可能不知道，为了选这些树和石，江工这段时间几乎跑遍了周围三个省所有的园林市场和山区林场。"

大家听完纷纷对江何竖起了大拇指。

一层看得差不多了，江何又领着大家沿着一侧的楼梯到二层、三层和上面的平台，一眼就看到一个小亭子，还有由七棵树构成的树厅。

松树的根系盘桓在平台内的土层，有着借土而生的意味。树干穿透月台，形成了蜿蜒曲折的形状。

借由这些形状，江何将它们有的塑造成木马，有的变成了滑梯，有的安装上秋千，有的架起了绳桥，形成了别具一格又不失自然韵味的儿童乐园。

江何说："为了给小朋友们一个安全的跑跳玩耍空间，我还特地在二层的四周加装了两层护栏，家长们不必为安全担心。"

等江何刚介绍完这些装置的使用，一转头忽然看到人群后面站着一个穿黑色帽衫的中年女人。女人一看到江何注意自己，马上低头转身准备离开。

一旁的铁梅也注意到了，大声喊道："高欣，你别走！"

铁梅越过人群，冲了上去，一把抓住高欣的胳膊："既然来了，不跟大家还有你爸爸打个招呼再走？"

高欣只好硬着头皮朝大家行礼，说："叔叔阿姨好。"又对高大全，小声嗫嚅道："我来了，爸。"

高大全许久没有见到女儿，激动地走上前："欣，你怎么来了？"

"我……"高欣挠了挠头，说，"铁主任和江工前两天找过我，跟我说了这个园子的事，还说您为了能让社区和大家有一个公园，废了那么大劲，找地儿，拿产权，后来把园子建成，您付出了很多，所以让我过来看看。"

"高欣，要不是你爸爸，我们现在还不知道上哪儿带孩子玩呢！"铁梅朝高大全挤了挤眼睛说道，"他是一个了不起的人啊！"

高欣涨红着脸，点了点头道："我也没想到，我一直都以为我爸就是个爱多管闲事的大叔。"

高大全见女儿开始谅解自己，也激动着说道："你能回来就好！爸爸以后一定好好照顾你啊！"

"只要还活着，就没有解不开的结。"铁梅拍拍高欣的肩膀，转而对江何道："江工，你看咱们是不是可以走最后一个流程了？"

江何应下，然后从一直拎着的布袋子里面拿出一件东西，说："我之前曾经听到高大叔说过，这座小公园就是他的命。其实在我看来，这不仅是高大叔的命，也是铁主任的命，还是八角井社区所有居民的命。所以，我跟高大叔和铁主任商量了一下，就给这个园子起了一个名字，叫作命。"

江何说着将手里的铁牌翻了过来，上面刻着"命园"二字。

铁梅、高大全，还有江何，三人一起在八角井社区居民的注视下，郑重地将这个铁牌挂在门口太湖石上预留好的位置。

从今天开始，八角井社区的命园正式落成！

7

直到仪式结束，李巧也没有出现，江何悬着的一颗心越发不安。他婉拒了铁主任和高大叔的邀请，没在现场跟大家一起包饺子，而是匆匆赶回笑寺。

昨天晚上，因为命园即将落成，江何忽然找李巧聊了一件事。

这还要源起于上次江何和何欢的见面。何欢为了帮助江何，千方百计、穿针引线为江何找了一位投资人，愿意扶持他重建大舍建筑事务所。

把大舍打造成一流事务所一直都是江何的心愿，投资人虽然认可他的专业能力，但考虑到之前舆论对他的负面评价，以及天窗事故受害者群体仍旧活跃，提出了一个大胆想法——他希望让李巧做江何的合伙人，以此抵消负面影响。

江何刚开始觉得有些无理，但优厚的合作条款和资金支持，确实是他现在最需要的。回到笑寺后，他便找了李巧商议。

谨慎起见，他没有说起自己和何东的关系，也没有提及何欢，只说有一个非常欣赏自己的投资人。

从昨晚到今早，他都没有见到李巧。命园的事情结束后，他就迫不及待往回赶。

车刚开到笑寺门口，他看到一辆黑色轿车跟他擦肩而过，车窗玻璃都是摇上的，江何看不清楚里面坐着谁，只是觉得很奇怪，这时黑牙和自己都不在寺里，难道这是来找李巧和她婆婆的？

江何匆匆停好车，跑进寺里。看到李巧正坐在斋堂陪婆婆喝茶，与江何四目相遇时，两人似乎都有一点紧张和促狭。

江何上前，有些不自然道："早上没见着你们，所以赶回来看看。"

李巧平静回应："早上婆婆约了人，所以没有过去。"

刚才那辆黑车里的人果真是来找她们的？江何心中越发不安，问李巧："能不能借一步说话？"

李巧点了点头，低声跟婆婆交代几句，便随着江何来到回廊。

四目再度相对时，一种暗涌的、晦涩的感觉在两人间流动。

江何不想乱猜，干脆开门见山道："昨天晚上跟你商议的事情，你想得怎么样了？"

李巧见江何这般急迫，也道："我刚好也有一个问题想先问你。"

江何道："什么？"

李巧道："你父亲真的姓何？"

江何一愣，他最不想面对、最难以启齿的事情还是被李巧知道了。他有些不悦，一脸不情愿道："刚刚那辆黑车里的人告诉你的？"

李巧道："那是天窗事故后，对我们提供法律援助的律师。"

江何道："他都跟你们说了什么？"

李巧道："说你是何东的儿子，你之所以从不与人谈及你的父亲，铆足力气一心想做大舍，是因为一直以来你都得不到他的认可。"

江何听完很生气，愤怒道："胡说八道，我出道这么多年，最大的心愿就是完成我母亲的遗愿，跟何东半毛钱关系都没有。"

李巧问："那你为什么从不提及你是他儿子？"

江何道："我们都十几年没有见面了，我提他做什么？"

李巧见江何极力否认，无奈道："你到底还有多少秘密没有说？"

李巧今天忽然有一种很强烈的感觉，从初识到现在，江何就好像一个身负很多层马甲的人，一层一层往下褪，每层下面都有新故事。

江何无奈："要是我可以，我真想把心都掏出来给你看。"

他并不是想掩饰，更不是想隐藏，只是那个身份，他比任何人都想忘记，埋葬，永远都不要拿到阳光下。

李巧失望道："也许你是没有撒谎，但你习惯避重就轻，以为当建筑师，做大舍，就万事大吉。"

江何被她戳中要害，但是他此刻还没有做好准备，坦诚真实的自己，只能继续否认道："你这些话说别人也许可以，但我的情况不一样。我活到现在，只认我母亲的临终遗言。无论什么时候，什么境地，我都要成为建筑师，建造大舍。"

李巧发现江何非常顽固而且回避，无奈地说道："那恐怕要让你失望了，我并不想做你的合伙人。"

江何被李巧拒绝。其实说起来，他也没有抱太大希望，尤其今天早上，李巧一直都没有出现，他就猜到她八成不会答应了。

只是偶尔也会有几个瞬间，他会忍不住幻想，她愿意与他同行。毕竟这段时间，他们一起并肩作战，携手共进。他经常会有一种错觉，他们就像一对恋人，彼此了解，行动默契。

所以，哪怕觉得无理，哪怕不抱希望，他还是发出邀请，紧张并且期待她的答案。

只是最终的结果，真的就只有难过。

146

说完自己该说的，李巧转身走下回廊。

她不想再有片刻停留，也努力克制自己不要回头。其实内心深处，她也不是不想，只是理智告诉她不能。

这是底线，不容置喙，没有人可以撼动。

第六章　犬舍

难道在你们眼里，我就是需要时信手拈来，不需要时一脚踹开，高兴时打趣逗弄，不高兴时发泄出气的工具吗？

——江何

1

江何被李巧拒绝，心里特别难过，在笑寺待着，与她抬头不见低头见，撞上也是尴尬，干脆一个人开车走了。

车到山区，原本只想寻一处僻静地界散步，结果走到一片榉树林前，听到里面传来阵阵高亢喧哗的狗吠声。

江何有些好奇，转头朝树林走去，发现林间有一块空地，上面有一座旧仓库。此时仓库门口站满了人，个个劲头十足。

仔细一看，全都是西装革履、油头粉面，穿着打扮十分精英的绅士，手里拿着花花绿绿的代币，像在菜市场里议价一般高喊："咬啊！""你倒是上啊？""扑它！""咬它！"

一人高的木栅栏里面，一只体格巨大的棕黄色寻血猎犬和一只黑白相间的边境牧羊犬正在不大的空间翻滚扑咬，鏖斗正酣。其他几只不同品种的狗，也围在它俩四周，兴奋又激动地龇牙吠叫。江何看到好几只狗狗身上挂着血，空气中弥漫着一股血腥的味道。

这个旧仓库里面堆了一些木料，栅栏门上有个不大不小的牌子，写着：海仓基金搜救犬小队。

江何饶有兴趣地拿起手机拍摄，身旁一个穿背带裤、足蹬橡皮靴，浑身脏兮兮的年轻男孩不满地抗议道："它们是工作犬，不是角斗犬！要是一会儿涛哥回来看到了，非把我皮扒了不可。"

西装男里面，一个领头的胖子歪嘴邪笑："什么工作犬、角斗犬的，不都是狗吗？马上就要分出胜负了，你一个打杂的，别婆婆妈妈叽叽歪歪的！"

男孩据理力争："工作犬就是工作犬，它们的职责就只是搜救……"

胖子不耐烦地打断，厉声道："搜救搜救！会搜救了不起啊？你给我听好了！说好听一点，它们就是一个工具，说不好听一点，它们就是畜生。爷花钱养它们，让它们干啥，就乖乖给爷干！"

一直在旁边举着手机的江何，听到胖子这番话，终于忍不住了，讥讽道："你这番话说得跟脱裤子放屁一样，我要是把它发到网上，不知道网友什么意见？"

胖子这才注意到场地上出现的陌生人，扯着嗓子道："你谁啊？"

江何毫不畏惧，斥道："赶紧带你的人走，别在这里丢人现眼。"

胖子"哼"了一声，撸起袖管，甩动身上横肉，招呼身边的西装男们，威胁道："哪来的好事之徒，管起了老子的闲事，我看他是吃饱撑了！"

江何见对方人多势众，形势非常不利，但是刚才胖子那句"就是一个工具"惹得他心里窝火，这才下定决心出头。

就在两边正要打起来时，一辆吉普车轧过泥泞的土路，飞一般地冲到仓库前面，尖厉的急刹车震得所有人耳鸣。

一个身穿迷彩装的壮汉火急火燎地从没有熄火的车上跳下来。

壮汉一声巨吼："闪开！"

刚刚还挡在栅栏前的西装男们，顷刻间就好像被摩西分开的洪水，自动腾让出一个空隙。

壮汉一瘸一拐走到栅栏前，对着里面兴奋吠叫的狗狗们露出一脸怒目金刚的表情，只发出一个短促的"啾"字音，所有狗狗瞬时安静下来。

随着壮汉的手势，以寻血猎犬为首，边境牧羊犬紧随其后，其他狗狗迅速跟上，在栅栏前排成整齐一行，挨个端坐，就像听话的小学生在仰头等候教官的巡视。

刚刚还在针对江何的胖子，眼见如此，不满道："真扫兴！"

壮汉转身沉着脸对他道："袁经理，我已经不止一次说过，不许你们再让它们互殴赌博，咱们合同里可没有这一条！"

胖子知道自己无理在先，也不想当着客户的面挑起事端，走上前伸手勾住壮汉脖子，小声道："哎呀老左，还不都是为了客人高兴，你别跟我这儿掉脸子。你不是一直想给它们修犬舍，你让它们赌完这场，到时候我抽个头，不就把修犬舍的钱给你匀出来了。"

壮汉听完更加生气，一把甩开那条肥硕的胳膊，怒道："修犬舍的事我都说了一年，按说这笔钱早该拨下来，你现在还想用赌狗来要挟我？"

胖子定定地看着怒气冲天的壮汉，涨红脸道："不给面子是不是？行，你有种！"

说着，胖子回身招呼一群西装男离开。临走前，还啐了一口痰，狠狠吐到江何的脚前。

江何拿起手机，点了点机身，示意胖子等着瞧。

等这群西装男都走了，那个吉普车上下来的壮汉对背带男孩勾了勾手指头，两人低头耳语几句，壮汉的表情顿时缓和下来，冲着江何点了点头，道："刚刚谢谢您仗义执言！"

江何忙道："应该的！"

壮汉介绍自己："我是这群小家伙的队长，我叫左涛。"

江何与左涛握手，他担心地看了栅栏后正在流血的狗狗，问："这些小家伙都受了伤，要不要赶紧处理一下？"

左涛点点头，两人一起从木架上拿出急救包，一起抬进仓库。江何见左涛走路有点瘸，发现他右腿装的是假肢。

左涛挨个给狗狗做检查，尤其是刚刚打得最凶的两只。其他几只狗对江何颇有兴趣，纷纷冲他摇尾巴，但又迫于左涛的威严和沉默，拼命压抑想要贴贴、嗅嗅的冲动。

江何环视整个木材仓库，情况非常糟糕。屋顶有漏雨痕迹，墙体已经裂开，地面的稻草也很潮湿，没有及时清理的粪便粘在上面，十分恶心。土墙、木柱上还有一道道爪印，清晰可见，有新有旧，看来这里的争斗不止今天这一起。

2

见江何四处观察，左涛边干活边跟他解释道："这间犬舍就是一个大通铺，连个隔间都没有。我跟管理层申请过多次，要求改造，前前后后一年多都没有批下来，其实修理费小得可能都不及他们平常一顿饭。"

江何点点头，这个环境确实急需修整。

他看到左涛正清理寻血背上的伤口，血糊剌啦地露着肉。旁边的边牧情况也好不到哪去，尾巴上还秃了一大块。

左涛苦笑："说真的你别见笑，我一直都把这群小家伙当战友。但是，在那些有钱佬眼里，它们也好，我也罢，顶多就是一个工具。"

"工具"这两个字，从左涛嘴里脱口而出时，江何心头又是一颤。

刚才在听到胖子这样说时，他火得差点要跟他们打起来，现在又一次听到，心头更是一阵憋屈和无奈。

好大一会儿，江何都没有说话，直到左涛为受伤的小家伙上完药，包扎好伤口。刚发出让它们自由活动的指令，小家伙们就欢蹦乱跳四散开来，疗愈速度惊人。

左涛和江何又一起将急救包搬回架子上，完事后左涛客气地询问："实在不好意思，忙了半天，还没问您贵姓?"

江何忙道："免贵姓江，叫我江何就行。"

左涛又问："江兄贵干?"

江何道："我是一个建筑师，开了一间建筑事务所，名叫大舍。"

左涛听完当即赞道："嚯！大舍，敞亮。你看我们这儿，环境这么糟糕，不知道有没有荣幸请你指点一二?"

江何欣然同意："没问题啊！我小时候也养过狗，对它们的生活习性还算了解，所以很愿意帮这群小家伙改善住宿。"

左涛道："不过刚才我也说了，老板还没给我批钱，我手头能拿的也不多，最多就是在这山里就地取材，材料免费，这样也行吗?"

江何听完依旧爽快答应，刨除此时他还不想回笑寺的原因，他也挺愿意交左涛这个朋友，而且在他内心地深处，还有一份难以言说的冲动——对"工具"命运的反抗和不甘。只是，这一点他打死也不会往外说。

既然应允下来，江何便想好好了解一下左涛和这些搜救犬。眼看天色不早，左涛让他明天再过来，一起进山打猎。

这天晚上，江何回到笑寺时已经很晚了。看着幽静、漆黑的院落，他一边庆幸不会碰上李巧了，一边又有说不出来的遗憾和难过。

这一天发生了很多事，古人说一日三秋，江何觉得这都不足以形容他此时的心境。可能正是如此，所以睡下没多久，他又梦游了。

梦境中，江何来到一片空旷的草坪，一开始那里什么都没有，转眼前方忽然出现一个黑黑的洞口，四周砌着砖石。

江何走到洞前，向下望去，看到通往深处的一条石阶路。他好像听见母亲在里面喊他，虽然心里害怕，但还是大着胆子往下走。直到最下面一道拱门处，掀开绿玉做的门帘，透过朦朦胧胧的光线，他看到一座富丽堂皇的地下宫殿。

江何有点好奇，迈步走进地宫。看到整个房子的屋顶是拱形的，全部由石块建造，地面铺着深青色的砖，有一条红地毯从入口直到深处的地台。台上放着金色的王座，金碧辉煌，格外耀眼。

再一眨眼，他看到王座上坐着一个庞然大物，像高耸的树干，又像直立的肉柱，顶上有一个无脸无发的圆头，圆头上还有一只眼睛和一张嘴，嘴巴张开露出鲨鱼一样锋利的牙齿，嘴角四周挂满口水。

肉柱用沙哑又充满威胁性的声音问江何："你是谁?"

江何心中满是惊恐，感觉自己误闯了禁地，战战兢兢道："我是……江何……"

肉柱听到旋即弯下腰身，凑到江何身前，独眼咕嘟咕嘟，充满疑惑和愤怒道："你撒谎！我再问你一遍，必须如实回答，你是谁?"

江何被吓得后退了一步，再次说道："我没撒谎……我就是江何……"

那个肉柱登时退回王座，立了起来："既然你不肯说，那我就让你付出一点代价。"

随着肉柱的话音刚落，江何看到一旁的黑暗中突然出现一个挂着的网兜，网兜里囚禁着他的母亲江劲兰。她浑身是伤，看起来奄奄一息。

江何惊诧："妈……"

肉柱再次恐吓："我再问你一遍，你是谁，你要是回答错误，我就把你妈吃了!"

江何立即大声阻止："不! 你不要伤害我妈妈。"

肉柱高声询问："告诉我，你是谁?"

江何懒得理它，从兜里拿出一把柴刀，丢了出去，网兜应声落地。江何连忙扒开收口，把妈妈救了出来。

他拉着她往外跑，刚才还很柔软的绿玉门帘忽然变成了铁窗。他打不开，回身却看到妈妈的半个身子已经进了肉柱嘴里。

江何万分惊恐："你放开我妈妈! 混蛋，你放开她!"

江何撕咬、捶打肉柱，却被它一抬尾巴，掀了一个跟头。

江何挣扎着从地上爬起来，看到妈妈只剩下头，艰难哽咽道："你等一下，我好像想起我是谁了……对，我不是江何……我是……"

江何说不下去了。他跪在地上，抬手一记耳光，狠狠扇在自己脸上。他又张了张嘴，试图说出来，还是不行，他只好换了只手，又是一记耳光，扇在另一边脸上。

随着一记又一记响亮的耳光狠狠打在自己脸上，江何边哭边流泪边重复道："我不是江何……我是何欢……我今年18岁……我的父亲是何东……我的母亲是吴海桐……"

就在江何这样发狂一般边喊边抽打自己时，他忽然听到了李巧的声音，在一旁轻轻叫他："江何！江何！"

江何泪眼婆娑，手上的动作不停，哀怨道："怎么连你也跑来看我的热闹！我都说了我不是江何，我是何欢……我今年18岁，我的父亲是何东，母亲是吴海桐……"

李巧并未辩解，而是走到江何身边，一只手搭在他的肩膀上，轻声说道："江何，你现在在做梦，别害怕，这些都是梦。"

江何这才诧异地停手，两边脸颊都已经红肿，他恍惚地看着李巧，反问道："我是在做梦？"

李巧点点头，建议道："现在你的情况不太好，要是可以的话，试着醒过来吧。"

江何看了看李巧，又看了看肉柱和母亲，喃喃道："你们都是我的梦？"

江何说完这句话，意识逐渐变得清醒了一些，他看到肉柱和母亲都消失了，他挣扎着，努力睁开了眼睛，双颊还在火辣辣地发热。

等江何彻底清醒了，他发现自己正躺在笑寺后院的空地上，李巧就在他身旁，他们的身上都穿着睡衣。

江何恍惚："我又梦游了。"

李巧见他醒了，问道："你没事吧？"

江何摇摇头："没事。"

李巧问："梦到可怕的事了？"

江何"嗯"了一声，大约是不想谈及，又飞快道："我把你吵醒了?"

李巧道："没事。"

她已经不是第一次目睹江何梦游，没有觉得奇怪，见江何状态不好，又问："刚才的梦是怎么回事，能说一说吗?"

江何把头埋到膝盖里："我还没有准备好。"

李巧见状也就不再多问，安慰他道："要是没有什么事，就回屋躺躺，离天亮还有几个小时。"

江何答应："好，你先回去吧，我在这儿再坐一会儿。"

李巧听完默默起身，见江何心情复杂，也没再说什么，转身准备离开，却又听到江何在身后叫她："李巧。"

李巧回头："怎么了?"

江何顿了顿，道："刚才谢谢你!"

李巧轻声回了句："没事。"

3

次日，江何还是一早起床，开车去赴左涛的约。两人一起将九只搜救犬装进吉普车，一行向着森林深处开去。

到达目的地后，左涛一边将狗狗们从车里放下来，一边跟江何夸耀道："待会你可看好了，这些小家伙们的鼻子可灵了!"

江何看狗狗品类不一，好奇发问："它们都是些什么狗?"

左涛做了一个列队的手势，道："来，列队!我现在挨个给江工介绍一下。"

江何看到九只狗狗在左涛面前依次排列开来，动作整齐划一，非常有纪律。

左涛指着个头最大的道："最大的这只是一只寻血猎犬，寻血是狗类中基因最古老的，也是鼻子最灵的。这家伙名字叫乖乖，今年10岁了，是这里面年纪最大的，你看它这个活跃程度，丝毫不弱于其他小狗。"

江何昨天就注意到这只寻血，在众狗中格外出挑，感慨道："老夫聊发少年狂。"

左涛点头同意，又开始介绍旁边的边牧："哈哈，没错！最喜欢跟乖乖打架的就是隔壁那只边境牧羊犬，名叫太岁，太岁的血统非常优秀，父母都是牧羊犬比赛中的常胜将军。太岁旁边那两只跟太岁长得差不多的，分别是德国牧羊犬和澳大利亚牧羊犬，一个叫大葱，一个叫煎饼，牧羊犬的智商相对比较高，很容易训练。再旁边那只小点的，是杂色史宾格，叫蝴蝶。后面的柯基叫天狗，京巴叫白雪。还有那边两只大的，都是小母狗，黄色的是秋田，名字叫力气，白色的是拉布拉多，叫二花。"

左涛挨个介绍完之后，就从袋子里拿出玩具和发射器，在地上摆好。

左涛对江何道："待会儿我会先把这个猎物玩具凑到狗狗鼻子前面，让它们嗅一嗅，然后用发射器将玩具射向一公里外的森林中。"

江何好奇："搜救犬一般都怎么工作？"

左涛说："搜救犬主要是通过捕捉气味寻找目标，如果将流动在三维空间中的气味比喻成一个不停变幻的容器，搜救犬的首要工作就是描绘这个容器。通过来回兜转确定它的边界，最终发现容器的底端——气味来源。"

江何又问:"那它们一分钟要呼吸很多次吗?"

左涛道:"狗狗安静的时候,一般一分钟会呼吸30—40次,但搜救犬工作的时候,一般一分钟要呼吸140—200次,所以心肺运载经常是在超负荷运行,不过你说它们精力无穷也行,或者没心没肺也好,反正它们乐此不疲。"

左涛介绍完之后,先叫了乖乖出列,把猎物玩具凑到它鼻子前面。

乖乖闻完之后,左涛将玩具放进发射器,按下开关,玩具被抛向远处的森林中。

乖乖跃跃欲试,迫不及待。但是,直到左涛喊完"出发",它才像离弦的箭一样,一下子飞了出去。

几分钟不到,乖乖就叼着玩具欢蹦乱跳地回来。

江何赞叹:"厉害!实在是太厉害了!"

其他狗狗无论大小,无一例外也都表现得十分出色。直到最后一个拉布拉多二花领命出战,跑出去之后好大一会儿,却迟迟不见它归来。

左涛忽然反应过来,拍脑门道:"坏了!这二花不会跑了吧?"

想到这处后,左涛立即招呼江何一起帮忙,将其余狗狗套上狗绳,一起朝森林中追去。冲在最前面的乖乖很快就找到玩具,周围却没有二花踪影。

左涛只好将二花的狗绳凑到狗狗们鼻子前,众人一起在附近的森林中追踪二花。

笑寺斋堂里,李巧吃完了早饭,回想起昨晚目睹江何梦游时情绪崩溃,听他一遍一遍重复自己不是江何,自己是何欢,父亲是何东,母亲是吴海桐……这些梦境当中的絮语引起了她的好奇。

李巧上网检索，之前已经知道何东是东吴集团的董事长，顺着这条线很快找到何东现任的妻子是吴海桐，在东吴集团担任高管。两人有一个独生子，名叫何欢。

江何既然是何东的儿子，为什么梦里又说自己不是江何，而是何欢？

梦境和真实总归有着千丝万缕联系，李巧不懂释梦，但是觉得事有蹊跷。

她在网上继续检索何欢，发现他的信息很少，甚至连一张照片都没有。只查到他是清华大学建筑系毕业，目前在东吴集团担任要职，是一位非常低调神秘的富二代。

既然江何有一个厉害的父亲，一个优秀的弟弟，为什么从不与人提起？这段时间接触下来，李巧觉得江何在建筑上的造诣也非同平常，但他总是把自己包裹得太过严密，拒绝被人看透。

江何梦游时还反复提到了18岁。18岁，大部分人都在经历高考，上大学，第一次离家……李巧想起何欢的学历是清华，为什么不去清华找找他的资料？

想到这里，她决定马上动身。开面包店之前，李巧和李磊在一家建材公司上班，丈夫曾敦促她辅修一些建筑设计类的成人课程，所以办过学校借阅证。到了图书馆，轻松登录系统，调阅并且打印了何欢的毕业论文。

令李巧惊讶的是，何欢的毕业论文标题叫作《光的启蒙》。

论文第一句是这样写的：在建筑中，光，是一个独立的王国。它关乎情绪，关乎影子和反射，关乎调性，关乎气质，关乎建筑层面中的一切流动、飘逸、非物质和精神性的东西……

整篇论文读下来，李巧觉得内容非常翔实，客观理性的同时又不乏浪漫主义色彩，详细探讨了生活中的光，建筑中的光，光的运用，光的哲学等话题……

有些地方的笔触虽然还有点稚嫩，但是野心何其庞大。

而让李巧最惊讶的是，这篇论文读下来，她第一个联想到的作品竟是沐光美术馆。

到底是怎么一回事？江何是何欢？那何欢又是谁，是江何吗？到底谁才是沐光美术馆的设计者？

李巧想不明白，在江何层层裹覆的马甲下面，究竟还隐藏着怎样的秘密？

4

山谷里，江何和左涛一行还在寻找拉布拉多二花的踪迹。这片山区的居民早就已经迁走，如今只剩下零星几座的废宅和空房，沿路也没有遇到过河流。

再往前走就是南溪河了，左涛心里颇为担心，却在这时，乖乖和太岁同时发出警告，煎饼和力气随后也有强烈的反应。

左涛将狗绳交给江何，自己跃过狗狗指认废宅外围的断墙，一眼就看到逃跑的二花就趴在民房的廊檐上。

二花也看到左涛，还有随后从门口进来会合的大家，但是它并没有起身，却冲着大家直摇尾巴。

左涛朝二花吹了个口哨，然后伸手温柔地召唤它。二花努力地想要站起来，结果却不行。左涛连忙走上前去，这才看到二花的身体下面有一簇血红，原来是脚掌受了伤。

二花有些窘迫，也很害怕，用清澈又无辜的眼神直勾勾地看着左涛。左涛心疼地揉了揉它的大脑袋，将它轻轻抱起。一直带回到吉普车旁，拿急救包给它做简单的处理。

回去的路上，江何对左涛刚才的处理有些好奇，寻问道："刚才二花跑了，你怎么一点都不责备它？"

左涛道："是我不好。"

江何不解："怎么回事？"

左涛道："那二花和力气从小到大形影不离，前段时间我给力气做完绝育手术，力气肚子痛得日夜哼唧，眼角永远挂着泪痕。那一阵子，二花就表现出很多刻板行为，前几天就发生过一次越狱行为，没有成功，今天是它第二次跑了。"

江何问："犬队的狗狗们都必须要做绝育吗？"

左涛说着重重地叹了一口气，遗憾道："不是非必要，只是我们犬队的住宿条件太差，属于男女混宿。成年狗狗没有独立空间，一旦到了男大当婚、女大当嫁的年纪，为了避免事故，只能做绝育。而且犬队的条件也很有限，人员不足，尤其是医务人员，并不能满足繁育和照顾幼犬的需求。"

江何更加理解左涛的难处，他又问："这也是你着急想要重修犬舍的原因吗？"

左涛黝黑板正的面孔上浮现出一缕哀伤："是啊！它们每一个都是我的孩子。你比方讲乖乖，它生下来就是一只独胎犬。还有太岁，一出生父母就忙着比赛，从小就是独自长大。我其实也很想它们能拥有自己的孩子，就算是对它们艰苦训练和努力工作的回报。可是到最后都只能放弃，实在是遗憾。"

江何不由得也发出感慨："是啊！太遗憾了！"

左涛沉着脸跟江何说："其实我心里比谁都清楚，不让犬队获得一个正式的番号，一切都很难从根本上改变。"

江何问："那要怎样才能获得番号？"

左涛没有回答江何，而是聚精会神地开车，直到一行回到木材仓库，安顿好小家伙们，左涛才跟江何道："你等我一下，我先打个电话。"

左涛拿出手机，拨通了一个久违的号码，对着听筒道："喂！万队。是我，涛子……对，我就想问问你那边有没有工作，我这边现在有一支小队随时待命……"

等到左涛打完电话，再次抬起头看向江何的时候，眼睛忽然变得炯炯有神，他说："有戏！也许这就是改变命运的机会。"

左涛的那个电话打给了他在部队的前上司万队，万队此刻正好在组织一场搜捕行动。一伙古董走私贩误入沙漠无人区，已经失联72小时，派出去的几支搜捕小分队至今一无所获。走私贩身上所携带的古董均为盗墓所得，极其珍贵。不管是丢失在沙漠中，还是被带出国境，都将造成巨大损失。

因为情况十分焦灼，左涛主动请缨，万队破例同意，但他也跟左涛反复强调，沙漠的地形十分复杂，最近的气候情况也不是很好，走私贩身上都带着枪，是背着案底的亡命之徒。这场搜捕不仅难度大，还有很大的不确定性和危险度，所以直到现在，他们都没有邀请民营搜救队加入行动。

左涛看到破破烂烂的木材仓库里，欢蹦乱跳的小家伙们，咬咬牙道："不管了！与其在这里受这份窝囊气，不如放胆出去搏一把，没准命运就此改变了呢？"

不知道是左涛的坚定，还是狗狗们的活跃，好像让江何也受到某种鼓舞和燃动，他主动表示要参加沙漠之行。左涛拗不过他，只能同意。

　　江何当即赶回笑寺收拾行李，进门时跑得太快，跟刚回来的李巧撞了满怀。

　　李巧手上的东西哗啦一下掉在了地上，江何连忙弯下腰去捡，却发现是那篇毕业论文《光的启蒙》。

　　江何手一颤，但起身时还是装作若无其事，竭力掩饰紧张。

　　就算这样，李巧还是敏锐地抓到了他的变化，她并不打算放过他："看到自己十年前写的论文，一点都不奇怪吗？"

　　江何掸了掸纸面上的尘土，道："这上面写了作者名字，不是我。"

　　李巧直勾勾地看着江何，好像要把他看穿一样，道："除非你告诉我沐光美术馆也不是你设计的，否则我绝不相信这篇文章不是你写的。"

　　江何无力道："大神不是已经证实过，那个设计没有问题……"

　　李巧不想跟他废话，直接道："昨晚你梦里说的都不记得了吗？你说你不是江何，你是何欢。"

　　江何背上都开始出汗了，脸上也露出焦躁的表情："梦里的话怎么能作数？我现在有点急事要出远门，这件事能不能等我回来再跟你细说？"

　　李巧拦在门口，斩钉截铁地拒绝道："不行！"

　　江何有点无奈，又有点茫然，静静地看着李巧不知说什么好，此时大门外面响起几声"嘀嘀"的汽车喇叭声，他看到左涛开着吉普车，载着小家伙们过来接他了。

　　江何忙道："我真的要出门，接我的人都来了！"

　　李巧问："去哪里？"

　　江何道："沙漠。"

李巧又问："做什么？"

江何道："搜捕犯人。听说有点危险，如果我有命能活着回来，我就把一切都告诉你，行不行？"

李巧见江何态度恳切，却还是一脸坚定地拒绝："不行。"

江何一愣："还不行？"

那边的左涛见两人杵在门口聊个没完，也有点着急，又按了两次喇叭，"嘀嘀"声不绝于耳。

李巧撇开江何，走到左涛车前："去沙漠是吧？一起。"

她说着拉开车门，直接坐进副驾，从车窗里冲江何喊："愣着干什么，还不赶紧上车！"

江何挠挠头，咬了咬牙，也上了左涛的车。

一行赶到机场，搭乘一辆军用货运机。江何和李巧都是第一次坐这种飞机，轰隆隆的声音差点把耳朵吵闭过气去。

直到两小时后，舱门打开，江何见李巧一脸苍白，自己也好不到哪去。两人都来不及后悔，却看到队伍中年龄最大的搜救犬乖乖第一个走了出去。

乖乖狠狠甩了甩身体，仰着头，精神抖擞地踏进了一望无际的沙海。

5

从进入沙漠开始搜索，江何就觉得自己远远低估了大自然的野性和力量。

沙漠里的天气就好像暴躁不安的小孩，指不定什么时候，就会突然发作一下。一会儿风大得能把人脸吹歪了，一会儿又平静深沉，好像时间都是静止的。

眼看夕阳西下，第一天的搜索尚无进展，大家都累了。左涛和万队商量临时扎营休整，一行人把吉普车围成一圈，在沙地上生起篝火，围着做饭烧水。

看着自己的小分队依旧精神饱满，左涛有些骄傲："这才是我们应该来的地方。"

江何还是很好奇左涛的经历，便问："这会儿没事，能不能说说你当初是怎么想起来当搜救犬教练的？"

左涛虽然不善言辞，但还是乐意分享自己的故事，他说："你要是愿意听，我倒也能说说。其实我最早不是做这个的，我以前是一个中学体育老师，后来转行成为搜救犬教练，说起来也全都是缘分。"

江何见左涛说着，用手在那只假腿上按了按，猜到可能相关。

左涛回忆道："十多年前，有阵儿我特别热衷户外，有一次独自去野外徒步，结果迷了路，山里也没有手机信号，心一急还摔伤了腿，以为自己要把小命交代掉了。因为脱水，我也不知道什么时候晕了过去，再有意识的时候，我感觉到一股温暖又潮湿的气息拂过脸庞，是那种特别柔软、特别舒服的感觉，刚开始我还怀疑自己是不是到了天堂？结果睁开眼睛一看，一只白色的大拉布拉多正在用湿漉漉的大舌头舔我的脸。"

江何惊讶道："原来你被搜救犬救过？"

左涛道："不光是救了命，还救了心。因为腿上的伤，错过了最佳治疗时间只能截肢，手术之后用了假肢，走路有点瘸，再在学校当体育老师我怕误人子弟，就辞了职。那段时间我挺迷茫的，有一天我在街上闲逛，又遇到那只拉布拉多。我跟着它和它的教练，参观了他们的训练基地。哇！那个训练场可比我们上体育课刺激多了！小到腊肠，大到金毛，个个令行即出，奋勇争先，太不可思议了！"

江何和李巧这两天已经见识过搜救犬们的工作场景，可以想象左涛第一次走进训练场时看到情景多么热血燃情。

左涛继续道："我当场就问那位教官，你们招不招人？还真巧，那会儿他们队里正在招人，队长一听我的情况，就破格录取了我。一般要训练一个专业的搜救犬教练需要两三年时间，结果我只花了半年多就出师了。不知道是因为半路改行，不敢懈怠，还是因为天赋异禀，老师和教练之间的差异也不是很大，总之我上手很快，没费事就学完所有课程。半年之后，他们就说我可以去犬舍挑一只自己的搜救犬了，把我激动得一晚上睡不着觉。"

李巧看了看卧在左涛身边的九只狗狗，好奇地问道："你训练的第一只搜救犬在这儿吗？"

左涛伸手摸了摸离自己最近的乖乖，乖乖亲昵地舔了舔左涛的手。左涛道："就是这家伙，我的第一个伙伴。"

江何一直见左涛和乖乖默契度极高，便问："那你最开始是怎么选中它的？"

左涛道："其实不是我选它的，搜救犬和教练的配对，不能是只凭教练的选择和喜好，而是双相选择，双相奔赴。教练选想选的狗，狗也要认教练，只有这样才能形成铁打的联盟。"

江何和李巧张了张嘴，没想到搜救犬和教练的关系堪比爱情。

左涛一边揉着乖乖的大脑袋一边说起过去："我还记得我们第一次见面的时候，这家伙还不到 6 个月，但是块头已经有太岁那么大了。我去犬舍选狗，第一眼就看到了它，它也好像有感应一样，噔噔噔地就朝我走过来。我旁边的饲养员都很震惊，告诉我说它平时不这样，见了谁来都是一副不爱搭理的样子。"

江何感慨："看来你们真的有缘分。"

左涛继续："我和它确定关系之后，拿到了它的出生资料，我一看才发现我俩真的是像。你们知道狗和人是不一样的，绝大多数狗出生时是多胎，通常有5—8位同胞。这家伙不一样，它是通过剖腹产从狗妈妈肚子里取出来的，整个子宫只有它一个，是一只不折不扣的独胎狗。"

江何惊叹："是个独生子女！"

左涛点头："我也是个独生子女，父母很早就不在了，我也是光棍一个。所以，独夫配独狗，冥冥当中，我们大概是感受到了对方身上有着跟自己相似的命运，所以就这么走到了一起！"

李巧道："说不定乖乖就是老天爷专门派到你身边的！"

左涛点点头："也许吧！"

他说着又回想起来另外一件事："不过，它现在名字叫乖乖，刚开始带它的时候，它不叫这个名字。"

江何好奇："那它叫什么？"

左涛道："猛男！"

他刚说完脚下的乖乖就"汪"了一声，微微地抬起头，用它那双清澈又无辜的眼睛定定看着左涛。

左涛马上拍了拍它的大脑袋："那是你过去的名字了，你现在叫乖乖！"

乖乖听完呜咽一声，又乖巧地低下头去，好像同意了左涛的说法。

左涛继续说道："关于改名字的事情，还有一段故事。最初管它叫它猛男的时候，它还真是狗如其名。不但是训练场上的王者，野外搜救时的冠军，甚至有一次外出拉练，晚上借住在农民家中，它居然和一只公山羊铆上了劲，二话不说，扑上去一口咬住了公山羊的脖子。公山羊大概被咬疼了，高高扬起前蹄，把它带到空中，像荡秋千一样来回摆荡，它居然都没有松嘴，死死咬住公山羊的脖子，就像被焊在上面一样。最后，公山羊的脖子被撕开一道血口子，挂掉了。"

江何惊叹："这么厉害！"

左海道："可不！当时事情还闹得挺大，队里也很担心，说这么凶的狗将来要是咬人怎么办？有人还提出，要尽早消除隐患，把它杀了。"

江何关切："那然后呢?"

左海道："我肯定不同意啊！就带着它离开了当时的队伍。但是，为了今后不再犯下同样的错误，我四处请教动物专家、训狗达人，其中有一个训狗多年的资深人士跟我说：人如其名，狗也一样，你给狗取了一个这样的名字，它就必然会做出名字赋予它的事情。我刚开始听完觉得他瞎扯，后来寻遍全国也没找到好办法，有一天忽然想起来，就觉得死马当成活马医，不如试一试。我就给猛男改名叫乖乖，结果你还真别说，这家伙自从叫上乖乖之后，忽然就变得特别乖，也没再做出出格的事情，不但尽职尽责，安守本分，每次上阵冲锋，也都是冲在最前面。"

江何点点头："这就叫心有灵犀吧。"

"是啊！它们和我心有灵犀，我却不能改变我们的境遇。这一两年，我经常做梦都想给它们弄一个番号，成为某个正规机构的搜救犬队伍，受该有的尊重，不要再拿我们当工具，资金稍微充裕些，生活条件能跟上，我就满足了。"左涛一脸期盼又诚恳地说道。

6

休整完毕，带着对胜利和番号的渴望，小分队再次上路，继续搜索。

临到傍晚时，又遭遇了一场龙卷风。狂风怒吼着席卷漫天黄沙淹没而来，一辆吉普车因为离风眼较近，瞬间就被掀翻，万队连忙下令所有人都躲进车里。

江何和李巧帮左涛安顿好狗狗，慌乱中钻进了一个车厢。

江何一边咳嗽一边担心："要死了！这龙卷风不会把咱们全埋在下面吧？"

李巧比较镇定："咱们都带着定位仪，会被找到的。"

江何懊恼："我还不想死在这儿。"

李巧冷道："你很怕死吗？"

江何被她这么问，忽然觉得自己有点矫情，忙道："我是不是不该跟你说这个？"

李巧淡然："没事。"

江何紧绷的情绪终于放松了一些，道："那好吧，反正一时半会儿也出不去，不如就趁这个机会跟你说说前天你在笑寺门口问我的事。"

李巧道："好。"

江何见李巧答应，便往座椅上靠了靠，开始说起来："你知道我为什么要答应帮左涛的狗狗们改善居住环境吗？那天在林子里，我意外撞见它们时，听到投资人在骂，说它们就是有钱人豢养的工具，让它们干吗它们就得干吗。当时，'工具'那两个字一说出口，一下子就戳到了我的心坎上。我从18岁开始，很长一段时间，都觉得自己什么都不是，就只是一个工具。"

李巧静静地听着，侧身倚在座椅上，脸冲着江何。

江何继续："我父亲为了自己的野心和欲望，抛弃了我母亲和我，他那位出身优越、不可一世的妻子也没少给我们找麻烦。我小时候经常搬家，隐姓埋名，受尽闲言碎语，欺凌霸弱，从上小学开始，我就想着，有一天我一定要报复他们。虽然方式有点幼稚，但我觉得我报复他们最好的方式就是把自己变好，变得特别特别好，好到让我父亲后悔他当初抛弃了我们。"

李巧看见江何说话的时候，他的脸上不由自主流露出倔强的表情。

江何接着说："我记得18岁那年，我开始上高三，在老师和校长的眼里，我就是板上钉钉的清北苗子，我也决定高考第一志愿就报建筑系，将来毕了业当建筑师，我要亲手给我妈还有我自己建造一个家。可是，开学没多久，我妈一次意外的晕倒，送去医院被查出是癌症。晴天霹雳啊，当时收到这个消息，我整个人都傻了。我们母子俩生活本来就不富裕，也很少有亲朋往来，一点储蓄很快花光，万不得已，我想到了我父亲，因为他最不缺的就是钱。"

江何说着说着，眼里似有泪花闪动。

江何道："我已经很多年没见过我父亲，从亲戚那里打听到他的住址，过去找他。结果碰巧他那时在国外开拓市场，经常不在国内。我没有见到他，却见到他的妻子吴海桐，还有比我小一岁，同父异母的弟弟何欢。那姓吴的一听我母亲生病，竟然很得意，说她活该，还说了一堆难听的话，简直不堪入耳。我生气极了，又不想多事，说你不帮忙就拉倒，转头就往外面走，结果被她叫住。她看了看我，又看了看何欢，一脸乐不可支，说你们俩真不愧是一个爹生的，论个头，论五官相貌，说你们是双胞胎，都没人不信。"

李巧在网上没找到何欢照片，没想到他和江何长相相似。

江何又道："我当时完全没有想到，姓吴的那样看我时，心里已经盘算好了，要用我母亲生病缺钱的事，来换取我帮我弟弟考清华上大学拿学历。虽然我和我弟弟都不愿意，但是这件事由不得我们。我妈躺在病床上，我必须得救她。于是，我就跟姓吴的谈好价码，从那以后，我就不再是江何，我变成了何欢。"

外面狂风呼啸，漫天黄沙狂舞，两人所在的车身很快被淹没，视野之内混浊得几乎什么都看不到。

李巧终于知道了江何深藏心底的秘密，不由得感叹："原来这就是你只有高中学历的原因。"

江何却道："哎，被她这么一搞，失去的又何止是文凭。"

李巧问："还有什么？"

江何道："比如说，青春啊，友谊啊，初恋啊……"

说到初恋，江何顿了顿，转头看了看李巧，没有继续往下说。

李巧却问道："那就再说说你是怎么失去初恋的吧？"

江何诚实道："其实也算不上初恋，就是意外碰上一回。当时，我已经上大五，课业压力不是很大，但要花很多时间做毕业设计。有一天，我在图书馆看到一个女孩蹲在角落哭，手上还抱着一个压扁的建筑模型。本来我在学校一直都很低调，竭力避免跟人打交道，以免露出破绽和马脚。但是那天也不知道怎么的，大概是我不小心看到她模型的左下角有一朵手绘的兰花草。我母亲名叫江劲兰，她总是喜欢在自己的书籍或者物品上，画上一朵类似的兰花草。大概是因为这一点联系，我动了恻隐之心，上去问她怎么了。得知她是建筑系的大一师妹，今天下午五点半要交模型作业，在图书馆做好模型却不知道被谁一屁股坐扁了，正不知道怎么办。"

李巧对这个女孩颇为关注，忍不住道："那个女孩叫什么？"

江何道："穆兰。"

李巧又问："哪里人？"

江何道："不知道。"

李巧再问："家里做什么的？"

江何忍不住笑道："你查户口呢？"

李巧摆摆手，不在意道："你继续。"

江何继续："反正我就帮了她，把她那个压扁的模型重新做了，但我始终没有透露名字，并且在她交作业，跟老师说话的当口，悄悄溜走了。"

李巧问："那之后呢，你们还见过吗？"

江何见李巧没完没了问穆兰，回避道："我们还是继续聊我当傀儡的事吧。"

李巧咬着不放："你们见过？"

江何摇头："没有，我后来一直都很小心，直到毕业都很少在学校露面。那段时间我母亲身体也不太好，我也完全没有心思想她。"

李巧又问："你们之后再也没有见过？"

江何道："见过一次。"

李巧问："什么时候？"

江何如实道："一年之后，我已经毕业了，我母亲也去世了，我完成了跟姓吴的承诺，但我还是按照母亲的遗愿，拿着职校文凭，参加了二级注册建筑师考试。等到成绩出来顺利通过那天，我特别想找一个人说一说，一下想到了穆兰。就那么鬼使神差地，我回了趟学校，结果刚到门口，我就看到何欢开着跑车搂着一个女孩从里面出来。我本来还想跟他打招呼，结果定睛一看，他搂着的那个女孩，居然就是穆兰。"

李巧当即意识到："穆兰把何欢当成你了？"

江何道："应该是。后来何欢找我说了这件事，说他压根不知道她认错人，还以为自己撞了桃花运，被这个小师妹倒追求爱，他还想拉着我去跟她说清楚。我跟姓吴的有过约定，当傀儡的事此生都不能告诉任何人，连我父亲都不知道。所以就说算了，缘分天注定，既然他俩都在一起了，那我这个做哥哥的自然该祝福。"

李巧道："原来是这样。"

两人没再继续说话，驾驶室里安静得出奇，只有外面呼呼的风声。

停了一会儿，江何又继续说道："虽然我没有文凭，但是在清华那五年，我还是扎扎实实学到了本事。之后我从底层一路摸爬滚打，结识了老胡，跟他一起创业，一路上遇到的挫折不算少，那姓吴的也没少找我麻烦。尤其是最近这几年，何东的年纪越来越大，开始焦虑继承人选的问题，何欢的身体又不好，跟穆兰结婚四五年也没有孩子。"

李巧立刻明白了，问道："所以吴海桐担心何东把家产交给你，千方百计打压你？"

江河点点头："我跟老胡创办大舍，一开始立下的目标是要建造那种超大规模、超多资金的Ａ标项目，像美术馆、图书馆、博物馆、体育馆，这些年我们也没少参加竞标、竞赛还有各种形式的比稿，结果让我们失望和无奈的是，除了沐光美术馆这个Ｂ标，居然无一例外全都跑标。我心里其实也知道，姓吴的背后一定会捣鬼，毕竟我是她千叮万防的人，她手上有资源，家里有背景，又是圈里老人，像我们这种草根想拿Ａ标简直是天方夜谭。但我从来都没有告诉任何人，包括老胡，我是何东的儿子，也没有人知道我和他们有这层关系，更没有人像今天我跟你这样，坦陈过去这些事情。"

李巧问："这么说你心里还是怀疑吴海桐？"

江何道："我调查过她，也想找出她和沐光美术馆的联系，可是老胡那家伙，把什么都毁了，我根本无从查起，哎……"

江何正说着，车厢里忽然出现一道强光。

沙暴已经结束，有人挖开车外堆积的沙子，光通过车顶玻璃照了进来。

李巧道："沙暴结束了！"

江何道："我也说得差不多了。"

李巧感激："谢谢你告诉我这些。"

车门打开前，江何最后跟李巧说："其实我早就应该告诉你了，不过还好，反正也没死成，现在说也不算晚。"

7

沙暴过后，一行人重新打点行头，抖擞精神，继续朝沙漠深处寻去。

接下来的路程越发凶险，流沙、毒蝎子层出不穷，狗狗们的

174

心肺运载已经超过负荷，大家都在勉励坚持。

直到，水要喝完了。

万队和左涛找了个远离大家的僻静处，争执了好大一会儿。最终出于安全考虑，左涛不得不同意万队的撤退指令。

就在大家灰头土脸准备撤退时，年纪最大的乖乖好像闻到了异常。

起先，乖乖还想像平时那样，吼几嗓子，结果喉咙太干，像被沙子堵住一般，怎么都发不出声音。它只能拖动老迈又庞大的身体，快走了几步，凑到左涛跟前，用嘴拽了拽他的衣角，然后它转过身去，迈开四足，追着那个气息又跑出几十米。

所有人和所有狗，都被乖乖吸引了目光。

他们看见乖乖跑上不远处的小沙坡，高高昂起头颅，将两只前爪抬起，只用两条后腿站立，像一只熊一样，站了起来。

在半空中，乖乖最大限度张开鼻孔，深深嗅了一大口，完成了确认。

日落之前，乖乖和犬队的其他狗狗一起领着大家找到了已经脱水昏厥的走私贩和被盗出的珍贵古董。

江何和李巧也激动地紧紧相拥。虽然抱完的一刹那有一点尴尬，但那份胜利的喜悦却是发自真心。

走出沙漠后，左涛和他的搜救犬小分队接受了媒体的采访，犬队的现状以及它们糟糕的住宿情况也受到了很多人的关注。

万队也将情况反映给上级，上级很快批准，将它们吸收进队伍，不仅给予编制和番号，还要帮它们新建一个犬舍。

这下子，左涛和江何都乐坏了。虽然江何一路上都在跟李巧讨论省钱办法，但是情况忽然变好了。

在充分考虑现实情况后，为了提升犬队生活质量，江何决定仍然使用他和李巧想的办法，但用多余的经费为它们再建一个训练场、医疗室，还有沐浴间。

乌龙他们次日就赶到现场，开始营建。不到一周，一座崭新犬舍顺利落成。

这天一大早，在江何和李巧陪同下，左涛和万队领着一群小家伙，兴高采烈去参观。

在一片较为平坦的场地上，用木栅栏围出了一个正方形地块。地块正中整齐地码放着9个木头地台，每个地台离地面大概都有30厘米，上面横卧着一只大号的铁皮油桶。

江何指着地台上的油桶，介绍："这就是我们给狗狗准备的家。为了省钱我跟李巧讨论了很久，就用林子里砍下来的木头，和万队库房里不要的废汽油桶作为材料，切割组装成的，除了一点人工，基本没花钱。"

左涛兴奋地走上前，左看右看，打开油桶一侧的小门，道："我的天哪！你怎么会想到用油桶这么好的办法？"

江何走上前，打开中间的锁扣，将油桶直接对半打开："因为我以前的狗狗就睡在油桶里。为了方便不同体形的狗狗，有几只油桶的内部我置入了木板条，分成上下两层，上面可以给小狗睡觉，下面可以放护具用品等。另外这些油桶都能从上面打开，因为夏天太热，怕它们睡在里面闷，冬天又太冷，还是得关严实一些。"

左涛开心道："嗯！这简直就是一居室还带露台，冬暖夏凉，可开可合，住得比我都要豪华。"

大家听完都忍不住笑了。

江何又指了指地台，道："这些台子我特地让抬高了30厘米，这样就能防止地面的潮气。这边的角落上还留了一个凹槽，可以给它们放食盆。"

万队道："在这个露台上晒太阳、纳凉应该很爽吧！"

李巧道："全都是坐北朝南的精选户型，只要是晴天，任何一个时间段，保证都能享受日光浴。"

左涛道："太惬意了！"

江何又指了指区域当中的隔离带，道："现在这些木制的台子，横列有3座，竖列也有3座，一共9座，我在中间做了一个划分，算是男女分宿吧。不过，这些隔离都是可以活动的，今后你可以根据犬队的性别情况自行调整。"

左涛由衷道："这下我再也不用担心绝育问题了。"

江何道："一会儿再让小家伙们选房子，我们再去看看那边的训练场、医务室，还有沐浴间吧。"

训练场基本上也都是江何就地取材，用周围砍的榉树树材、部队仓库里的报废轮胎、油桶等制作而成。

万队笑着说："怪不得这两天附近几个分队后勤都给我发红包，说感谢你们把废弃仓库搬空了，原来都用在这儿。"

医务室有两间，外面是门诊，里面是手术室，还为伤病狗狗特别准备了病床，基本可以满足犬队的紧急医疗。

淋浴间则是一个八角小亭子，不但有太阳能温水，还配备了自动暖风系统。

左涛看到这些，明白江何前面的省钱用意："原来你把钱都花在这些上面！以后小家伙们可真要享福了，我都有点羡慕了。"

江何看着左涛脸上黝黑的皮肤，满是皱纹的眼角，尽显沧桑的面容，无论走到哪里都是形单影只："我还想说呢，现在这些小家伙的生活环境终于好了，你接下来是不是也该多想想自己？"

左涛有些不好意思地拍拍江何肩膀："共勉吧！我要是交了好运，来年就再请江工过来，帮我在旁边盖一个森林大别墅！"

江何和左涛击掌为契："共勉！"

左涛将狗狗们带入场内，小家伙们就好像走进大观园，这儿看看，那儿嗅嗅。有胆子大的已经跳上榉木平台，直接在上面来了个美人卧。还有更聪明的，已经猜到半开的油桶就是它们未来的房子，跳进跳出，玩得不亦乐乎……

江何和李巧看到这一幕都很开心，如果不是沙漠里的出生入死，这一刻的恣意享受也不会这般珍贵。

下山的路上，江何忽然跟李巧说："我想好了。"

李巧诧异："什么？"

江何说："我们一起把老胡找回来吧。"

李巧听到了她一直想从江何口中听到的话，眼眶一瞬间湿润起来，道："好！"

江何继续说："不管凶手是谁，吴海桐也好，老胡也罢，或者别的什么人，我一定要他们为自己的所作所为付出代价。"

李巧听着觉得心里暖暖的，道："好！"

江何还说："像犬舍这样的房子，我们以后还要做很多很多。"

李巧再次应道："好！"

语气中透着欣喜和满足。

江何看着李巧忍不住笑了："你今天倒是挺干脆的！"

李巧看着江何，阳光透过榉木树林的缝隙，落在他的脸上。

他脸上轮廓清晰，好看得就好像雕刻一般。一瞬间她感觉自己心跳飞速加快，忍不住踮起脚在他的唇上轻轻一吻。

四唇相合时，江何感到心中有一丝浅浅的战栗。

这一回，换成他退却了。

江何用手指了指天空，道："刚说完复仇就亲上了，这样会不会对天上的那位不礼貌？"

李巧低声道："没关系。"

江何摇摇头："我愧疚。"

李巧想了想道："有件事我也想先说一下。"

江何问："什么？"

李巧道："我是喜欢你，但是我们现在还不能在一起。"

江何抬手揉了揉李巧的头，笑笑道："不急。"

李巧道："不过，我今天很开心，为你的决定！"

看到她这么一板一眼地说着，江何心里也有说不出来的甜蜜。他目光静谧地看着李巧修长的眉毛和眼睑，笑着说道："我也很开心。"

第七章　城市之光

我想要的房子，它不一定有多贵，多好，多大，但是必须要有一点，它要能够装得下这世间一切爱恨情仇！

——王彪

1

那天，确定了彼此的心意和接下来的计划，江何和李巧十指紧扣，笑意延绵。对于两个受尽创伤的心灵，此刻的他们，就好像一只漂泊的小船找到了另一只。

虽然还不能确定关系，但是接下来要进行调查的事，他们还是跟黑牙和婆婆说了一下。

黑牙咧着一嘴的小黑牙，好像看穿了两人话里有话，露出了志得意满的笑容。婆婆这段时间也在高大全劝说下，对江何态度有所转变，听说要调查，终于露出了笑脸。

冷清已久的笑寺斋堂终于有了生气，蒸馒头的水汽也配合大家的心情，从锅炉上喷薄而出。这般家常又充满烟火气的场景，对这四个人而言，都是久违的。

尤其是李巧，从小父母离世，丈夫和儿子又意外暴死，多灾多难中只能咬紧牙关，勉力活着。但是这一刻，她发自内心地觉得开心。

江何将自己之前所做的调查悉数告知李巧，两人都觉得沿着这些线索往下，都不会有结果，只能另辟蹊径。

一筹莫展的江何问李巧："你有没有好办法?"

李巧有点不忍道："有倒是有一个，就是干起来可能比较废人。"

江何不解："废什么人?"

李巧道："你。"

江何愣了愣，好大一会儿才开口道："你这女人什么都好，就一点，心太硬。"

李巧问："那你不喜欢吗?"

江何笑道："爱都来不及。"

李巧点头："那就这么办吧!"

李巧所说的方法，是她在网上看到的一档催眠节目。节目里，有一个名叫王彪的心理医生数次表演催眠治疗，他还畅谈催眠的妙处，说："一场好的催眠，能让人五感打开，心智释放，潜意识一点一点深入，日常发现不了的东西也会出现在眼前……"

江何虽然觉得这事听起来邪乎，但是既然自己想不出办法，只好决定去会会王彪。

他们打听到他每个月都会去影棚录节目，便赶了过去。结果却发现到晚了，王彪刚刚录完自己的部分，已经走了。

两人悻悻回到停车场，刚走到车前就听见旁边一人高的冬青树后面传来说话声："……我又不是给你做催眠，至于把脸垮得都快砸到地了吗?"

这声音听着耳熟，李巧好奇地把头伸过去，发现正是王彪。

这王彪四十多岁，方脸宽口，膀大腰圆，很有识别度。他对面那位跟他年纪不相上下，骨瘦如柴，一身的学者气。

那学者一脸严肃，反驳王彪："我不喜欢你乱用治疗方法。"

王彪也毫不示弱回敬："假正经什么，升个官多了不起似的，学以致用活学活用，你到底懂不懂？"

学者依旧严肃："你就是不敢承认，你嫉妒我！"

王彪叉起肥腰，一脸不忿："我嫉妒你？我吃饱撑的！你也不想想，陈墨，就算你当上了第一人民医院心理科主任，你一个病号才收几百？都不及我高峰时期一个小零头……"

王彪说着，还竖起了粗粗的小拇指。

那位叫陈墨的心理科主任也不示弱："好汉不提当年勇，你也不看看，现在还有人找你看诊吗？"

王彪怒道："你怎么就这么爱揭别人短？这么多年了，你还是一个老鼠。"

陈墨也一脸波澜不惊："你才是本性不改，泥猪癞狗。"

两人一来一往，唇枪舌剑，吵得不可开交。江何和李巧躲在冬青树后面偷听，走也不是，搭话也不合适，正纠结不知如何是好，却已经被王彪发现了。

王彪朝二人吼道："喂！冬青树后面那两个听墙脚的，听半天了，有话就说有屁快放！"

李巧见被逮了个正着，只好硬着头皮尴尬现身："两位老师高谈阔论，我们也是闲来无事听了一耳朵，不过您说巧不巧，我们来这儿就是奔着王医生的催眠节目而来，想请您帮我们看个诊？"

旁边的陈墨一听李巧想找王彪看诊，马上笑着说道："那你们来得实在是不巧！王医生最近失业，现在连办公室都没有，说他是赤脚大夫都是抬举他。"

王彪立马表示不服："哼！小人，就知道落井下石。要不是老子当年给你打下的江山，你以为你今天能当上主任？"

陈墨不甘示弱："好汉不提当年勇，我在这个位置上二十年如一日，你这二十年又做了什么，自己心里没点数吗？"

王彪白眼直翻："我心里有的是数，是你自己心里没数！"

两人都憋着劲，说话又直接又犀利。那王彪大概也是受了陈墨的刺激，一不做二不休，对着李巧和江何道："你们想找我做催眠是吧？行！你们的案子，我接了！"

李巧和江何都是一愣。

王彪又大手一挥继续道："明天我就去找场地，我要开一间自己的心理诊所。不但要做好，而且要做精，我还要请最好的建筑师，来帮我搞装修。"

李巧一听王彪要找建筑师，立刻欣喜道："那可真是太巧了，他就是建筑师！"

王彪也是一愣，但转而得意又欣喜道："踏破铁鞋无觅处啊，看来老天爷都帮我，怎么着陈墨，你要是不想被打脸，最好现在就给我认输！"

2

陈墨当然不肯轻易认输，那天后来，王彪带着三人来到一处烧烤店，四个人坐在一个炭炉前，边喝边聊，相谈甚欢。

为了打败自己多年的竞争对手，喝到半醉半醺的王彪，大着舌头对江何和李巧道："我想要的房子，它不一定有多贵，多好，多大，但是必须要有一点，它能够装得下这世间一切爱恨情仇！"

两人心中直犯疑惑，什么样的房子能够盛得下这世间一切爱恨情仇？

王彪又拍着胸脯说道："只要你们能帮我造出这样的房子，那么催眠的事情，就包在我身上了！"

眼见他如此自信，江何和李巧自然表示一定会卖力造出王彪想要的房子，只是他们刚想请王彪具体说一说，那房子到底什么样，王彪就醉死了过去。

两人见陈墨也醉得几乎不省人事，只好将二人都带回笑寺，在客房住了一晚上。

第二天一大早，李巧就熬好了解酒汤。等二人醒来之后，除了房子的话题，他们还很关心催眠是不是真的会让人想起想不起来的事情？

结果，王彪惆怅地说道："可惜我现在没有场地，不然马上就能给你们试试。"

连看起来比较谨慎的陈墨主任在这方面也给予了肯定的回答，更是让二人信心大增。但是，第二个问题紧随其后，什么样的房子能够盛得下这世间一切爱恨情仇？连王彪自己也都是只能提出问题，却说不出来答案。

几个人坐在斋堂愁眉苦脸，最后还是江何想到了变通的办法，他问王彪："如果直接想答案想不出来，那不如换个思路，请王医生好好想想，在您过去二十多年的工作经历中，有没有哪一个房子是你觉得能够容得下一切爱恨情仇的？"

李巧听完当即赞道："好问题！"

王彪皱着眉头，认真地想了又想，却只挤出一句："阶段性的有。"

江何不解："什么叫阶段性的有？"

王彪道："就是我过去工作的那些地方，并不是一直有。我只能想起几个时刻，吉光片羽，稍纵即逝，那些瞬间让我觉得那个空间是能够容得下一切爱恨情仇的。"

李巧疑惑："空间还能是稍纵即逝的?"

江何见王彪答不出来，又建议道："那你能不能带我们去走访一下，回忆那些稍纵即逝的瞬间，也许能帮我们找到答案。"

王彪于是答应下来，他带江何和李巧去往的第一个地方，竟然就是同伴陈墨现在的工作地——第一人民医院心理科。

王彪边进门边介绍道："咱家医院说起来，是本市规模最大的综合性三甲医院，光面积就占了小半条街。从门诊到住院部，十层以上的大楼有8栋。然而，可惜的是，心理科不在这些大楼当中。"

医院的东北角，王彪和陈墨带着两人来到一栋重重树影包围中的二层小楼前，楼门朝东，窗户朝西。

江何刚跨进去就忍不住打了一个哆嗦，道："怎么感觉这儿阴气忒重?"

王彪嘿嘿一笑："十年前，医院的太平间就在这儿。"

江何顿时觉得后脊背一阵发凉："阿弥陀佛，请多保佑。"

陈墨拍拍他肩膀，安慰道："别担心！太平间早就搬走了。现在整栋小楼都是我们心理科。"

王彪补充道："我在这上班的时候，医院还没有心理科，只有一个心理门诊，隶属于精神科。当时这里一楼是太平间，二楼是精神科，我天天在楼上办公，脚下就是太平间，所以大家就说上我们这儿，就是上天堂。"

江何和李巧在他们的带领下参观了几个办公室，就像所有综合性医院的科室一样，"天堂"内部的陈设也很简单，清汤寡水，以白色为主色调，沙发是硬皮的，躺椅是木质刷白漆的，每间咨询室都配有绿萝，至少摆着三只时钟，除此之外，并没有任何稀奇的地方。

王彪看着又忍不住挤对陈墨道："陈墨，真不是我说你，你这个诊室的布置和陈设，让我有一种穿越回到了九十年代的错觉。"

陈墨淡定："人有时候就应该多怀旧。"

王彪吐槽："少来！我要是你，至少把那些硬皮沙发换成软的，哪个来访者会想坐在这么硬的板凳上退行？"

江河好奇："啥叫退行？"

王彪头头是道地解释："退行是我们心理治疗中的术语，主要指的是谈话治疗时，来访者在心理上退回到很早期的状态。"

陈墨在一旁爆料："说了你们可能都不相信，论专业、论业务，二十多年前我们刚从医学院毕业那会儿，彪彪可是我们那一届的学年第一，学霸当中的学霸。"

江何和李巧都露出了惊讶的表情，王彪却一脸不在乎道："说这些干吗，那都是很久以前的事了。"

江何好奇："我听说在综合性医院，最厉害、赚钱最多的科室通常是外科、骨科，彪彪如果是学年第一，怎么会进精神科？"

陈墨笑嘻嘻道："我想说的就是这个。在综合性医院，有一个不成文的鄙视链。各科室当中，外科最好，内科次之，再次是儿科、妇产科，一直往下，最底部的是精神科。那会儿对于应届毕业生，让他们去精神科实习，感觉上都带有惩罚性质。我们彪彪毕业那会儿，好多科室都争着抢着想要他，他想进哪一个就进哪一个，所以刚开始，他去了外科，选的还是外科里面最为热门的心胸外科。"

王彪不忿道："就知道你要讲的是这个！我去哪儿也比你刚毕业就进胃肠外科当淘粪男孩洋气！"

陈墨继续："结果我们彪彪在心胸外科还没待几天，就出了大名！"

江何和李巧都很好奇，齐道："咋啦？"

陈墨道："彪彪第一次上手术台当助理，撞上了一起病人大出血事故，被黏糊糊、热腾腾的血液滋了一脸，从那以后，就开始晕血。科室的人就给他起了一个外号，叫他'喉兄'，不是猿猴的'猴'，是见血封喉的那个'喉'。"

江何和李巧都忍不住笑了。

王彪面子上挂不住，反驳道："你怎么不说你上手术台没几天，轻度洁癖就变成了重度，最后都引起了强迫症反应。因为香皂不离身，护士们背地里都管他叫'舒肤佳'。"

江何明白过来："所以二位都转到了心理门诊。"

陈墨感慨道："也算是难兄难弟吧！刚转过来那会儿，心理门诊就三个人，老主任，彪彪，还有我。那年头，人们对心理咨询和谈话治疗还没有足够的认识度，有时候一天都来不了一个病人，彪彪最后也是因为这个才离开的。"

江何惊叹："那我就更加好奇了，你在这里遇到的吉光片羽是个啥？"

王彪回忆道："要说起来，墨墨那天也在场。你还记不记得，当时咱俩刚转成住院医，因为门诊不景气，医院一度还说要把心理门诊关了，然后没多久，一位60多岁的大妈因为没钱给癌症晚期的丈夫交住院费，爬上了门诊大楼楼顶，要从那里跳下来。"

陈墨说:"那天我印象也很深!人命关天的时候,院长忽然想起咱们心理门诊,结果好巧不巧,老主任出差在外,家里只剩下咱们俩。"

王彪说:"我记得当时你给老主任打电话,他还谆谆告诫,说咱们心理门诊也到了生死一线的时候,要是我俩不能把大妈劝下来,就只能考虑再度转科了。"

陈墨又说:"那天也真是悬,我们两个菜鸟心惊肉跳爬上顶楼,轮番上阵,苦苦相劝,让大妈别想不开,可是大妈说什么也不听。后来,大妈高血压犯了,开始翻白眼,摇摇晃晃地,我跟彪彪都很担心,这要是一失足掉下去就完了。然后就在这时候,我忽然听见旁边传来扑通一声,转头一看,彪彪居然双膝跪倒在地,对着大妈哭天抢地喊了一声:妈!"

江何和李巧听陈墨说得绘声绘色,都忍不住笑了起来,江何还说:"都说男儿膝下有黄金,我还是第一次听说,有人为了救人命,给人跪了!"

王彪说:"我当时也是急了,那个大妈跟我妈岁数差不多,我就脱口而出的。结果没想到,我这一嗓子喊完,那个大妈眼睛一亮,嘴巴一瘪,哇的一声哭出来了。反正那天是让我蒙对了,就继续劝道,阿姨,您跟我妈岁数差不多,我斗胆也喊您一声妈,求求您看在孩子分上,千万别往下面跳,您孩子眼看就要没爸了,您怎么忍心能让他再没有妈?"

陈墨又补充道:"那个大妈估计是被彪彪说中了心坎,不由自主地就往后退了两步。我就趁着这个机会猛冲上去,一把抓住了大妈衣角,将她从天台边缘拉了回来。"

江何和李巧都屏住呼吸,感受到了当时的惊心动魄。

王彪缓了缓，又指指四人所在的地方，继续道："不过，那不是我要跟你们说的吉光片羽，真正的吉光片羽是在半个多月之后，就是在这间诊室。"

江何和李巧看了看这个简陋房间，没想到居然在这里。

王彪继续道："当时已经过了下班点，老主任跟墨墨都已经走了，我也在收拾东西准备离开，结果这时候门口来了一个人。我一看，就是那天那个跳楼的大妈。大妈看到我也是惊讶了一下，问你在这里上班呀，我说是的。我看她神态疲惫，脸上还挂着泪痕，就问她怎么会来这儿，她说她丈夫下午去世了，她刚刚把他送进楼下的太平间，一抬头看到二楼挂着心理门诊的牌子，就上来看看。她说着又从口袋掏出一张皱皱巴巴的50块钱，说她就只剩这50块钱了，不知道心理门诊怎么收费，能不能陪她聊50块钱的天？"

三人听王彪娓娓道来，江何抬眼看到对面的时钟，也快要到下班点了，西向的窗口迎来了今天第一束阳光。

王彪接着说："我跟大妈说没关系，您想聊什么我陪您聊。她就说起刚刚去世的丈夫，说了很多很多，哭了很久很久。我当时还是个新手，她说话和哭泣的时候，我脑子里一直都在回想课本上学到的技术，这会儿是不是应该共情？还是理智化？凝缩？移置？还是咋的？会有用吗？最后，我觉得算了，放弃所有学到的知识和方法，只是倾听、陪伴和跟随，聊完了那节50块钱的咨询。"

王彪说的时候，暮光一点一点移入屋内，整个房间都沐浴在一种暖调当中。

王彪最后说："虽然我现在完全不记得那天说了什么，但我觉得那个黄昏，在太平间楼上这个物理温度总比别处低了好几摄氏度的咨询室，盛下了这世间一切爱恨情仇。"

3

王彪带着江何和李巧去到的第二个地方，是老城区一个居民区的半地下咖啡馆。

刚往下走了几级台阶，江何就看到玻璃门上有一行白色英文字母贴纸：old tomb café，就惊叹道："嚯！刚刚还在天堂，怎么一下又跑到了古墓？"

王彪道："我们研究心理学的都喜欢回溯早期，追问前史。有时候碰到心理创伤特别严重的，一追就是好几代，大家都喜欢开玩笑，说这叫作刨坟。"

李巧倒是蛮有兴趣："这也是治疗吗？"

王彪道："当然！"

三人刚进去，吧台后面的年轻咖啡师就招呼道："王老师！"

王彪介绍说："这是我学生，樊樊。这是江何和李巧，我带他们来参观一下，麻烦给我们一人来一杯手冲吧。"

伴随着热腾腾的蒸汽，还有浓浓的咖啡香，李巧喝完第一口，就直夸樊樊手艺好。

王彪道："那你们还不知道，来我们古墓的人，从来都不是冲着咖啡来的。"

李巧问："那是冲着小哥哥的颜值吗？"

江何在一旁不悦道："肤浅！"

王彪见小两口吃醋，笑着解释道："自然是冲着聊天来的，我们古墓的咖啡也从不定价，边喝边聊，喝完聊完，病也给您治好了，钱您看着给!"

李巧惊道："还有这样做生意的?"

王彪道："最多有一回，一位客人喝了一杯咖啡，坐了半个多钟头，临走的时候，付了樊樊1000块钱。"

江何问王彪："你以前也是这样给人看诊的吗?"

王彪放下咖啡杯，继续道："差不多吧。这方面我跟陈墨的观念不太一样，他那人拿腔拿调，墨守成规，认为心理治疗必须得在井井有条的时间、空间，还有治疗框架下面才能进行。我却觉得就是接地气，贴近生活。除了心理治疗，心理知识的普及和心理学教育也是我们这一代心理人必须面对的艰巨使命。"

江何又问："所以你就把治疗室放在了居民区的咖啡馆?"

王彪叹了一口气，解释道："其实也不是我想这么干的，还是被生活的苟且逼的。我是2003年年底离开人民医院的，2004年来的这里，刚开始挂的也是心理诊所的招牌，可是当时大家都不知道心理治疗是个啥，跑过来问什么的都有。今天问你会不会看相?明天又问能上身吗?后天再问会看星盘吗?我经常被搞得哭笑不得，一解释就是半天，后来为了生存，干脆就改成了咖啡馆。"

李巧关切："那你改成咖啡馆之后，真正需要治疗的人怎么找你?"

王彪道："我那时候经常在网络BBS论坛上写文章，按现在说法都是网红了，我的来访者基本都是追着我的文章来的。"

了解完基本的情况，王彪又领着江何和李巧在这个昏暗的房子里四下看了看。

两人看到房间里的陈设都是心理学周边，墙上挂着弗洛伊德、荣格、温尼科特、克莱因等心理学大家的海报头像，书柜里码放的也全都是心理学书籍，角落还有一个沙盘架，柜子上放着很多沙具……

看到那面唯一有光源的玻璃门时，江何问王彪："这边是朝南吧，能有阳光进来吗？"

王彪道："冬天的时候，太阳角度低，每天可以晒一到两个小时太阳。"

江何道："冬天的太阳那很珍贵啊！"

王彪回忆道："说起来，这个房间的吉光片羽，也是发生在冬天，那天刚好有一束阳光从外面照进来。"

三人又重新坐回吧台，听王彪讲起了那段经历。

王彪道："那会儿我刚从医院离职没有多久，不管是生活，还是事业，都很艰难。墨墨经常骂我泥猪癞狗，见我过得不如意就跑来嘲笑我，说我这种搞法就好像不会游泳的狗，下到水里只能狗刨式，姿势不雅，艰难求活。我就骂他是老鼠，反正我俩私底下都比较口无遮拦，靠挤兑对方表达感情。但我当时也没有什么病人，整天就在这儿看书，上网，打发时间。然后有一天，一个40多岁的母亲带着15岁的女儿过来。母亲打扮得很时髦，女儿也眉清目秀，但母亲说她的女儿根本不会游泳，却跳到河里，差点被水淹死，她觉得女儿想自杀。"

江何和李巧听王彪聊起他至关重要的另一个治疗。

王彪道："我就问女儿是不是要自杀？结果女儿却说，她是不小心掉进水里的。母亲当然说她撒谎，她亲眼看到女儿自己跳进水库，母女俩当场就吵了起来。我从她们吵架的内容大概听出来，这是一个单亲家庭，母亲控制欲很强，非常爱女儿，但也有非常多的恐惧，两人互相依赖，比较没有边界，女儿还处在叛逆期，想挣脱，但又没有足够的力量。"

李巧听着感叹道："真纠结!"

王彪道："是啊! 我看她俩光顾着吵架，就打断她们，让那个妈妈先去外面逛逛，50分钟过后再回来接女儿。女儿也不用介意治疗不治疗，就当在我这里过50分钟没有妈妈的时间，一起喝杯咖啡聊聊天。然后，等妈妈走了，我就一边冲咖啡一边问那个女孩，跳河那天都发生了什么? 她开始说的都是一些很琐碎的事，但说着说着，忽然说起那天上课，女班主任当着全班同学面讥笑了她的母亲，说她是在用狗刨式的方法生活。"

李巧不解："为什么?"

王彪道："她妈妈当时是在KTV当领班，虽然不是什么出卖色相的工作，但也很容易引起别人的非议。我当时一听就明白了，我跟那个女孩说，简直太巧了，我刚好也有一个老鼠兄弟，一天到晚也挤对我，说我在这个半地下室开心理诊所是狗刨式的搞法。起初我还挺不高兴，结果你猜怎么着，前两天我去游泳，看到一只柯基不小心掉进游泳池。刚开始我看到那条狗在水里奋力扑腾、拼命求活，就是经典的狗刨式，真是又卑贱又狼狈，看着就让人心生鄙夷，后来我实在看不下去，一个猛子扎进水里，准备游过去把它救起，可就在我潜到水里，从水下看到那只柯基，我发现那幅场景跟水上完全不一样。水下的小柯基圆圆的肚皮浮在水里，短短的四肢很有节奏地滑动，不但没有水上的气喘吁吁，苟延残喘，反而可爱得很，还不单单是可爱，还有一种说不出来的优雅。"

江何和李巧听得心驰神往，没想到王彪还能找到这样的角度。

王彪继续道："我就跟那女孩说，那天在游泳池里，我才意识到，凡事如果拘泥于一种视角，认定那一面是糟糕的，就很难看到它的另外一面了，而另外一面说不定并不糟糕，反而很好。那个女孩也听懂了，马上说其实她根本就不同意班主任的话，她觉得妈妈上班很辛苦，也很了不起，她不觉得狗刨式很卑贱，所以她才明知自己不会游泳，还是跑到水边，她就是坚信自己可以用狗刨式游到岸上，所以主动跳入水中。"

李巧问："这么说她还是想自杀？"

王彪点点头，道："是的！人有时候就是特别的矛盾和冲突，意识层面她可能并不想自杀，也一直否认那是自杀，但当所有的线索重新串联起来，她才发现她差一点点就把自己杀了。我就跟她说，用我们心理学的视角，每个人都有主导自我的强势人格和作为阴影存在的劣势人格，很有可能在她落水的那一瞬间，她的主导人格被她的阴影人格撂倒了，在阴影人格的主导下不由自主地做了傻事。"

李巧道："原来是这样！"

王彪说："我还跟那个女孩说，她必须要正视和面对自己的阴影，这样才会不受它的影响和控制，为了做到这一点，我建议她跟我做一段时间的长程治疗。女孩欣然同意了，我也很开心，因为那是我通过自己的谈话获得的第一个长程治疗客户。那天，当我们聊完50分钟，阳光正好从外面照进来，整个房间都亮了起来。我觉得那一天的古墓，不仅装下了那个女孩所有的爱恨情仇，也装下了我的。"

4

从咖啡馆出来，江何又问王彪："除了那两个瞬间，还有没有别的？"

王彪想了想，颇有一些唏嘘地说道："我工作二十多年，在天堂五年，古墓八年，剩下的时间都在一家名叫心世界的机构，感动的瞬间是有不少，但要说吉光片羽，还真是没有了。"

江何惊诧："一次都没有，这个心世界这么不好吗?"

王彪连忙纠正道："也没有不好! 论环境，论装修，我敢说心世界如果宣称自己全市第二，那估计没有哪家机构敢说自己全市第一。"

王彪的这个说法反倒引起了江何的好奇，他建议道："这样说起来，我倒也想去心世界走一走。"

李巧也说："我也想去看看正规的商业机构是什么样!"

王彪打开手机看了看时间，同意道："那好吧! 今天周中，他们不忙，我带你们过去睃一眼吧。"

心世界位于寸土寸金的CBD，是一栋由知名香港建筑师打造的高层写字楼。

刚走到电梯前，王彪就介绍道："我们刚搬进来的时候，这儿的电梯号称全城最快。即使到现在，爬升速度应该也在高层写字楼里数得上数的。"

李巧拿出手机："那我可要测试测试。"

王彪领着二人走进电梯，按下最上面的数字48，随着电梯门合上，李巧按下秒表，看到秒钟飞快地计数。不一会儿，电梯爬升到48层，才用了不到20秒。

李巧惊喜："这也太快了!"

王彪点点头，出了电梯，又介绍道："这48层一整层都是心世界的地盘。"

江何和李巧跟在他身后往里走，沿路肉眼可见的高品位软装，明亮通透的采光效果，宽敞大气的落地窗。

走到窗前，江何发出惊叹："居然还能看到西山。"

王彪也道："刚来那会儿我每天恨不得一起床就过来，周末也不想待在家里，觉得哪儿都不如这儿阳光充足。大概是在天堂和古墓待久了，对于阳光有一种说不出来的饥渴。结果后来才发现，有时候阳光过于充足，也很容易令人抑郁。"

江何不解："这话怎么说？"

王彪道："我在这儿进入了瓶颈期。"

李巧问："那你最开始为什么会选在这里开机构？"

王彪道："最开始也是机缘巧合，2012年我去参加一个心理学论坛，认识了一个名叫鲍里斯的香港人。鲍里斯看准了大陆经济腾飞，大家都有钱了，精神上就会渴望满足，需要专业的、丰富的心理学服务，他说服我跟他合伙。我负责专业，他负责运营。鲍里斯虽然不懂心理学，但是他真的很会做生意。"

王彪边说边领着二人走进一间咨询室，这里不但窗明几净，沙发也都是真皮进口，房间里的绿植也都是茂盛又稀有的热带植物。

王彪道："当时我在这里的咨询费，从50分钟800块一直涨到了5000块，那种速度都不能说像坐电梯一样快，简直就像坐火箭上了天。也许就是因为身价水涨船高，我在这里再也没有接待过在天堂和古墓里遇见过的那些来访者。来找我的人非富即贵，问题却变得千篇一律。我很早就觉察到，几次找鲍里斯要求降低咨询费，他还觉得我矫情，说他考虑要把我包装成世界顶级治疗师，然后把治疗费涨到50分钟1万元。"

江何和李巧都很惊讶，没想到还有这么贵的心理治疗。

王彪又道："这还只是一方面。前两年，心理治疗忽然成了热门，鲍里斯又很会来事，又是用金融手段又是加杠杆，把公司估值翻了好几番。他需要让投资人看到好看的数据和业绩，就开始嫌做个人咨询太慢，看到团体治疗一次能收很多人，单位时间效率高，收益快，就让我改做团体。再后来又开始搞线上团体，因为时间仓促，前期的安全评估和伦理教育没有做好，过程就被人偷偷录制并且泄露到网上……"

江何问："这是你离开这里的原因?"

王彪点头："嗯。虽然我们报警了，警察查出发帖爆料的是一个参加活动的成员，本身有人格障碍，非常不稳定。但是，如果我们之前做过筛查，这样的来访就不会被允许接收进来。所以我觉得，机构也应该承担一部分责任，并且向社会公开道歉。可是，鲍里斯怕影响口碑和估值，不但不承认自己有责任，也拒绝道歉。我觉得我跟他说不到一块儿，就干脆辞职不干了。"

江何和李巧这才知道，原来王彪是自己辞职的。从那以后，他就怎么都提不起来精神工作了。

那天晚上，跟王彪分手之后，李巧在车里问江何："你现在知道王医生到底想要一个什么样的房子吗?"

江何摇摇头："不知道。你知道吗?"

李巧也直摇头："我也不知道，而且我猜他自己也不知道。"

江何叹气："他要是解决不了自己的瓶颈问题，就不可能知道，可这么大的问题，别说咱俩，就算再加上陈墨，也不一定有办法……"

果然不出所料，之后几天，江何和李巧陪着王彪四处看场地。三人走马灯似的看了写字楼、民宅、别墅、农家院……腿都快要跑断了。可是，王彪总说他感觉不对。

李巧要王彪具体说一说到底哪里不对。

王彪除了说没感觉，没眼缘，没氛围，这三个词来来回回反复用，更多的什么也说不上来。

无奈之下，李巧只好给陈墨发了微信，约他去上次那家烧烤店。

当晚，江何、李巧和王彪闷闷地坐在那儿喝酒吃烧烤，谁也不说话。酒过三巡，陈墨忽然现身，一张口就开始挤对王彪，说："听说彪彪你啊现在是富贵迷人眼，江何和李巧两个专业人士陪着你满城看房，结果居然都找不到让你满意的？"

王彪在口舌上从不甘拜陈墨的下风，自然也是回撑，只是没有以前那么犀利了，他说："你都当上主任了，怎么还这么闲？有空打听别人的事，没人找你看诊？"

陈墨越发不留情面："你都不知道自己是谁了，我还不赶紧过来看一看。我说彪彪，你是不是真的不知道要在哪里找房？那你能说说你到底干吗来的？你当初为什么要进心理门诊？为什么要当心理医生？你知不知道，你这个人毛病一大堆，但是细说起来也还有那么几个为数不多的优点，比如说，你这人其实一点都不圆滑，却总是假装圆滑……"

王彪被陈墨连珠炮似的数落，越发沮丧，江何和李巧心生内疚。尤其是李巧，要不是她给陈墨打小报告，把他喊过来，也不至于让他在王彪的伤口上狠狠撒了那么多的盐。

酒局散场之后，李巧悄悄告诉江何，她想仔细替王彪琢磨一处场所，既要合情合理，又要别出心裁。江何其实也跟李巧想到了一处，他更想尽快完成委托，这样王彪就能帮他催眠了。

5

江何跟李巧熬了一夜，翻遍网上的房产信息，最后意外地发现一家废品公司正在售卖退役的火车皮，其中还有一些绿皮火车的硬座车厢。

李巧灵机一动，不如干脆搞几节车厢回来，重新改造一番。一节做团体室，一节做沙盘室，剩下一两节做咨询室，外加其他配套空间，岂不是很新颖？

江何问："那火车皮买回来放哪儿？"

李巧说："很多地方啊。广场上，田野里，校园外，小河边，只要有空地，能出租，到哪儿不是一道风景线，说不定还能卖门票呢！"

江何犹豫："这合适吗？这么不断更换场景……"

李巧又道："也可以不更换，就在一个地方驻扎。"

江何说："但它总归不是房子，没有那种稳定的感觉。"

李巧辩解："稳定是相对的，又不是绝对的。世界本来就是动荡不宁的，不稳定的空间对应不稳定的内心，物理学上不是说，这样才是最稳定的。"

江何被李巧说服了，两人决定就这么办。他们开车带着王彪，在高速上狂奔五个多小时，之后又是县道换乡道，一路兼程终于找到了那间废品公司，看到了绿皮车厢实物。

李巧将她和江何对火车治疗室的规划一一说给王彪听。虽然这些绿皮车厢破败不堪，但如果经过改造，重新刷上绿漆，不但别具一格，说不定还能成为网红打卡的景点，带来不错的流量效应。

李巧说得有条有理，脉络清晰，江何却见王彪始终眉头紧锁，一副拿不定主意的样子。

等李巧全部说完，江何又做了一点补充，王彪却还是犹豫不决，道："你们说的这些优点我都能认同。但是吧……我也说不上来怎么回事，就是觉得哪儿不对。"

最后，他无奈表示："要不再考虑考虑？"

江何和李巧都很无语。

回去的路上，车开在一望无际的草原上。江何见他俩都不说话，像在怄气。车里的气氛过于凝重，江何干脆拧开广播。结果广播中正在播放一个谈话节目，主持人介绍节目嘉宾，居然是陈墨。

三人一路无话地听陈墨帮热线听众解决心理问题，不管对方遇到多大的困境，多么强烈的情绪，陈墨始终都是不疾不徐，缓缓疏导。

副驾上，王彪一直面无表情，像是在聆听，又像在走神。

后来，还是后座上的李巧不耐烦了，让江何把车停一停，她想下去吹吹风。

旷野风大，三人站在路边，江何给王彪递了一支烟，结果两人废了好大的劲，最后才用汽车点烟器把烟点上。

王彪抽完两口，忽然对抽烟的江何和沉默的李巧道："问你俩一个问题。那天我跟陈墨在停车场吵架的时候，他说他二十年如一日，坚持不懈在一个地方用一个身份做一件事，问我这二十年都干了什么？你们最近也有了一些了解，你们觉得，到底是陈墨厉害，还是我厉害？"

江何跟李巧同时一愣。

李巧无奈道："真有你的。"

李巧说完返回车里，江何的烟也抽完了，掐灭烟头后，拍了拍王彪肩膀道："今天的事你别往心里去，火车皮不行咱再找别的。"

王彪沉默着，没回话。江何也反身回到了车里，只剩下他独自一个人站在风中，呆呆地注视着远处的草甸，那里有牧人割下来的长草。不知是因为没有来得及打捆，还是被牛羊咬松了捆结。长草被风吹了起来，扬到天上，有一坨翻滚成一个较大的团子。风时而将团子带向远处，时而在原地不停打旋，时而笔直飞起，时而又重重砸在地上，四散成无数根不成形的长草……

王彪看得出神，手差点被烟屁股烫到。

再后来，一道闪电划过天空，雷雨随之而来。江何的破皮卡不慎陷入泥泞，王彪和李巧只好下去推，深一脚浅一脚，精疲力竭，浑身是泥。

走出泥泞之后，江何忽然想起前天在烧烤店，陈墨临走时莫名其妙塞给他三张洗澡票，说跑累了可以去洗洗，没想到今天竟然能用上。

那间浴池是一间位于地下的公共浴池，和楼上的宾馆一起都属于工厂资产。外形是八九十年代所建的典型苏式建筑，回字形大格局，内部装修简单古朴。

坐在桑拿室里，刚泡完澡的江何想起了很久远的浴室故事："传说在公元前200多年，古罗马瘟疫大流行，当时人们为了对抗疾病，寻求庇护，在很多地方建起浴场。"

王彪也补充道："我们心理学也讲过这段。说瘟疫时代的古罗马人酷爱洗浴，他们知道洗浴虽然不能治疗疾病，但却可以荡涤人心，人心一旦有了力量，再可怕的黑暗，也无法阻挡人类的生存意志。"

李巧道："那今天蒸完这个桑拿，过去的就都过去了。出了浴池，咱们从头再来。"

三人同声说好，都伸开四肢，享受着周围的热气。

江何仰头看向屋顶，发现装的是磨砂玻璃，正好位于回字形天井下方。天光从上面下来，和上升的水蒸气，构筑成一氤氲缭绕的氛围。

江何正看得出神，忽然听见王彪在一旁说道："我忽然想起来，我为什么要当心理医生了。"

李巧饶有兴趣："快说说！"

王彪道："我妈眼睛不太好，属于弱视，不是特别能看清楚东西，只有白天光线特别强烈的时候，她才能模模糊糊看见点儿。她平常工作就是在一个澡堂里给别人擦背，做按摩，工作的时候，捏到一个地方顾客喊疼，她马上就能反应出，这是肝火旺啊，是不是最近生活上有什么着急的事情？或者脾气不足，最近加班熬夜太多，工作又有新进展了吗？顾客如果愿意说几句，她也总是会用最朴实、最通俗的话语回馈他们。反正，她虽然目不能视，心却像一面明镜似的，来找她做按摩的人也总愿意把藏在肚子里的话说出来……"

随着王彪的回忆，透过雾霭腾腾的水汽和朦朦胧胧的玻璃门，他仿佛看到在桑拿房外面的休息区，正在工作的王彪母亲跟趴在床上的客人其乐融融聊天的场景。

王彪继续道："我爸是远洋公司的船员，一年出两趟差，一趟出半年，所以我从小就跟着我妈相依为命，很长时间，我都觉得我是我妈的拐杖和灯塔。可是刚刚，我好像才反应过来，这件事应该是反着来的，我妈才是我的拐杖、我的灯塔，我之所以要成为心理医生，全是因为她。"

王彪越说越动情，江何也在一旁笑嘻嘻地说道："失敬失敬，原来阁下这才是真正的家学渊源呀。"

王彪蹬了江何一脚："你起开！老子此刻正在忆往昔，煽情最要紧的时候，你小子莫要拿老子开涮。"

说完，他从身旁的木桶里抄起一捧水，狠狠砸到自己脸上，用毛巾一把抹干净，也不知道抹掉的是水还是泪。

三人说话间，一个穿灰白马褂的大爷端着一盆没剥壳的白煮蛋进来。

大爷热切着："你们饿不饿？这些温泉蛋送给你们吃。"

三人惊喜，江何道："怎么还有这么好的事？洗澡还送吃的。"

大爷道："这间澡堂子明天就要关张了，这些蛋剩下的卖不出去了。"

李巧奇怪："开得好好的，为什么要关张？"

大爷边说边转身离开："老了，干不动了，转手了。"

王彪嘴里包着蛋，忽然反应过来："转手?!"

王彪说着颇有深意地看了看江何和李巧。两人当即明白过来，齐刷刷地从椅子上站起来，追出门外要大爷再来几个鸡蛋。

6

王彪当天晚上就决定接手这个澡堂，交给江何和李巧。江何虽然高兴终于可以开工，却还是没忘泼瓢冷水，告诉王彪这三张澡票是陈墨送的。王彪却说，他早就猜到了。

签租房协议的时候，陈墨也来了。王彪拍了拍陈墨肩膀，道：

"那啥，谢你苦药。不过你这人也挺贱的，早说不就行了，还绕了那么大一弯子。"

陈墨翻了个白眼，问："你是那种听得进去人劝的人吗？"

江何和李巧在一旁笑着直摇头。这两人无论什么时候，只要碰到一块儿，就要斗嘴磨牙一番。

一个月后，王彪的心理诊所在江何和李巧的努力下顺利完成改造。

接收那天，除了江何和李巧，王彪也叫上了陈墨。一个月没见，陈墨没什么变化，王彪却一改之前的颓废状态，精神多了。他穿着白衬衣，深灰色格子马甲，同款的格子裤，胡子刮得干干净净，头上也打了发蜡，梳得一丝不苟。

陈墨一见面就忍不住吐槽："我说彪彪你至于吗，把自己打扮得像个新郎一样？"

王彪却轻松道："你可不知道，从昨天晚上一直到现在，我这心脏啊，就像小鹿乱撞一样怦怦直跳！"

陈墨不耻："瞧你这点儿出息。"

王彪笑道："你怎么可能懂，我这才叫赤子之心。"

江何在一旁适时说道："那就请赤子先生开门吧！"

江何将门卡交给王彪，由他亲手打开自己的诊所大门。

门卡划过磁条，黑色的木质大门被王彪推开，三人跟随他走了进去。

入口是一间7平方米左右的全混凝土空间，以前这儿是澡堂的前台，卖澡票的地方，现在依旧是前台，心理诊所的接待处。

江何介绍道："这里是诊所的入口，我尽量让它简单，低调，不喧宾夺主。从这个入口到正厅，总共有两种方式，一种是前台左侧的电梯，另一种是前台后面的步行楼梯。我推荐大家从楼梯走下去，会有不一样的风景。"

四人沿着楼梯往下走，走到一半时，从一侧的圆形窗口刚好能看到一个小小的正厅。

由于原先澡堂空间十分方正，所以整体动线上采取了风车布局，江何分别做了治疗室、团体室、沙盘室和其他辅助空间。

王彪的新治疗室是重头戏，在江何带领下，三人首先从这个房间开始参观。

治疗室在天井的左下方，原先浴池所在的地方，在房间四周做了一圈水池。当自然光线从头顶的天井铺洒下来时，水纹被折射到深灰色的混凝土片墙上，水声潺潺，光影斑斑，别是一番景致。如果恰好当天没有自然光线，室内也布置了投影灯和LED屏，都能做出以假乱真的水纹效果。

王彪不由得感叹道："这可真是一个绝佳的退行空间啊！说真的，身为治疗师的我，站在这里都不由自主地想变回小婴儿了。"

江何赶紧道："你可千万别，你还要照顾来访。"

李巧也问陈墨："陈主任觉得怎么样？"

陈墨道："虽然是在地底下，但是丝毫没有压迫感，更像是进入了某个具有疗愈性的内在场所。"

王彪走到旁边的水池旁，蹲身下去捧了一捧水，又抬头看看光，说："我真是太喜欢这个房间了，我们生于光，长于水，光和水造就了我们，也造就了世界。"

陈墨笑了起来，问："看来是真喜欢！能装下你心里的爱恨情仇不？"

王彪笑着道："差不多！"

陈墨又问江何和李巧："我倒有点好奇，二位是怎么想到这种水光交叠的方案？"

江何回答了这个问题："那天在这里听王医生讲了他为什么做心理医生的话题，说起他的妈妈眼睛不好，每天只有光线最强时才能看见东西，却耳聪心明，洞察万千，所以我们觉得，有没有光线并不重要，重要的是有没有心。之前王医生谈自己做过的治疗，两次吉光片羽都有光的降临，转瞬即逝的光，带着情绪的光，我想就算生活是一片黑暗，但偶尔、一刹那、某个瞬间，总还是会有光的降临。"

王彪颇有感触地说道："听你这么说，我忽然想给我的诊所起一个名字，来自一部我很喜欢电影的名字，跟光有关。"

陈墨忙道："别说，让我猜猜！城市之光？"

王彪撇撇嘴："你是老子肚子里的蛔虫。"

江何和李巧都笑了。参观完王彪的治疗室，江何又道："我们再去看看其他房间吧。"

四人又来到团体室，这是一间大榻榻米房间。门一开，偌大的房间空空如也，但其实地板下面藏了玄机，正中央有一个直径15米的圆形台，能够随意升降。

沙盘室在相对靠里的位置，柜子上整齐地码放着王彪这些年收藏的各种沙具。

江何之前还请大家各贡献一件软装，当作送给王彪的乔迁贺礼。

李巧亲手做了一只沙发，像一只张开的手，人坐在里面，就像被捧在手心里。

陈墨做了一件手工蓑衣和斗笠，虽然质感粗糙，但是颇有实用性，遮风挡雨不在话下，挂在团体室墙上当装饰品也颇有寓意。

江何则画了一幅画，是一个耳朵巨大的兔子，因为他觉得王彪是一个非常不错的倾听者。可陈墨却直言道："你画错了，不该是兔子，而是一条癞皮狗。"

王彪已经不在乎陈墨的挤对了，兴奋地搓了搓手道："癞皮狗也好，长耳兔也罢，总之，我很喜欢这个房子。它能装得下我的爱恨情仇，也能装得下人世间的一切爱恨情仇。我郑重宣布，从明天开始，我要回归心理治疗圈！"

李巧颇有些激动道："那江何就做你回归的第一个来访者吧！"

王彪却有点傻眼，支支吾吾道："呃……说到这个嘛……我可能要说抱歉了！"

江何和李巧一脸不解地看着王彪。

王彪看了眼陈墨，道："惭愧！之前墨墨找我聊了这个事，我不能帮江何做催眠了。因为，这一个多月的交往中，我们已经成了好朋友，至少我是把你当成好朋友的。我们这行有个死规矩，治疗关系必须只能是治疗关系。虽然我这人皮糙肉厚，但是为了你的治疗效果，这个催眠我不能帮你做。"

江何没有想到，王彪刚接收完房子，就马上食言了。他这一个多月的等待和煎熬，难道都要白费了吗？

7

见江何面露难色，王彪故意卖着关子道："不过，我虽然不能给你做，却不代表我认识的其他治疗师不能给你做。"

江何松了口气，骂道："王八蛋！就知道你小子做不出来这种过河拆桥的事情。"

李巧也在一旁追问道："其他治疗师靠谱吗？"

王彪立即自信满满道："当然。我可是把教我催眠的美国老师请来了，他可是国际催眠协会最受欢迎的催眠师，技术上完全可以放心，而且更可贵的是，他还会中文。"

听王彪这样说，李巧这才松了一口气。

王彪又道："那就请吧！"

在那间号称能够容得下人世间一切爱恨情仇的咨询室里，一名戴着眼镜、文质彬彬的白发美国老人已经坐在那里等候江何了。他自我介绍说自己叫埃里克森，很高兴接受王彪的邀请会见江何。

在诊疗椅上坐下后，埃里克森先道："在正式开始前，能不能请你先聊聊，你想找我催眠的原因。"

江何道："我遇到了一点麻烦，有一个朋友，同时也是我的合伙人，我们一起白手起家，创业打拼，但是后来一个工作出了问题，这个朋友抛下我走了，躲到了国外。我一直在找他，他却不见我。"

埃里克森边听边在手头的笔记本上进行简单的记录。

江何继续道："我经常会做一些梦，有时候还会梦游，在梦里，我好几次差点都要追到他了，可是每次都被什么打断。之前在日本，我有两次跟他擦肩而过的经历，我想请你帮我想想，有什么能帮我再次找到他的线索。"

埃里克森听完江何的讲述，道："明白了。"

他说着从旁边的桌子上拿起一块怀表，道："稍后请你看着这块表，我数1、2、3，在我数到3的时候，我会说，睡，然后我们就回到那些场景里面看一看，好不好？"

江何回答："好！"

埃里克森拎着怀表的链子，在江何的眼前匀速摆荡，柔和地数着："1、2、3，睡。"

随着埃里克森的指令，江何闭上眼睛。

当江何再次睁开眼睛时，他又回到了那个停车场。停车场四周一片漆黑，江何只能看到一些模糊的景象，他凭着记忆朝一个方向追赶，终于在那里堵到了老胡。

这一次，江何不再说任何废话，上去就是一拳，直接把老胡撂倒在地。这一拳江何想打他很久了。打完后，他揪起老胡的衣领，厉声问道："说啊！你到底为什么要这么做？是谁让你这么做的？"

老胡咧开嘴笑了，因为嘴里含着血，表情看起来十分狰狞。他说："你这么费尽心思地找我，不如好好问一问你自己。"

江何也被他说急了："事情是经你的手做的，当然是要由你来告诉我。"

老胡吐掉嘴里的血，恶狠狠道："我他妈算老几，我的意见重要吗？"

江何吼他："你少推卸责任！"

老胡不想往下说，无奈道："你回去吧江何，等慢慢人们都淡忘掉这件事，我就能回去了，那时我再把真相告诉你。"

江何见老胡还是什么都不肯说，大吼道："不行。"

可他话音刚落，几声呼啸的油门声从不远处传来，接应老胡的人到了。这一回，江何不想再被堵在停车场，他干脆拽着老胡的衣服，把他拖进一辆破车。

江何又气又急："我要带你回去！你妈妈还在家等你，她得了阿尔茨海默病。"

赶黑车到前，江何将车发动，他努力睁大眼睛，眼前世界越发昏暗。一辆黑车不知从哪里冒出来，重重撞在他的车上。

破车失去控制，撞在路边的护栏上，江何也被撞得满头是血，眼前一片血红。

几个黑衣人将昏迷不醒的老胡从副驾拉出来，他挣扎着往外爬，刚出车厢，就被一名黑衣人用棒球棍撂倒在地。

江何趴在地上用尽力气挣扎着想起来，就在这时他忽然看到埃里克森出现在身旁，他穿着跟咨询室里一样的衣服，干净优雅。江何忍不住对他喊道："快，帮帮我！"

埃里克森站着没有动，只是说话："我帮不了你，我只能看着你。我看到你挣扎着想要从地上爬起来，但你的朋友已经被敌人控制，就要拖进车里离开。"

江何焦躁地求助："你快帮我拦住他们！"

埃里克森不紧不慢地拿出怀表，晃了起来，他说道："我们就在这里把时间放慢一些，你好好观察一下，看看能不能在现场找到任何有用的线索。"

听完他的话，江何发现眼前的一切都好像被调成了慢倍速，只有他还能像个正常人一样活动。

江何从地上挣扎着站了起来，他睁大眼睛在现场搜寻，边看边跟埃里克森说："这些黑衣人穿的都是统一的西装，车身上也没有任何标记。不过，咦，我看到老胡的脖子上面好像挂着一个东西……"

埃里克森说："仔细看一看那是什么？"

江何定睛去看，整个世界都暗了下来，只有老胡脖子那一块是亮的。

他终于看清楚了，道："那好像是一个U盘，不过，U盘上面的logo，样子长得好像有点奇怪？"

埃里克森说："记住那个logo的样子。"

江何又认真看了看，然后道："好，我记住了。"

埃里克森说："醒来吧！"

江何被埃里克森的响指唤醒。

刚才的那一幕就好像一场奇怪电影的画面，非常清晰地记在脑海中。

在江何还没有完全回过味时，埃里克森从笔记本上撕下一张纸，递了过来，道："快！把你刚才看到的画下来。"

江何接过纸笔，将那个奇怪的logo原封不动画了下来。

第八章　鬼宅

既然人心不能像电脑程序一样精确和透明，那么我希望，我们通过一座建筑来彰显什么是公平和正义。

——阿律

1

在得到那枚logo之后，江何迫切地想要知道它代表什么。

本来以为这是一件非常简单的事情，毕竟当今世界，人工智能和搜索技术都已经非常发达。可是，当所有常用软件都试过之后，居然没有找到一点线索。

江何放下平板电脑，一脸沮丧地说道："就知道不会这么顺！"

李巧不像他这么沮丧，平静地坐在电脑前，坚持道："既然那是一个U盘，就不可能没在互联网上出现过。"

江何疲惫地靠到李巧身上："不行了，我太累了，我要在你身上充点电。"

李巧任由江何靠着，房间里只剩下她打字留下的键盘声。不知过了多久，两人都听到有人小声说："黑牙师父过来了！"

两人都吓了一跳，江何赶紧松开李巧，回到自己的电脑前，正襟危坐。

可是，房间外面除了偶尔传来一两声鸟叫，并没有人过来。

好大一会儿，江何不满道："你骗我！"

李巧眼睛都没有抬："刚才说话的是一个男声。"

江何立即否认："不是我！"

李巧这才看向江何："那房间里除了我俩还有别人？"

两人立即放眼环视全屋，除了他们俩，房间里再没有别的活物。

江何连忙起身，将柜子、抽屉全部打开，又看了看卫生间，确定没有。他疑惑不解道："你确定刚才听到的是一个男声，说黑牙师父过来了？"

李巧一脸迷惑："难不成我俩同时幻觉了？可这不可能啊！"

江何再次欺身上前："说明咱俩心有灵犀？"

李巧将他推开："正经一点，这屋里肯定有人。"

江何忙捂住嘴："会不会是你老公？"

李巧不理江何，转头扫视整个屋子，猛然间，她看到江何工作台上的台式机屏幕一闪，当即对着屏幕说道："出来吧？不然我马上切断电源。"

那个声音再次响起："还是姐姐厉害！我在这里！"

原本处在待机状态的台式机忽然被启动，一张由绿色数字拼组而成的男性面孔占据整个屏幕，正挤眉弄眼道："哈喽！两位下午好，吃中饭了没有？"

江何一看自己的电脑上出现这些，忙上前拿起鼠标，来回晃动，见没有反应，又敲打键盘，嘴里还说："你把我的电脑怎么了？"

那张数字脸立即劝道："别紧张！键盘和鼠标砸坏了我可不赔。我只是借用你的电脑登录一下，跟二位认识有一阵子了，第一次见面还请多多关照。"

江何又问："你是谁？"

数字脸见江何问起，夸张地甩甩头发，清清嗓子，一本正经道："请容我花上几分钟做一下自我介绍——我的名字叫legal。在简中区，大家都喜欢管我叫阿律，你们也可以这样叫我。我的身份是一名黑客，但是我从来不滥用技术，我是黑客当中专门维护网络安全的白帽子。我是由一个程序员编写基础框架，许多志同道合的人加入进来共同编写，最后成为网络上承载和投射众人理想化意识的虚拟人。"

江何和李巧听了都有点云里雾里，这辈子还没有跟虚拟人打过交道。

李巧问："你找我们有什么事？"

阿律说话时喜欢变化面孔，刚才已经变了两次男性面孔，现在又变成一个超级可爱的女生，嗲嗲地说道："有一点小事，想请二位帮帮忙！你们知不知道老城区码头街31号院？"

江何想了想回答："听着有点耳熟，是不是那间鬼宅？"

姑娘朝江何挤挤眼睛："Bingo！答对了！就是大名鼎鼎的鬼宅。鬼宅闹鬼的传说在坊间已经流传很多年，迄今为止却没有人搞清楚真相，为什么一些夜晚鬼宅窗口会出现幽冥鬼火？我想请二位出马，帮我探查鬼宅的秘密。"

江何问："为什么要找我们？"

姑娘嘴里吐出两颗红心，说道："喜欢你们！"

江何撇撇嘴，李巧却问道："为什么要知道鬼宅的秘密？"

姑娘道："自然是买下鬼宅，改造鬼宅。"

李巧不解："你是一个虚拟人，却要买一座鬼宅？"

姑娘问："不好玩吗？"

李巧板着脸："普通人买房都是一生中为数不多的大事，你就只是为了好玩?"

姑娘摇身一变成了一个帅哥:"小姐姐好犀利哦,我有一些招架不住!"

江何道:"我们无意打探隐私,但是在接项目之前,至少要有一些基本的了解和接触。"

帅哥转脸又变成一个小孩,一屁股坐在地上,哇哇大哭起来:"我就是想做一点好玩的事情,呜呜呜……"

江何和李巧面面相觑,不知如何是好,那小孩却哭着哭着,一抬头变成了两人之前一直在检索的那枚logo,好奇问道:"这是什么?"

江何立刻紧张起来:"这是隐私!"

电脑上面迅速跳出两人的上网记录,小孩说:"我就是看了一下你们最近的上网记录。你们好像在找这个logo的出处,而且还没有找到。那你们看这样行不行,我帮你们找这个logo的出处,你们帮我调查鬼宅,我们就当互相帮一个忙,之后鬼宅的设计改造费我一分都不会少,这样可以吗?"

江何和李巧自然被这个提议吸引,江何有些不相信,道:"你真的能查到?"

阿律说着又一次改变造型,变成了一个身穿骑士装的蒙面剑客,有点像佐罗,边挥舞着长剑边说:"嘁!你上暗网查一查,大名鼎鼎的legal大侠做过多少令人叹为观止的好事,这世上就没有我翻不进去的防火墙!"

江何和李巧点点头,同意了阿律的交易。

2

黑牙听说江何和李巧跟阿律做了交易，准备调查鬼宅，不无担心道："阿弥陀佛，三界皆苦，众生求渡，多少魑魅魍魉徘徊其中，要小心啦。"

相比较这些，两人此刻更关注好不容易得来的线索，不管是三界的鬼，还是人心的鬼，就算龙潭虎穴也要去闯闯。

黑牙和婆婆答应在寺里为二人念经祈福，二人则扮成中华古建筑协会的研究员，前往码头街调查。

码头街之所以被叫成码头街，是因为它背靠运河支流南溪河，紧挨古渡口，原先也是老城区中数一数二的核心地段，是最有活力、商贸繁盛的聚集地。

只是如今河运凋敝，古渡荒废，南溪河的河道也越发萎缩，早就不能行船。没有昔日热闹的码头街，就像一个垂垂老矣的妇人，沧桑寂寥，哀伤落魄。

两人来到鬼宅门口，虽然是光天化日的大白天，可是鬼宅周围寸草不生，光秃秃的墙头，灰扑扑的门口，全都是枯死的植物和荒草。连在隔壁茂盛生长的爬墙虎，长到了墙角边界处都成了戛然而止之势，看起来十分诡异和恐怖。

江何发现鬼宅建筑的外立面虽然历经风雨，斑驳腐朽，但由于建筑的主要材料是石材和石块，坚固厚重，古相庄严。建筑整体采用的也是较为省力的拱券结构，估计屋内也没有使用木梁或者木柱。

眼见为实，江何感慨着说道："怪不得网上会把这座建筑传得那么邪乎，原来它是一座类似无梁殿的建筑物。"

李巧也说："我听说这鬼宅之所以成为鬼宅，还是北墙的高窗上，不定期会亮起的幽冥鬼灯。"

江何从阿律给的资料里看过："据说最早发现幽冥鬼灯的是老街上一家茶馆的老板，咱们这就过去会会他吧。"

两人去那间茶馆歇脚，点了壶茶，主动和老板攀谈起来。老板五十多岁，非常健谈，听说两人是古建协会的，刚去过鬼宅，便吹嘘起当年发现鬼火的经历。

老板道："这事说起来真玄乎，我记得应该是十年前了，那天赶上小寒，天寒地冻，西北风呼呼地刮。因为年底要合账，所以那段时间我经常忙到很晚才收工，然后一个人走夜路回家。那天晚上，路过31号院的时候，我就看到北面那扇小高窗有光亮，幽蓝幽蓝的，一会明一会暗。我跟这家的长子金扬名是发小，知道他家这宅子一直空着，刚开始我还以为有人搬回来了。第二天，我就给金扬名打电话，结果他说没有，不可能有人去那儿住，还说我肯定是看错了，我就很疑惑。到了晚上，我加完班回家，又看到那幽蓝灯火，越看越觉得瘆，我就又给金扬名打电话，让他过来瞧一眼。起初他也不相信，后来亲眼看到，我俩去敲门也没人响应，夜里都不敢进去检查。第二天刚好大晴天，等到了中午，阳气最旺盛的时候，金扬名拉上我，打开了那扇很久都没有开过的大门。"

江何追问："有什么发现吗？"

老板继续道："门打开后，那房子确实已经很多年没有人住过，又脏又乱，到处都是灰尘，还有蜘蛛网、老鼠屎。在北窗下面，我们也没有找到任何可以发光发亮的光源体。就在我俩疑惑不解时，金扬名无意中打开正对着高窗的一个旧木柜，居然在里面发现了他爷爷金发宗的牌位。"

旁边桌坐的两位老街坊，一人拿着烟斗，一人盘着核桃，听茶馆老板回忆到这里，烟斗街坊煞有介事地问道："要说金家的事情，那你们可知道这金扬名的爷爷金发宗，他当年是怎么死的吗？"

核桃街坊接茬："不是说死于非命吗？"

茶馆老板听二人论及此事，也道："我也听人这么说。反正那天我跟金扬名都被吓得够呛，大冷天出了一身汗，从屋里跑出来，锁好大门，赶紧离开。第二天，金扬名的老婆还给我打电话，问我昨天拉着金扬名去了哪儿？怎么他晚上一回家就浑身发烫，神志恍惚，净说胡话。之后一病不起，有半个多月连床都不能下。"

江何惊诧："难道是被爷爷的鬼魂吓到了？"

茶馆老板道："坊间都是这么传的。当时，金家闹鬼，金扬名一病不起的事情一传十十传百，越传越邪乎，好奇胆大的年轻人跑过来探秘，还有人将事迹写成文章发到网上，从那以后，鬼宅就这么被传出去了。但是这其中被写得最玄乎的，还是关于金发宗的种种传闻。"

核桃街坊补充："说到这个，我倒是想起了我听说过一则鬼故事。这故事搞得很多人晚上不敢独自去古渡口，你们愿意听吗？"

在场几人都表示听听无妨。

核桃街坊就继续说："话说每年只要一到上元、中元、下元，还有小寒、大寒这些阴气比较重的时节，在废弃的古渡口旁边，总能遇见一个失魂落魄的男鬼。这男鬼浑身上下都是水，湿漉漉的，两只眼睛黢黑凹陷，会抓住经过的每一个人，唉声叹气地询问，你有没有看到过我的眼珠子？我的眼珠子不见了！"

核桃街坊边说还边伸手抓住一旁的烟斗街坊，鬼里鬼气喊着。

烟斗街坊一口浓烟全喷到核桃街坊的脸上，骂道："没见识的！吓唬小毛孩的手段你也往我身上用？"

核桃街坊嘿嘿一笑："开个玩笑嘛！所以，那金家老太爷到底是咋死的？溺水身亡吗？"

烟斗街坊沉着脸说道："外表看上去是溺水身亡。传说金家这位老太爷有一天晚上酒喝多了，经过南溪河时，不小心掉了进去。当时又逢夏季河汛，水流湍急，不幸溺毙。尸体被打捞上来的时候，两只眼珠子都已经被鱼吃掉了。"

核桃街坊问："那实际上呢？"

烟斗街坊道："实际上是说他那对眼珠子是被金家的祖先收走了。"

核桃街坊问："金家的祖先为什么要收他眼珠子？"

烟斗街坊道："说他有眼无珠。"

茶馆老板听烟斗街坊说起这段，好奇地追问道："你是从哪儿听说这些的？"

烟斗街坊道："你们还记不记得，那年金扬名闯鬼宅得了一场大病？痊愈之后，金家人在鬼宅里面做过一场阵仗不小的法事。"

茶馆老板说："当然记得了！码头街的人谁能不记得，那天他们找了一老四小五位法师，从老街上面一路走过，浩浩荡荡，那五个人，人人身上都穿着黄色长袍，背后龙飞凤舞地写着三个大字——都退下。不过，那天的法会只有金家人自己在场，难不成他们还喊你去了现场？"

烟斗街坊抽了口烟道："那倒没有。那天他们自家人做法事，一个外人都没有叫。不过，我认识当中一个小法师，后来从他那儿听了一些金家的事。"

茶馆老板一脸八卦相："那你快说说。"

烟斗街坊道："那小法师跟我说，那天的法事非常严谨，从一开始，他师父就要求他们不可懈怠，所以法事开始之后，他们四个徒弟先是跟着老法师焚香祭器，礼拜四方，再之后就是咿呀唱诵，法器叮当。跳了舞，念了咒，烧了符，老法师满头大汗，呼哧带喘，据说当时的场面就好像一场激烈辩论的家庭会议，一直折腾到傍晚都没带歇的，可是桌子上的那盏油灯，它不但不灭，而且还越烧越旺。"

茶馆老板问："油灯不灭代表老法师请不走这位老太爷吗?"

烟斗街坊点点头，又道："小法师说老法师经验丰富，眼看办法行不通，就把金家人召集过来，开口就是一句惭愧，说您家这位老太爷执念太深，他软硬皆用，万法尽施，还是不起作用，今天只能到此为止，让他们另请高明。金家人一听马上就炸锅了，纷纷哀求老法师，让他无论如何都别放弃! 老法师见他们诚恳实在，便实话实说，你们家老太爷说他虽然是掉水淹死的，但他还有一件很重要的事没有做完，这件事到底是什么，他不肯告诉我，你们得告诉我!"

江何、李巧、茶馆老板还有核桃街坊，听到这里都屏住呼吸。

茶馆老板道："果然有事!"

烟斗街坊继续道："无奈之下，金家人只好说出真相。原来这个老太爷本名不叫金发宗，他其实是金家的养子，原先是金家远房表亲谢家的小儿子。民国初期，金家当时已经是一个大厦将倾的枯朽豪门，最后仅有一个女儿，嫁给了国民党官员，家中有嗣而无子。为了传承门楣，便在亲戚当中选中了谢家的小儿子收养，还给他起了一个豪迈又大气的名字，叫作金发宗。"

茶馆老板道："原来是养子啊！"

烟斗街坊道："金家对金发宗的期待是希望他能够发宗显祖，扬名立万，但首要的事情，是让他无论如何都不要丢掉金家这三进祖宅。金发宗心眼实诚，在艰难的乱世当中，谨遵嘱托，把祖宅保了下来。解放后，新中国推行土地改革，对城市房屋的性质进行调查时，金发宗因为心地善良，将前院借给了几个无家可归的谢家亲族暂住，分文未取。当时土改人员假扮商旅上门借宿，问住在房里的谢家人有没有房宅可租？谢家人大概是因为受人恩惠，想要帮金发宗赚些房租，当场表示有租，他们就是租的。工作人员听后就将金发宗定性为资本家，事后他就算浑身是嘴也解释不清，前院地契就此缴公。"

江何问："所以老太爷是因为丢了祖宅的前院，才喝醉失足，落水身亡的？"

烟斗街坊说："对！老法师得知这一原委后，终于点了点头，打起精神，招呼四个徒弟继续施法。一直忙活到半夜，才跟老太爷的鬼魂谈妥，让他安息。"

茶馆老板恍然大悟："怪不得，从那以后，鬼宅窗口的鬼火就变成不定期的，偶尔出现一次两次，有一两年甚至都没有出现过。"

烟斗街坊说："是的。那位小法师说，老太爷最后让老法师帮他跟金家子孙们传一句话。当时，那老法师先是双眼一瞪，双目一狞，怒目金刚一般，用恶狠狠的语气道：吾身自恨有眼无珠，错信亲友痛失良宅。望尔等引以为戒，不可再做不肖之事。"

3

江何和李巧大致弄清楚了鬼宅闹鬼的传闻是怎么来的，阿律那边也传来好消息。

阿律将相关信息发到江何电脑上，道："你追查的那个logo是一种虚拟货币的标志。由于发行量不大，加密度极高，所以网上的信息很少。"

两人边看边惊讶，江何还说："怪不得我们搜不到。"

阿律又说："我正好想问一下你，咱们这次的项目费用能不能用虚拟货币付讫，这样我会方便很多。"

江何想了下，道："可以，但你能不能再帮我一个忙？"

江何说着拿起桌上他和老胡的照片，放在摄像头前："帮我查一下照片上的这个人，他用的就是那种虚拟货币。"

照片很快被阿律扫描进了电脑："这倒也不难，你把他的名字和信息发给我，我想办法把监控木马植入进去，就能随时追踪。"

江何和李巧欣喜："太好了！"

阿律也说："鬼宅的事还得劳烦你们。"

李巧又想起一些鬼宅的线索，立即补充道："关于鬼宅的调查，有个发现我们觉得有点意思。据码头街的街坊邻居们说，金家的祖宅原先是三进院子，在老太爷手上弄丢了前院，那应该还有中院和后院，为什么现在的鬼宅只有一栋孤零零的石屋？"

阿律听完马上变成了名侦探柯南的面孔，扯了扯脖子上的领结赞道："这是一个有趣的发现！"

李巧说："所以我们打算下一步去档案馆，找一找这片街区不同年代的规划图。"

柯南马上表示:"这你们就别跑了,给我两个小时,我来搞定档案馆的防火墙,拿你们想要的规划图。"

两个小时之后,江何的电脑上忽然跳出来几张图片,正是码头街不同年代的规划图。江何将图纸一一放大,仔细对比。

柯南跳出来问:"有什么发现吗?"

江何总结并推测道:"在解放前这张规划图中,码头街31号确实包括前、中和后三进院落的复式院落。到了五十年代,前院独立出去成为公家商铺。再到六十年代中后期,后院也被划了出去,变成了公共厕所。也就是说,金家的这个后院,应该是在金发宗的儿子,也就是金扬名的父亲手上弄丢的。"

江何话音刚落,电脑上面就跳出来一张七旬老人的照片。

柯南说:"我已经查过,金家的第二代名叫金显祖,是金发宗的独生子,今年86岁,家住在郊县县城一座综合性市场旁边。"

江何说:"那我们接下来就去会会他,看看他是怎么把后院弄丢的。"

柯南说:"据说这个金显祖退休之后,一直过着非常闲适的生活。他有一个非常特别的爱好,每天上午吃完早饭,都会溜达到市场里一家热带鱼店转悠一圈,他好像是对一种小骷髅鱼喜爱成瘾。"

江何问:"小骷髅鱼?"

江何刚问完,电脑里面就跳出来小骷髅鱼的画面,柯南的声音继续道:"是一种通体透明,宛如寒天凝冻,一眼就能看到鱼体里的骨头,但是身形很小的小鱼。"

江何感叹:"真是奇怪的嗜好!"

为了进一步接近金显祖,江何和李巧在阿律的建议下,假装成鱼友，几番到热带鱼店造访，还从建筑的角度发现了鱼缸承重过重，随时有可能坍塌的危险，并且帮助老板排除隐患，和老板成了好朋友。

江何和李巧不经意间透露他们是古建协会的研究员，正在调查研究鬼宅，老板当即表示鬼宅的主人他认识，可以帮他们一起攻坚这个每天准时到店里"白嫖"的老头。

第二天，两人开始装成老板新招的店员在店里帮忙，金显祖每天必来，准时准点，风雨无阻。他个子不高，天生富态，像个弥勒一样亲善友好。

江何不解他为什么会对小骷髅鱼上瘾，攀谈之下，金显祖解释道："我活了这么大岁数，都没有见过哪一种活物，能像这小骷髅鱼一样热爱打架。一刻都不能消停，不论住进哪只鱼缸，就必须成为那只鱼缸的缸霸，不成功，便成仁……"

金显祖站在鱼缸前，一脸兴奋地盯着缸里最活泼的那只小骷髅鱼。他因为胖，说话时气息很重，白皙的肉脸涨得通红，他说："我每天要是不来看看这些小东西，这日子都过得不得劲。"

了解之下，江何和李巧便跟店主商量，对症下药，横刀夺爱。

他们先是把店里的小骷髅鱼搬进仓库，又让市场上另外几家店也暂时不要摆，像骤然拿走一个过度烟瘾者手头所有的烟草，一点一点累积他心底的焦虑。

老头被逼得不耐烦，主动上前跟李巧套近乎，期期艾艾道："丫头，要不是我家里地方小，实在没有地方放，老伴也不让养，说什么我也要买几只缸，回去摆在客厅案台最显眼的位置。"

李巧见老头被压抑的倾诉欲已经呼之欲出了，就放下手上的活跟老头聊了起来，劝他："要是喜欢就要替自己做主，不用在乎别人的看法。"

老头听了直叹气，道："怪只怪我这辈子命运太差，自己能做主的事情不多，大到家里的祖宅，小到买条观赏鱼，都没能给我哪怕一点点辗转腾挪的空间。"

老人的心扉彻底被打开了，像拧开的自来水龙头一样，没完没了往外倒，很快他就说起了从前。

老头道："我父亲死得早，家里就只有我一个独生子，连个商量、言语的人都没有，父亲一生未尽的遗愿全都压在我一个人身上。"

李巧故意套话："啊？那是什么？"

老头道："我家的祖宅啊，原本是三进的院子，结果在我父亲手上弄丢了前院。我小时候特别聪明，记忆力超群，看什么都能过目不忘，对数字和数学很有天赋。我父亲生前谆谆教诲，让我将来一定要争口气，帮他把那个宅子讨回来。"

李巧又问："那后来呢？"

老头道："造化弄人啊！刚过了而立之年，就赶上了搞运动，身在台湾的养姑姑又恰好寄回来一封家信。因为这些个历史遗留问题，我就背上了串联海外的重罪，被打成右派，关进牛棚，隔三岔五地拉出去游街、批斗。当时是我那寡妇母亲勇敢果决，为了救我出来，将后院地契无偿捐献给街道，修了公共厕所，给街坊邻居的日常起居行方便，我才被安排到郊县的农村大队进行劳动改造，要不然早就死在牛棚里了。"

李巧心想，原来后院就是这样丢的。

老头继续道："我的命是保住了，但我也跟我的父亲一样，不但没有完成家族的使命，甚至还有辱门楣。而且经过了牛棚一遭，我整个人也不知咋的，就好像变傻了一样，之前那份超群的记忆力、算术，还有数学的天赋，就好像跟我翻脸了一样，统统离我而去。从那以后，我就只能窝窝囊囊地待在这个郊县小镇，户口也跟着迁了过来，一辈子老老实实在单位干一份重复机械的记录员工作，养家糊口过日子，再也不敢想什么祖宅，只要每天不被老婆骂就烧高香了。"

李巧看到一脸哀伤的老人，终于明白他年轻时也有壮志抱负，如今满腔的愤懑都只能寄托在那些通体透明，却又霸道无边的小骷髅鱼身上。

金家留在老城区的那栋祖宅，前后都被拿走，就只剩下中间那座石屋，风霜雨雪，赤日炎炎，就那么孤零零地屹立在那里。

4

江何和李巧刚刚查到鬼宅后院是怎么从金显祖手上弄丢的，阿律就让他们快回工作室，他有意外的发现。

电脑上，柯南做出经典的手势，道："关于鬼宅的产权，我有了一个意外发现。我在搜查材料的时候，捎带看了一下房屋的产权证，结果却看到登记在册的房屋产权人，并不姓金。"

江何惊讶："不在金显祖名下？"

柯南的头像继续道："不在，所以我又查了一下，发现那个名字是金家的小姑爷。金显祖一共生了三个孩子，金家的第三代除了老大金扬名，老二金立万，还有老三金如萍，她是个女儿，产权就登记在金如萍的丈夫名下。"

江何不解："怎么会这样？"

柯南道："而且还有一点，这房子就是在这位小姑爷手上变成了鬼宅。"

李巧说："看来查清楚房子是怎么到他手上的很重要。"

李巧刚说完，电脑屏幕上就出现了一张照片，照片里有一个身穿法袍，剑眉星目，坐在法庭审判长席位的中年男人。

柯南道："这就是金家的小姑爷。"

江何说："看着还挺浩然正气的，像是个为民请命的好官。"

柯南说："那你想多了。"

柯南话音刚落，江何和李巧就看到屏幕上的浏览器里出现了一个城市论坛的帖子，标题赫然写道：双向索贿！大法官道貌岸然，竟是癞皮狗。

江何无奈："这……"

柯南说："这是很早以前的帖子，已经被删了，但我能恢复很早以前的数据，只是不能拿出来当证据。"

江何说："既然此人人品一般，肯定还有别的马脚，我们明天就去跟一跟。"

第二天开始，江何和李巧就开车来到法院门口蹲点。这世上没有不透风的墙，他们很快就发现这位法官大人有一个情人。

阿律随后就黑进了情人所居住小区的保安系统，找到了几段两人同时出现的视频，截了几张清晰露脸的电梯搂抱和亲吻图。

之后，阿律以情人老公的身份将照片发到了金如萍的手机上，愤怒地控诉她老公勾引自己的妻子，扬言要把这件事情捅出去，让狗男女不得好死。

不仅如此，阿律还将几支幸福热线、婚姻咨询的广告电话一并推送到了金如萍的微信和麻将群里。

不出所料，金如萍当晚就轮番拨打那几支热线。可她不知道，电话那头不一样的声线，要么是江何，要么是李巧。

　　刚开始时，金如萍还什么都不说，只是哭。两人的态度也很好，很有耐心，好言好语反复劝说。

　　可时间长了，她还是这样，江何一再表示，有什么想谈可以尽管放心地谈，会对所听之事严格保密，金如萍依然不肯开口。最后，李巧急了，在电话里厉声呵斥金如萍，说："你就是一个窝囊废！被欺负了就只知道哭，除了哭你还能干啥？"

　　金如萍被骂急了，也回道："我都已经是年过半百的人了，还被揪出丈夫出轨这种事情，你让我哭一哭怎么了？我在家不能当着老公儿子的面哭，回家不能当着父母兄长的面哭，我在你这儿哭一哭都不行吗？"

　　李巧见她终于开口，便顺势问道："为什么不能当着老公儿子、父母兄长的面哭？他们都是你的亲人，也应该知道并且了解你的难过。"

　　金如萍难得听到这样体己的话，就开始敞开心扉，道："我二哥常说我这人太天真，太容易相信人，被人卖了还帮着数钱，早晚有一天会出大事。结果，我苦心维系了二十多年的婚姻，甚至为了挽回他的人和心，还牺牲了我们老金家人的命根子，最后所得也不过就是如此。"

　　江何和李巧都知道金如萍所指就是金家的祖宅，李巧于是问道："那你相信人在做，天在看吗？"

　　金如萍说："如果老天爷真的能主持公道，我希望能报应在他身上，而不是我们家人，我们一家人都是好人。"

　　李巧不解："你老公到底做过什么样的事情，让你这么恨他？"

金如萍道："在别人眼里，我跟我老公就是沈殿霞和郑少秋的配置。可是，十几年前，我不是这样的。那会儿我还很瘦，人也很精神，结果单位闹下岗，我一下没有了工作，整天待在家里没事做，不是睡觉就是看韩剧，人就一口气胖了四十多斤。我老公他原本就嫌弃我的工作单位在郊县，编制还是顶我爸的岗，一直就不太看得起我，整天对我鼻子不是鼻子，眼睛不是眼睛，还骂我是猪，根本就配不上玉树临风的他，要跟我离婚。"

李巧怒道："太过分了！"

金如萍继续："我当时方寸大乱，伤心欲绝，没事就跑到父母跟前哭。结果，他们就把这事跟我二哥说了。我二哥这人脾气一向暴躁，听说以后就为我出头，把我老公喊到家里，两人大吵了一架，我老公在家里作威作福惯了，我二哥气急了，就抄起我大哥健身用的臂力器，将他砸伤了。"

李巧关切："伤得严重吗？"

金如萍道："不严重！可是他哪会白挨这顿揍，受伤第二天，就跑去找人做鉴定，给他判了个重度伤残，扬言要起诉我二哥，不让他在监狱里待个三年以上、十年以下决不罢休。我爸妈一听吓得直哆嗦，我们家以前家庭成分不好，父母都禁不住吓，我又怕这事闹上法庭，法院的人他都熟，对我二哥很不利，就天天以泪洗面苦苦哀求。最后，我老公终于松了口，提出两个条件，一是一笔价值不菲的赔偿金，二是祖宅的房契暂时借他用一下。"

李巧问："为什么他要借祖宅的房契？"

金如萍道："他当时偷偷支持他姐夫在外面做生意，生意上出现了资金周转问题，想借钱又苦于没有值钱的抵押物，就打起了我家祖宅的主意。"

李巧问："你父亲和大哥能同意？"

金如萍道："他们当然不可能同意，所以我就去求我母亲。最后，是我母亲把房契偷了出来给我。结果没想到，这房契一借就是十年。十年之后，老城区开始规划改建，有人提醒我们家人要把老房契换成房产证，我父亲就叫我大哥回家，指名让他去办。两人翻柜底找房契，才发现不见了。后来，等我老公将房契还回来，连同一起的还有他已经办下来的房产证，上面只写了他的名字！"

两人终于知道，房产证上的名字为什么不是金家人。

金如萍道："我到现在都记得，那天我父亲被气得高血压冲顶，当场昏厥过去，叫了救护车及时送到医院才抢救回来。我丈夫单位的同事还过来看我父亲，人人都夸他大方，说他把家里的祖宅送给女儿女婿当嫁妆。背地里我老公却跟我摊牌，说我们家人要把祖宅拿回去，那就跟我离婚。"

李巧问："那你就听他的了？"

金如萍道："那我还能怎么样？我都那个岁数了，还下了岗。如果要我离婚，那简直要比杀了我还让我不能接受。我父亲怎么想，大哥二哥怎么想，我都顾不上了。"

李巧不解："你怎么会这么消极呢？"

金如萍说着重重地叹了一口气，哀哀怨怨地说道："还不是因为我这个名字。我妈从小就跟我说，如萍如萍，我这辈子的命运就如同浮萍一样。老金家一没靠山，二没根基，更加没有能让我扎根的地儿。我要想活下来，唯一的方法，就只有死死抱住我老公，就算他也不过就是一根浮木。"

5

听完江何和李巧的调查，阿律忽然道："问你们个问题，你们相不相信这世上真的有鬼?"

江何和李巧都摇了摇头。

李巧道："我们觉得高窗上的幽蓝鬼火应该是人为造成的，只是手法还有待调查。"

阿律又问："那嫌疑人呢?"

江何道："我们认为现在最有嫌疑的就是金家第三代的两兄弟，金扬名和金立万都有动机。"

阿律道："因为他们是鬼宅的继承人?"

江何道："所以接下来我打算调查他们。"

阿律有些恨恨地说道："那我们兵分两路，你去调查他们，我去搞定金家的那位小姑爷，拿到鬼宅产权。要知道，他根本就不配做鬼宅的主人。"

江何和李巧都是一愣，两人都发现阿律在说这句话的时候情绪过于强烈，实在不像一个在网络上见义勇为的陌生人所应该有的反应。

阿律注意到了两人的迟疑，问："你们怎么不说话?"

江何坦诚道："你刚才说最后那句话的时候，我有一个感觉不知道对不对，我觉得你好像在说，你才是配做鬼宅主人的人。"

阿律听完立刻大笑起来，笑完又很无奈地说道："我倒真是想啊，可惜我就是一个没名没姓的游魂，就算得到产权也只是寄挂在某个机构名下。不过你们能这样想，我还是挺开心的。"

江何和李巧见他这样说，没再过多追问阿律执着于鬼宅的原因，紧锣密鼓地展开行动，准备揭开鬼宅闹鬼的秘密。

两人再次到鬼宅现场进行探察，先是收集了鬼宅附近的土壤送去化学实验室检测。

实验室很快发现土里掺杂了不利于植物生长的化学试剂，就算生命力极度旺盛的植物也无法扎根。

原来这就是鬼宅周围寸草不生的原因。

而夜晚高窗上的幽蓝灯火，在院门和屋门紧锁的情况下，屋内也没有找到任何光源，发光体肯定不在屋内。江何推断，能让窗户发亮的，只有来自外部的光源投射。

通过对周边建筑物进行比对、一一排查之后，江何很快就将焦点锁定在南溪河对岸一个七层楼房的房顶上。

那栋楼房正对着鬼宅，如果直接将光线投射过来距离太远，也太明显。但是江何意外地发现，如果将光线打到河面上，再通过河水的折射，算好角度的话正好可以落到街对面的窗户上，而且因为是水面投影，还能出现那种幽明晃动的鬼魅效果。

有了这个猜想，江何又在网上建模进行数据分析。在假想确立的情况下，他和李巧趁着夜色，亲自跑去做了一次实验。当江何在楼顶安装好灯具和电池，李巧拿着长焦镜头对准鬼宅。电源开关被按下后，两人一起目睹了幽蓝灯火的再现。

江何说："找到实验的原理并不难，但是难的是怎么找到幕后的主使？"

他在七楼楼顶安装了摄像头，却一直等不到真正主使的出现。自从金家的那次法事之后，幽蓝灯火都是不定期出现，有时候一个月好几次，有时候甚至一年都没有，时间上从来没有准头，也毫无规律可循。

江何于是又将调查方向转到金家那两兄弟身上。

金家的老大金扬名，年过五十，长得老实巴交，一脸憨厚模样。在一家机关单位做看门的保安，对进进出出的所有人，哪怕一个业务员都点头哈腰，唯唯诺诺。之前他也是第一个到访鬼宅，回家就被吓出病来，显然是个不成器的老大。

老二金立万，喜欢梳油头，穿西装，在建材市场开档口，专门做灯具批发。据说年轻的时候当过兵，退伍之后在一家工厂上班，后来下岗才做起了小生意。为人暴躁，爱发脾气，眼里容不进沙子，平常十分喜欢打麻将，嗜赌如命。

比较而言，这两人当中卖灯具的金立万似乎可能性更大些。

江何又扮成热带鱼店老板的表弟，借打工之机跟金显祖聊天。从金显祖口中得知，老两口都觉得老大愚笨迟钝，老二聪明归聪明，却总是好高骛远，相比较而言，他们最后还是将希望寄托在老二身上，想将祖宅传给老二，因为老大家里生的是女儿，而老二家里生的儿子是第四代的长孙。

从情感热线中，江何也从金如萍处了解到，二哥出生后有被抱养的经历，5岁左右又被抱回家中，他人很聪明，会看大人眼色行事，一辈子都在争当家里最好的儿子。小时候，二哥就很喜欢暗地里给大哥挖坑，也没少给金如萍小鞋穿，看到父母每次打大哥骂小妹，他会很高兴。大哥因为老实憨厚，不善言辞，每次都吃弟弟的哑巴亏，导致他跟父母的关系也不亲密，对家里的事情毫不热心。

这些所见所闻加在一起，让江何和李巧都越发觉得金立万就是幕后主使。

可是，鬼宅高窗上的灯火依旧没有出现，他们也没有找到直接证据。

就在两人这边停滞不前时，阿律终于完成了对金家小姑爷的攻坚。在确凿的出轨证据和经济罪证面前，金家小姑爷不得不屈服，最后以一个特别低的价格，将鬼宅的产权转让给一家NGO机构。

等阿律那边手续办好，江何又去了一趟热带鱼店，将这件事透露给了金显祖。他看到金显祖惊愕之余，匆匆拿出电话，拨通了儿子们的号码。

当天晚上，江何和李巧去七楼楼顶埋伏，他们猜测金家人如果想要保住老宅，就要让鬼宅闹鬼的传闻再继续下去。

果不其然，夜色中，两人看到一个头戴棒球帽，身着雨衣，拎着蓄电池和灯具的人出现，用跟江何几乎一样的方法制造了鬼宅高窗上的鬼火。

躲在暗处的江何和李巧一直看不清他的样子，两人只好冲了出去。

那人反应也很快，立马冲进楼梯间。江何和李巧紧追不舍，终于在楼道口将他身上的雨衣扯了下来，才发现里面穿的是一身深蓝色保安服。

鬼宅的始作俑者，原来竟是金家的老大金扬名。

6

阿律听完江何的调查后，一脸波澜不惊地说道："就算是金扬名也没有太出乎预料，毕竟他也是金家的一分子。如果这对兄弟连心，这一家人早就拧成一股绳了，就算这家的小姑爷把房产证改成自己的名字，他们也还是会有办法从他手上把房子要回来，毕竟那是他像癞皮狗一样赖到手的。可是，就因为他们父母不慈，兄弟不和，最终只能各自为政、各行其是。"

江何说："既然鬼宅的故事已经搞清楚了，你也顺利拿到了产权，那接下来我想知道，你对改造有没有什么具体的想法？"

阿律如是说道："我只有一点感觉没有具体的想法。"

江何说："感觉也行，你说说看！"

阿律道："我想要一栋类似三连宅的房子，有点像联排别墅那样的，三个一模一样的房子连在一起。之所以这样做，是因为古语有言，不患寡而患不均，不患贫而患不安。我想给金家的父母兄妹做一个示范，想借此表现公正、善良、一视同仁、绝不偏心的理念。我知道对于现实世界，公平只是一个假象，不公平才是常态，但是，只有有了对公平的信仰和向往，人与人之间才会更加尊重，才会渴望建立规则，遵守规则，敬畏规则。"

江何点了点头，又问："那你对老宅的古建筑有什么想法？"

阿律想了想，说："这家人最初继承金家门楣时曾承诺要守护祖宅，历经三代，虽然结果不尽如人意，但也一直在为此努力和坚持，所以尽可能替他们保留一部分记忆吧。"

阿律的回答很郑重，江何和李巧不经意之间又想起那天阿律说金家小姑爷不配做鬼宅主人时那种愤然。

阿律和鬼宅之间，到底存在什么样的关系？

李巧说："除了江何刚才提的，我还有最后一个问题。"

她盯着屏幕里那个随时变化的虚拟头像，问："阿律，我想知道你为什么这么大费周章来做这件事？"

面对李巧的提问，阿律露出了孩子一般的笑容，说："如果我说为了好玩，你们还是不肯相信的话，那我就说，既然人心不能像电脑程序一样精确和透明，我希望我们可以通过一座建筑来彰显什么是公平和正义，让更多的人知道这世间还有理想。"

江何和李巧知道，阿律是不会讲真话的。

不过，这也没有太大关系，鬼宅的故事曲折离奇，阿律的理想真挚动人，大概的设计思路江何已经有了。

一个月后，在乌龙等人加班加点的抢工下，鬼宅的改造初步完成。

江何将手机放在自拍架上，以便找到更好的拍摄视角。面对屏幕上好久不见的数字人，江何和李巧打完招呼，江何就说："这还是我第一次带网友参观住宅，你看这个角度可以吗？"

阿律爽快道："没问题，开始吧！"

镜头跟随江何和李巧，从码头街上的小巷拐进去，穿过前院旁边的窄道，一直进入31号院。

一栋白色、优雅又内敛的现代住宅赫然出现。鬼宅的新立面采用了一种暗雅的磨砂玻璃，跟之前的石材和周围一圈老建筑形成强烈的对撞，一边轻盈现代，一边沧桑厚重。北立面基本维持旧貌，江何特地将北侧那个发光高窗在内的墙面保留下来。东立面由于先前有较大的裂缝，江何做了一些不一样的设计。

看到新的东墙后，阿律惊讶地问道："这是一棵树吗？"

江何点头："鬼宅的故事围绕着家庭，所以我就利用东立面的裂痕，新旧结合，恰好做成了一棵树的形状。"

阿律赞道："有点意思！"

江何举着自拍杆，绕到南面的公厕旁，找了一个比较好的拍摄视角："我们再带你去看看南立面，你想要的感觉我都放在那边了。"

南侧三个独立单元，三个房间阳台都做了方形框架，形成三个框框，远看有一种"排排坐，吃果果"的效果。

阿律惊叹道："嚯！敞亮。"

江何道："一分为三，公平，公正，公开。"

看完了外面，江何又道："西边立面是拆了新建的，整个建筑的外立面差不多就是这样，接下来我们再带你去里面看看。"

因为原来的石屋是拱形，最高处有五米多，改造后江何将内部变成了两层。

第一层整个打通，包括厨房、餐厅、起居室、娱乐室等日常居家元素。第二层则形成三个平均大小的空间，作为独立的居住单元。

一圈看下来，江何假装不经意地问道："所以，这就是新的鬼宅了。不知道这个设计你满不满意，金灵小姐？"

阿律听完忽然一愣，皱着眉头问道："你刚才叫我什么？"

江何将手机拿到眼前，正对阿律道："其实我和李巧已经猜到了你的身份，你就是金扬名的女儿，金家第四代的长孙女金灵，没错吧？"

阿律无语："……"

李巧道："之前我们一直问，你却不肯告诉我们，然后我就好奇搜了一下金扬名和金立万，结果居然找到了一个高考的新闻，说保安之女取得数学奥赛冠军，被保送到清华大学计算机系。"

阿律有点生气道："你们越界了……"

李巧却道："第一次见面时你就已经把我们的情况摸得清清楚

楚，现在我们也是顺着线索发现的，也不是故意要查。而且之所以问出来，是因为我们觉得既然你为家人做了这么多，为什么今天不带上你的父亲一起来收房，他如果知道这个房子现在还是金家的，该有多开心？"

阿律不说话，也不知道是在沉思，还是在生气。

江何也道："金灵，难不成是因为你觉得你父亲是一个保安，一辈子唯唯诺诺，想要保护祖宅，却只能使出闹鬼这么上不了台面的方式。所以，就算你有能力，能把家产拿回来，能指出他们每个人人性上的弱点，你也不愿意跟他们坦诚相对吗？"

阿律当即否认道："当然不是。"

李巧又问："那是什么？是你觉得他们不配？还是你想报复他们？羞辱他们？"

阿律被二人逼急了，焦躁道："都不是，你不要瞎猜了。是的，我就是金灵，我是为了拿回金家的祖宅才这么做的。我爸爸他，一辈子唯唯诺诺，卑微得都快埋进尘埃里了。他说，我们家这一大家人说得好听一点，是别人家的养子，说得难听一点，就是人家的看门狗。我们的身上从头到尾就没有一点传承，没有家族血脉，没有内在精神，我们的心里和背后都是空的。"

李巧直言道："你说得不对！你想知道我们的看法吗？从我们认识你到现在，一直都感觉到你身上有很多很好很优秀的品质，后来了解了你的故事，更加觉得你延续了你父亲身上的好品质。你父亲虽然只是一个保安，但却有一群人因为他的守护而感到安全和踏实。你嘴上说他卑微，内心却充满认同，不然你成绩这么好，脑子也很聪明，拿了数学奥数冠军，保送上了清华，毕了业干吗还要当黑客？要以维护网络安全为使命？不是另外一种形式的保安吗?"

面对李巧的话，金灵又一次陷入了沉默。

江何也在一旁劝道："金灵，我能够理解，你藏在阿律后面，是因为你和你的父亲，你们在家庭中，都不被认可，备受忽视。你的心里有愤怒，有不甘，你和你的父亲，明明你们才是最听话、最忠诚、最刻苦的，也最会用自己的方式默默守护着家庭。去吧，去把你的故事告诉他！我相信，你的父亲一定会为你骄傲，会支持和维护你的！你的家人也应该知道你对他们的愤怒，让他们好好反省一下自己的行为。"

许久，金灵终于说道："嗯，也许你们说的是对的!"

屏幕上的数字人忽然消失了，江何和李巧看到镜头前，一个眉清目秀的漂亮女孩坐在那里，那是金灵。

金灵双眼盈润，态度诚恳地跟他们说道："谢谢你们！你们改造的鬼宅我很满意，我会带我爸来的。"

7

随着鬼宅的改造圆满完成，金灵那边也传来好消息，她通过老胡的虚拟账户跟踪到了老胡的行踪。

为此金灵特地来到笑寺，与江何、李巧见面。

两人都没有想到，在网络上叱咤风云的黑客大侠，现实中竟然是一个文质彬彬、笑容可掬的长发姑娘。

金灵非常感激江何和李巧那天的劝说，事后她主动回到家里，跟父亲彻夜长谈。之后又在父亲的带领下，和家人坦陈事实，还带着爷爷、叔叔、姑姑一大家子参观了鬼宅。家人也都深刻反省，互相谅解。

看到她脸上洋溢的笑容，江何和李巧很为她高兴。

金灵又说起自己在暗网上追踪老胡，一堆专业术语听得二人发蒙，最终只好化繁为简，其实就是用了一招钓鱼让老胡现形，追踪到他通过一家旅行公司购买次日回国的单程机票，目的地正是本市机场。

机会终于来了。江何和李巧兴奋起来，在金灵的帮助下，他们研究了机场地形图，部署围堵计划，还找了安妮的父母借了机场地勤的衣服。

第二天一早，江何开车带着李巧赶去机场，金灵也在线上远程支援。

老胡乘坐的国际航班在 T3 航站楼落地，江何打算在乘客下机时就把他按住。

江何和李巧都穿着工作人员服装，密切注视着从廊桥上出来的人。可是，两人眼瞅着人都快要走光了，却还没见到老胡。

关键时刻，江何看到一个壮硕的女人，戴着口罩和墨镜，穿着长风衣，但是露在外面的那截小腿，走起路来分明有一点外八。

江何当即认出，这是老胡假扮。而就在这时，老胡也看到了假扮工作人员的江何。两人就好像同时启动，一个转身就跑，一个紧追其后。

两边都对机场地形了如指掌，江何身上还带了定位装置，金灵在耳机中不时引导。在一处停车场，江何利用一条窄道抄近，成功阻截老胡。

他扯掉老胡的假发，打掉墨镜，一把将他按在地上，喘着粗气道："跑！这回再让你跑了，老子不姓江。"

老胡也上气不接下气，道："江何，老江，你别这样！"

李巧也赶了上来，见江何制服老胡，双手杵在膝盖上直喘气。

江何继续问老胡："谁让你这么干的？天窗事故的幕后黑手到底是谁？"

老胡犟嘴道："我这趟回来就是为了找证据，没有证据，告诉你又有什么用？"

江何吼："我跟你一起找。"

老胡不耐烦："你别掺和了！你一个建筑师，只要画好图纸，做好设计，其他的你别管，你也管不了。"

江何怒道："你把我说得好像一个废物！我一直拿你当兄弟，是兄弟就一起承担。"

老胡听见江何认自己是兄弟，瞬间很感动，眼圈都红了。江何见状亦有所动，眼圈也跟着红了。

李巧见旁边来往车流、行人频繁，甚至还有人好奇地拿起手机拍视频，忙道："你俩别在这儿聊了，先把他手捆了，弄到车上再说。"

她边说边从口袋拿出早就备下的塑料扎带，和江何一起捆好老胡，把他从地上扶起来，准备一起去车里。

老胡双手被绑，却趁着二人不备，扭身从袖管里掉出一支笔，手一搓，笔变成刀，一抬手就把塑料扎带割断了。

老胡一把推开江何，撒腿就跑，却被李巧从身后拽住衣服。老胡无奈，只能挥起笔刀。江何眼看李巧危险，忙冲上去一把将她抱住。

老胡转头朝不远处的护栏跑去，眼见下面刚好有一辆货车开来。他一步跨过护栏，看准时机跳了下去，不偏不倚落在货车上面。

江何看到这一幕，既惊又怕，咬牙吼道："你不要命了！"

老胡趴在逐渐远去的货车顶上，回身哑着嗓子冲江何喊："照顾好我妈！"

江何忙将货车车牌号报给耳机里的金灵，让她追查货车去向，又回身招呼李巧去停车场，要去追货车。

李巧却站在那儿，板着脸道："右手，抬起来！"

江何心急火燎："待会儿再说。"

他说着就上前拉李巧，结果李巧却没有给他余地，直接拿起他的右胳膊，举了起来。

江何这才看到自己的右胳膊上，从手肘到上臂，被划开一条十几厘米的长口子，血淋淋地翻着肉，血正滋滋地往外冒。

李巧没好气道："待会儿你想失血而亡吗？"

江何见李巧忽然变得很凶，一时不知道该说什么，只能听从她的安排。

李巧解下扎头绳，先在江何手臂末端捆了一道，然后脱下自己外套里面的吊带背心，在伤口处做了简单包扎。

两人赶到机场药房，买了药、纱布，还有消毒水。

在药店门口的长椅上，李巧手脚麻利地对伤口进行消毒，包扎得非常干净漂亮，显得十分训练有素。

江何忍不住赞道："你怎么什么都会？做过建材公司职员，开过面包店，懂建筑设计，会干瓦工木工，还会紧急救护！"

李巧平静道："这也没什么，都是生活必备技能。"

江何道："那我开始有点好奇你的生活了？"

李巧忽然意识到，之前一直都是自己在追问江何的故事，到现在为止，她还没有告诉他自己的故事。

李巧淡淡道："我父母很早就去世了，如果不学会这些，我肯定活不下来。"

江何感慨："那你也太厉害了。"

李巧打好结，大功告成，收拾起桌面，道："等以后有机会再慢慢跟你说，眼下第一要务还是追踪老胡，别让来之不易的线索又丢了；第二，如果下次再有这种危险情况，你无论如何都要先保护好自己，因为……"

说道因为的时候，她忽然停了下来，没有往下继续说。

江何一双眼睛盯紧李巧，瞳仁深切专注，追问道："因为什么？"

李巧摆摆手，不在意道："没什么。"

江何不依不饶，越发好奇："因为什么？"

李巧板着脸，连珠炮似的吼道："因为我还要帮你包扎，弄得我一身血，现在还没有内衣穿，烦死了！"

江何听完却笑了，他知道这几句抱怨的背后，其实都是李巧的爱和关切。

他用好的那只胳膊一把将李巧揽在怀里，道："你说得不对！因为你心疼了！因为你爱上我了！因为你不想我受伤！因为你害怕我万一要是也死了……"

刚说到"死"字，就被李巧推开，只见她横眉怒目，吓止江何："闭嘴！别再胡说八道了！"

哪知李巧刚说完，江何还是用那只胳膊一把将她勾到跟前，毫不犹豫地吻了下去。

第九章　鹿屋里的片墙

　　既然你们一口一个报恩，那现在正好就有一个机会，
我想在我家的房子里面修一堵墙！

——花鹿

1

　　机场堵截让老胡意识到自己的行踪泄露，立即清空网络账号，金灵无从下手追踪。

　　江何觉得老胡千里迢迢回来，不会对重病在床的母亲不闻不问，便和李巧去疗养院蹲守。结果，一连五天，老胡都没有露面，江何实在有些泄气。李巧却在不经意间从病房垃圾箱里翻到一盒东北人参，一看就是刚寄来的。

　　一个久远的片段忽然在江何脑海中闪现，有一次，他听到老胡打电话，嬉笑怒骂着学说对方的东北口音。等他挂断后，江何好奇问是谁，老胡说，一个什么材料商。

　　虽然想不起来是什么材料商，但是直觉告诉江何，老胡去了东北。

　　根据人参盒上的物流线索，江何和李巧决定去一趟东北。

　　两人先把借住在笑寺的婆婆送回老家，又开车沿着大广高速，一路北上，翻山越岭，风餐露宿，近乎大海捞针一般寻人。

就在他们越来越逼近北国边境，金灵在线上意外发现了一起发生在东北边境某县城的怪诞抢劫案——案件中，劫匪绑架家具厂厂长儿子，中途人质跑了，家具厂厂长集结四十余名本地人，对劫匪围追堵截，一直把他逼进原始森林。最后，由于警方介入不了了之，劫匪也不知所终。

金灵找到网友拍摄的现场视频，有一条上面，有劫匪一闪而过的画面。虽然拍摄距离较远，像素也不高，还有林中树木层层叠叠的遮挡，江何却有一种强烈的感觉，那就是老胡。

为了证实想法，他和李巧抵达事发县城，装作建材公司采购员到本地批发木材，顺带打听社会逸闻、生活趣事，包括那起劫持案。

在劫匪最后出现的原始森林旁，看到硕大的"危险禁入"警示牌，江何劝起李巧："来都来了！总不能不进去瞧瞧吧。"

一向谨慎的李巧虽然很想去，但还是冷静道："别发疯！"

江何不在乎，还说起了自己的梦："你知道吗？昨晚我妈托梦给我，说这辈子就让我跟你，一起疯到七老八十。"

李巧道："真的假的？"

江何认真："真的。梦里还不止我妈一个，还有磊哥，核桃小宝贝也在，他们说，会在天上守护我们。"

李巧听完沉思了一小会儿，重新背起放在地上的背包。

江何见李巧往前走，忙问："去哪？"

李巧道："去疯！"

江何忙背上自己的行囊，追着李巧，径直走进森林。没多会儿两人就在一处树杈上，发现一块骷髅印花碎布。江何眼尖，马上认出这是老胡的围脖，两人惊叹直觉没有错，劫匪果然就是老胡。

就在他们欣喜不已时，危险也在悄悄逼近。

　　两人听见身后传来一声低吼，回头看到不远处山坳上走来一只森林狼，紧接着又是一只，再接着又是一只，总共三只森林狼。

　　来不及反应，两人当即迈开腿，向前跑。跑了几步，才反应过来跑是肯定跑不掉的，李巧喊了声"上树"，两人都找了身边最近的树，手脚并用爬了上去。

　　因为过于匆忙，两人选的树都不大，拽着藤条爬了不到两米，主干就开始弯曲，晃晃悠悠。屁股下面的森林狼流着哈喇子，凑了上来，兴奋地又是晃树又是刨根。

　　江何看李巧那边树晃得厉害，忙道："你别抖啊，害怕就不要往下看。"

　　李巧道："我没抖，是狼在晃。"

　　江何慌了，忙冲森林狼叫嚣："瘪犊子玩意儿，你们别晃她的，有种你们来晃我的！"

　　李巧见江何扯着嗓门喊，忙道："你干吗？"

　　江何见森林狼果然被自己吸引，把他的树晃得直抖，他边抖边兴奋道："我跟你说李巧，我真的真的真的好喜欢你！不对！我说错了，我不是喜欢你！我是爱你！我这辈子除了我妈，还没有真正爱上过哪个女人！你是我除了我妈以外，我唯一爱过的、挚爱的人！"

　　江何一边抖着，一边没完没了、絮絮叨叨地喊着。

　　李巧急着朝他直吼："你能不能把嘴闭上？"

　　江何任性道："我就不！我爱你！"

　　李巧凶道："你节省点体力！"

　　江何哪里肯听，不屈不挠地开始喊救命，他还要活下来，跟爱人永远在一起。

脚下最大的那只森林狼大概被他喊烦了，一连后退好几步，快速起跑，高高跃起。眼看它就要够到江何小腿，却忽然被什么击中，狼躯一震，摔落在地，疼得嗷嗷直叫。

另外两只森林狼也随即中弹，吃疼得紧。江何和李巧看到旁边一处略高的山坡上站着一个身穿迷彩衣的姑娘，手持长枪，一瞄一个准。

不过，因为是橡皮子弹，森林狼疼而不伤，愤怒地暴吼着朝姑娘跑去。姑娘迈开长腿，顺着山头奔跑，还高喊着："换树！"

江何和李巧立即下来，一人找了一棵挂满藤条的大树，姑娘也看准一棵大树，三下两下就爬到七八米高处。三只森林狼追到树下，只能绕着转圈干着急。姑娘从兜里掏出对讲机，拉出天线一通呼叫。

大概半小时之后，一群穿迷彩衣的人匆匆赶来，朝森林狼丢了几只鸡，用大功率噪音器赶走它们。

安全下树后，江何和李巧忙向众人致谢。队伍中有一位年纪较长、皮肤黝黑、肩章上绣着两道杠的短发大姐，道："我们是这里的森林巡护队，今天刚好在附近巡防。我是队长，姓曹，你们可以叫我曹大姐。"

两人发现这支队伍全员都是女性，居然是一支女子森林巡防队。曹大姐以为二人是城里的背包客，不留情面地讥笑了一番。两人也不好顶嘴，一再道歉。

因为天色渐晚，不方便赶路，曹大姐让队员到附近的小河边露营，江何和李巧也跟着一起。一路上，李巧听她们管最早赶来救援的长腿姑娘叫花鹿，好奇地问道："花鹿是梅花鹿的那个花鹿吗？"

曹大姐点头称是，她也问道："你们都是做什么的？"

江何也不知是被吓忘了，还是遇到好人忘记编谎话，直言道："我们是建筑师，专门帮别人设计房子的。"

一旁始终没有说话的花鹿听到之后，忽然开口道："唔？那你们能不能帮我在我家的房子里建一堵墙？"

2

江何和李巧一听花鹿要修墙，第一反应都是奇怪。江何之前接过那么多的案子，也没听说谁找建筑师设计一堵墙。

可是，毕竟她是救命恩人，刚才要不是她及时赶来，两人的小命都报废了，江何喊的那些羞耻的话也都被她听见，所以实在没有理由不答应。

在河边支帐篷的时候，花鹿边干活边抱怨道："要不是姐姐那样，今晚我们就能回鹿屋住了。从森林到森工站，鹿屋真的能成为一个很好的中转站。"

李巧好奇："鹿屋，就是你的家？"

曹大姐在一旁道："这鹿屋啊，就是花鹿和她姐姐白鹿两个人居住的房子，在谷口外面，离这儿大概还有三公里。如果我们刚才步伐快一点，天黑之前兴许能赶到。"

江何感叹："那真是可惜。"

花鹿道："也不知道我姐姐是哪根筋没搭上，不光不同意我带人回家，还不同意我加入巡护队。所以我才要修一面墙，把我们的房子分开，她住她的，我住我的。"

江何和李巧这才发现，原来花鹿之所以要修墙，是在跟她姐姐怄气。

　　旁边忙着生火的曹大姐适时提醒："你还是从头跟两位好好说说，你和你姐姐之间到底发生了什么，不然你让他们怎么帮你？"

　　花鹿虽然觉得曹大姐说得没错，却露出了一脸踌躇，睁着小鹿一样乌黑清澈的大眼睛："那我该从哪里说呢？"

　　曹大姐放下充当火钳的树枝，思忖了一下道："这事也算因我而起，那不然就由我来开个头。"

　　江何和李巧走到篝火前坐下，听曹大姐回忆起来："刚开始那会儿，连队上面委派我来建立这支女子森林巡护队，我没有地方工作的经验，跟我来的几个人也都是连队上的。虽然大家对于守护家乡这片森林很有热情，但是并不熟悉森林，更不了解野外生存，一猛子扎进来，其实里面充满了危险。"

　　江何感同身受："这个我们已经领教过了。"

　　曹大姐道："你们今天遇到森林狼还算幸运，这林子里面还有豹子、老虎，哪个不比森林狼凶悍，神出鬼没，速度更快，躲都躲不及。还有毒虫、毒草、毒瘴气，肉眼根本难以察觉，一不小心就中了招。最恐怖的你们知道是什么吗？是猎人精心布下的猎套和陷阱。一旦遇到了，根本防不胜防。"

　　江何和李巧听得心惊肉跳，隐隐担心起了老胡。

　　曹大姐又道："那回，我的遭遇可比你们今天危险多了。我不小心走进了猎人的陷阱区，差一点点就被一个猎套卡进脖子。要不是当时凌空飞过来一块石头，让我及时止步，估计现在就没命在这儿跟你说话了。"

　　李巧猜道："是花鹿吗？"

曹大姐拉着花鹿的胳膊，亲昵道："没错！那天真是多亏了她！她是这边土生土长的猎户女儿，常年在这片森林打猎和采集，不光对这里了如指掌，光凭鸟兽动静和植物痕迹，就能判断森林里的动向。"

江何说："所以花鹿也是您的救命恩人。"

曹大姐道："不但是恩人，还是我一眼相中的战友。花鹿除了我刚才说的那些优点，本身应变能力、身体素质、警觉性和适应性都很强，尤其还有那一双长腿，跑起来简直就是一只梅花鹿。"

李巧道："难怪她的名字叫花鹿！"

曹大姐道："当时正愁无人可用的我，就盯上了花鹿，一定要把她招进巡护队。我三番五次找她谈话，列出了许多好处和福利，不但有林业单位编制，月月发工资，人人发队服，荷枪实弹，五险一金，逢年过节、婚丧嫁娶都有补贴，而且最重要的，我们是一支女子巡护队，要打造清一色的娘子军。结果，我当时真是费了好一番功夫，游说来游说去，她都没有同意。"

李巧不解："为什么？"

花鹿见曹大姐没开腔，便开口回道："我姐姐不同意。当时曹大姐三番五次来找我，我是很想来的，我还跟她推荐我姐姐，我这一身本事都是跟我姐姐学的。我姐姐不仅会做这些，她还会养蜂、驯马，能独自一个人在山里生活半个月，而且她的腿也很长，跑起步来比我快多了。结果，姐姐不但不同意加入，也不让我加入。"

李巧问："不同意的理由是什么？"

花鹿道："姐姐说，曹大姐让我们加入巡护队，无非就是要我们出工、出力，还要占用我们的房子，平时歇个脚，存个货。真正等到有需要的时候，说不定还要派我们上阵冲锋、卖命填命。姐姐还说，我跟她都是土生土长的山里人，勉勉强强才读到小学毕业，认识几个字，会写自己的名字，像我们这样一没有文化，二没有靠山的人，居然还想吃官饭，天底下哪有那么好的事情，只有傻子才会相信。"

李巧道："你姐姐的顾虑好像有点多。"

花鹿道："反正我当时怎么说都说不动她，后来看到曹大姐许诺我的那些一一兑现，我就一个人参加进来。"

李巧又问："你之后有试着再跟你姐姐谈谈吗?"

花鹿道："试过。我拿到第一个月工资的时候，想跟她证明当队员有多好，就跑到县城，花掉大半个月的工资，买了市面上最紧俏的运动鞋拿回来送给她。结果她收到鞋之后，不但没有高兴，反而冲进杂物房，拎着剪树枝的大剪刀，一剪子就把运动鞋剪成了两截。"

江何和李巧都露出了惊讶的表情，花鹿姐姐竟然如此暴力。

花鹿道："姐姐还骂我，说我是鬼迷心窍了，这世上哪有送礼送鞋的道理！说鞋就是邪，我要是把邪祟招了回来，这个家早晚要毁。我跟她说不是这样的，是因为我们经常光脚在森林里奔跑，把脚扎伤，我早就想要一双运动鞋了。好不容易拿到工资，我都没舍得给我自己买，给她买了一双，结果还让她一剪子剪了。"

李巧问："那你姐姐怎么说?"

花鹿恨恨地说道："她说她是绝对不会加入巡护队，让我也死了这条心。我偏不，现在我是巡护队队员，她们对我也很好，并不像她说的那样，所以我才要跟她分开，以后各住各的，互不打扰。"

3

第二天早上，一行人拔营出发，走了没多久就到了山谷。站在谷口往外眺望，不远处有两栋房子，紧紧地挨在一起，颇有些遗世独立的味道。

李巧看着新鲜，小声跟江何道："你觉不觉得那两个房子的形状有些奇怪，看起来就像一个横倒的'凸'字？"

江何心里也正这样想着，那两个房子一方一长，方屋和长屋的砖块颜色不太一样，方屋旧些，长屋更新，显然不是同一时期所建。

两屋之间的连接处，与方屋和长屋的颜色又不一样，更像是事后再加上去的补丁，生硬粗糙地将两个房子连在一起。

谁会在这样的地方，修这样一座房子？江何越发奇怪。

花鹿道："那边就是鹿屋，是我和姐姐的家。"

江何和李巧心中都是一骇，生平见过的房子不少，这座实在是特别。江何熟读建筑史，更知道，房子的形状跟设计者或者居住者的性格、喜好乃至人格息息相关。

两人深深地看了对方一眼，要在这个房子里面建一堵墙，恐怕不容易！

但他们还是没有把这份担心说出来，见曹大姐等人已经朝谷口外面走去，忙加紧脚步追了上去。

花鹿没办法带大家进鹿屋做客，众人只好在鹿屋门口与她道别。江何和李巧跟曹大姐回森工站，在那里小住几天。花鹿说自己会尽快和姐姐谈妥，然后去找他们。

临别时，李巧意外看见方屋一侧的窗口有人影闪过。

那是一个长发披肩，面目苍白，表情不悦的女人。大概是因为跟李巧的目光相触，她迅速消失在窗帘后面。李巧猜测，那应该就是花鹿的姐姐。

回森工站的路上，曹大姐又跟二人聊起了这对姐妹，她说："其实花鹿和她的姐姐，她们不是亲姐妹。花鹿的姐姐名字叫白鹿，虽然她们的名字里面都有一个鹿字，但原来只是家住在隔壁的两姓姐妹。"

江何恍然大悟："怪不得鹿屋看起来像两栋房子被生硬地拼接在一起。"

李巧忙问道："曹大姐，能不能再多说一说花鹿和她姐姐白鹿的事情？总觉得这个案子不太好办。"

曹大姐诚恳地说道："你们已经觉察到这个案子不太好办了，其实我也有同感。花鹿这姑娘是个典型的山里孩子，心思比较单纯，昨天她一开口，我就开始担心。"

李巧问："花鹿今年多大了？"

曹大姐道："花鹿29岁，她姐姐白鹿应该也有三十七八岁了吧，她们都没有别的家人，也没有成家，很久以前就在一起生活，彼此是彼此唯一的亲人。我还记得花鹿以前跟我说过，她小时候母亲就过世了，她甚至都记不得母亲长什么样子。有时候晚上做梦，梦到妈妈，走近一看，竟是白鹿。"

李巧张了张嘴，有些惊讶。

曹大姐继续道："我听镇上人说，花鹿小时候，她父亲带着她搬到这边，在白鹿家旁边盖了一栋小房子。她父亲当时在山上伐木队工作，后来出了事故，被山上滚下来的原木砸死。花鹿当时才十一二岁，村里本来是要将她送进福利院，结果她死死抱着白鹿的腿，怎么都不肯撒手。最后，村干部只好同意由白鹿家收养花鹿。"

李巧问："那白鹿的家人呢？"

曹大姐道："白鹿父母好像也是那几年前后去世的。除了父母，她好像也没有多余的亲人，那之后就是白鹿带着花鹿，既当姐姐，又当妈妈。我听说因为多了花鹿这个拖油瓶，白鹿也没有结婚，很多人都劝白鹿不要多管闲事，但是她将那些上门提亲的赶了出去。"

李巧惊讶："两姐妹都没有出嫁？"

曹大姐道："等到花鹿长大成人，白鹿都成老姑娘了。再有上门提亲的，说他们已经不关注白鹿了，他们开始关注刚刚成年的花鹿。白鹿就把媒人的话转告花鹿，说她要是想成家，她会帮她选一个好人家，备一份嫁妆，风风光光送出门。结果，花鹿也不同意，她只想跟白鹿一起，住在鹿屋里。那几年，她们一起翻修了那个房子，推掉两屋之间的承重墙，将两个房子打通，合成一个。"

江何问："那是多久之前？"

曹大姐想了想，道："得有十年了吧！算起来，这对姐妹在一起生活可能都有二十年了。起初我听说白鹿不同意加入巡护队，以为花鹿也不会来，结果没想到最后她来了。从那之后，这两姐妹的关系就开始越闹越僵。"

说到这里，曹大姐忽然停了下来，叹了口气。

李巧敏锐地觉察到了曹大姐的情绪："您好像有一点内疚？"

曹大姐回回神，又说道："是啊！毕竟是因为我的介入，后来我好几次想要从中说和，结果白鹿这个人的性格古怪，认定了是我抢她的妹妹，把我当恶人一样。一见我就对我破口大骂，到现在都没有好好坐下来，心平气和地说上一回话。"

李巧不解地问道："如果白鹿闹得这么凶，我就不太明白花鹿她最后是怎么下定决心加入巡护队的？"

曹大姐道："这个刚开始我也很困惑，后来跟花鹿单独聊了几回，我才渐渐明白，姐妹间的裂痕早就出现。只是那种女人间的微妙感觉，不容易察觉，就算察觉到了，也没办法说出口，更别说直面。"

李巧追问："那是什么？"

曹大姐拍拍江何肩膀，道："女人家说悄悄话，你先回避一下。"

江何见状只好自觉地走开。

曹大姐这才低声对李巧说道："毕竟你们要帮她们修房子，多了解一点有好处，但你要帮我保守秘密。"

李巧当即举起两根手指："我发誓保密！"

曹大姐又道："事情是这样的，花鹿加入巡护队之后，有一次，我跟她两个出外勤，那次我正好来好朋友，在野外解手的时候不小心被花鹿看到了，结果她很惊诧，说我比她姐姐年纪大好几岁，可是这两年她都没怎么看她姐姐洗过月布，她怀疑姐姐已经绝经了。"

李巧不解："花鹿为什么会担心这些？"

曹大姐道："我刚开始也不明白，我就跟花鹿说，到我们这个岁数的女人都这样，或早或晚，结果花鹿就问我说，那姐姐以后是不是就不能生孩子了？那她这辈子还结不结婚？她要过眼下这种生活到死吗？如果姐姐一直这样，她也一直这样，那等到姐姐死了，剩下她一个人怎么办？这些问题憋在她心里很久，既不敢问白鹿，也不知道跟谁讨论，我还是第一个知道她这些心思的人。"

李巧点点头，"所以花鹿为了改变生活，才选择加入巡护队？"

曹大姐又道："这只是第一重，还有更隐秘的第二重，这个也得保密，连你男朋友也不能往外说。"

李巧再次举起两根手指："我再发誓！"

曹大姐道："另外一次，也是我跟花鹿出外勤，晚上露营睡不着，又没什么事情干。我俩就打赌玩游戏，最后花鹿输了，赌注是讲一件从来没有跟人讲过的秘密。花鹿想来想去，最后她说她特别爱做梦，就跟我说一个她从来没有跟人说过的梦。"

一说到梦，李巧更来精神了。

自打认识王彪以后，她和江何从他那里学了不少心理学知识，尤其是释梦的技术。江何这段时间心态稳定，梦游症也没有再复发过。

李巧回过神来，追问曹大姐："什么梦？"

曹大姐道："花鹿说，那个梦是在一个大雪天，大雪纷飞，山林就好像裹上了厚厚的白棉被，花鹿和她姐姐就在这一片白茫茫当中迷了路，找不到家的方向。两人眼看就要冻僵，姐姐就开始脱自己的衣服，边脱边命令她也把身上的衣服脱下来。两姐妹就在大雪地里脱得光光的，然后用雪互相摩擦对方的身体，在粗糙的搓揉中，身体一点一点恢复知觉。花鹿说，在梦中，她深深地注视着姐姐的裸体，姐姐也注视着她，每当姐姐的手滑过她的胸口，她都会有一种特别强烈的兴奋感。后来等到清醒之后，她就觉得特别害怕，也特别羞耻。那可是她姐姐啊，她怎么可以对姐姐产生不该有的想法？从那之后，她就生出了一种想要离开姐姐，离开鹿屋的想法。"

李巧道："原来是关于性的梦。"

曹大姐道："乡下孩子，虽然没有结婚成家，但是那方面事情在森林里可没少见，家里的牛马繁殖，人也会知道它们在做什么。"

李巧道："我认识一个心理医生，最近跟他学了不少心理学知识，对弗洛伊德《梦的解析》也有了一些了解。所以按照精神分析的解释，梦中的性并不一定是真的性，它只是代表了某种想要亲密和融合的愿望。"

曹大姐有些不相信，但还是礼貌道："也能说得通。"

李巧终于明白了姐妹间的芥蒂，妹妹花鹿因为年龄增长，死亡焦虑越发严重，和姐姐长期共生的关系也让她充满焦虑。

4

当晚，江何和李巧便在森工站住下，两人也跟曹大姐讲述了是来寻找一位朋友，拜托她和巡护队姐妹进山时多留意些。

次日上午，江何和李巧一早醒来后，看到站内后院的马棚里养了几匹马，估计森林深处进不去车，马是重要的运输工具。他们还留意到其中有一匹栗色的小马驹非常不安分。

江何以为缰绳勒它太紧，进去帮它松了松。结果，小马驹猛力一挣，竟然挣脱了，转头冲出马棚，自顾自向北边跑去。

两人赶紧一人牵了一匹成年马，跟在它后面追。

北边有一个湖泊，江何老远就看到逃跑的小马驹，正在岸边焦躁地踱步。等他们走到近前，这才发现湖里有一个人。

江何从马上下来，道："我去！"

说着，便冲进湖里救人。好在江何的水性比较好，很快就把她拖到岸边，李巧帮着把人拉了上来，意外发现正是昨天在鹿屋窗口一闪而过的长发女人。

李巧来不及去想她为什么自杀，立即给她做了心肺复苏。直到白鹿吐出一大口水，咳了好大一会儿，才缓缓睁开眼睛。

看到自己在岸边，眼前还有一男一女，白鹿的神情充满失望，问道："我还没有死吗？为什么不让我死？"

江何指了指一旁的小马驹，解释道："不是我们不让你死，是这个小家伙不让你死。"

白鹿看了看，有点难过道："这是我去年冬天救回来的小马驹。"

李巧诚恳道："我知道你叫白鹿，是花鹿的姐姐，昨天在鹿屋窗口，我看见你了。"

白鹿看了看李巧，又看了看江何，大概猜到了二人的身份，埋怨道："你们为什么要救我？让我死了大家不就都好过了吗？"

李巧不解："因为花鹿要在家里修墙，你就要死吗？"

白鹿并没有回应她，挣扎着从地上站起来，朝小马驹走过去，结果刚走了两步，就晕了过去。李巧赶紧上去搀住她，跟江何一起将她扶到母马背上，自己也骑了上去，江何则牵着小马驹一起朝山口跑去。

两人带着白鹿回到鹿屋，花鹿见状连忙冲了出来，三人一起将白鹿扶进屋内。李巧将湖边遭遇一一说出，得知姐姐要投湖自杀，花鹿脸霎时就白了。

花鹿红着眼睛说道："昨晚和今早我一直都在跟姐姐讨论修墙的事，姐姐认定是曹大姐在背后搞鬼，将巡护队上上下下都骂了一个遍，我也很生气，就跟她说，不管她同不同意，我都要修墙。

她就二话没说，转头走了，没想到她……"

李巧劝道："你先别自责，这里的医院在什么地方，我们还是把医生找过来，看看你姐姐。"

花鹿道："医院在镇上，我没有电话，得先回森工站找曹大姐，让她给权大夫打电话，叫她过来看姐姐。"

李巧道："让江何跑一趟，我俩留在这里照顾她！"

江何当即飞奔骑马回了森工站，一个多小时后，权大夫开车载着曹大姐和江何直奔鹿屋而来。路上，曹大姐和江何已经将这两天发生的事情一一告知。

三人进屋的时候，白鹿已经醒了，但是水米不沾，也不跟花鹿和李巧说话。权大夫放下药箱，立即给她量血压、测心率，曹大姐等人就坐在门口的餐桌旁等。

江何和李巧这时才得空环顾了一番室内，尤其是江何，刚才送白鹿回来的时候，因为太紧张，根本没顾上细看。

他们发现鹿屋的内部和外部同样奇妙。紧挨两侧的承重墙被生硬地拆掉，用七八根粗大的木桩支撑着，勉强连接成一整个贯通的开间。而更让他们感到惊讶的是，屋子里面的柜子一律都没有门，箱子也没有盖，墙上还钉着长长的置物架。所有的物品，整个房间里的一切，都是处在一种完全敞开，暴露在外，肉眼可察的状态下。

难以想象，这对姐妹竟会把家安排成这样？这般赤诚相待，肝胆相照，恨不得把心掏出来给对方看，曾经她们的关系该是多么亲密和牢固啊！

江何和李巧正这样想时，听到权大夫在那边很小声地问白鹿："……你不说话就是说你已经没有了吗？"

白鹿依旧低着头，一声不吭。

一旁的花鹿干着急："姐姐，权大夫是看病的大夫，你有什么就说吧！"

权大夫也劝花鹿："我也早就没有了，只是你现在这个年纪，确实有点早，所以你倒跟我回句话呀？"

白鹿还是低着头，不肯说话。

花鹿终于急了："权大夫，其实我早就注意到我姐姐不洗月布了……"

花鹿的话还没说完，就被白鹿打断："别说了，我的事不要你管。权大夫，还有那边的两位，我自己的事情自己心中有数，不用麻烦你们，都请回吧。"

眼见姐姐下逐客令，花鹿更加生气起来，拦在一旁道："不行，今天大家都不能走。要是走了，姐姐你再出了什么事，还成了我害你的不是？"

白鹿不看她，小声道："你没有害我，是我自己不想活了。"

花鹿白了她一眼："才不是！你现在就是在用自杀要挟我，让我不要修墙，不要加入巡护队，让我永远跟你在一起！"

白鹿否认："你想做什么尽管去做，我拦不住你，也不会再拦你！"

花鹿见白鹿态度不好，也愤愤然道："你怎么没有拦我？你还要怎么拦我？你这个样子我还能做什么？"

眼看这两姐妹又吵了起来，曹大姐等人都不知如何是好，一旁的权大夫却忽然发话，大声道："你俩别吵了！"

白鹿和花鹿不由得一怔，权大夫好像也被自己的声音惊到，声音和表情又变得柔和下来，她对花鹿说："你姐姐不是为了要挟你才想自杀的。"

花鹿不解："你怎么知道?"

权大夫没有直接回答花鹿，而是转头看着白鹿，说："白鹿，其实我老早就想过来找你聊一聊了。作为整个镇子上，唯一对你的过去有所了解的人。这么多年了，我看你好像一直都没有从那件事里走出来。"

权大夫话音刚落，转瞬之间，白鹿的双眼已经噙满了泪水。

站在一旁的花鹿则是一脸茫然，喃喃问道："权大夫，你在说什么啊?"

当着大家的面，权大夫语重心长道："白鹿，你同意也好，不同意也罢，今天无论如何我都要把这些事情说出来了，再这么瞒下去，你难道真带进棺材里吗? 活人总不能被委屈憋死，说出来让大家一起想想办法。"

5

权大夫见白鹿不说话，道："你不说话，我就当你默认了。诸位恐怕都不知道，二十多年前，在方圆百十里范围内，谁不知道白家的那只鹿啊? 虽然白鹿的父母为人含蓄，平常很少跟人打交道，但是白鹿小小年纪，就长了一双令人羡慕的大长腿，撒开丫子在草甸上狂奔，连真鹿都不一定有她快，见过的人无不竖起大拇指称赞!"

曹大姐在一旁说道："我是听镇上人说过，白鹿以前做过运动员。"

权大夫见白鹿低着头，充满自责地说道："对! 当年，白鹿能跑的事情，不知怎么被省体委的老师听说，他们开着车，一路打听到附近镇上，当时我刚从学校毕业到镇医院上班，就给他们当向导，把他们领到这里。这些年我一直在想，那天我要是没有把他们领过来，白鹿的命运会不会更好一点？"

花鹿问："发生了什么？"

权大夫满脸痛苦地说道："唉，这世上有很多药，唯独没有后悔药。白鹿进了省体校之后，我以为只要再等上两三年，就能听到她跑第一、夺冠军、扬名天下的好消息。结果没想到，半年后的一天深夜，我正在医院值夜班，白鹿的父亲忽然跑过来，满脸焦急却又语焉不详地让我到家里看一看白鹿。我一听白鹿回来了，还以为她得了什么急病，赶忙带着药箱出诊，等见到人以后，我整个人都傻了。"

花鹿追问："怎么了？"

权大夫道："我看见白鹿浑身是伤，青一块紫一块，一双脚上，全都是血口子。白鹿妈妈跟我说，她是赤着脚跑回来的，当时可是冬天啊。不仅如此，白鹿还怀孕了，她妈妈希望我帮她做堕胎手术。"

曹大姐不解："怎么会怀孕呢？"

权大夫道："我当时也很奇怪，就让他们跟我说实话。最后，她妈妈告诉我，说她两个多月之前被人强行侵犯。她原本不想对外声张，结果发现怀孕，无奈去找当事人解决，被赶出来不说，还被打得浑身是伤，鞋都跑丢了。"

花鹿惊叹："天哪！"

权大夫道："堕胎手术是我做的。我真的没法想象，她还是个姑娘，连正式的性体验都没有，却要承受一大堆冰冷坚硬的医疗器械在身体里面又捅又刮。我到现在都记得，当时的条件特别简陋，手术只进行了局部麻醉。手术进行时，我一直在问她，冷不冷？热不热？渴不渴？结果，她所有的回答都只有三个字：不知道。"

曹大姐看着坐在床头哭泣的白鹿，心疼地问道："你当时已经没有感觉了吗？"

李巧沉着脸，忍不住问道："凶手是谁？"

权大夫道："刚开始我们问的时候，白鹿都不肯说，她怕给她爸妈惹麻烦。后来提携白鹿的教练知道了这件事，亲自跑到这里。当时白鹿刚打完胎没几天，教练让她把事情经过从头到尾讲一遍，我和她父母才从她那里了解了情况。"

曹大姐急切道："是队友吗？"

权大夫摇了摇头，道："事发地是一家烧烤店。当时白鹿为了参加比赛，想赚钱买一双运动鞋，和队友一起去打零工。"

花鹿喃喃地重复了一遍"运动鞋"三个字，她做梦也没有想到，难怪姐姐会说鞋是邪祟，还会那么地生气把鞋剪成两半。

恍惚之间，花鹿觉得一阵眩晕，身体僵直地向后倒去，幸亏身后的椅子接住了她。

权大夫继续道："据说那天，有一桌四个年轻男人，见白鹿身材高挑，就把她叫到桌前，边点菜边夸她人美腿长，心地善良，想让她站在那儿，让他们好好欣赏一下她的腿。白鹿起初觉得不妥，但是老板娘反复提醒，要她们多顺着客人的意思，不要跟人杠，白鹿就想反正他们只是看看，看看又不会少块肉，等做完今天的工，结了钱，买完运动鞋，她就不需要再面对这种场景了。可是，接下来的事情完全出乎意料，同意被看之后，这帮人又开始问，能不能摸一下？在收到拒绝的答复后，他们又以姑娘不爽利为由，强逼她喝酒，一杯接一杯，最后灌得不省人事，带出去强奸了。"

曹大姐咬牙骂道："混蛋！"

花鹿、李巧、江何也都愤然不已。

权大夫又道："白鹿和她的母亲并不想声张此事，但是教练和父亲不想忍下这份委屈。因为有堕胎证据，有队友和餐馆的目击证人，他们决定讨个公道，至少要让对方有罪偿罪，赔礼道歉。结果没想到，那个行凶的流氓家里有钱有势，为了逃脱罪责，请了本地有名的流氓律师，不遗余力地抹黑白鹿，说她那天穿着暴露，故意露着大长腿引诱他们。说不是他们性侵了她，而是她诱惑了他们。还说他们本着对美好事物的欣赏，用无数溢美之词赞扬白鹿，她都是非常享受的，问她能不能看看她的腿，她也是欣然同意给看的……"

花鹿实在听不下去，气得直拍椅子扶手，大声连吼了好几遍："无耻！无耻！无耻！"

权大夫红着眼睛道："反正那场官司到最后就好像一场闹剧，白鹿家里穷，他们的一言一行就被对方利用并且歪曲，指控她贪财牟利，出卖色相，高攀不成，反咬一口。这件事的后果就是连我在内，这些年里面，我在家教育我自己的女儿，都变得格外苛刻，小心翼翼。我根本没法想象，最开始只是同意让那些流氓看看她的腿，到最后竟然就等同于同意让他们强奸。只是一个小小的边界失守，可能都算不上失守，就变成了整个底线的溃败？"

曹大姐愤愤道："跟流氓怎么可能讲理！"

权大夫道："他们在流氓身上也没有讨回公道，反而碰了一鼻子的灰，歹徒至今都没有认罪，还反过来侮辱了白鹿的清白和我们所有人的智商。"

江何问："那之后呢？白鹿的比赛呢？"

权大夫道："还比什么赛？伤好之后，白鹿无心训练，成绩下滑得厉害，最后只能退学回家。有很长一段时间，我听她父母说，她就成天把自己关在屋里，哪儿也不去。"

花鹿渐渐平静下来，回想从前点滴，有些难过道："原来在我爸爸带我来这里之前，发生过这么多事。姐姐，为什么你从来都不跟我讲？"

白鹿屈膝坐在床上，头深深地埋在膝盖里面。

权大夫替白鹿解释道："花鹿，你姐姐不是不跟你讲，是她讲不出来。你知道人有时候太伤心了，是没办法跟别人开口讲述的。你还记不记得，你们刚来的那年冬天，白鹿的父亲外出捕鱼，回来的时候却冻得浑身是伤。"

花鹿说："记得，白爹爹说他在冰上走的时候，一失神滑到了窟窿里面。"

权大夫道："他可是有四五十年捕鱼经验的老渔夫，全镇闻名的高手，在冰上行走半生，怎么会失神呢？"

花鹿有些难以置信："这……所以，白爹爹在想姐姐？"

见权大夫点了点头，花鹿又回忆起来："我记得那次之后，白爹爹生了一场大病，没过多久就去世了。白爹爹临走之前，还拉着姐姐的手，一连跟她说了好几遍，你要好好的，你要好好的。"

权大夫道："当时你也在旁边？"

花鹿摇了摇头，道："那时我还小，就住在隔壁。我阿爹因为经常要去山里伐木头，一走就是好几天，他怕我乱跑出去危险，就把我锁在屋里。我实在憋得慌，就在墙上不停地钻啊钻啊，结果钻了一个洞，从那边一直到这边，连接的刚好是我姐姐的房间。刚开始我在那边偷看她们的生活；后来姐姐发现我了，不但没有把洞堵上，还经常过来陪我说说话；后来姐姐又把洞挖得大一点，把她做的米糕、红薯送给我吃；再后来我们又把洞弄得更大，白天用挂历挡着，晚上我就可以爬过来，跟姐姐睡在一张炕上；直到最后，我们都没有家人了，只剩下彼此，我们干脆就把这两面墙推倒，把这两个房子连在了一块儿。"

听完花鹿的讲述，大家这才明白，原来这两个房子是这样连接到一起的。

花鹿擦了擦脸上的泪水，竭力平复好情绪，转头对江何和李巧道："我要跟你们说抱歉了，这个墙我又不想修了。既然我姐姐想过这样的生活，那就让它保持现状，我会一直陪她到老到死。"

花鹿说完走到白鹿身边，替她擦掉脸上的眼泪，轻轻把她揽在肩头。

江何和李巧看了看对方，李巧似乎有话想讲，江何冲她点了点头，以示鼓励。

李巧于是道："花鹿，今天第一次听到姐姐的故事，你马上就放弃自己的想法，完全从她的立场为她而考虑，这一点我很感动。但是，关于修墙的事，我有一些个人想法，跟你刚才的结论不太一样。我觉得，这个墙不但要修，还要好好地修。"

花鹿一脸不解地看着李巧，白鹿听到之后，也转头看向李巧。

花鹿问："为什么？"

李巧看着两个房间中间立满柱子的过渡地带，感慨道："刚才我听你说，这面墙最初只是一个洞，然后一点一点扩大，直到最后你们把整面墙打掉。我很感动你们想要一起活下去的那种决心，你们是这片山谷里唯一的居民，过着离群索居的生活。你们彼此心里都非常清楚，要想在这样的环境中生活下来，就只有紧紧地抓住对方，依靠对方，才有胜算。"

花鹿捏紧白鹿的手："你说得没有错，就是这样。"

李巧又道："但是花鹿，你已经隐隐感觉到了危险。如果一直这样生活下去，你们会变老，变弱，失去力量，后继无人，孤独终老。迫于这些生存压力，你加入巡护队，开始与更多的人建立连接。你原本也希望你的姐姐能像你一样，可是她过去的创伤太重，很难对人建立信任。如果你想让她跟你一样，这不现实。"

李巧说完这番话之后，白鹿终于抬起了头，她有些惊异地看着李巧，因为她刚刚终于说出了妹妹的出走，不是背叛，也不是抛弃，而是恐惧。

花鹿却好像还没完全弄明白李巧的意思，问道："那你为什么还说这个墙不但要修，还要好好修？"

李巧回道："因为同样生为女人，从小到大的成长经历一直都在告诉我，在这个世界上，无论是跟谁建立关系，同时也要建立边界。只有边界清晰，时刻感受到自己是自己身体、生活和意志的主人，才能健康、积极地与他人相处。墙是房子的边界，为居住在里面的人确立独属于自己的生活空间。所以我说你们应该把这堵真实的墙造出来，同时你们能在你们的心里，筑一堵牢靠的心墙。"

李巧大致说了下自己的想法，不光是白鹿和花鹿，曹大姐和权大夫也连连点头。

最终，白鹿和花鹿一致同意了李巧的提议，将鹿屋托付给她和江何。

6

回到森工站，江何和李巧仔细探讨鹿屋改造的想法，李巧认为应该从女性整合的角度入手，江何当即想到了创意。

次日，两人便着手展开鹿屋改造事宜，曹大姐和权大夫积极调动当地资源，大家亲身上阵，不亦乐乎。

鹿屋拆除后，白鹿和花鹿也暂时住进了森工站。白鹿不再像以前那样对周围的人和事充满抗拒，因为会驯马，她帮着森工站把马棚打理得井井有条。之前不怎么听话的马匹在她的调教下，也纷纷老实下来。

有些刚刚从山上砍下来的木料，需要在火上做炭化，李巧刚开始做的时候因为没戴手套，把手弄黑了，洗好几天都洗不掉，被大家笑话变成了熊掌。

关于性侵的事，曹大姐和权大夫也将过去的材料进行了整理。虽然民法规定遭受性侵只有三年的诉讼时效，但是白鹿受害时未满18岁，属于未成年人，她们向法院提出了延长时效的申请。

在得到法院准许后，目前正在第二次刑事侦查。等证据收集完毕，准备赶在二十年时效期马上就要截止前重新提出公诉。

一个月之后，鹿屋的改造也差不多了。

这天，江何和李巧约好大家，一起来到他们最初第一眼看到鹿屋的谷口。那里是整个区域中俯瞰鹿屋的最佳位置。

第一眼望下去后，花鹿立即发出惊叹："天哪！我都快认不出来了，这还是我们的鹿屋吗？"

李巧在一旁问道："满意吗？"

花鹿高兴地点头道："太满意了！特别是那面Z形的墙，尤其满意！"

花鹿说的Z形墙，就是江何和李巧这次设计的重点。

最开始，对于要在"凸"形小屋里加一面墙的诉求，江何并不只想恢复原样，或者在屋内改造动线，划分空间。李巧跟他想法一样，在讨论之后，他们决定拆除原有建筑，但是仍以原有房屋外形为基础，在中间加一面"Z"形片墙，将这个"凸"形分成两块。

这面"Z"形的片墙，从长屋那一侧折过去，一直贯穿到方屋里面。墙壁南侧房屋基本得到保留和加固，北侧部分做成天井和庭院。北侧屋后还有院子，原先是马棚、蜂房和菜地，现在也进行了一些简单的规划和修整。

花鹿说："这样看起来，我们的房子就好像靠在那面Z字形的墙上。"

李巧说："这其实也是我们想要达到的效果。我记得刚开始做设计时，江何跟我说，很多建筑师都会把片墙定义成整个空间的精神载体，所以它在建筑中的作用，就不仅仅是分割或者围合空间。"

花鹿说："虽然墙壁是灰色水泥砌的，看起来非常坚硬，却给人一种很踏实、舒服的感觉。"

李巧见一旁的白鹿一直没有说话，转过头问她："白鹿觉得怎么样?"

白鹿皱着眉头，心里有很多感觉，却不知道怎么用语言来表达，好大一会儿，才开口道："我不太会说，我觉得，我们现在的家有点像一个太极。"

李巧开心道："哈！被你发现了，这是江何的设计重点。"

在整个鹿屋的外围，江何用山谷里随处可见的石礅，砌了一圈围墙。围墙虽然不高，前有大门，后有院子，但整个大的形状近似一个正方形。

在这圈正方形的石墙里面，那个"Z"形的混凝土片墙就好像太极中的分界，一半白一半黑，一半阳一半阴，一半房一半水。

江何说："刚开始李巧跟我说，这次的设计应该围绕着女性整合来做，一开始我也有点蒙圈，不知道该怎么把这个概念落实到设计中，就问她什么是整合？结果，她就在纸上给我画了一个太极图。"

白鹿点点头，深有感触道："这世上的事情，黑与白，阴与阳，爱与恨，生与死，虽然分属对立，但其中又有许多相融的地方。"

江何也道："所以这次的活虽然是我干的，但设计主要还是李巧想的，你们还是应该多谢谢她！"

大家忙说一起谢，纷纷为二人拍手鼓掌。

江何开心地拉着李巧的手，道："那接下来我们再带大家去鹿屋里面看一看。"

众人一起下坡，走到鹿屋跟前，江何又介绍道："在Z形的片墙下面，我还做了一圈步道。房内的动线也因为片墙的加入做了一些改动，所以我带你们走片墙下的步道，绕到后门进去。"

从长屋一侧的片墙下面，江何和李巧领着大家踏上步道，一路上有种廊腰缦回、百折千回的感觉，转入后院，进入天井，从后门进到房间里面。

房间里面也做了一些区隔，将公共空间、交通空间、白鹿的房间和花鹿的房间做出了明确的划分。

为了方便巡护队的队员今后来家里吃饭和休息，江何按照两姐妹的意思，做了一个较大的客厅和开放式厨房。

另外，以前鹿屋里的柜子和箱子全都是敞开的，现在也加回了门或盖子。边界这个话题最近也引起了花鹿、白鹿，还有大家的讨论。她们渐渐觉得，当自己越发重视自我，强调个人空间时，反而更有益于关系。

一群人兴高采烈地四处参观，江何忽然听到身旁的曹大姐问花鹿："你这个天窗上的玻璃，是在老泥鳅家里买的吧?"

得到花鹿的肯定答案后，曹大姐又说："他家的玻璃可不行，便宜是便宜，但是镇上凡是用过的，都管它叫噼里啪啦!"

江何一怔，马上追问："为什么会这么叫?"

"之前买过的也是图便宜，装了窗户或者天窗，没多久就碎，咔咔往下掉，噼里啪啦的，大伙就都这么叫。"曹大姐解释。

江何心脏都快蹦出了胸腔，一直以为触不可及的，原来近在眼前。

7

江何将天窗上的玻璃卸下来认真研究，发现问题出在玻璃的表层贴膜。由于当地冬天天气寒冷，一般人家窗户都会安装双层玻璃，但是老泥鳅店里卖的这种双层玻璃上面贴的膜厚度不一，极易因为阳光折射、冷热不均，造成碎裂。

顺着老泥鳅的商店一路调查，江何发现这批为数不多的问题玻璃都出自一家家具厂，厂长正是之前被老胡挟持儿子的薛胖子。江何又拜托金灵进一步调查，发现薛胖子之前在南方开塑料薄膜厂，赚了不少钱，三年前衣锦还乡，在县郊开了这间家具厂。

江何感叹："踏破铁鞋无觅处！"

这天，他和李巧开着破皮卡，来到这间小工厂门口。

江何说："我有一种感觉，老胡来过这儿。"

李巧谨慎道："咱们还是小心点儿，千万别暴露了。"

两人正说着，车外走过来一名保安。

江何道："见机行事！"

保安敲了敲车窗，江何将玻璃摇下。

保安用警惕的目光看了看江何和李巧，问："你们干什么的？车停半天了。"

江何假装道："我们迷路了。"

保安没好气道："朝那边能开上国道。这儿是工厂，没事儿别挡道！"

江何还想找机会试探："我们能去里面上个厕所吗？"

保安看着两个城里人，一脸不屑道："真稀罕！这荒郊野岭的，你们随便找个地儿施肥浇花不好吗？"

江何本想让他讲点文明，结果这时对面刚好开过来一辆大型SUV，直接怼在江何和李巧的破皮卡对面，比他们的车高出一截。

SUV里的人摇下车窗，江何和李巧立即认出，那是厂长薛胖子。

薛胖子冲着保安不耐烦道："干什么呢？"

保安点头哈腰："老板，这两人迷路了。"

薛胖子朝江何这边看了看，吓了一大跳，连忙解开安全带，从车上颠儿颠儿跑下来，凑到跟前。

薛胖子挨着江何车窗，毕恭毕敬道："小何总远道而来，怎么也不提前跟我打声招呼，我好去接您！"

江何和李巧先是一怔。

江何不确定道："你认识我?"

薛胖子解释："我与小何总只打过电话，素未谋面，但是有一次去吴总办公室，我看到过您的全家福，就记了下来。"

吴总办公室的全家福，江何当即明白过来，他把自己认成了何欢!

江何沉着脸不说话，薛胖子误以为他不高兴，脑门上的汗珠都快溢出来了。

眼见情形尴尬，薛胖子转回身一巴掌甩在保安脸上，对他吼道："瞧瞧你干的好事! 怎么能让小何总杵在门口，赶紧开门迎客!"

保安反应了一下，等他回过神后，忙红着脸跑去开门。

薛胖子又凑近了些，一脸谄媚道："小何总，薛某无能，最近给您惹了一点麻烦。不过您放心，老胡他要是还回来找我拿账本，我下回一定抓到他。您看咱们是不是到厂里喝杯茶，叙叙旧?"

江何听到他提起老胡还在伺机找他拿账本，估计老胡没出事，顿时安心不少。

江何板着脸，冷冷道："我跟你有什么好叙的?"

薛胖子自知失言，在自己脸上抽了一记耳光，忙不迭道："哎哟! 您看我这话说的! 我太抬举我自己了，您多尊贵的人! 随手丢给我一根骨头，我就能建这么一厂子，不然我早背了一身债，都进监狱了。"

江何虽然没有完全摸清楚情况，但还是强装着一脸的怒火，声色俱厉道："知道就好! 那个老胡现在怎么样了?"

薛胖子道："这家伙跟个耗子一样，不知道在哪打了个地洞躲了起来。我找了本地道上人手最多的大哥，只要一露头，马上就给他按住。"

江何冷哼一声，一脸不屑："虾兵蟹将。"

薛胖子忙道："是是是！小何总您骂得对！不过您放心，最近这段时间我天天都把账本带在身上，晚上睡觉都不离身。我知道老胡这次来，目的就是这个，只要这个在手上，我还怕他不出来？"

薛胖子说着掏出脖子上的一根红挂绳，下面挂着一个U盘。

江何直接道："给我吧！"

薛胖子有些震惊，更加疑惑："您……要啊？"

江何怒道："你耳朵聋了吗？"

薛胖子不确定，磨叽道："我这……老胡都能追到我这儿，要是哪天鱼死网破，跑去报警，警察查到我了怎么办？"

江何再次吼道："拿来！"

薛胖子见他发怒，连忙从脖子上摘下挂绳。可就在他下定决心准备递出时，看了一眼副驾上的李巧，再次感到犹豫。

薛胖子小心翼翼试探："小何总，不是我不肯给您，主要是您这次微服私访有点突然，没有提前通知，开这么普通的车，身边还只有这样一位……一位柔弱的女士，我主要是担心，您拿着不安全？"

江何不紧不慢，露出了邪邪一笑，道："柔弱的女士?！那你可就搞错了，介绍一下，这位可是我重金请来的中南海前保镖。你听过少林武僧黑牙大师吗？一掌劈断柳那位，铁砂掌的独门传人，就是她师父。"

薛胖子被江何说得一愣一愣的。

李巧也板着脸，冷冷地从袖管中伸出黢黑的右手，看得薛胖子不由得又是一惊，忙伸手擦了擦汗。

李巧脸上不露声色，心中翻江倒海。怎么也没有想到，自己被笑话了好几天的熊掌，居然还有这个作用，铁砂掌独门传人……

薛胖子二话没说，交出U盘："给您！"

江何心中一喜，面上还是冷道："你现在就可以尽管放出风去，让老胡过来找我。"

薛胖子一听"小何总"把他头上这么大的雷卸了，也是一喜，大声道："是！"

江何冷冷瞥了他一眼，戴上墨镜，发动汽车，绝尘而去。

第十章　混凝土情书

> 人为什么要结婚？好的婚姻到底意味着什么？如果回答不了这两个问题，那我宁愿这辈子就做一个不婚主义者。

> ——茶

1

从薛胖子把江何错认成何欢的那一刻，江何意识到，原来在背后捣鬼的并不只是吴海桐。在何欢兄友弟恭的假面之下，究竟隐藏着多少对自己的仇怨和憎恶？

从东北一路开车返回，刚到笑寺门口，透过满是泥点的车窗，江何一眼就看到残破的台阶上坐着一个熟悉的身影。

那是老胡。他还穿着那天在机场再见时穿的冲锋衣，头发蓬乱，胡子拉碴，身边还放着一个脏兮兮的背包和一只5L的农夫山泉桶，都快喝完了。

江何从车上下来，也没有说话，张开了手臂。老胡会意，起身跟他来了一个大大的拥抱。虽然还有很多误会没有澄清，但是兄弟间的情谊从未改变。

松开后，江何拍了拍老胡肩膀："没想到你居然赶在我们前面过来。"

老胡道："我一听到消息就知道薛胖子认错人，连夜坐车去哈尔滨，飞机飞回来的。"

江何转身拉起李巧的手："来，介绍一下，这是李巧，是你未来的嫂子。"

老胡扑哧一笑，一拳打在江何胸口："行啊！你小子。不过，你这动不动就占老子便宜的习惯什么时候能改，身份证上我比你大月份，是弟妹，弟妹你好！"

老胡跟李巧握手，江何却在一旁道："她可不是一般人，天窗事故的两位遇难者，就是她的丈夫和儿子。"

老胡听完双腿一软，嘭的一声跪在地上："嫂子！我我我……我给您跪了。"

江何和李巧好不容易才将老胡搀回工作室，喝完江何从冰箱里拿出来的一罐冰啤酒，老胡这才镇定下来，开始跟江何叙旧。

老胡说："天窗事故发生之后，我之所以丢下你跑路，是因为我那时并不知道幕后真凶是谁。我想等一等，看看谁会冒出来，谁最终受益。除却这一点，在沐光美术馆的竞标当中，我也背着你做了一些你不知道，也不太可能会同意的事。"

江何惊诧："什么事?"

老胡道："我们之前那么多次竞标没有成功，我想来想去也不明白，就算再倒霉也不至于如此，后来我就去查，结果发现那些赢得竞标的公司，背后都有一个投资人，就是吴海桐。我当时很疑惑，我们这种建筑圈的杂碎什么时候得罪了东吴集团这种老大哥，惹得人家一再出手? 你除了设计，一向不过问别的，我就没把这些告诉你。后来又一次跑标，我俩喝得烂醉，我听见你说，你母亲用她和你父亲的姓氏给你起的名字，可是，你这辈子注定不能成为像你父亲一样成功的建筑师。你从小父母离婚，几乎从不提起父亲，后来我才想明白，原来你的父亲就是何东。"

江何这才明白原来自己酒后失言，说漏了身世，忙问老胡："你去找何东了？"

老胡摇摇头："我哪见得到他？但是，沐光美术馆竞标前，我看了你的初步构思，也评估了我们当时的实力，我觉得这个项目就是为我们而生。我想了一点办法，通过东吴内部的人，搞清楚何东并不喜欢你那瘪鬼弟弟，仍然对你寄予期望，我就让他知道了吴海桐在背后反复搞我们。何东具体有没有采取行动，采取了什么行动，我都不知道，反正没过几天，沐光美术馆的开标大会上，我们就成了获胜方。"

原来这就是一切的起因。江何虽然知道吴海桐一直忌惮、打压自己，却没想到母子二人沆瀣一气，最后酿成人命官司，简直不可饶恕。

李巧在旁边默默听着，早就泪眼婆娑，沉浸在悲伤中。

对于最终的侦破，江何仍有疑问："那你是怎么知道幕后凶手是何欢，又追到东北去的？"

老胡道："我也是刚刚才知道的。最开始，我们拿下工程后，我就被那薛胖子盯上，给我安排了仙人跳，拍了不少足以让我身败名裂的视频和照片，然后以此要挟我，让我高价买他的材料。最初我以为他的目的就是赚钱，但也怕万一出事会连累到你，就把公司分割成事务所和工程公司两块。虽然小心翼翼，可最后还是出了天窗坍塌这么大事故，这点我估计也超出了他们的预期，毕竟当天的天气百年不遇，谁也没有想到。在日本，我的行动一直受限，但我知道薛胖子是关键线索，这趟回来本来打算鱼死网破，逼他开口。结果千算万算，没想到最后居然刚好跟你们打了一个配合。"

薛胖子的U盘里，不仅有账本、转账记录，还有几段电话录音，全都指向何欢和吴海桐。

老胡最后道："老江、嫂子，现在说多少对不起，也不能弥补我犯下的错。这三年，我想了很多，也悟了很多，该面对的就要勇于面对。你们现在就陪我去警局投案，把证据交给警察，何欢、吴海桐、薛胖子还有我，我们所有人都要对自己犯下的罪行负责。"

老胡的决心令江何和李巧动容，他们终于可以为天窗事故做一个了结。

何欢大概也预料到了这个结局，在警察赶到医院准备抓他时，他提前下楼开跑车走了。

但是，不知道是因为太慌张，还是无法面对，车子还没有开出三公里，就在路口出了交通事故。因为抢救及时，何欢虽然保住性命，却失去意识，再也无法开口告诉大家，他到底为什么要这么做？

吴海桐、薛胖子等人都被抓捕归案，连夜突审，以便尽快查明真相。

这天，江何和李巧刚在警局录完口供回到笑寺，看到黑牙和乌龙正盘腿坐在大殿前的石阶上下棋。

乌龙平时随叫随到，干活任劳任怨，今天没人叫他，江何因而有些意外道："乌龙怎么来了？"

乌龙憨憨地挠了挠头，一改平常的硬汉作风，涨红着脸不说话。

黑牙在一旁道："这小子来半天了，非要等你们回来才说。"

乌龙笑着点头，从兜里掏出一个木头方盒递给江何。

江何打开盒子，看到里面放着一大一小两枚戒指，正不知何意，李巧却在一旁问道："乌龙，你这是要跟茶求婚吗？"

2

乌龙的女朋友叫茶，江何和李巧都认识，也知道两人的故事。

两人因为名字里分别有乌龙和茶字，合在一起刚好是乌龙茶，所以初中被分到一个班级后，就被传说是早恋。但是，直到两年前，两人才终于确定恋人关系。

乌龙道："这是我亲手做给茶的结婚戒指！"

江何将木盒捧在手心，仔细端详，惊讶道："这戒指……难道是混凝土做的？"

盒子里两枚戒指都是深灰色的，乍一看非常粗犷，充满野性，仔细看材质厚重，光滑细密，透着一股沉稳和内敛的气质。

乌龙介绍道："我从半年前开始琢磨做这个戒指，做了几千次，终于摸索出这个触感温润，质量轻薄，形状也还不错的。前几天，我跟茶共同的发小老蔡，跟他的女朋友小范求婚成功了。老蔡跟我说，明年我们都三十了，三十而立，该把婚结了，我就想是不是也跟茶把婚求了？"

李巧见乌龙眼神闪烁，一副游移不定的样子，便问道："那你带着戒指来找我们，是怕茶不同意？"

乌龙点点头："我还真拿不准她的心思。"

李巧道："平常我们见你俩相处挺好，你加班熬夜，她也总过来给你送吃送喝。"

乌龙挠头，解释道："怎么说呢？我跟茶，我俩相差还挺多的。她家境比我好，父母都是做生意的，比较有钱，我爹妈都在水泥厂上班，是又脏又穷的底层工人；茶的学历也比我好，她是传媒大学研究生毕业，自己创业开公司，而我就只有高中学历，是个建筑工人；要是结婚的话，我在城里也没有房子，凭现在的收入也买不起房，只能先租房。我觉得就算她愿意跟我，过的也都是苦日子。"

李巧道："但你还是做了戒指，想要跟她结婚？"

乌龙点头："她待会儿会过来，我想让你们帮我试探试探，要是她愿意，我今天就把婚求了。"

江何欣喜："好事情！那你具体想让我们怎么试探？"

乌龙把自己的想法说了说，江何、李巧和黑牙都应下。

没过一会儿，茶从外面进来了，乌龙连忙将木盒塞进兜里，结果茶还是看到了，好奇地问道："你把什么塞兜里了？"

乌龙搪塞了几句，大家就按商量好的，尽量把话题往婚姻上引。

结果刚开头没多久，茶就警惕道："打住！"

四人惊讶地看着她。

茶一脸严肃道："关于结婚的事，前几天，我闺蜜小范正好被她男朋友老蔡求婚了，小范高高兴兴地答应，我却连着失眠好几天。我正想找个机会跟乌龙好好谈谈这件事，要不就趁今天说了吧。"

乌龙听茶的口气，顿时有些紧张，道："你说。"

茶道："乌龙，你知道我很爱你，我也很高兴能做你的女朋友，我们在一起这两年，我真的非常非常开心，但是……"

众人屏住了呼吸，听茶继续说道："但是，我已经下定决心，这辈子要做一个不婚主义者，不结婚，不要小孩，不成立家庭。"

乌龙震惊得说不出话来："……"

李巧不解，在一旁问："为什么？"

茶理智道："巧姐，我不是特别能说得清楚，但我有一个很强烈的感觉，就是我不喜欢现在的婚姻制度，也不想把自己放到这个制度中去，被它捆绑，受它束缚。人本来应该是生而自由的，我爱乌龙，乌龙也爱我，那我们就在一起，为什么非要靠一个9块钱的小本子来确定我们的关系？"

江何问："可要是不靠这个9块钱的小本子来确定关系，你会觉得安心吗？"

茶道："所以我才想说，我索性就不要这份确定，没有确定就没有控制，没有控制我们大家就都自由了。"

李巧想了想，也道："茶，你的想法很新奇。但我还是想问你，既然你跟乌龙十分相爱，那如果乌龙特别想结婚，也想要小孩，你会不会因为爱他，而做出让步？"

茶愣了愣，想想然后说："这个事情不能这样问，因为我也可以反过来问乌龙，如果我特别不想结婚，也不想要小孩，那你会不会因为爱我，而做出让步？"

乌龙一脸手足无措地看着茶，他不由自主把手放进兜里，又不由自主地将手掏出，就在那一刻，兜里的木盒被带了出来。

啪嗒一声，盒落在地上，盒盖被震开。

那两枚好看的混凝土戒指，就安安静静躺在里面。

茶先是一愣，没想到乌龙连戒指都准备好了。慌乱之间，她丢下一句"我觉得我们应该先静静"，便匆匆离开了笑寺。

乌龙因为担心，也追了出去，留下江何、李巧和黑牙三个人在那里面面相觑。

江何见黑牙面前有乌龙下了一半的象棋，便坐下来要帮他收拾残局。结果这时门口又有人进来，江何头都没有抬就问道："怎么这么快就回来了？"

一个陌生的声音回道："好久不见，江何！"

江何猛一抬头，这才看到来人并非乌龙或茶，而是一身紫罗兰色职业套装，高绾发髻，笑容嫣然的穆兰。

江何放下棋子，一脸意外道："穆兰，你怎么来了？"

穆兰大方道："我来看看你。"

对于穆兰的造访，江何和李巧并非没有一点心理准备。天窗事故翻案，东吴集团被推上风口浪尖，穆兰又是何欢的妻子。只是他们没有想到，她会来得这么快，更没有想到她会第一个来。

穆兰见江何不说话，笑着问道："方便借一步说话？"

江何闻言飞速扫了一眼李巧。李巧知道他和穆兰的关系，他可不希望她有不必要的遐想，因而忙起身介绍道："你来得有点突然，我来介绍一下吧。这是穆兰，算起来是我弟媳妇。这是李巧，这是黑牙师父，大家都不是外人，有什么事尽管说。"

穆兰依旧笑着，礼貌地跟二人点点头，又对江何道："都是家事，最好单独聊。"

江何摆摆手："家事就更没必要单独聊了，他俩都是我的家人。"

穆兰脸上的笑容终于有一些凝固，她看江何的眼睛有些异样，然后转过身去，凑到李巧跟前轻轻跟她说了句话。

令江何意外的是，李巧听完之后，竟马上说道："江何，你和穆兰这么多年没见，还是进去好好叙叙旧吧。"

江何没想到李巧会这么说，怔怔地有些发愣，走过去牵起她的手："一起吧？"

李巧将手抽回："快去吧！"

江何一脸不解地看着李巧，好大一会儿才点点头，转身对穆兰道："那就这边请吧！"

眼见江何领着穆兰离开，李巧闭上眼睛，长出了一口气，再睁开后，她对黑牙说："我出去一下，马上就回来。"

黑牙眼见刚刚还很热闹的院子突然安静下来，忍不住吐槽："看来今天老衲这棋是没法下了。"

3

穆兰刚到江何的工作室坐下，江何就忍不住问她："刚才你在院子里，跟李巧说了什么，说完她就让我进来跟你叙旧？"

穆兰却笑道："这个你何不亲自询问李小姐？"

江何知道自己从穆兰嘴里问不出来，只好作罢。

穆兰倒是饶有兴趣地问道："你这么在乎李小姐，跟她的关系一定非比寻常？"

江何大方承认："我爱她！"

穆兰一愣："你们是男女朋友？"

江何摇摇头："她还没有同意。"

穆兰道："那你是暗恋人家？"

江何道："她知道。"

穆兰不解："那她为什么不同意？"

江何道："还没到时候吧。"

穆兰叹了口气，道："你这心可真大。"

江何皱眉："怎么了？"

穆兰又问："你觉得你真的了解李小姐这个人吗？"

江何道："我们认识快一年了，挺了解的。"

穆兰道："那你知道她是从哪里来？过往的人生经历是什么？父母都是做什么工作？原生家庭的环境怎么样？……"

穆兰问了一连串问题，别说江何他还都答不上来，因而有些不爽道："你今天过来就是为了说这些？还是有什么关于她的料要爆给我？"

穆兰当即摇了摇头："我之所以说这些，是因为亲身经历告诉我，在说爱一个人之前，你以为你很了解他，对他的过往和来处一清二楚，却还是有可能知人知面不知心，到头来所爱非人，错付半生。"

江何一愣，没想到穆兰竟然说起这些。她这是在暗指自己？当初因为和江何相遇，错付何欢，如今这般局面，她又情何以堪。

江何忽然觉得有些内疚，毕竟这也是他一手造成的孽债。

江何见穆兰哭了，忙拿来纸巾，穆兰侧身不理，江何只能道歉："对不起！当年我也不知道会给你造成这么大的误会……"

结果，他话还没有说完，穆兰就一头扎进他怀里，伤心地大哭起来。

江何这边还在辛苦安慰穆兰，李巧那边走出笑寺大门，果不其然，外面停着一辆黑色高级轿车。

刚才穆兰凑到她耳边，跟她说的话就是："门口有辆黑色轿车，车里有位琪姐的老朋友在等你。"

琪姐，是李巧母亲曾经用过的一个名字，知道的人不多。对于李巧而言，这个名字却是她一生的禁忌和雷区。

李巧尤其意外的是，车门打开后，坐在里面等她的，竟然是何东。

何东请李巧上车，等她坐好，第一句话便是："离开江何吧。"

李巧没有张口，安静地听他往下说。

何东说："江何是我儿子，也是东吴未来最可靠的接班人，从现在开始，我没办法让他想做什么就做什么了。跟李小姐比起来，穆兰的出身和家世都会是更好的选择，加上本来就是这小子先招惹的人家，才被老二那家伙借机利用，他欠下的孽债必须自己偿还。至于李小姐，你自己的身世自己心里清楚，那天我在看到你的照片后，马上就想起琪姐。说来也真是巧，你竟是她的女儿。这世上没有不透风的墙，你总不希望将来有人说，一对母女共同侍奉过一对父子吧。"

何东说得不紧不慢，李巧两手紧握成拳，静静放在膝盖上，直到最后这句，她终于忍不住反驳道："我跟江何不是你说的这种关系。"

何东也不在意，嘴角流露出一丝邪笑："但你母亲和我确实是那种关系，不光和我，还有很多男人，这个就算你跳进黄河都洗不清。"

李巧讨厌这种威胁和压迫，道："你凭什么要我听你的？"

何东啧啧嘴，叹道："你这咄咄逼人的样子跟你母亲真是一点都不像，也不知道江何那小子看上你什么？"

李巧沉默。

何东只好又问："李小姐怎么看待婚姻？"

李巧冷道："说你想说的。"

何东再次心惊，这丫头的口吻，倒是跟江劲兰有几分相近，难道江何喜欢的就是这个？

何东无奈道："在我们这些过来人眼里，最好的婚姻是命运共同体。人和人身上都有不一样的资源，聚到一起就是资源的整合和利用，只有互相匹配、势均力敌的人，才能在一起建立长久有效的婚姻。否则，你父母的例子就是前车之鉴，他们在一起只能互相拖累，互相毁灭。"

李巧被揭疮疤，心里翻江倒海，回击道："你妻子锒铛入狱，你也配聊婚姻。"

何东被激怒了，愤然道："李小姐！我今天过来告诉你这些，也是想给你指条明路。人生苦短，别瞎折腾。你若真爱江何，不图名不图利，就该及时放手，像他母亲当年对我一样。一个男人生命当中最重要的是建功立业，成就盛名。对于江何，就是成为一流的建筑师，建造真正的大舍，而不是跟你一起，过腻腻歪歪的小日子。"

李巧听何东说完长篇大论，不耐烦道："说完了吗？"

何东做了一个挥手的动作。李巧立即拉开车门，走下车去。

在她欲转身关门的一瞬，何东又喊住她，道："李小姐，三思！"

李巧啪地将车门关上，看着何东的车绝尘而去，反身走回笑寺。

江何那边，他好不容易等穆兰哭完，越发感到内疚并安慰："其实你可以反过来想，就算没有那么多阴错阳差，你也没有把何欢当成我，我们真的认识了，你也不一定就会喜欢我。你家里的条件好，从小到大都被保护得很好，你爸妈肯定也不会看上我。我这人毛病一大堆，从小就跟着我妈居无定所混社会长大，单亲家庭的小孩，性格本身就有缺陷，更别说会照顾人……"

穆兰摇摇头，打断江何："别说了！你不用把自己说得这么不好，我看过你设计的房子，你是个很会用心的人。"

江何一脸无奈道："那都是工作。"

穆兰又道："其实我今天过来不是想找你麻烦，也不是要你跟我道歉。事情都已经发生过了，谁也不能改变，纠缠不休没有意义。"

江何赞道："还是你敞亮！"

穆兰道："不念过往，不负当下，江何，我今天过来是想问你，你准备好了吗？东吴的未来已经不会再有吴海桐和何欢，现在正是你父亲最需要人手的时候，他有意让你回去做他的接班人。你是想做管理也好，搞设计也罢，总归是你想做什么就能做什么，在别的地方实现不了的梦想，回到你父亲身边，又何止一个沐光美术馆，十个这么大体量的项目也是你想要便要的……"

江何听穆兰讲得慷慨激昂，不禁有了一丝神往。

穆兰看到了那一瞬间江何的心旌摇曳，像个小女孩一样，摇了摇江何衣襟，充满崇拜道："回家吧！相信用不了多久，你就是建筑界最璀璨的明星。"

4

江何并不知道李巧与何东的会面，事后还一直追问："穆兰到底跟你说了什么，才让你发话的？"

李巧每次都笑着说："你猜。"

江何猜了一下午也没有猜出来，直到晚上还在问长问短，李巧却问他："跟初恋重逢的滋味怎么样？"

江何撇撇嘴道："可不咋的！"

虽然穆兰说出了他心中的向往，但要臣服和听命于何东，对江何而言，并不容易。他把心底的纠结一一告诉李巧："本来以为天窗结案，至少能过上一段安逸的生活，结果这女人跑来一趟，就给我出了这么大的难题，你说我到底要不要跟东吴合作，把大舍开成他们的子公司？"

李巧并不想左右江何的选择和决定，尤其是在跟何东聊完后。那些疮疤和往事再度被揭开，血淋淋地露在那里。李巧一脸平静地说道："你决定吧。"

江何却来了劲头，一把从后面抱住李巧，在她耳边问："那我要是决定了，你可愿意都听我的？"

李巧笑："我都听你的。"

江何听完满意道："那我可就说了，我已经不想再等了，咱们明天就结婚吧。"

李巧没想到江何会说这个，心头一甜，嘴上却道："人家乌龙求婚都还知道准备戒指，你这什么都没有，真是一点诚意都没有。"

江何不同意："你怎么知道我没有诚意？"

李巧不解地转过身来望着江何。

江何将她抱在怀里，眼神炽烈道："一个结婚戒指算什么？我把我整个人都给你，我，我的财产，我的未来，甚至以后生小孩，你要想跟你姓，我都没二话。"

李巧忍不住抬起手，抚在江何的脸庞上，道："你可真慷慨！"

江何得意："那可不是！我们明天几点出发？我是不是要先预约一下？"

李巧哈哈一笑，两个人笑成一团。就在他们忘情地拥吻时，一旁的电话铃声忽然响起，欢快又恼人的音乐就像一个不合时宜的闯入者，让两人不得不停了下来。

江何不耐烦地拿起电话，刚按下接听键，就听到茶在那边哭天抢地般喊道："江工！巧姐！你们快过来啊，乌龙被人打了。"

江何和李巧赶到医院时，乌龙刚包扎完伤口。

乌龙的头被老蔡用一只啤酒瓶砸伤，医生说有脑震荡风险，要留院观察。

一问原因才知道，原来茶跟小范说自己要当不婚主义，这辈子不结婚，不生小孩，不成立家庭，引得刚刚答应老蔡求婚的小范要重新考虑她和老蔡的婚事。老蔡一急，又喝了几杯酒，就把乌龙给打了。

眼见小两口的事情越闹越大，江何和李巧只好留下来疏导他们。

李巧道："说到婚姻，你们今天走之后，我一直在想两个问题，人为什么要结婚？到底什么样的婚姻才是好婚姻？既然你们一个想结，另一个不想结，那不如就这两个问题聊开，说说究竟怎么想的？"

茶点头同意："巧姐说得很对，如果回答不了这两个问题，我宁愿这辈子就做一个不婚主义者。"

乌龙却一脸不甘心道："说什么不相信婚姻制度，说到底还不是因为你前男友给你造成的伤害，到现在都恐婚和拒婚。"

乌龙的指控让茶有些难为情，她说："那都是过去的事，你还提他干什么？"

乌龙却不依不饶："就因为你提都不让提，自己一个人在心里耿耿于怀，才不愿意真正爱我，也不肯跟我结婚。"

茶当然不同意："你在胡说八道些什么？"

眼见两人聊不下去，江何在一旁说："茶，既然你说都是过去的事，那就不如给我们讲讲，大家一起给那个死去的爱情开场追悼会。等你把故事说完，我们就跟那一切告别，你说好不好？"

茶咬咬嘴唇："乌龙和我一直拿你们当哥哥姐姐，他连求婚这种事都要去请教你们，我也没什么不能说的。我一直都坚信，在这个世界上，就没有没有遭遇过背叛的人。所以因为背叛而质疑人性的，也不会只有我一个。我说我不相信婚姻制度，其实我更加不相信人性，人性怎么可能被制度约束，一张9块钱的结婚证，就能让两个人一辈子永结同心，永不背叛？绝不可能！"

茶恨恨地说道，在场三人都觉得她语气中有很多愤然不平。

茶继续道："我跟乌龙在一起之前，曾经交往过一位男朋友，在一起七年，直到谈婚论嫁，差一点点就去登记拿证了。从第三年开始，就有很多迹象表明，我那个前男友劈腿。比如，他跟我说某天某个时间要去图书馆，可我在那个时间去图书馆，却没有找到他人。比如，约会的时候，他经常会接到一些电话，必须要回避我才能接听。还有，那是我们毕业上班以后，我打他的手机没有接，于是就打了办公室电话，结果他的同事捂着听筒喊他说：喂，海王，找你的电话。我在电话另一头听得一清二楚，他们管他叫海王，然后是骂骂咧咧、哄笑一片的场景。"

李巧好奇："你当时怎么想的？"

茶道："一开始我让自己不要胡思乱想，那很有可能只是男同事之间互相开的一个低级玩笑，很幼稚，甚至我还想说，那说不定是一种恭维，说明我的前男友是一个非常有魅力的男人。我不想好奇，更不想追究，就想当个鸵鸟，把头埋在沙子里。结果，后来没过多久，有一天我听见我的手机响了，我拿起来一看，上面居然是一串亲吻表情。我刚开始很奇怪，除了我前男友，谁会给我发这样的表情包，可当时他正在洗澡。随后我就发现，那不是我的手机，当时我跟我前男友买的是情侣款手机，那一连串亲吻的表情，是别人发给他的，等他从浴室出来，我就问他，这是谁给你发的微信？你们知道他是咋说的吗？"

江何道："恶作剧？"

茶道："没错！他就是这么说的，然后拿着手机，回拨过去，一通骂骂咧咧。我当时是有些不相信，就把之前的怀疑都说出来，他就逐个跟我解释，说那天之所以不在图书馆，是因为有别的事情。打电话回避我，是因为聊的都是工作上的麻烦，怕我担心。还有同事之所以管他叫海王，是因为嫉妒他能搞定女客户。"

李巧问："你都相信了？"

茶无奈道："他都这么说了，我还能不信？不过，你们可能不知道，我没有跟乌龙恋爱之前，是一家事业单位的领导文秘，当时还烫着一个蓬蓬头，除了工作装，就是碎花雪纺，或者纱质连衣裙，穿衣打扮经常被人说是茶里茶气的。"

李巧道："你不说我真没法相信，打从第一天见你开始，就只见你穿衬衣牛仔裤。"

茶点点头："我这两年的改变非常大，反正那时候也不知道怎么回事，就算心里怀疑，也不想正视，不敢面对，整个人就很弱鸡，不知道正视和面对的后果是什么，心里还想着我跟前男友在一起，已经谈了七年的恋爱，他不但是我的初恋，我的初吻，初夜，我所有跟亲密有关的体验，全都是跟他在一起发生的。我当时真的不太知道，如果他是一个渣男，我该怎么办？"

李巧关切："那后来呢？"

茶道："后来前男友大概也是看到我管不了他，能够被他吃得死死的，就想着要跟我结婚。他家里条件还不错，对我父母出手也很大方，我父母就被他表现出来的样子所迷惑，支持他跟我结婚。即便我当时也跟他们表达了我的担心，还跟我母亲说了我的那些发现和怀疑，他们却反过来劝我说，男人年轻的时候都这样，等到年纪大了，玩不动了，心自然就收回来了，只要你确保你是他明媒正娶的正妻，这就足够了。"

江何听得直炸毛："什么年代了，怎么还有父母是这种思想？"

茶道："我父亲是一个生意人，任何时候，都要确保利益最大化。我母亲一直都是家庭主妇，从不干涉、违逆我父亲的意思。我当时听了他们的话，什么都没有说，也没有表现出任何情绪，但我内心真的非常非常生气，气得我差一点点就做出了傻事！"

5

江何和李巧都很好奇，李巧问："什么傻事？"

茶继续回忆道："当时因为前男友送的彩礼分量足，我们两家几乎略过了订婚，直接开始谈论婚礼日程。我当时特别紧张，好像除了我自己以外，所有人都巴不得把我嫁出去，然后瓜分那些彩礼，我身边竟然没有一个真正在乎我、关心我的人。那段时间，我经常一个人在外面闲逛，坐着公交车随便去一个地方，结果有一天我在街上偶遇了乌龙。我跟乌龙因为名字的巧合，中学还被同学传过早恋。虽然不是真的，但我一直觉得他很不错。那天，我跟乌龙说，我要结婚了。我看到他在听到的那一瞬间，表情忽然变得黯然。嘴上虽然说着祝福的话，但是明明有一种掩饰不住

293

的伤心。凭着女性的直觉和第六感，我当时发现，乌龙应该是喜欢我的。"

李巧道："原来你是那个时候知道乌龙喜欢你的！"

茶点点头："嗯，可是我当时居然愚蠢地利用了这一点，差点犯下了毁掉我们所有人人生的大错。那天，我观察到乌龙对我不同于常人的关注后，在婚礼前一周，登记前一天，我忽然叫他去一个酒店的房间找我。他不知道我找他干什么，匆匆忙忙跑过来，结果我却跟他说，我希望跟他发生关系！"

茶说到这里，不经意地牵起了乌龙的手，乌龙用另一只手轻轻拍拍她，好像在说没事，我在陪着你。

茶继续道："我算好了时间，那几天刚好在我的排卵期。我跟乌龙说，我这辈子已经没有任何指望了，可是，即便要让我嫁给渣男，我也坚决不要生下他的孩子，请你帮助我，让我生下你的孩子！"

江何和李巧一脸意外，江何凭着对乌龙的了解，问他："你没答应吧？"

乌龙摇摇头。

茶也笑了，漾出了一脸开怀的幸福笑容，说："那天，乌龙帮我把地上的衣服捡起来，重新穿好，还说他从小到大一直都在憧憬和向往着这一刻发生，梦里也梦见过无数次，但如果真的要发生，绝不是在这样的情况下，因为这样的理由。"

李巧点头称赞："他从心底尊重你，而不是尊重你的决定！"

江何也拍拍乌龙肩膀："臭小子有点定力！"

茶道："那天晚上，我们在酒店聊了一晚上，还说了很多我们小时候的事情，我才知道原来他从那么早之前就在关注我、喜欢我。知道我来这里上大学，也不顾家人反对，跑来打工。他还说，因为他叫乌龙，我叫茶，我们组合在一起就是乌龙茶，不像绿茶那么娇情，也不像红茶那么醇厚，而是介于这两者之间的另外一番风味……我当时听他说了很多之后，才知道原来那天在街上并不是偶遇，而是老蔡从小范嘴里听到了一些我当时的情况，乌龙又从老蔡那里知道。因为担心我，他就逼着老蔡从小范那里打听到我经常游荡的地点，故意跑来跟我偶遇的。"

李巧道："原来乌龙为你做了这么多。"

茶道："那是我头一次特别明显地感受到，我被一个人珍惜着的感觉。所以，大概也是因为这种感觉，我想要自珍自爱的愿望也强烈起来，内心更加有力量。第二天，我没有去登记，而是从我前男友的手机里抓到了他劈腿的证据，然后就是解除婚约，一拍两散。我之前的文书工作也是前男友帮忙找的，领导还是他家的亲戚，待在那里总觉得别扭，干脆把工作辞了，出来独立创业。"

江何道："听起来前男友的事情到这里就了结了，那你们又是怎么确立关系的？"

茶道："我从单位辞职以后，有段时间没有想好接下来做什么，经常有事没事就找乌龙吃饭，他也不厌其烦听我唠叨我的那些生活琐事。我搬新家、找办公室，全靠他帮忙。等到那年他过生日，满心期待我给他准备生日礼物，结果我当时刚创业不久，忙得压根没有想起来，就说那我把自己送给你当女朋友好了。"

李巧见两人脸上都有甜蜜的笑容，疑惑道："听到现在，我没觉得你放不下前男友，这段经历也不足以让你痛恨婚姻，拒绝进入围城，我真是越来越糊涂了。"

江何问茶："所以还是因为乌龙的家庭、学历不好，没车没房，将来的收入和发展也都不如你，你才不想跟他结婚的？"

茶摇了摇头："如果只是这些，那签一份婚前协议，把该说的都说清楚不就好了。再说将来的事情谁又能说得准，如今AI技术发展迅猛，将来我的工作很容易就被取代，好的泥瓦匠却不可取代。"

李巧不解："那你到底为什么要跟那个9块钱的小本子过不去？"

茶道："我不知道。你刚才那两个问题我一个都答不上来，我从我的父母身上也没有体验过幸福婚姻的感觉，所以我真的不确定，为什么要结婚？"

江何问："你父母的婚姻不幸福吗？"

茶摇头："不幸福。"

江何又问："怎样的不幸福？"

茶没说话，脸上有些纠结，想了一会才道："乌龙，其实有件事我一直都没有跟你说，这是我迄今为止最大的秘密，也是我们家的秘密，如果说我不想结婚的真正原因，大概就是因为这个。"

见茶终于肯吐口说出心结，乌龙立即道："你说吧。"

茶道："一个多月之前，我忽然接到我妈的电话，让我回去跟她见一面。我当时刚好在上海出差，离老家不算远，就抽了一天回去一趟，所以没有告诉你。我刚开始以为我妈找我，是要告诉我很重要的事，比如她和我爸谁得了癌症，或者钱被骗了，结果见面之后，我妈跟我说，我爸跟他做生意的合伙人出轨。那是一个阿姨，跟他们岁数差不多大，二十多年来两人一直都有那种关系，现在我爸打算把生意关掉退休，那个阿姨和她的丈夫打算搬到别的城市去生活，至于我妈，她找我是因为她不知道接下来她应该选择什么样的生活。"

乌龙疑惑："你爸爸出轨二十多年了，你妈妈才刚刚发现？"

茶道："她没有发现，是那个阿姨的丈夫告诉她的。那位叔叔说他已经知道很多年了，忍了这么久，终于下定决心跟妻子摊牌，并且迫使她做出决断。他以为我妈一直都知道，结果我妈说她不知道。"

茶说着顿了顿，瞪着眼睛，气呼呼道："我知道，我妈妈在撒谎。"

乌龙不解："你怎么知道？"

茶道："我上中学的时候，就觉得我爸爸和那个阿姨，他们在一起举止亲密，说话做事都很有默契，还总是穿同一种颜色或者材料的衣服，看上去更像一对情侣。有一次，我们学校提前放学，我就先去我爸爸单位接他下班，结果我走到他办公室门口，发现门是关着的，起初我以为我爸不在，就在我准备离开时又听见房间里面有声音。我很奇怪，绕到一旁的窗口朝里面看，结果看到我爸正在跟那个阿姨做那个事情……"

乌龙问："这件事你有跟别人说过吗？"

茶道："我回家就告诉我妈妈了。"

乌龙问："她怎么说的？"

"她！"说到这里，茶气得手一抖，打翻了面前的杯子，江何和李巧赶紧拿纸巾擦掉桌面的水渍。

茶又继续愤愤然地说道："她居然在那天我爸爸下班回来后，把这件事原封不动地告诉他。她说，茶茶今天放学早，去你办公室找你，看你门关着还以为你不在，结果听到你声音，就从窗口往里看，看到你跟潇潇抱在一起，你说这孩子这么点大，小脑袋瓜子里整天都在想些什么？……"

三人惊诧不已，没想到茶的妈妈竟然是这种反应。

乌龙又问："那你爸爸怎么说？"

茶道："我爸爸……哼，我爸爸甩手一记耳光打在我的脸上，打得我满眼都是星星，然后把我臭骂了一顿，说小女孩没羞没臊，整天看那些香港电影，思想都学坏了。从那之后，他不准我在家里上网，不准我看课外书，也不准跟学校的男同学说话，还让我妈妈每天监督我上下学……"

乌龙怒："就算他是你爸，我也要说他一句混蛋！"

茶道："所以，我妈妈其实老早就知道她的丈夫出轨，可是，她选择让自己不知道，不知道就不会有任何问题，也不需要面对任何问题。但是，因为她那种行为，当着我爸爸的面揭发我告密，让我爸爸惩罚我，她再去做我爸爸的帮手，两个人形成统一战线，合起伙来惩罚我。这大概就是我母亲的婚姻之道吧？可是，至少在我心里，从那一天开始，我觉得我既失去了父亲，也失去了母亲。"

茶悻悻地说道，眼神中皆是乏力又空洞的感受。好在还有乌龙在她身边，才不至于显得太过可怜。

6

听完茶的原生家庭故事，三人都有些明白过来。李巧道："我现在知道你跟你前男友在一起时，为什么会对他的劈腿视而不见。因为你母亲就是这样做的。我也能够理解，你从你父母身上没有体验过幸福婚姻的感觉，所以才会对婚姻感到困惑。"

茶叹了口气，道："让你们见笑了。"

李巧摇摇头："那倒不至于，谁的生活不是千疮百孔。"

说到这儿，两人都陷入了沉默，各自心中都是沉甸甸的往事。

一旁的江何却接着说道："我想说说我的看法。"

乌龙道："你说。"

江何道："说起来，今天早上我见乌龙突然跑过来，拿着戒指说要跟茶求婚，我心里真的挺高兴的。后来茶虽然没有同意，还出了这些波澜，但是就在刚才，在你们打电话找我们来医院前，我其实也在求婚！"

乌龙和茶看到江何拉着李巧的手，连连惊呼。虽然早就看出两人关系不一般，但是没想到已经发展到求婚的地步。

乌龙道："那巧姐同意了吗？你们真的要结婚了吗？"

江何将李巧搂在怀里，得意道："当然！她说都听我的。"

李巧简直无语："还不是你的话术好！"

江何得意："反正你都已经答应了，不许耍赖啊！等忙完他俩的事，我们就去登记。"

乌龙见两人如胶似漆的样子，一脸羡慕道："江工，你可真命好，碰到了巧姐这么通情达理的。"

一旁的茶听了却有些不乐意："你什么意思，说我不够通情达理吗？"

乌龙忙纠正："我不是这个意思！我意思是巧姐善解人意。"

茶更不乐意："那就是我不善解人意？"

乌龙忙否认："没有没有，你最善解人意，你也通情达理，就是你的爸妈太糟糕，让你看不到婚姻的意义。"

茶更生气了："这下完了，以后我爸妈的事还不被你天天念。"

乌龙越描越黑，无奈道："我念他们做什么，我想跟你结婚又不是他们，怎么说来说去全都是我的不是？"

乌龙脑袋上缠着绷带，一副丈二和尚摸不着头脑的样子，更显无辜和滑稽，三人见状都忍不住笑了。

乌龙不爽道："我受伤了！你们还笑我，真是太过分了！"

江何忙收起笑容，袒护道："别笑了，认真点！我刚要说点话，这话题就不知道被岔到哪里去了！"

乌龙忙附和："你说你说！"

李巧也饶有兴趣地看着江何，想听听他要说什么。

江何道："在我看来，茶提出的两个问题其实也可以是，我们为什么需要婚姻关系？或者更简单一点，我们为什么需要关系？在我看来，一对夫妻，他们除了是夫妻，还可以是朋友、同事、合作伙伴、老板和员工、照顾者和被照顾者、拯救者和被拯救者等，在所有关系当中，我觉得最好的关系就是命运共同体。"

"命运共同体"这五个字一说出口，李巧就愣住了。同样的话，她今天还听过一次，是从何东那里，没想到类似的观点也从江何口中说出来。

就在李巧微微走神时，乌龙却激动起来："我觉得江工说得对，我想要的其实也不是婚姻，而是关系，是命运共同体。婚姻只是一个载体，一种形式，对于我和茶的关系，其实我还有过很多想法。"

茶好奇："什么想法？"

乌龙滔滔不绝说了起来："比如，我们现在的收入不足以买新房，我就想着先租一个，请江工和巧姐帮着设计，我们自己动手，将它装修成婚房。我爸我妈都在水泥厂上班，可以支持我一车混凝土，我们可以将房子打造成一个全混凝土空间。茶这两年创业做短视频，可以拍摄整个过程，不管是装修过程，省钱技巧，甚至瓦工操作，很多内容都可以拍。如果短视频有流量，还可以做建筑建材、家具家装的带货，甚至做一个自己的小品牌。总之，我觉得这里有很多地方可以发挥茶的聪明才智，也可以结合我们的兴趣爱好、专业特长，把它做成我们的事业……

茶听得很专心，等乌龙讲完，她忽然问道："你怎么不早说？"

乌龙有些不自信道："我其实也没太想清楚，怕说出来被你嫌弃。"

茶道："最近我正好因为工作的事焦头烂额，如果你期待我跟你的命运共同体是这样，那没问题，这局我加入。"

年轻人果然就是年轻人，一语即悟，一拍即合，说干就干。

次日，两人就开始找房，因为要照顾茶在城市中心区上班，核心地段房租不菲，看下来只能找老破小，或者胡同里的老房子、自建房、加盖房，其中就不乏奇葩户型、怪咖业主，茶把这些都拍摄了下来，剪成一段一段的趣味小视频发在网上。

茶的粉丝中有房东毛遂自荐了一套闲置房，虽然房型有点奇葩，但是地段好，价钱合适，证件齐全，也很看好两人的改造，顺利签下租房协议。

第二天，乌龙和茶叫了江何和李巧一起看房。刚进门，乌龙就卖着关子问："你们觉得这个房形像什么？"

江何和李巧很快就发现，房间的形状是两个菱形拼接在一起。

乌龙道："以前我爷爷在工厂上班，经常熬大夜，我奶奶每次都要为爷爷准备夜宵。盛放夜宵的铝盒就是这种，两个正方形拼接在一起的形状，一边是饭，一边是菜。我还听我姑姑说，那个饭盒是我奶奶当年带过来的嫁妆，我爷爷用了一辈子。"

江何在手机上搜出了两个菱形拼接的盒子，问："你说的是这种盒子吗？"

乌龙道:"对!就是这种。"

江何欣喜:"那就有意思了!这个形状的学名叫作'方胜',在中国传统纹样里,这个形状寓意着方胜同心、双宿双归、吉祥圆满,经常被用在民间的婚嫁聘礼当中。"

乌龙听了喜上眉梢:"这简直就是天降吉利啊!"

改造随即开始,乌龙带着自己的小工程队进驻,众人还举办了一个小小的开工仪式。

茶不仅要拍摄,很多事也亲力亲为。一天下来,手上脚上都磨了泡。下班后,赶紧拉着乌龙去市场买了同款的迷彩衣和胶底鞋。

从拆除硬装、水电改造、封埋线槽,到防水实验、包管道等,茶一边干活,一边记录和剪辑。上载的视频吸引了很多粉丝,其中也不乏达人,会给他们支招,推荐二手市集,交换闲置物品,让茶有了更多的灵感和素材。

每次干活到深夜,肚子饿得咕咕叫,乌龙就会从包里拿出食堂买的馒头和酱菜。茶觉得难以下咽,为了哄她吃饭,乌龙就把馒头掰开,拿酱菜在里面写字画画。

乌龙郑重地将一个掰两半的馒头递给茶,道:"这个肉夹馍给你!"

茶揭开面饼,却看到里面用生韭菜叶子拼了一个大大的"肉"字,笑道:"哈哈!这就是肉夹馍大餐啊?"

乌龙在一只馒头里面用腐乳画出大虾,然后郑重地端到自己的面前:"我给自己来一个龙虾三明治!"

茶见他一口咬下去,边嚼还边夸张地说道:"嗯!这个虾应该是阿拉斯加红虾,肉质紧实,Q弹筋道。我的妈呀,实在是太香了!"

茶也大笑着说道："哈哈哈哈，那我这个肉也是西班牙黑猪肉，跟祁连山的野韭菜拼在一起，简直就是绝配！"

7

那天，李巧在听到江何谈论婚姻时，用到跟何东类似的说法，她也知道大舍是江何最重要的梦想，便把陪伴乌龙茶打造混凝土小屋作为跟江何最后的相处。

半个月后，小屋基本改造完成，李巧知道自己也该走了。

这天，在乌龙茶的邀请下，两人一起前往参观验收。江何还浑然不觉李巧心中已做的决定，这段时间四人经常出双入对，江何甚至已经也在计划做自己的婚房。

乌龙茶新家在CBD附近的老居民楼里，原先的楼道口墙皮脱落，十分破旧，乌龙装修时还请房东征询了邻居意见，顺带把楼道也拾掇了一下，如今焕然一新。

四人走到一扇深灰色的混凝土门前，门牌上有一行漂亮又醒目的小字：乌龙&茶的家。

茶从包里拿出钥匙，跟乌龙一起将门打开。柠檬黄色的玄关随即映入眼帘，让刚刚进门的大家不由得精神一振。

乌龙道："因为整个房间都是混凝土做的，所以我们就接受了江工和巧姐的提议，在墙体上刷了一些颜色。"

茶道："你们知道的，当时选颜色的时候，我俩还差点打起来，不过最后还是我厉害，这颜色是我选的。"

乌龙小声跟二人爆料："主要是她答应以后每天我下班回来，都给我准备一杯乌龙茶，我才答应让她把玄关刷成这个颜色！"

四人心情舒爽地穿过玄关走进房间，一目了然的双菱形格局，起居室和卧室各占一半。而整个房间中最显眼的，莫过于阻隔这两块区域的那面墙。

它是玫粉色的！

茶兴奋地问道："这个大丽花色怎么样？这个颜色也是我选的！主要是江工当时给我看了一些巴拉甘住宅的资料，我觉得这种颜色实在是太好看了！"

李巧笑着问："这个没打架？"

乌龙嘿嘿一笑，道："这个艳粉色我也很喜欢！"

李巧道："没想到你的内心这么狂野！"

屋子面积不大，只有不到50平方米，但是动线简洁明朗，并不觉得狭小拥挤。尤为突出的是，整个房间里的一切设施，大到沙发、橱柜、书桌，小到花瓶、肥皂盒、垃圾桶，几乎全都是乌龙用混凝土做出来的。

虽然物品上的花式和纹样各不相同，但都保留了清水混凝土原本的质地和触感。因为考虑到比如沙发、书柜等物件，一经固定就无法移动，江何在做设计时尽量将它们内嵌在墙壁中，并不显得多么出挑和特别。

李巧惊叹："我说你俩真是够可以的！连肥皂盒、垃圾桶这些小玩意儿，都是用混凝土做的！"

茶道："你可不知道，自打乌龙他爸妈送来那一车混凝土之后，他整个人就好像着了魔一样，简直如痴如醉。"

江何替乌龙解释道："能做出这些小东西可不容易，不光考验制作模具的想象力，在浇铸过程中，要保持稳定不变形、不漏不坏，温度、湿度、混凝土的质量、成分，乃至操作失误，稍微有一点点差池就会失败。"

乌龙也道:"我一直很喜欢拆模具,就好像开盲盒一样,打开之前,谁也不知道里面的情况是什么样。"

江何好奇:"我听工友说,你俩当时因为浇筑混凝土,还闹过一段别扭?"

茶道:"对!因为乌龙什么都想用混凝土做,身为工程监理,我实在不能再眼睁睁看他没完没了实验下去了。"

乌龙辩解:"我明明是为了让你拍到足够的素材,才这样做的!"

茶道:"才不是!我的素材已经足够多了,你却执迷于玩泥巴。"

乌龙跟江何和李巧道:"你们不知道,茶当时问过我一个问题,差点要了我小命。她说,混凝土和她,只能选一个,问我会选什么?"

江何道:"你答成了送命题?"

乌龙道:"差一点点,她一生气就失手打翻了窗台上的一盆绿植。我当时正想浇一扇门出来,但是普通的搞法浇出来的门板都过于厚重,无法安装,正在纠结用什么轻型材料混入泥浆,才能做出既结实又轻盈的门,结果那一刻,天降灵感,我发现打翻的花盆里面有一种小圆球,又轻又硬,是再合适不过的材料!"

江何道:"看来有时候适当地吵吵架,也有益于灵感迸发。"

房间里面看得差不多了,乌龙又跟茶说:"我还给你准备了一个小小的惊喜。"

乌龙领着大家到阳台,阳台也被改造成灰色的空间,里面一侧做了一个大大的花圃。花圃里栽着一棵树,此刻树梢被一圈塑料薄膜罩住,看不见究竟是什么树。

茶问:"怎么还有棵树?"

乌龙将剪刀递给茶："打开看看吧!"

江何和李巧也挺好奇,看茶剪断绳子,拉开罩在树上的薄膜。茶惊喜道："这是一棵乌龙茶树?"

乌龙深情款款对茶说道:"虽然不知道在北方的水土里养不养得活,但我还是希望在我们的第一个家里能种上一棵乌龙茶。"

茶激动地拥抱乌龙,道:"没想到还有这个安排!"

乌龙道:"我也没想到这半个月,你会朝夕相伴陪在我身边,跟我一起打造这个空间。江工和巧姐之前还让我给这个房子起个名字,我想来想去,觉得这次的营造,就好像我们一起在用混凝土给我们的关系写了一封情书,所以我想叫它——混凝土情书。以后,等我们有了更多的钱,更多的经验和资源,我们还可以继续打造第二封、第三封、很多很多封混凝土情书,你愿意吗?"

茶重重点头:"我愿意!"

乌龙从裤兜里拿出那个用混凝土做的婚戒,又道:"我之前用混凝土做的结婚戒指,虽然不值钱,可是大家都说好看。我不想强求你,你要想做一个不婚主义者,那我也不较真非要结婚领证的事情,只要你愿意跟我在一起,我想把它当礼物送给你。"

茶接过乌龙递来的戒指,道:"其实这段时间我想了很多,我决定收回要当不婚主义的想法,有你这么好的人在我身边,我要是辜负了,那该多遗憾啊!"

茶说着眼眶都湿润了。

乌龙笑着帮她擦掉溢出眼眶的泪水,但自己也忍不住哭了,埋怨道:"傻妞。"

茶收起眼泪,咯咯地笑着伸出右手。乌龙拿起那枚较小的戒指,帮她戴在无名指上,然后自己也拿起另外一枚更粗犷的,戴在自己右手的无名指上。

在那棵刚移栽的乌龙茶树前，乌龙、茶紧紧抱在一起，深情拥吻着对方。

江何和李巧在看到两人相拥的那一刻，悄悄退出了房间。

楼梯口，江何牵着李巧的手，问："接下来去哪里？"

李巧说："你想去哪里？"

江何道："我们是不是该去南溪河边看看我磊哥还有小核桃？我想跟他们说，以后我要好好照顾你。"

李巧听完，眼圈不由得一红。

天窗结案之后，她一直想去祭拜，却因为乌龙和茶的改造而耽搁，没想到江何会主动提出。

江何将李巧轻轻揽在怀里，安慰她别伤心。可是，李巧正在伤心的还不只是丈夫和儿子，她已经下定决心要离开江何。

两人刚走出小区大门，就看到一辆黑色保姆车停在那里。

车门打开，穆兰从前座下来。穆兰上前问江何："你说忙完手头的事情就给我答复，现在大家都在等你的决定，到底要不要重启沐光美术馆项目？"

江何看到保姆车里坐着四个人，除了何东，还有沐光美术馆的业主郭海，以及一个面熟的建筑圈大佬，一个领导模样的中年男人，都殷切地看着他，跟他频频点头。

这么多大佬同时出现，江何有些突然和意外，不过内心深处还有一丝暗暗的兴奋。他看到车厢里只剩下一个位置，便转头对穆兰说道："行！你把会议地址发给我，我俩自己开车去。"

穆兰为难道："我们现在要去机场，坐何总的私人飞机去香港见投资人，飞机上也只剩下一个座位。"

307

江何一愣，拉李巧的手不由得攥得更紧。

李巧吃疼，在一旁小声对江何道："你跟他们去吧！我这几天都没有睡好，正想回去好好休息一下。"

江何面露难色："我想你就陪在我身边。"

李巧劝道："机会难得，你父亲和穆兰都已经帮你安排好了，去给沐光美术馆做一个了结，从哪里摔倒就从哪里爬起来。"

江何见李巧态度坚决，知道自己拗不过她，只好交代了几句关心的话，就上了何东的车。

李巧站在马路边，目送搭载江何的车一路远去。

——既然你是你父亲唯一的选择，那他没有理由不好好照顾你。

——你可以没有我，但是你不可以没有梦。我会永远爱着你，却不想成为你追梦道路上的阻碍。

离开的决定是李巧斟酌再三之后做出的，等到明天江何从香港回来时，就不会再见到她了。

离开之前，李巧还是给江何留了一张便条。字不多，只有五个：我们再不见。

第十一章　不要竖立纪念碑

> 不要竖立纪念碑，只要让玫瑰年复一年地开放。一
> 次即是永恒，她来而复往。若她有时超出了玫瑰的花期，
> 那岂不是逾分？
>
> ——里尔克

1

江何回来看到李巧留下的便条，得知她已经走了，心都快要
碎了。

太多的前尘往事，肯定把她累坏了。他一边懊恼自己对于
她的决定和转变竟然没有一丝察觉，一边又纠结不知道该去哪
里找她。

不过有一点，江何确信无疑，那就是他们相爱。

那些真实的相处经历，像电影画面一样在他眼前回放，他不
相信在他怦然心动的那些瞬间，她的兴奋和甜蜜都是假装。

江何决心把她找回来，天涯海角，海枯石烂。

他去的第一个地方是南溪河边，李巧曾带他来这里祭拜过李
磊和核桃。可是，今天过来时，周围清爽干净，没有杂草，不见
落叶，显然刚刚有人来扫过墓。

江何心中纳闷，还是来晚了一步。他不想放弃，更不想等待，

顾不上接听穆兰的电话，又驱车几百公里前往一个小山村，李巧的婆婆就住在那里。

结果，又晚到了一步。半天前，李巧已经搭乘同村人的便车去了火车站，几乎跟他擦肩而过。

婆婆见江何来找，立即抄起拐杖要敲他脑袋，朝他吼道："我儿子和孙子没了，你要是再敢欺负我闺女，我就打死你！"

婆婆把李巧当闺女，可见情深义重。

江何自然不敢嘴硬，连忙讨饶："我哪敢呀！"

婆婆捂着脸伤心道："老婆子没有用，帮不上忙，那丫头真是命苦啊！"

江何在一旁开解："婆婆，您告诉我她去哪了？我发誓我会好好照顾她的。"

婆婆摇头："她没有告诉我。"

江何又问："那她老家在哪里？还有没有别的亲戚？或者有什么能去的地方？"

婆婆又摇头，她回答不出这些问题，却道："她这趟来看我，除了给我买了很多东西，问我身体好不好，吃饭香不香，此外就跟我讲了一件事。"

江何问："什么事？"

婆婆道："她说天窗案件结案，凶手也找到了。可是，小磊跟核桃去世四年了，她却一直在做同一个梦。在梦里，她看到小磊和核桃的背影，她跟在他们后面喊他们名字，不管她怎么喊，喊破了喉咙，喊了四年，他们都不肯对她回头。"

江何从未听闻此事，赫然发现在李巧心中，哀恸竟然如此深切。

他安慰了婆婆好大一会儿。最后，婆婆告诉他，黑牙师父没准知道李巧在哪里，毕竟他曾救过她的命。

江何听完决定立即返回笑寺。临走前，婆婆又拉住他的胳膊，郑重嘱咐道："娶她！"

江何一愣，刚才还差点被她敲破脑袋，现在又要让他娶她，老太太犯糊涂了？

婆婆见江何不语，抓胳膊的手更加用力，指甲掐进肉里，疼得他差点叫出声来，婆婆一字一句重复："娶她！"

江何忍住疼，重重点头，道："娶！我一定娶！"

当天夜里，江何开车飞奔回到笑寺。第二天一早，踏进院门，却不见黑牙身影。

平时这个时间，黑牙要么在大殿晨诵，要么在洒扫庭院，很少不见踪迹，江何忽然有了一些不祥预感。

正在他游移不决时，后院传来轰隆隆的声音。跑过去一瞧，尘土飞扬间，几个和尚正挥舞锄头和两台小型挖掘机在挖土。

江何从他们那里，得知笑寺这两天出了大事。

先是一位年近百岁的老僧说出了这座古宅的历史。原来并非黑牙心血来潮，拿毛笔在木板上写下笑寺二字，使得这座古宅成了寺院。而是在六百多年前的明代中后期，这里就曾是一座皇家寺院。

这点江何倒不是很意外，当初他看这座建筑的外观造型，屋脊上面还有瑞兽，就猜过屋主可能是皇室成员。

据那位老僧回忆，当时皇帝为了追悼战死边境的百万将士，敕建此寺。建造之初，广征能工巧匠，大兴土木，按照皇家规格营造。落成以后，还请了不少当世的书法大家，镌抄经文，以安亡灵，其中有一位被称作醉僧的梦狱和尚写得最好。据说梦狱所书的《大悲咒》，落笔之后，字字飞动，栩栩如生，被皇帝命人拓印成碑，赐名神光碑。

从明往后，寺院历经劫难，屡废屡兴。世人渐渐遗忘了雄才大略的皇帝和战死边境的将士，却对屹立殿前的神光碑念念不忘。

新中国建立后，寺院也被征做印刷厂，为附近几十所中小学印刷试卷和教材。再后来，搞运动"破四旧"，寺庙里的好多尊佛像都被砸了，殿前的小物件，殿外的石貔貅、石狮子，还有它们拱卫的神光碑，全都不见了。

老僧说，木物件大都被焚烧了，但石貔貅、石狮子，以及它们拱卫的神光碑，还藏在寺里，就埋在后院的地底下。

听闻这段历史后，本市最大寺院的住持兼宗教协会会长白眉大师当即遣座下大弟子崇明带着人和机械，前来笑寺挖宝。

白眉和黑牙是一对师兄弟，感情很好。白眉个性开放，弟子众多，早就成了执掌一方、功德无量的大寺住持。黑牙喜静，喜欢独来独往，独自修行。只要一有机会，白眉总是喜欢苦口婆心劝说黑牙，让他创建一方丛林，弘扬佛法，普度众生。当黑牙所在的地方被确认为古寺，白眉自然不会放过这么好的机会。

两天下来，笑寺后院被翻个底朝天，石貔貅、石狮子纷纷现世，却唯独不见神光碑。老僧一口咬定，三年前他还来看过，如果不见了，就是丢在黑牙手上。

老僧言之凿凿，黑牙一语不发，白眉犯了难。此时又有人指出，黑牙半年前曾卖掉一尊鎏金小菩萨，有倒卖寺院财产的嫌疑。白眉无奈，只好命人将黑牙关进禅房，闭门思过。

2

江何得知经过后，趁着崇明等人不注意，悄悄溜到禅房外。黑牙咧着一嘴的小黑牙，笑嘻嘻地看他翻窗进来，道："我猜你这趟找不到李巧，今明两天就会回来。"

江何没好气道："婆婆说你知道她会去哪，你干吗不直接告诉我？"

黑牙道："我直接告诉你，和你自己去找，能一样吗？"

江何道："那你总得给我一点线索。"

黑牙道："你先把我从这儿弄出去！"

江何道："他们说你倒卖文物，到底怎么回事？"

黑牙云淡风轻："没这回事，那块石碑应该是让我一不小心送人了。"

江何诧异："那么大一块石碑，上面还刻着经文，你居然拿去送人？"

黑牙无奈："可不就是这么巧吗？我送人的时候也不知道那是神光碑，还以为就是一块普普通通的石板。"

江何不解："怎么回事？"

黑牙于是说起了发现神光碑的经过："说起来，那是2020年的春节，当时天寒地冻，一连下了好几场雪，那段时间，大家全都躲在家里不出门。当时，我一个人住在寺里，因为没钱买煤买炭，冷得实在没办法，只能把寺里能烧的都拿来烧了，包括斋堂吃饭的木桌。到了春天，又发愁没有桌子吃饭，恰好看到后院泥地里有一块石板，看着挺平整的，就挪到斋堂当桌板用。"

江何又问："那你把它送给谁了？"

黑牙道："一个小姑娘。"

江何问："为什么？"

黑牙又回忆当时情形："我记得那是仲夏时分，大家又在家里关了一个多月，笑寺因为偏僻，一直少有人来，那会儿几乎没人了。那天上午，寺里除了我，就那一个小姑娘进来。刚开始我看她也就二十出头的年纪，有一点瘦，却是一副少年老成的模样。她皮肤本来就黑，从头到脚又穿着一身黑，活像一只乌鸦，却是昂首挺胸走进来的。左右看看，既不进香，也不磕头，径直走进大殿，负手站在那里，直勾勾地盯着菩萨看。"

黑牙边说边学着小姑娘当时的样子，颇为滑稽。

江何却一脸狐疑："她这是在干啥？"

黑牙笑道："在跟菩萨斗鸡眼儿。"

江何不解："啊？"

黑牙又道："反正老和尚这辈子见过的香客信徒也不少，还从来没有见过哪个人进寺庙是她这般。"

江何道："你没上去问问她？"

黑牙道："我因为瞧着新鲜，就很关注那姑娘一举一动。结果没想到，一个半小时过后，她还是那么站着，一动也不动。我在旁边都把自己看饿了，去斋堂吃了个午饭，也给姑娘端了两个馒头，问她吃不吃，结果你猜她说了什么？"

江何道："不饿？"

黑牙摆摆手："她说，我没带钱。我就说，这是斋饭，不要钱的。结果，那个小姑娘板着脸，一本正经地跟我说，我爸说了，不是花自己钱买的东西，不要；不是花自己钱买的吃的，不吃。"

江何惊："还挺有骨气！"

黑牙道："可不！我一听挺乐和，就说，你不吃拉倒，不吃还能给我省着。我就把馒头又端回斋堂，等到我再从斋堂走回大殿，见那姑娘还跟刚才一样，绷着个脸，瞪着佛像，忽然心血来潮，就想着要逗一逗她。"

江何问："你干啥了？"

黑牙道："我就上去问她，说小姑娘，老和尚请你吃斋饭你不吃，那等你有钱了，能请老和尚吃斋饭吗？结果那姑娘还是绷着个脸，一本正经地回答我，可以！我看她那样儿，真是忍不住想笑，老和尚这辈子都没见人能把一个玩笑接得这么认真！从那儿开始，我有点喜欢上了这个小姑娘，有一搭没一搭地跟她聊着。结果后来，大门外头又走进来三个人，都是二十来岁的年轻男性，穿得稀奇古怪，破破烂烂，头发五颜六色，还戴着鼻环、唇钉、大粗链子一类的首饰。"

江何问："来干吗的？"

黑牙道："烧香。三个人刚进来时非常客气，问我要了免费的香火，烧香磕头，在每个佛前拜了又拜，特别虔诚。拜完以后，又主动找我聊天，说他们刚才在网吧上网，看到一则社会新闻，某公众人物跳楼自杀，就因为这个，他们特地跑过来上香。"

江何问："他们认识那个公众人物？"

黑牙摇头："不认识，甚至可以说素昧平生。他们说了很多那人的事情，都是新闻里面看的，然后转头问我，说老和尚，你觉得这个人是不是死得特别惨？我心想，自杀的人死因可能有很多，新闻里面也没说他究竟为什么自杀，我为什么要觉得他特别惨？就用不太确定的口吻跟他们说，应该是吧。"

江何问："他们啥反应？"

黑牙道："他们一脸难以置信，围着我喋喋不休追问，说你怎么会觉得那人不是死得特别惨？你对于生死大事，就这么轻慢和随便？你难道不为他的死而痛心难过？如果死的是你的家人呢？哦对了，你是一个出家人，没有家人，所以没牵没挂，才这么没心没肺！我听他们叽叽喳喳说了半天，吵得我脑壳疼，最后坦白告诉他们，不管我是不是出家人，有没有家人，我觉得这件事惨不惨，于事件本身，于当事人本人，都没有任何重要性可言。"

江何道："在理！"

黑牙道："可这三个人不这么想，听完他们就炸了，哀号说自己开了十几公里摩托车特地跑过来上香，老和尚竟然如此冷漠。说完，他们愤愤不平地冲到街上，对着过往行人大喊，说庙里的老和尚疯了，有人死了，他好像还挺高兴，亏他这样的人还要当和尚普度众生，他的心简直比他的牙都要黑！外面的人不知道里面发生了什么，看到满口黑牙的老和尚多多少少都会心生不悦，以为我是一个口出妄言、无法无天的浑和尚。结果，就在我百口莫辩时，那个跟菩萨斗鸡眼的小姑娘忽然帮我说话了。"

江何好奇："她说什么？"

黑牙道："她说，老和尚没毛病。说完拿出手机，她把我之前和三个年轻人的对话录了下来，让大家听听究竟怎么回事。等人们搞清楚原委，散了以后，我对那个小姑娘简直是感激涕零，就想着要送她一件礼物留个纪念。我就说，这笑寺里面任何一样东西，由着你挑，只要别太出格，我都可以送。于是，那姑娘负手在寺里转了一圈，最后选中的，就是斋堂里的那块石板桌面。"

江何不解："她为什么挑中那块石板？"

黑牙摊摊手，一脸无辜道："这你就只能去问她了。她告不告诉你，那得看你的本事。不过，你要是连这个都搞不明白，别说把石碑拿回来，救我出去，更别说我再告诉你李巧去了哪里，你再把她找回来，跟她双宿双飞过一生……"

江何打断黑牙："我抢也给你抢回来！"

黑牙嘿嘿一笑："那倒不至于。你就当李巧还在你身边，跟以前你们每次接项目一样。只是这一次，你要从一个小姑娘手上拿回这块碑，我猜在她心里，它应该是一座建给死人的房子。"

江何追问："什么意思？"

黑牙双手合十，恭恭敬敬地诵念佛号："阿弥陀佛，老和尚能说的都已经说了，剩下的就看施主自己了。"

江何无奈："这……行吧。"

3

从黑牙处抄了小姑娘的电话号码，江何原以为只是打一个电话就能约见的事情，结果对方一直关机。

江何只好找金灵帮忙，查探机主信息，很快收到回复。

姑娘真名叫作宋小让，今年24岁，在一所医学院读本科，已经肄业一年多。她的微博很久没有更新，早期照片都是黑衣黑服，黑发黑眸。黑牙说她活像一个乌鸦，而她的网名恰好就叫作乌鸦。

金灵还查到宋小让的家庭住址是第一医院家属楼，江何马上想起在第一医院担任心理科主任的陈墨，立即驱车前往。

陈墨一听江何问起宋小让，随即陷入了沉默，长长地叹了口气。

陈墨说："说起这个姑娘，医院里无人不知无人不晓。两年前，医院发生过一起自杀案件，死者就是宋小让父亲，神经外科主任医生宋大河。宋大河还曾经当过神经外科科室主任，是院长争夺战中最年轻有力的竞争者。"

江何张了张嘴，没想到这个跟菩萨斗鸡眼的小姑娘身上经历过这样的事。

陈墨继续道："关于宋大河自杀的传闻，医院里面众说纷纭，有说他贪污受贿的，有说他乱搞男女关系的，有说他竞选失败臭名远扬的，还有人说他违反医院规定造成重大灾难，至今都没有定论。不过，我记得他死的那天，是一个非常平常的工作日，据说他连着做完四台手术，之后把自己关在办公室，大家都以为他在里面休息，等到第二天用备用钥匙打开门，才发现他死在里面。是用自己最熟悉的手术刀，割断了两条大腿上的动脉，鲜血染红了被褥，渗透到床底。"

江何深吸了口气，平静了一小会儿，又问："那他妻子呢？"

陈墨道："宋大河的妻子之前也是医院神经外科的医生，七八年前因为癌症去世。随着宋大河的自杀，他唯一的姑娘宋小让就成了孤儿。"

在陈墨的带领下，两人一起来到乌鸦家门口，只见门窗紧闭，敲门也无人回应。

倒是邻居赵医生和太太林医生听到动静，主动打开门。

从邻居口中，两人得知乌鸦休学肄业是为了出国旅行。前不久，她还给他们寄来明信片。二人觉得女孩性格内向，打不通电话也很正常。

江何将明信片拍下发给金灵，很快便收到回复。金灵查到，这张明信片是淘宝旅游商店代寄。商店的客服说，一年前有人委托他们定期寄出这批明信片，并且一次性付清了费用。

很显然，乌鸦没有出国旅行。陈墨于是又陪着江何，找到乌鸦学校的班级辅导员。

辅导员提供了一些线索。两个星期前，乌鸦班级一位女同学在广场散步，偶遇一个翻垃圾箱的流浪者。她觉得那个人很像乌鸦，就试探着喊了一声，结果那个流浪者撇下刚捡到的饭盒，撒腿就跑。

辅导员觉得那个人很有可能就是乌鸦，可惜那处没有监控。这两周，她经常带着学生过去蹲守，也没有碰见，正犹豫接下来该怎么处理。

陈墨请她少安毋躁，乌鸦之前经历过重大创伤，心态不算稳定，不宜大张旗鼓处理。他们一起商量，推测乌鸦如果在本市流浪，一定会围绕某些固定地点出现，比如超市垃圾箱、饭店后厨、方便过夜的桥洞、免费发放食物的教堂等，可以让金灵通过这些地点的摄像头进行追踪。

江何还发现，隔天正好是乌鸦生日。陈墨猜测乌鸦有可能会在第一医院附近出现，毕竟那是她出生和成长的地方。

果然不出所料，金灵次日便在医院门口的视频中发现了乌鸦踪迹，江何立即换上流浪者衣服，也在附近晃荡。

天黑以后，江何看到乌鸦一直蹲守在一家蛋糕店后厨的垃圾桶旁，直到他们打烊，店员出来丢弃这天的厨余垃圾。就在垃圾落地的一瞬间，以垃圾桶为中心，周围忽然涌出四五个衣衫褴褛的流浪者，就像一群饥饿的老鼠，迅疾地扑了上去，看得江何目瞪口呆。

这些人当中，以乌鸦速度最快，最先抄起口袋，捡起里面一块吃剩的奶油蛋糕。但是，随即一只粗大的手就从她手上夺走蛋糕，劈手一掌就将她推倒在地。

眼见如此，江何冲了上去，一把抓住拿蛋糕的手，还做出一脸凶神恶煞的样子。

江何将蛋糕抢过来还给乌鸦，乌鸦看看江何，默默伸手接过。江何把她从地上扶起来，两人一起走到旁边的小巷，在一个台阶旁坐下。

乌鸦看着盒子里剩下的一小口蛋糕，已经被奶油糊得看不清楚形状。她手上没有工具，只能像只小狗一样，低下头伸嘴去咬。

江何在一旁有些诧异地看着，不明白一个医学院的大学生为什么要过这样的生活？

那口蛋糕被乌鸦含在嘴里，舍不得咀嚼。她仰起头，闭上眼，沉浸地享受着奶油的香甜和蛋糕的松软，一行清泪无声无息地从她眼角流下。

江何知道今天是她的生日，她是在缅怀把她生到这个世界上的人吗？可惜，如今他们都已经不在了。

江何没有说话，一直等她把那一小口蛋糕吃完，情绪平复下来。她转过身来跟江何道谢，还从口袋里拿出一个皱巴巴的塑料袋，问："你也没吃饭吧？我还有这个。"

江何看到那个塑料袋里装着半个馍，豁口上还有一个清楚的牙印，估计是从哪个垃圾桶里捡的，忙道："我现在还不饿。"

乌鸦却慷慨地将塑料袋塞到江何手上，说："那你先收着，这馍至少还能再放几天，等饿了再吃。"

江何只好答应："好。"

乌鸦见江何的手很干净，惊讶道："你的手怎么这么干净？"

江何发现自己虽然穿上了脏衣服，却忽略了手的细节，忙解释："我今天刚开始流浪。"

乌鸦问："你为什么要流浪？"

江何跟乌鸦还不熟，不好马上说出真实目的，只好说："我把我最重要的人搞丢了，还不知道上哪儿去找，就觉得这样浪迹天涯也挺好。"

乌鸦看了看江何，并没有质疑，又问："那你接下来有什么打算？"

江何一脸茫然，乌鸦便像一个经验丰富的前辈跟他讲流浪生活的要点，还要带他回基地过夜。

乌鸦的基地是一处废弃公路桥的桥洞，一到晚上，便有很多流浪者聚集在这里。大家互相熟识，见面还会招呼对方名字。有两个孩子跑上来，亲昵地唤她乌鸦姐姐，塞给她两枚刚挖出的土豆。

孩子们热切地说道："今天郊区土豆田收割，机械操作完以后，田主让大家进去捡剩下的。"

乌鸦也将白天捡到的食物分给他们。

一个白发大爷将捡来的木柴放进铁皮油桶，用松油点燃，大家纷纷围上去烤火。乌鸦用棍子戳进土豆，将其中一个递给江何。

因为是乌鸦带回来的，别的人很自然地接受了江何。乌鸦讲了江何流浪的原因，其他人很快响应，有人说自己是被家人抛弃，无家可归；有人说失去工作，房子被银行没收；有人被传销骗得倾家荡产，债台高筑；还有人什么都说不出来，只能嘿嘿傻笑……

4

火光摇曳中，江何似乎看到了一个熟悉的身影。一个让他日思夜想、寝食难安，恨不得下一秒钟就能见到的人。

顾不上多想，他转身去追。

桥洞下面光线黯淡，曲曲折折的弯道里聚集了很多流浪汉，人人衣衫褴褛、蓬头垢面，恍惚间那个身影不见了。

江何满腔懊恼却又不肯放弃，他在人堆里不停穿梭，直到那个背影再次出现。

他兴奋地冲上去，搭到她肩膀上欢欣说道："找到你了！"

结果那人一回头，竟然是个男的。

江何脸上的表情瞬间凝固，忙道歉说自己认错了人。等他转身折返时，心中灰落落的又忍不住觉得好笑，她怎么会在这里？我真是疯了！

晚上，睡在乌鸦捡来的破睡袋里，闻着不知道谁留下的臭汗味，江何觉得晕眩，没过多久便开始做梦。

梦中，他好像又看到李巧的背影，追着她来到一片镜子丛林。眨眼工夫人又不见了，只看到四周无数面镜子里反射的自己。

侧面，背面，正面，各种角度，江何被密密麻麻的自己包围了。

江何觉得有一点恐慌，他走到一面镜子前，伸出手指。对面的自己也伸出手指，就在两根手指相触的刹那，镜子里的人忽然变成了李巧。

江何兴奋起来，刚想叫她，结果手一拿开，李巧又不见了，还是他自己。

江何不接受，再次把手放回去，李巧又回来了。如此反复，他觉得李巧在跟自己捉迷藏，呼喊着让她出来，用手猛推镜子。镜子应声倒地，碎成千百块，江何发现自己还是一个人站在荒野上。

雾霭重重中，江何大声呼喊："李巧！你出来！"

一遍一遍，声嘶力竭。

可是，除了远处传来的回音，并没有多余的回应。

焦虑之际，江何急中生智，喊道："哎呀，我的脚！好疼！"

他假装崴脚，大声喊疼，背后这才传来一声熟悉的呼喊："江何。"

江何蓦然回首，穿过混沌的夜色和薄雾，看到了那张久违的素净脸庞，心中情不自禁地涌出一阵狂喜。

江何一个箭步，冲上去将她抱紧，生怕下一秒钟人又不见了。

李巧见他如此矫健，近乎痴狂，忍不住道："你的脚……你竟然骗我？"

江何才不管骗不骗的，他此刻只想抱紧她的身体，感受她的温度。

借着并不明亮的月光，他细细端详她的眉眼，慢慢摩挲她的脸庞，用额头抵着她的额头，一字一句说道："再也不要离开我了，一天一小时一分一秒，我都不会再放你走。"

眼见他这般急迫，语气有些焦躁，李巧刚想开口说点什么，结果下一秒钟，她的嘴就被他狠狠堵住。整个感官都被他的气息占满，她渐渐将身体放松下来，欣然接受他的侵入和主宰。

两人十指紧扣走到岩石前坐下，李巧所过之处，四周繁花生树。

江何眼见这般奇美有如梦境的画面，忍不住道："如果这是梦，我真希望这个梦永远都不要醒。"

李巧逗他："在永远都不要醒的梦里，你想和我做什么？"

江何定定地望向李巧，眼神深邃且迷人，言简意赅却又掷地有声地答道："爱。"

李巧听完，脸色倏然飞红。江何笑着，下一秒钟就低下头去，开始往她耳朵上的软骨咬下去。李巧动了几下，就放弃挣扎，任由他进入那片他渴望已久的隐秘之地……

天边刚有一些微光，江何睁开眼睛，发现昨晚的那一切竟都是梦。

大概是因为梦游，他没有睡在桥洞下面的基地，而是不远处的一处旷野。这梦游症已经很久没有复发，难道是因为白天拼命压抑对李巧的思念，只有通过梦来满足和慰藉？

江何清楚地记得昨夜梦里的温柔与激情，仿佛还能感受到李巧身上那股平和馨软的气息。在她甜蜜温暖的怀抱里，他得到了一次彻彻底底的满足。

为什么要醒来？如果可以，就那么一生一世该有多好。

江何叹了口气，无奈地揉揉眼睛，既然醒了，就要努力去让梦境成真。

他走回桥洞底下，看到大部分人都还在睡梦中，乌鸦却已经起来，正在收拾床铺，准备出发。

乌鸦见到江何，以为他解手回来，便道："别睡了！早上赶在清洁员上班前，还能捡一波凌晨丢下的东西。"

两人在附近的公厕简单洗漱，之后沿着马路牙子拾荒。

江何见乌鸦不停从垃圾箱里翻找吃剩的食物，喝了半瓶的饮料，没有抽完的烟。他一直都把手插在袖子里，不肯动手。

乌鸦见状，问道："嫌脏吗？"

江何无奈地点了点头。

乌鸦道："脏是有一点，不过，比起肉眼看不见的脏，这点肉眼可见的脏真的不算什么。"

江何疑惑："这是在自我安慰吗？"

乌鸦没有接茬，她看到地上有一个精美的包装盒，弯腰打开，里面有一枚坏透了的橘子，剩下的都还不错。乌鸦捡起一个好的，剥开外皮，道："这些都还能吃。"

江何看乌鸦将好的部分塞进嘴里。

乌鸦又弯腰继续捡剩下的几枚，道："你发现没有，每当我弯腰捡起它们时，就像在给它们鞠躬。"

江何看乌鸦弓成90度的样子，忽然觉得她这个发现很有意思。

乌鸦又道："或许在很多人眼里，流浪拾荒低贱肮脏，但是换一个角度，我们对每一份恩赐都致以了敬意。"

江何被乌鸦这么一说，内心的排斥和不自在忽然有些松动了。他看到旁边有棵叶子发黄的芹菜，也学着乌鸦的样子，弯腰捡起那棵芹菜，将外面的脏叶子全部摘去，留下最里面嫩绿的根茎。

乌鸦看江何将根茎塞进嘴里，笑着说道："这够你一天的维生素了。"

二人迎着初升的太阳，从街道到田埂，漫无目的地穿梭，一次又一次弯腰。

5

在一处十字路口，江何忽然停下脚步，指着马路中间一团黑乎乎的东西，问乌鸦："那是什么？"

顺着江何手指的方向，两人走上前，看到一只死去的黑猫。或许是因为经历过太多次车轮的碾轧，它只剩下一张毛皮，粘在柏油路面上。

江何一时有些不适，乌鸦却娴熟地从兜里掏出一个皱巴巴的黑色塑料袋，将野猫的尸体装进里面。

两人来到一处小河旁，乌鸦用随身携带的小铁铲挖了一个坑，将黑猫的尸体放进去掩埋，又在四周捡了些石头，摆成一个小小的玛尼堆。

江何看她动作娴熟，神态自然，好奇道："你经常做这些事情？"

乌鸦点点头，道："这是我掩埋的第1112只小动物。"

江何意外："这么多！"

乌鸦叹了口气："是啊！生命就是这么脆弱和不堪！"

江何觉得乌鸦的话里有话，便问道："所以你在外面流浪拾荒，就是为了收殓这些死去的小动物？"

乌鸦难过道："如果死了都没有收殓，那就太可怜了。"

江何道："是啊！但如果活着的人，总忙着为死人着想，那活着的人也很可怜。"

江何不经意地发出感叹，心里想的其实还是李巧，但大概是因为话里的真情实意，乌鸦听了也有一些感动，坦白道："其实我之前见过你。"

江何一愣："啊？"

乌鸦道："前段时间我去过一趟笑寺，本来想找黑牙师父，结果没看到他，却看到了你和另一个姐姐……"

江何惊诧从昨天到现在，乌鸦居然一直都没有揭穿他，道："那你其实知道我接近你是有目的的？"

乌鸦点头："你想拿回黑牙师父送我的石碑，我早就已经猜到了。"

江何依旧意外："你知道那是石碑？"

乌鸦道："搬运的时候，不小心擦掉了上面的石膏，我看到里面有字，清理之后发现刻的是《大悲咒》。"

江何道："那是六百多年前皇帝钦点，名僧所写，被很多人传颂成经典的神光碑，是一件文物。"

乌鸦怔了怔，摇摇头道："这我不知道。但是，这块石碑我会还给黑牙师父，只是现在还不行，还要再过一段时间。"

江何不解："为什么？"

乌鸦摇摇头不肯说，却建议江何："你可以回去了，不用跟我过这种生活。"

江何却说："黑牙师父告诉我，那块石碑相当于一座建给死人的房子。我是一个建筑师，如果你有需要，我们可以重新……"

乌鸦打断江何，道："我没有需要，你可以走了。"

江何又道："那你要流浪到什么时候？"

乌鸦道："快了！再给我一点时间，到那时候我就把石碑还给你们。"

江何不禁皱起眉头："那时候是什么时候？"

乌鸦不耐烦："你别管了！再见。"

说着，她转身要走。结果，还没走出几步，忽然感到腹中传来一阵阵绞痛，她捂着肚子蹲到地上。

江何连忙冲上前，关切地询问："你怎么了？"

可是，乌鸦疼得说不出来话。没多大一会儿，她只觉得眼前一片模糊，听觉也随着视觉相继关闭，整个人坠入到一片黑暗当中。

等乌鸦再次醒来，她已经躺在床上，江何守在她旁边。

乌鸦问："这是哪里？"

江何道："医院。医生说你生病了。"

乌鸦道："我知道，是一种非常早期的惰性淋巴瘤。"

江何道："我现在明白你为什么说过段时间就可以把石碑还给黑牙师父了。"

乌鸦点点头："没错，过段时间我就死了，等我死了，就不需要了。"

江何道："不需要什么？你能把话说清楚一点吗？"

乌鸦气息微弱地说道："我父母都不在了，父亲死于自杀，在我们老家有一个规矩，自杀而死的人不能葬入祖坟，所以我只能把他们的骨灰寄放在殡仪馆。无意当中从黑牙师父那里得到那块石碑，就像你说的，给我爸妈找了一处临时的房子，暂住一段时间。等到我也死了，会有人把我们都撒到大海里，到时候就把石碑还给黑牙师父。"

江何点点头，原来是这么回事，但转念一想乌鸦的做法，又让他忍不住问道："你是想和你父亲一样自杀吗？"

乌鸦皱眉："我生病了。"

江何道："生病却不治疗，不也相当于自杀？"

乌鸦叹气："你这样说好像也没有毛病。"

江何又问道："你父母要是还在，你觉得他们会同意你这么做吗？"

乌鸦看着江何，好大一会儿没有说话，江何也没有开口，好像在给她时间思考。

终于，乌鸦慢慢悠悠地说道："昨天吃蛋糕时，我想起小时候发生过的一件事。小学毕业那一年，我考了全校第一，爸爸很高兴，带着我们去海南旅行。妈妈当时在化疗，头发都掉光了。到了酒店，他们说要先在房间休息一下，可是一躺到床上，两个人都是秒睡。我当时正兴奋，一点也不累，对大海充满向往，就一个人跑了出去。我既不会游泳，也不知道当时在涨潮，傻乎乎地站在海里，被一个大浪扑倒，卷了下去。"

江何一脸惊讶，屏气凝神聆听乌鸦讲述。

乌鸦继续道："我不会游泳，所以什么都来不及想，只能捏住鼻子，把身体张开。书上说，人的身体有浮力，如果打开身体，轻轻往下压水，应该可以让自己浮起来，只要浮起来，我就能换气。就这样我被几个浪拍起拍落，最后居然莫名其妙冲到岸边，捡回一条命。等我再回到酒店，爸爸妈妈还在睡觉，他们甚至都不知道刚刚发生了什么……"

乌鸦的口气十分平静，平静中似乎不带有情绪。

江何刚好相反，一阵一阵心酸和难过，好像自己也被卷进浪涛当中，汹涌澎湃，杀机四伏。

乌鸦又道："从我很小的时候，妈妈就生病了，那时候我觉得她好辛苦。那次旅行是我这辈子唯一也是最开心的事情。可是，大部分的时间，他们都在酒店里睡觉，他们太需要休息了。"

乌鸦说着有些哽咽，眼眶也湿润了。

江何默默从纸巾盒里抽出一张纸巾，递给乌鸦擦掉眼泪。

乌鸦眼神当中充满迷茫，就好像很多对死亡心存疑惑的人一样，她说："我到现在都不知道我要如何悼念他们，我妈妈是生病去世的，我爸爸是自杀而死的，医院里有很多我爸爸的同事，有人跑过来问我，说你爸爸究竟为什么要自杀？可是，我不知道答案，我也不知道怎么回答他们。我猜我爸爸就是想我妈妈了，他想去找我妈妈，所以才选择离开。"

江何默默听着，眼泪不自觉地往下流。乌鸦也好，李巧也罢，她们内心的这些哀恸，也让他觉得沉重又难过。

后来，护士进来让江何去拿化验单。等到他再回来的时候，病房却已经空无一人了。

6

三天之后，在一个街口，乌鸦偶遇了江何。

江何穿着干净休闲的衣服，站在那里等乌鸦，对她说："我是来接你回家的。"

乌鸦不解："你怎么知道我在这儿?"

江何指了指乌鸦的鞋子，道："自打我把我最重要的人搞丢了，就买了一打跟踪器。要是不知道你在哪儿，我敢把你一个人丢在房间吗?"

乌鸦无奈，又有些开心。

江何道："来接你的还不只我，还有他们。"

江何说着，乌鸦看到住在她家隔壁的赵医生和林医生从旁边的车上下面，二人看到乌鸦都很开心。

乌鸦惊诧："赵叔叔、林阿姨。"

赵医生道："小让，江何已经把你的事情都跟我们说了，叔叔和阿姨觉得很抱歉，没有照顾好你。"

林医生也道："是啊！小让，是我们小看你了，还把你当孩子，没想到你的心智比一般孩子坚强很多，也成熟很多。"

乌鸦没想到他们会对自己有这些褒奖，满眼疑惑地看了看江何。

江何道："咱们别站在这儿了，上车说吧。"

四个人上了旁边的轿车，坐在车厢里，江何先对乌鸦说道："我知道要让你放弃现在的想法，回家治病，上学读书，回归正常生活，仅凭劝说、权衡利弊是不可能做到的。唯一的办法，就是搞清楚你父亲到底为什么自杀。"

乌鸦绷着脸，怔怔地看着江何，没想到这几天他忙着去调查真相。

江何道："其实你爸爸是一个好人。我从很多认识他的人口中，得知了他的故事，知道他不仅业务出色，人品一流，也没有做过任何对不起他人和医院的事情，一切风波的缘起都得从那场院长争夺战说起。"

赵医生接着道："我来说吧，这些过程我比较了解。"

江何点点头，说："好。"

赵医生继续："当时医院内部换届，你爸爸是神外主任，也是继任院长候选人中最年轻、最有竞争力的人选。然而，医院内部的派系斗争非常激烈，你爸爸偏巧又是个耿直性子，两边不靠，谁都不睬，所以最后被他们联手算计。一些关于他贪污受贿、乱搞男女关系、治疗失当的风言风语和直达院办的举报信，一次一次把他推到风口浪尖，不仅让他失去候选人资格，甚至还从神外主任变回一名普通医生。"

乌鸦疑惑："这些我都有听过，我爸爸不可能做这些。"

赵医生道："是的，那个让他背上贪污之名的医药代表是你舅舅，你母亲去世前一再拜托你爸爸好好照顾他。传闻中的婚外情对象，是你林阿姨，当时她因为经常到你家照顾你，就被同事以讹传讹。"

林医生听丈夫说着，流下了难过的眼泪。

赵医生继续道："还有治疗上的指控，就更是无稽之谈，没有一起举报被立案。而且就算你爸爸被革职，从主任变回医生，那之后他的门诊和手术都多了起来，还发表了好几篇专业论文，在地震等灾难发生时，他也是第一个站出来，前往灾区支援。"

乌鸦越听越糊涂了，问："那我爸爸究竟是为什么自杀的?"

赵医生重重地叹了一口气，道："他生病了，非常严重的病。"

乌鸦瞪大眼睛，这是她无论如何也没有想到的。

赵医生道："2020年刚开年那会儿，我跟你爸爸一起参加援鄂医疗队，等救援快要结束那段时间，他总跟我说头晕，有气无力，腹腔隐隐作痛，回来就让我帮他做了一个检查，结果发现是胰腺癌，已经发展到第四期，癌细胞全面扩散，非常危险的程度。我记得他当时非常慌张，他说，留给他的时间已经不多了，而他的女儿才刚刚上大学，未来还有很长的路要走，他不想再像以前妻子生病时那样，因为要伴随病人，整个家庭所有的焦点和生活都投注在病人身上，他不想让你再经历第二遍这样的人生。"

乌鸦的眼眶早就湿润，忍着伤心问道："那他怎么就能忍心抛下自己唯一的女儿，也不把自己生病的事情告诉我?"

赵医生叹了一口气，说道："他也是没有办法。他曾经问过我的意见，比起走到最后，病入膏肓，失去自理能力，连大便都需要护理人员戴着手套从肛门里往外掏，他觉得更早一些走，更有尊严地离开这个世界，或许是个好选择。我告诉他，我能理解他的选择，同样作为一个父亲，一个男人，一个医生，我知道他在说什么。在女儿今后的漫长人生中，至少再回想起他的时候，记住的依然是他的精神、他的健康。"

乌鸦道："那他就没有试着跟疾病战斗一下吗?"

赵医生道："他当然试过! 为了活下来，当时甚至采用了最新的治疗办法。那段时间，他经常把自己关在办公室，自己给自己治疗。所有的治疗记录和化验记录都存在电脑里，他说，女儿继承了他们的志向，选择医学院，如果有一天她想知道她爸爸究竟是怎么走的，就把这些记录拿给她看，至少她一看就会明白，她爸爸当时是多么努力地想要活下来，只是……唉……"

赵医生说着也是老泪纵横，充满无奈和悲伤。

一旁的林医生拿出一个文件夹："这里有几份检验单，第一页上面有你父亲写的字。"

乌鸦颤抖着接过，打开文件夹，看到上面歪歪扭扭地写着一行字：别给小让添麻烦……

不难想象写下这些文字时，宋大河应该正在痛苦的煎熬中。

乌鸦看着这一切，难忍悲恸，泣不成声。

良久，乌鸦擦掉眼泪，平复情绪，又问道："除了这些，我父亲还有没有别的给我的交代?"

林医生开口道："我问过，他说，他和你母亲在你刚出生的时候，就把交代放在你的名字里了。"

乌鸦讶异："宋小让?"

林医生点点头："你还不知道吧? 你父母年轻的时候，也曾经是叱咤校园的风云人物，进了第一医院后，依旧如此。可是没过多久，你母亲查出生病，当时她刚怀上你，她本可以把你打掉，然后全力治病，但她还是选择把你生下来，因此耽误了最佳治疗时间。

后面当肿瘤复发，就很难根治，只能不断化疗，不断吃药，直到你12岁那年，撒手西归。你名字里面的让字，是他们在经历了飞扬的青春之后，慢慢看到了世界的真相，更多地感受到了生命的脆弱，他们希望你今后遇到事情更加审慎，三思而后行，不要跟这个世界较真，更别硬碰硬，忍一时风平浪静，让一步心宽气和。"

乌鸦喃喃道："原来我的名字是这个意思。"

林医生道："本来你父亲希望我们等你大学毕业之后，再把一切告诉你，他希望你也拥有飞扬跃动的青春，不要让生命中那些沉重和悲悯的部分影响你。但是，你比我们想象的要坚强和成熟，而且你也必须知道，你的父母不是不热爱生命，相反他们可能比大多数人都要热爱，他们也对你抱有极大的爱意和愧疚，所以你更要好好地爱你自己，珍惜自己。"

林医生说完，赵医生也在一旁劝道："你的化验单我们已经看过了，惰性肿瘤不是小事，一旦掉以轻心，可能酿成大祸，你也是医生，应该明白！"

乌鸦点点头，不说话。

林医生道："你如果想知道你父母年轻时候的事情，回头我再慢慢给你讲，但是现在先跟我们回去好不好？"

乌鸦低着头，眼里浸满了泪花，良久才说出一句："好！回去继续做宋小让。"

7

乌鸦跟着赵医生和林医生回家，家门打开的那一刹那，江何看到那块神光碑，就被她竖立在客厅里。

乌鸦说："刚开始，这块碑陪伴我度过了很多个无眠之夜，现在可以将它交还给黑牙师父了。"

当天下午，江何就叫来了乌龙，将神光碑运回了笑寺。

白眉将黑牙从禅房里放了出来，但是黑牙也没有马上将李巧的下落告诉江何，却让他有始有终。

江何当然明白黑牙的意思，从乌鸦家回来的路上，他心里一直惦记一件事。

石碑从乌鸦家里取走后，客厅里为了竖立石碑而建的混凝土台座就很碍眼。江何原本想让乌龙把它敲掉，但又觉得敲掉后那个地方空空荡荡的，便想着改造一下水泥台基，给乌鸦留一点纪念。

江何用了一天设计，又花了两天的时间完成安装。这三天，乌鸦刚好也住在医院病房里接受全面的检查。

等一切准备妥当，江何去医院接乌鸦出院。

而这一天，黑牙也来到乌鸦经常过夜的桥洞，在那里见到了李巧。

他要说服李巧结束流浪生活，直面死亡。

从住院部到家属楼总共也没有几步路，江何推着轮椅带乌鸦回到自家门口，拿出钥匙，交给乌鸦。

乌鸦亲手打开大门。客厅里，原先那座突兀、凝重的石碑不见了，取而代之的是一个小小的混凝土台座，上面放置着一个白色树脂材质的小雕塑。

乌鸦好奇地走过去，看到小雕塑是一只手，上面托举着两棵大树和一栋小房子，恍然大悟道："这是我的手！"

前天上午，江何来医院看望过她，还带了克隆粉和模型粉，让她做了一个手膜，原来是用在这儿。

乌鸦好奇地问："不过这是什么意思?"

江何说："意思就是，从今以后，你只有用你的双手才能托起你的家园，你的父母虽然不在了，但是他们却像这两棵大树一样，替你遮风挡雨。"

乌鸦欣喜道："好寓意。"

江何又指了指台座下面一个金属按钮，说："还不止这么简单呢! 这儿有个小开关，你可以按一下看看。"

乌鸦依言操作，结果一眨眼，小雕塑亮了。

乌鸦惊喜："哇! 居然是一盏灯。"

江何旋开雕塑小灯，指着里面的灯座说道："我在树脂里面放了灯丝，接上电线之后，就是一盏小地灯。将来如果灯不亮了，你还可以从底部取出来，换上新的灯丝。这盏灯放在这里，既可以照明，也可以当作背景，即便以后你要在这边装投影仪，它的高度也不会影响垂幕。"

乌鸦开心道："太棒了! 前几天我还担心石碑拿走后，这儿空了该怎么办，没想到你们都替我想好了。"

虽然大病未愈，但回家之后的乌鸦精神比之前好多了，也没有再穿黑色的衣服，而是换了一件翠绿色外套，显得生机勃勃。

与此同时，在一条小河旁，李巧安葬完一只死去的小鸟，堆石堆时却唯独缺少一块能放在最上面的石头。就在她四下寻找时，有人递过来一枚圆滚滚的小石头。

李巧惊讶："师父……"

黑牙点点头，走到河边坐下，拍拍地上的草坪："过来坐会说几句吧。"

李巧听话地在黑牙身边坐下。

336

黑牙道:"你让我们不要告诉江何,其实你就在他身边。现在乌鸦的事情已经解决,神光碑也回到笑寺,你打算什么时候回去?"

李巧低着头,不说话。

黑牙呀着一嘴的小黑牙,得意道:"我理解你的心情,其实我也挺喜欢流浪的,就这样在外面无拘无束,比什么都舒坦。"

李巧见黑牙直挺挺地倒在地上,伸开腿脚,很是自在,便也学着他的样子,躺了下去。

看着头顶的蓝天白云,黑牙继续道:"我跟你讲讲我的故事吧。我不是天生黑牙,我小时候牙齿也可白可好看了。我奶奶还说,我那一嘴小白牙比纯白面做的馍馍还要白。后来,我家里接二连三出事,我也经常生病,买不起药,奶奶就上药房开四环素给我吃,天天吃月月吃年年吃,没两年,就把我这一嘴牙都吃黑了。上学同学都管我叫黑牙,后来出家进了庙里,连师父都这么叫我,这么叫就这么叫吧,反正我也不在乎。"

李巧没想到,黑牙的名字居然是这么来的。

黑牙又道:"现在回想起来,早些年,黑牙这个绰号还是把我害得很惨。我到现在都想不明白,我只是牙齿比较黑,可是很多人一看我的面相,就觉得我心也黑。有人东西少了,钱被偷了,在老师面前打小报告,永远第一个被怀疑的就是我。这种事情发生多了,我就觉得生活挺没意思,做人也挺没意思,当时的我也跟现在的你和乌鸦一样,一个人跑到外面,流浪拾荒,露宿街头。"

李巧听了黑牙的讲述,终于开口道:"怪不得。"

黑牙笑了,说道:"怪不得我没有拦你吗?因为这种体验我也有过。我记得有一年冬天太冷,我不小心感染了风寒,又没钱上医院。那次我真的以为自己要死了,结果遇到了一个老和尚。他采了一点草药，捣碎了喂我吃下去，居然把我救活了。事后，我非常感激他，他说救我的不是他，是他替我向佛菩萨许了愿，如果让我活下来，他就要去做十万八千件好事来还愿。我看老和尚的年纪也不小了，觉得十万八千件好事对他压力太大，我就说那我帮你分担一半吧，再后来我就拜他为师，当了他的徒弟，我们一起云游四方，行善积德。"

李巧好奇："那你现在做完五万四千件好事了吗？"

黑牙摇摇头，无奈道："显然没有，而且我现在年纪越来越大，精力明显跟不上了。怎么着？你都开口问了，是不是要帮点忙，分个几百上千件呀？"

李巧笑了："你真是看得起我呀！"

黑牙也笑着，咧着一嘴的小黑牙，道："那必须的呀！"

乌鸦家中，刚刚接收完新纪念碑的乌鸦忽然想起了黑牙，便问道："怎么黑牙师父没有过来？"

江何道："他今天还有别的任务。不过说起来，黑牙师父之前看过我的设计稿，他还给这座新纪念碑起了一个名字。"

乌鸦问："是什么？"

江何道："不要竖立纪念碑。"

乌鸦张了张嘴："啊？"

江何道："黑牙师父说，既然原先这里矗立的是一座纪念碑，那这个新的装置物件，就管它叫不要竖立纪念碑。"

乌鸦笑了："不要竖立纪念碑！这名字一听就是黑牙师父的手笔！"

江何也笑了，道："那倒是。不过，黑牙师父跟我说，这句话其实是出自一首诗，诗人通过一位丧失爱妻的男人表达了他对死

338

亡和分离的看法。"

江何从兜里拿出一张稿纸："他还让我把这首诗抄给你。"

乌鸦从江何手上接过稿纸，看着上面的文字，轻轻地朗读起来：

> 不要竖立纪念碑，只要让玫瑰年复一年地开放。
>
> 因为俄尔普斯就是她，她的变形，她的名称。
>
> 每逢歌声响起时，那也是她。
>
> 她来而复往，一次即是永恒。
>
> 若她超出了玫瑰的花期，那岂不是逾分？
>
> 哦，她必须消失，愿你能理解！
>
> 纵然她自己或许也害怕，但她已在彼处，非你所能陪伴。
>
> 古琴的弦栅未能挤压他的手指。当他逾越之时，他需顺从于它。

——德国诗人里尔克

《致俄尔普斯的十四行诗》第一部第五首

当乌鸦读完之时，不禁泪流满面，而一旁的江何，还有刚刚在河边也听黑牙说起这首诗的李巧，全都流下了眼泪。

黑牙擦掉泪痕，感慨着说道："这可真是一首大诗，每读必哭。"

李巧也擦掉眼泪，点点头道："我想我知道你在说什么。"

黑牙道："死亡如影随形，但是人类依靠生生不息来应对不可避免的死亡，不要竖立纪念碑，只要让玫瑰年复一年地开放。"

李巧听着，想着，好大一会儿终于从地上爬起来道："走吧！"

黑牙也坐起来，问："去哪?"

李巧道："去做那些你还没有做完的好事。"

黑牙问："比方讲?"

李巧道："把笑寺建成真正的笑寺!"

黑牙笑了："走!"

乌鸦家里，她也在江何的帮助下，撕掉了贴在窗户玻璃上的胶条，拉开遮挡家具的防尘布。

从这一刻开始，乌鸦也走出了死亡的阴霾，迎来了自己的新生。

第十二章　大雄宝殿

真正的大舍，不在于建筑的高大、昂贵，建造的费时费力，而在于身心体验的维度，是否丰富和深入。

——江何

1

沐光美术馆的重建正式开工，江何的大舍建筑事务所也在何东的帮助和扶持下步入正轨。然而，对于何东新接洽的项目，财富中心、科技大厦、国际博物馆等，江何却一律提不起来兴趣。

原以为拿回神光碑就能见到李巧，结果这段时间，黑牙忙着要把笑寺建成真正的笑寺，根本顾不上细聊。每次一见江何来问，都是同样的话："时机未到。"

江何不知道什么才是合适的时机，干脆不上班，每天就像跟屁虫一样，跟在黑牙屁股后面。

黑牙被他缠得没有办法，这天终于抽了会儿空喊他喝茶，问："如果现在撇开一切，让你随心所欲去建一个房子，你想建个什么样的？"

江何想了想，问："我说了你就能帮我实现吗？"

黑牙反问："你觉得我有这个本事吗？"

江何点头："你的嘴不是开过光吗？"

黑牙翻了个白眼，道："我的前世还是一只漱金鸟呢！"

江何哈哈一笑，笑完才道："回答你刚才的问题，以前我和李巧接过一个项目，业主是一位心理咨询师，他想要的房子，要能够容得下世间一切爱恨情仇。当时为了搞清楚什么样的房子能容下世间一切爱恨情仇，我们费了好大的劲。我最近也一直在想，什么样的房子才能配得上大舍这两个字？后来我觉得，不光要容得下世间一切爱恨情仇，还要容得下更多，比如生老病死，爱别离，怨憎会，求不得……"

黑牙张了张嘴，抬手指了指寺院中那座破破烂烂的大雄宝殿，惊奇道："我怎么觉得你像是在说它？"

江何点点头，道："人世间的大舍，如果大雄宝殿都不算在列，那我就真想不到还有什么别的了。"

黑牙心领神会："所以你想让我把它委托给你？"

江何确有此意："单就项目而言，小是小了一点，要说服何东恐怕有点麻烦。但是不管怎么说，身为建筑师，尤其是中国建筑师，没有人不想要做一回古建筑，何东应该也不例外。"

江何一直不愿意管何东叫父亲，或者爸爸，总是直呼其名。

黑牙眯着眼睛："就只有这些？"

江何道："当然，对我自己而言肯定还不止这些。这一年多来，我住在这里，跟这个院子、这座大殿朝夕相处。它见证了我刚来时的窘迫，睡觉都睡不踏实，上房揭瓦、飞檐走壁；也见证了我一路以来的波折和努力，我义无反顾地想要把心交出去……总之，不论因果，不管结局，这里的时光都很珍贵。"

黑牙眼里有了神采："这番话说得我很感动……"

江何见他话里有话，便问："那接下来你是不是要说但是了？"

黑牙点点头，拖长音调道："但是……笑寺的大雄宝殿能不能委托给你，我说了不算，我师兄白眉也说了不算。"

江何不解："那谁说了算？"

黑牙望向房间里的释迦牟尼塑像，道："这个项目既然被称作大雄宝殿，那它的业主就不是我们，而是大雄本尊。什么样的房子适合他来居住，你只有想清楚这一点，提出方案参加竞标，最终由大家一起来选择和判断。"

江何知道大雄是释迦牟尼的德号，却没有想到这个项目将以公开竞标的方式被推向社会。

他好奇道："大家都有谁？"

黑牙道："名单还没有确定，但是据我所知，除了我和白眉，还有政府领导、宗教局管理者、建筑界专家、文化名人、街道干部和热心市民。"

江何道："这个范围非常广了。"

黑牙好心地提醒道："要想拿出一份方案，一口气打动这么多人，可不是一件简单的事情。"

江何摩拳擦掌："我想试一试。"

黑牙道："你愿意为笑寺的建设出一份力，这份心意我很感动。如果你有什么想问的，也可以尽管问，但是除了李巧的事。"

江何道："可我现在唯一想知道的就是她在哪里。"

黑牙道："等到时机成熟，她也许会回到你身边，也许不会。人世间的因缘际会，谁又能说得清楚，放下我执，如其所是。"

江何点点头，沉吟了一小会儿，又道："那我再问最后一个问题吧。"

黑牙道："你说。"

江何道："认识了这么久，在您的眼里，我江何到底是一个什么样的人？"

　　黑牙想了想，道："老和尚打一个世俗的比喻。在我的眼里，现在的江何就好像一辆加满了油的摩托车，车况、性能都非常好，跑起来肯定没的说。但是，要往哪里跑，跟什么人同行，看什么样的风景，你的心里还是没有底。"

　　江何点点头："挺形象的。"

　　黑牙建议道："如果实在找不到方向，不知道该往哪里去，不妨回头看一看。去找一找你曾经服务过的那些业主。看看他们现在的情况，问一问住在你设计的房子里，有没有过上理想的生活，说不定对你有启发。"

　　江何道："这是一个好办法。"

2

　　江何说干就干，他给之前的业主们发回访函，约时间见面。因为小树家离笑寺最近，几步路就到，因而成了江何第一个回访对象。

　　会变魔术的房间如今大部分时间都是两室一厅，因为小树后来邀请并且接纳树妈妈同住。树妈妈也主动减少工作量，抽出更多时间陪伴小树。

　　江何发现小树长高了，也胖了，还看了他新学的两个魔术。

　　倒是江何独自一人过来，引起了小树的关心："为什么不见李巧阿姨？你们不是老在一块儿。"

　　江何摸摸小树圆滚滚的脑袋，感慨道："你也想她了？"

小树点点头，一脸认真道："很早之前，刚认识她的时候，我还想过她要是我妈妈就好了。"

江何由衷道："她要是听到你这么说，一定会很高兴。"

小树道："我之前听黑牙师父说，她最近就会回来，还以为你们会一起来。"

江何一愣，忙问："黑牙师父是怎么跟你说的？"

小树道："就说了这么多。"

江何想了想，建议道："小树啊，你想李巧阿姨，我也想啊。可是，她大概是想给我一个惊喜，所以没有告诉我回来的具体时间。你能不能再去找黑牙师父问一下？"

小树欣然同意："没问题！"

看到小树兴高采烈地往笑寺去，江何满眼都是期待。这时电话响起，大神说他收到回访函，刚巧今天有个专卖店开业活动，让江何过去剪彩。

大神仅仅用了一年的时间，就在投资人的帮助下完成了产品商业化，还开了一家马桶专营店。

江何看到门店里放了六枚泡泡，每个泡泡里都装了一只马桶，有的做基础检测，有的测内分泌，还有孕期管理、肾功能检测等，基本实现了上趟厕所做个检查。

大神志得意满地问江何："有件事一直没告诉你，其实我也喜欢李巧。"

江何当即冷道："你没戏。"

大神没想到江何如此无情，忙问："为什么？"

江何也不避讳，直言："她是我的。"

大神深深看了一眼江何，然后颇有些不相信地质疑道："那她今天怎么不跟你一起来？"

江何被问到关键，敷衍道："她有事要忙。"

大神不信："说到底你还是没追到手，我就说了，活人是不可能干过死人的。"

江何却信誓旦旦："我是不会放弃的。"

大神有些意外，赞道："嚯！还挺坚定的！冲你这个话，我决定送你一份大礼。"

大神说着打开手机，从网盘里转发了一个文件到江何的手机上。

大神介绍道："这里面有哥们这么多年收集的所有跟李巧有关的数据记录，她喜欢吃的，喜欢玩的，什么时候开心什么时候不开心的，你拿去用吧！"

江何看到里面翔实的记录和图片，问："那你不追了？"

大神摇摇头："干过了死人还得干你，费劲，我还是继续创我的业吧。"

江何关上手机，开心道："这份礼物很好，不过稍显贵重了。"

大神嘿嘿一笑，道："没说白给，有个学校正在跟我们谈合作，想建几个公共厕所，我想做那种上下带分层的泡泡，你再帮我画几张图！"

江何爽快地答应下来。

晚上，他又接到小树电话，得知李巧明天下午回来，小树因为有课去不了，江何答应帮他代为问候。

第二天一早，江何就被穆兰拉着开会，眼看快到中午了，会好不容易开完。按照大神的手册，他买了李巧最喜欢的黄玫瑰，赶到笑寺门口时，刚好看到李巧下车。

然而，李巧并不是一个人，她的手还被身后一个男人牵着。

那个男人年轻帅气，个头很高，五官俊朗，但是举手投足却是一身的奶狗气息，跟李巧几乎寸步不离，一会儿抱抱一会儿贴贴，看得江何目瞪口呆。

一个多月没见，她这是另觅新欢了？眼前画面由不得江何不这么想。

他很想上前问一问，你到底什么意思？这到底怎么回事？却在这时，电话又响了，江何一看是老白。

老白收到了江何的回访函，邀请江何去片场探他班。

老白现在发迹了。一年前，他开着白龙马带着骆佳去新疆旅行，偶遇了电影拍摄团队，刚好有一段飞车表演的戏，车手忽然生病不能上场。老白自告奋勇，完成拍摄，结果出乎意料的好。

老白开车的天赋终于得到了证明，从那以后，他就经常跟着车手混，开车，表演，参加拉力赛。鲜花奖杯，香槟美女，一副荷尔蒙爆棚的样子，而他也是来者不拒，毫不避讳。

江何见他左拥右抱两个美女，衣服领子上蹭的全是口红印，担心道："你这么开放，回头夫人又跑了。"

老白打开白龙马的车门，两人一起上车。老白说："现在不会了。"

江何将信将疑："何以见得？"

老白从冰箱里拿了两个冰好的杯子，将手里的香槟打开，往里边倒边说："我跟你说，这两个人的关系啊，它就不能太过于单调。说什么平平淡淡才是真，现代社会根本不可能。你知道什么叫性张力吗？"

江何摇了摇头。

老白示意江何看着他前面的香槟杯，他已经将整个杯子都倒满了，却没有打算停手的意思。江何紧张，却见老白收小流量，一点一点往里倒，直到酒都溢出来了，在杯口漫溢出来一个小小的圆弧，他还在以更微小的流量往里面加。直到最后绷不住了，就在溢出来的那一刹那，老白低头抿了一大口。

美酒下肚，老白满意道："看见没有，这就叫张力，放到男女关系里，就是性张力。"

江何没好气："你这就是活作。"

老白辩解："你以为白开水能一辈子啊，我这才是蜜里调油。"

江何不想争辩，干脆端起香槟杯大口喝酒。

老白又道："你这人其实有点古板，李巧就比你开放，她今天怎么没有来？"

江何放下空杯，没好气道："她正忙着往杯子里倒酒。"

老白哈哈一笑，道："我就说她比较会，不是我说兄弟，你要加油啊！需要的话，我把白龙马借你，来一场说走就走的旅行。"

江何跟老白分手后，一晚上都在想他说的性张力，想自己怎么就成了这股张力的承受一方，为什么不是施加一方？

一觉睡醒，江何想起已经跟安妮约好，吃完早饭，便去了轮椅上的四合院。

安妮虽然坐在轮椅上，但是听见江何进门的声音，立即迎了出来，兴奋地说道："这两天都是什么日子，昨天在医院撞上李巧，今天你又登门造访！我说你俩速度还挺快的啊，这就已经怀上小孩了，喜糖什么时候准备给我吃呀？"

江何被安妮说得手足无措，道："什么小孩什么喜糖？李巧昨天上医院了？"

安妮见江何一副不知道的样子，有些诧异："昨天下午，我去医院做检查，看到李巧从妇产科的建档室出来，一脸笑意、幸福到家的样子。如果不是怀孕了，我想象不到怎么会有那样的笑容？"

江何更加手足无措了："她怀孕了？"

安妮也没料到江何会是这个反应，意外道："完了，我该不会是提前泄露了吧。罪过罪过，你还是装作不知道，等她自己告诉你吧，不然这多不好。"

江何无奈："好！那我暂时不知道这件事。"

安妮并不知道江何和李巧已经一个月没见过面，又八卦道："那快给我说说你们的事，其实我早就看出来了你俩有戏。"

江何道："你是怎么看出来的？"

安妮道："有些人身上天生就写着般配两个字，你俩就是，而且你们好像都有很多很深的心事，应该会比较容易理解对方，是不是这样？"

江何肯定："这倒不假。"

安妮再次嘱咐道："那我就等着吃你们的喜糖了。"

江何心里七上八下的，又跟安妮聊了聊房子的事情，就结束了回访。

3

江何一直没收到铁梅主任的回复，打电话过去才得知，高大全昨天病逝了。

灵堂还是设在家里，上回来参加生前祭的街坊邻居们又穿上同样的衣服过来。有人回忆起上次高大全从棺材里坐起来说话，都说这回要是再起来，得把大家吓死。

江何祭拜完出来，站在胡同的角落抽烟，恰好看见李巧扶着婆婆过来祭拜。本想等她们出来时，过去打个招呼，却听到旁边有两个熟悉高家的街坊边走边议论。

一个说："……听说那个被砸死的侄子婆的媳妇又怀孕了。"

一个惊讶："没听说再婚啊？"

一个说："听说婆婆也不知道新姑爷是谁，哎呀，这女人家底不干净，出过那档子事，三十多岁了人还这样……"

江何在一旁听着，心里不是滋味，特想冲上去让她们不要胡说八道。结果这时候看到李巧扶着婆婆出来，婆婆一脸伤心，他便没有上前。

心事重重的江何独自一人在八角井社区遛弯，不知不觉来到了命园，看见铁梅主任一个人坐在秋千上。

江何惊诧："铁主任。"

铁梅看到江何，眉头这才有些舒展道："你也来了！"

江何道："来送送高大叔。"

铁梅客气："有劳你了。"

江何摇头："哪儿的话。刚好也想过来回访一下，您怎么一个人坐在这儿？"

铁梅道："我刚才去祭拜过了，因为想起了很多以前的事，心里有些难过，就想着来这儿坐一会儿。这一年多，这个小园子给我们留下了很多很美好的回忆。你知道吗，高大叔走的那天早上，我早上起来晨练，就看到他在这儿坐着。我当时还奇怪怎么大早上跑这儿坐着，不冷吗？过来一看，他都已经走了。"

江何没想到高大全生命的最后一刻，竟然是在这个小公园度过的。

铁梅道："可见啊，他是真把这儿当成了他的命。你看这儿的一草一木都保持得这么好，也多亏了他这一年多的照管。"

江何看着这个被人精心维护照管的公园，眼圈竟有些发红。

铁梅又道："最近我听他们说，你的大舍事务所越做越大了？"

江何点头："我这次回访，就是想过来问你们一个问题。"

铁梅道："你说。"

江何问："在您看来，到底什么样的建筑能够称得上大舍？"

铁梅听完想了想，指着两人所在的小公园，郑重道："这不就是！"

江何看着这个给社区居民带来许多方便的小公园，想想高大全直到离开人世的最后一刻都想着过来擦擦桌椅，扫扫落叶，也许他远远低估了它的意义。

铁梅的话给江何带来了非常正向的影响，在此之前，他确实未曾想过，一个50平方米的小公园也能被称作大舍。

他越想越兴奋，要是这时候李巧在他身边，一定也会为他这个想法开心的吧。可是，他现在见不到李巧，还是按照约定去了左涛的搜救犬基地。

狗狗们老远就用欢腾的吠叫迎接他的到来，江何将准备好的零食投放到盆里，狗狗们一边大快朵颐，一边冲着他把尾巴都快摇成了螺旋桨。

左涛也很兴奋地拉着江何："走！我带你去看惊喜。"

江何跟着左涛来到医护室，看到刚刚生产不久的二花，还有一窝小奶狗。

左涛道："从这群小家伙开始，我们基地就有第二代了。"

江何摸着肉乎乎的小奶狗们，连声感叹："太可爱了！"

左涛道："要不要认养一只，让你随便选。"

江何听了当即观察起来，最后选了最活泼的那只："那我就不客气了，要这只！"

左涛顿时为难起来："这只不行，这只是老大，我想留着！"

江何觉得左涛想留着老大也情有可原，于是又挑了挑，选了一只两眼格外有神的："这只可以吗？"

左涛道："你真会选，一窝狗里面，最有性格的就是老大和老小。你先选了老大，又选了老小，虽然舍不得，但还是给你吧！"

江何兴奋地抱起小奶狗："以后你就是我的了！"

左涛见小奶狗也很高兴，不断舔着江何的手，在一旁建议道："这是一只小母狗，你给它起个名字，就当你认养了！"

江何道："那我就叫你小仙女吧！因为某人最近给自己搞了一个小鲜肉，那我还不得给自己整个小仙女！"

左涛听了大笑，嘱托奶狗道："小仙女，你可要快快长大，去陪你的江大大！"

从左涛的基地认养小仙女之后，江何又来到城市之光心理诊所。

收到回访函后，王彪联系江何，说他和陈墨一起组织了一场心理学团体，江何如果有兴趣，可以过来体验一下。

这是一个经典的巴林特团体，参加的人都是一些得了癌症或者慢性疾病的患者，其中一个人叙述一下自己的故事，其他人会从不同角度就叙述展开联想，畅谈感受，但是不进行评价和建议。

因为团体中的死亡议题，江何又想起了李巧的那个梦。结束之后，他拉着王彪和陈墨，问他们梦见死去的亲人不回头代表了什么。

两人的看法非常不一致。

王彪说："我觉得代表的是不原谅，内心当中不能放下，仍然有未了的心结。"

陈墨却说："我怎么觉得代表的是不纠结，死者并不需要生者的惦记，所以才不肯回头。"

王彪又道："不回头是很明显的回避，只有放不下才会回避。"

陈墨不同意："不回头也可以说是一种立场，请活人过好自己的生活。"

王彪道："你这个解释太早了。"

陈墨辩解："潜意识本身就比意识早很多。"

江何见两人又像以前一样斗起了嘴，忙劝道："你们别吵了!"

王彪却不想中止辩论，对江何道："你先在沙发上休息一会儿，我俩最近正好关于这个话题有些争论，我们再讨论一下。"

江何见两人磨刀霍霍，势必要在专业问题上一争高低，干脆走到王彪咨询室的诊疗椅上躺了下来。

江何看到地下室屋顶的光线此时刚好就在他的头顶。明媚的光影中，他仿佛看到了李巧的脸，忍不住伸出手去想触摸，眼前忽然出现很多个过去的画面。

那一天，她站在走廊的尽头，手里提着柴刀，一言不发，恶狠狠地看着他，眼神中好像在说，她要杀了他。

那一天，她跟着正在梦游的江何，却被江何推到了墙角，凑上去夺走一吻，然后拉着她的手在夜晚的街巷里狂奔。

那一天，她看到睡熟中的江何不停扇自己，她不得不冒着危险、小心翼翼将他唤醒，告诉他不要害怕。

那一天，她听到江何说要查清真相，找到凶手，情不自禁地凑上前亲了亲江何，然后告诉他其实她喜欢他。

那一天，她在一望无际的旷野中，浑身上下开满了花，在这些花朵铺就的摇篮中，他们深深地拥抱在一起。

……

4

在王彪的咨询室回忆起许多往事的江何，无论如何也不相信李巧会背叛自己，于是他又马不停蹄地赶往鬼宅。

鬼宅现在是金灵的工作间。原本一层的开放式空间，挂着一块巨大的显示屏。

江何刚一进门，金灵就告诉他："你让我查的我已经查到了。"

显示屏上，跳出来那天和李巧一起下车的帅哥照片。

金灵说："他叫周瑞，是个木匠，出生在木匠世家，一手木匠活干得出神入化。你查他是为了找他修房子吗？"

江何忽然意识到李巧找他应该是为了笑寺重建，便道："是啊！"

金灵却说："那估计有点悬，我查到这个人是个阿斯伯格症患者，就是自闭症谱系当中智商非常高的人群，他们通常非常专注、高效、过目不忘，但是有严重的人际交往困难。关系好的就非常好，好到没边没际，关系不好的就非常不好，一点都不能挨着。"

江何这才明白为什么李巧和他举止那般亲密，道："原来是这样。"

金灵好奇："怎么了？"

江何摇头："没事，我之前还以为他是某人新交的男朋友。"

金灵道："他长得还不错，个子也很高，不管跟谁在一起，都容易引起误会。"

江何松了一口气："这样我就放心多了。"

搞明白周瑞的身份，江何又开始打量鬼宅，好奇道："你一个人住这儿不害怕吗？"

金灵道："怕啥？大多数时间都在忙，连饭都顾不上吃，哪还有时间害怕！"

江何道："你一直都很努力！"

金灵道："你不也说了，作为寄养家庭的孩子，我们虽然没有传承，但我还是从我爸身上继承了很好的东西，踏踏实实做事，勤勤恳恳工作。"

江何忍不住赞道："特别棒！"

金灵也道："一直还想跟你说句谢谢，帮我修了这个房子，让我跟家人完成和解。"

江何道："其实我也想跟你说谢谢，这段时间你也帮了我们很多忙！"

见完金灵，江何心中的一块大石落地。可是，如果李巧和他只是工作关系，那她又怎么会怀孕？

江何实在想不明白，正想着要去东北探望花鹿和白鹿，结果黑牙让他带上周瑞，去林场看看木材。

周瑞对江何没有抵触，江何起初还以为是自己人格魅力大，结果听说是李巧之前帮他说了很多好话。

两人坐着飞机到哈尔滨，又转车前往县里的森工站，白鹿和花鹿早就在那里等候。

相较于几个月前，白鹿整个人精神了许多。江何从花鹿那里听到好消息，案子已经重审，正义虽迟但到，多年的委屈得以伸张，姐妹俩都很解气。

见花鹿一个劲说姐姐，江何也问她："那你呢？"

花鹿道："我也不错，曹大姐给我介绍了对象，打算明年夏天结婚，到时候你和李巧一起来喝喜酒！"

江何开心道："没问题！到时候再把鹿屋收拾一下，给你们当婚房！"

鹿家姐妹带着二人四处看木材。周瑞年纪不大，道行却深。仓库里放了几十年甚至上百年的老陈木，他只需要看几眼，就能说出大概的生长位置，是山阴还是山阳，山顶抑或山谷……

有了周瑞这个人肉维基百科，江何也学了不少知识，什么样的木材适合做梁？什么样的又适合做柱？江何渐渐发现，其实木头和人一样，因为生长环境中接触到不同的阳光、风、水和土，成长出来的质地就很不一样。背阴处的树木虽然长得慢，没有向阳处的壮实好看，但却是栋梁之材的上佳选择。

江何还听周瑞讲了他和李巧相识的经过。一个月前，李巧受黑牙所托，去他家里请他负责笑寺的木工。为了跟他当朋友，李巧在他家住下。江何很关心这段时间李巧都接触过哪些人，可问来问去，周瑞也只会背诵生活时间表。

虽然没有搞清楚情况，但是从东北回来后，江何还是打算完成最后两个回访。

乌龙和茶的混凝土之家建成两个多月，两人又在新家鼓捣了不少手工家具，视频在线上的播放量也不错。

比起两人已经确定的婚期，他们倒是更关心江何和李巧，亦很关切江何怎么没有带李巧一起来。

江何只好如实说出他和李巧的问题，如今她莫名怀孕，他实在有点摸不清东南西北。

　　茶直呼不相信，说："以我对巧姐的认识，她可不是随随便便的人。"

　　乌龙也道："没错！说什么我也不相信！"

　　可是，怀孕的事确凿无疑。江何始终回避，难以面对。

　　茶见江何犹豫，问他："你觉得你真的爱她吗？"

　　江何毋庸置疑："这还用说！"

　　茶又问："那你真的爱她的话，你会接受她的所有瑕疵，甚至包括不洁吗？"

　　江何一愣，没有说话。

　　乌龙在一旁道："这世上应该没有哪个男人会接受女人给自己戴绿帽子，反过来女人也是一样吧。"

　　茶道："这倒也是，绿帽子都戴了，还有什么必要在一起？除非是有什么不得已，或者是被逼无奈？"

　　乌龙道："所以我觉得这里面肯定有事，难不成巧姐是被人……"

　　江何见乌龙越说越离谱，连忙打住："你俩还是别瞎猜了，等我搞清楚真相，再来告诉你们。"

　　茶道："放心吧，我俩嘴巴严实着呢！"

　　从乌龙茶家里出来，江何又去了此行最后一站，第一人民医院。

　　乌鸦身体里的慢性肿瘤已经得到遏制，身体好了很多。每天在家复习功课，准备等新学期复学。那盏被叫作不要竖立纪念碑的小灯，在每个挑灯夜读的晚上都会陪着乌鸦。

　　江何问她："找回自己的感觉怎么样？"

乌鸦道："挺好，踏实。"

江何道："真羡慕你！"

乌鸦笑笑，也关心江何："以前你说你跑出去流浪，是因为弄丢了很重要的人，现在找回来了吗？"

江何道："人是回来了，但是心好像没有。"

乌鸦又问："那你现在最大的困惑是什么？"

江何道："我有一点想做自己，但又好像少了点勇气，所以黑牙师父建议我做一下回访，想从我之前的设计和你们这些业主身上找找自己。"

乌鸦奇怪："那是谁不让你做自己的？"

江何道："说起来，好像也是我自己。"

乌鸦问："那个男孩吗？"

江何不解："什么男孩？"

乌鸦道："前段时间住院期间，因为没什么事所以追了一个剧，剧里面有一场戏印象非常深刻，送行的时候，有一个老人跟男主说：琼恩·雪诺，你必须杀死心中那个男孩，因为凛冬将至，杀死心中那个男孩，承担男人的责任。"

江何想起这是《冰与火之歌》里面，伊戈大学士跟琼恩·雪诺说过的一段话。

江何点点头道："另一个乌鸦的故事。"

乌鸦道："没错，我最近一直都在用它激励自己。"

江何明白乌鸦看到了他内心当中的脆弱，感激道："谢谢你也用这句话激励了我。"

5

见完了所有业主，江何又去了一趟监狱，探访了老胡。

隔着一层玻璃，江何看老胡剃了寸头，却精神很好，因而赞道："不错呀！"

老胡道："每天作息规律，锻炼身体，就等着出去给你打工了。"

江何坦诚道："我最近一直都在想大舍接下来要做什么，今天过来就是想问问你意见。你说我们以前拼了命要造美术馆、体育馆、博物馆，到底都是为了什么？"

老胡干脆："当然是为了做大做强，出人头地。"

江何道："那做大做强，出人头地又是为了什么？"

老胡道："为了从来没有人真正认可过咱们。"

江何笑道："我还以为你会说，为了做出令人震撼的空间，为了彰显人类的智慧、财富和权力等。"

老胡也咧嘴笑道："我这个人比较实在。"

江何又道："前段时间黑牙师父问我，撇开一切，随心所欲去造一个房子，想造什么样的？如果我来问你，你想造一个什么样的？"

老胡道："这个问题说出来你可千万别笑我，经过了这么多事情，我现在特别简单，就想要个三室一厅，讨个老婆，带上我妈，再生个小孩，齐活。"

江何道："怎么会笑话你？很实在！"

老胡道："那你是咋说的？"

江何道："我说我想造笑寺的大雄宝殿。不过到底怎么造，是

359

大张旗鼓地造，还是不动声色地造，我一直都在想。"

老胡道："你在找你自己的定位。"

江何点点头："对。不过，你刚刚说的三室一厅也说到我心坎里，我其实也是想往那个方向奔。"

江何跟老胡聊完后，基本确定了自己的想法，接下来要面对的就是何东。

对于大舍重启后的第一个项目，何东寄予厚望，费尽心思给江何找了几个大项目。结果半个月过去，江何一份方案都没有出来，何东很不高兴。

何东板着脸问他："那你到底想做什么?"

江何如实回答。

何东又问："多大?"

江何道："90平方米。"

何东有些不相信："9000平方米的你不做，你要去做90平方米?"

江何道："没错。"

何东又问："90平方米你也好意思告诉别人这是大舍?"

江何道："对啊。"

何东不解："怎么个大法?"

江何回道："其实最近这些天，我去探望了这一年多我服务的业主，还去监狱看望了胡海。一圈跑下来，我有一个发现，这些房子当初在设计和建造的时候，无一例外都是从业主的生活、经历和体验当中来，如今它们也非常真切、生动地融入和改变了大家的生活。我忽然觉得，真正的大舍，不在于建筑的高大、昂贵，建造的费时费力，而在于身心体验的维度，是否丰富和深入。"

何东道："胡闹! 做建筑师就好好做建筑师，不要一天到晚净

360

想着讲故事，最关键的还是方案、线稿、平面图。"

江何道："给我一周时间。"

何东知道多说无益，临出门前还是忍不住提醒："笑寺这个项目我可帮不上忙，拿不拿得下全凭你自己。"

江何听完反倒松了一口气："这么说您不反对我去竞标？"

何东最后撂下了一句："好自为之。"

大概思路出来之后，江何又去找了黑牙，将他的所见所闻说了一下，然后打算跟黑牙讲自己的方案。

黑牙忙摆手，说专业的事情他不懂，但有个人也想参加，或许可以跟江何聊聊。

黑牙说完，唤出了李巧。

从乌龙茶家一别两个月，两人一直没有正式碰面，更没有坐下来，面对面谈一谈。这中间的感觉和情绪太过复杂，以至于黑牙离开茶室后，房间里只剩下他们俩，竟一时静默得出奇。

良久，江何先开口，颇有些哀怨和委屈道："我还以为你不要我了。"

李巧笑了笑，低头颔首，问江何："回到父亲身边的感觉怎么样？"

江何道："我跟何东就只是聊工作。他专业上当然没的说，也很尊重我。我想参加笑寺的竞标，他虽然不支持，但也没有反对。"

李巧听完放心了一些，又道："你已经想好方案了？"

江何点头："黑牙说你也要参加，我能听听你的方案吗？"

李巧问："那我们不如写下来？"

江何同意，拿来纸笔。

两个人趴在桌子上，将自己的核心思路写在纸上。等到写完交换，打开对方的纸条，都忍不住笑了。

江何写的是：修旧如旧。

李巧写的是：建新如故。

两人看向对方的眼神又柔和了一些，过去的默契、甜蜜甚至是发自内心的信任正在一点一点重拾。

江何没想到竟会这么巧，忽然意识到："所以黑牙师父让我去回访，还让我陪周瑞去东北选木头，其实都是你的意思？"

李巧道："我只是让他给你建议，去不去还是你自己决定。"

江何想了想，又问："那你现在愿不愿意加入大舍？"

江何问完定定地看着李巧，这是他第二次提这个问题。第一次时，李巧几乎想都没想就拒绝了。

这一次，李巧很快就给出答案："我愿意。"

江何见到她眼睛里的光芒，兴奋地站了起来，在屋里又跳又笑，还凑到李巧跟前，在她额头上轻轻一吻。

那一瞬间，他忽然想起，那晚在梦里，他和李巧重逢，他那样疯狂，那样不顾一切，恨不能拆吞入腹也要与她融合。

此时此刻，虽然没有当时的悸动，可是内心依旧满足。那些是非和疑问，爱怎么样就怎么样吧。

这段时间，江何内心一直都在沉淀。当沉淀到底时，再抬起头来，他忽然发现，头顶豁然一片开朗。

一个建筑师，毕生的追求就是造房子。房子是一个容器，容纳和承载的不光是人们的日常生活，还有人们的现实和精神。人也一样，要想成为能够建造大舍的建筑师，那他自己首先也得成为容器，要豁达，要海量，要有容乃大。

更何况在这个世界上，江何始终都很确定，他的余生挚爱就是李巧。

6

笑寺项目的竞标会上，江何和李巧发表了以"流动之时间，恒常之美"为标题的项目方案。

除了对建筑即容器的阐述之外，方案的重点在于说明为什么要修旧如旧，原样复建。他们认为，新的、活泼的，固然有生命力，但拥有悠久岁月的寺庙，更像暮年之人。作为容器本身，它本已满载体验，"古""侘""旧"更能体现清寂中的优雅闲静，以及从容不迫的温柔之心。

最终，大舍以高票拿下了笑寺改造的项目。

江何和李巧随即招揽乌龙茶、周瑞，还有曾经的旧部，紧锣密鼓投入到开工典礼的准备当中。

开工典礼前一天，江何和李巧都在现场忙碌，茶匆匆跑来，凑到李巧跟前。

茶紧张道："出事了，巧姐。"

茶尽量压低声音，怕被别人听见。但是不远处的江何还是看到两人的表情变化，估计不是什么好事，也走了过来。

李巧道："你慢慢说。"

茶拿出一个信封："有人寄来一张传票，你被人告了。"

李巧惊愕着接过信封，仔细看传票上的文字。

李巧道："有人拿着十九年前的借条，说我父亲当年借钱不还，要去法院起诉我。"

江何也接过传票看了一眼。

李巧却有些不解道："要钱可以直接来找我，为什么要去法院起诉?"

茶已经从手机上找到了李巧想要的答案,因为这个起诉,网上有人爆料,说李巧的父亲曾经是一个赌徒,欠下无数赌债,后来因为无力偿还,带着她母亲一起自杀。李巧成年后也从未替父母还债,如今她还要参与、负责一座佛寺的建造,实在有辱佛门清誉。

李巧咬了咬嘴唇,感到一股无端的恶意。

江何道:"这明显是在搞事情,冲着工程来的。"

李巧知道多说无益,冷静并且镇定道:"别受它影响,先忙好手头的事,确保明天开工典礼顺利。"

李巧以身作则,安心做事,二人见状也都各自去忙手头的事。

第二天,开工典礼非常热闹。笑寺虽然只有黑牙一个和尚,但是白眉弟子众多,携众僧浩荡而来,气势十足。何东也来为江何站台,打心眼里他还是认可江何的专业能力。还有小树、大神、老白等人,也纷纷前来给江何和李巧加油打气。

人群中也有好事的记者,典礼开始不久,就冲到台上夺过主持人话筒,要求大舍的负责人就李巧的诉讼案进行说明。

李巧原本站在台下,想冲上去回应,却被江何拉住,一个眼神制止。

江何挺身而出,一边叫保安,一边跟大家解释:"这是别有用心的抹黑炒作,对于诽谤造谣者,我们一定会追究法律责任。"

记者被按住,不能再说话,人群中又有人朝空中丢了一大把纸片,高喊着:"这世上绝没有平白无故的指控,你们快看看那个李巧的真面目。"

纸上写了很多李巧的事——父亲是赌徒,母亲是妓女,都死于车祸。结过一次婚，夫死子丧。算命的说，她这叫白虎入命，一身煞气，走到哪里都免不了血光之灾。这样的人要修建佛寺？要当工程总监？简直滑天下之大稽。

因为现场人手充足，闹剧很快得以制止。开工典礼顺利进行，事后大家也没有就此再做讨论。

但是，等到一切结束后，李巧还是告诉江何："我觉得我还是离开的好。"

江何一把拉住她的手腕，严厉道："不许走。"

李巧却坚持："今天应该只是一个开始，接下来肯定还会有更多麻烦，我在这儿只会妨碍大家。"

江何越听越生气，越发凶道："我说了，不许走。"

他拉着李巧回到工作室，关上门，屋里只剩下他俩。

江何问李巧："你觉得你一走了之，问题就能解决了吗？接下来我们就不会遇到麻烦了？既然他们是冲着你、我，冲着工程来的，那就不是你离开就没事了这么简单的。"

李巧抿紧嘴唇，双拳攥得发白。

江何见状，心忽地软了下来。他在做什么呀？明明受伤害的人是她，他却在这里冲她发脾气。

他忽然有些难过，伸手将李巧揽在怀里，抱歉道："对不起，我不该冲你发火。"

李巧拍了拍江何肩膀，叹气道："没事，你可能不知道，他们并没有造谣，纸上写的都是真的。"

江何不解，松开李巧。她低头颔首，继续说道："我爸爸就是一个赌徒，我妈妈也做过一阵妓女。前段时间我之所以离开，是因为偶然得知我妈妈的客人里还有你父亲。当时觉得这个世界真小，他们都已经去世这么多年，这些旧事还能被翻出来。"

江何有些震惊，这些事他闻所未闻，惊讶道："怎么回事?"

李巧道："我爸爸做二手车生意赔了钱，却不屈服，一心想翻身，之后染上赌瘾，输了很多钱，家里债台高筑。追债的人搅得我们没有办法好好生活，我妈妈只能被迫走上那条路。刚开始我爸爸不知道，知道之后有一天，晚上下着大雨，他说担心我妈妈，就开了车厂的车去夜总会接她下班。结果，那辆车的刹车是坏的，两个人一起出了车祸。他们走的那一年，我才刚刚12岁。"

江何第一次听李巧讲自己的事，没想到她和自己一样，甚至比自己更早就失去了父母的庇护。

江何再一次将李巧抱在怀里，安慰道："没事，都是过去的事。你听我说，你的父母是谁，做过什么，那是他们的事情，跟你一点关系都没有。"

李巧泪如泉涌："可是别人不会像你这样想。"

江何不屑："随便，爱怎么想怎么想。"

李巧摇头："你别这么任性。"

江何帮李巧擦掉眼泪，认真道："你听着，现在你已经不是一个人，没有父母，没有丈夫孩子，你现在有我，还有大家。我决定了，我原本就想着要把大舍的股份全都转给你，我现在就去做。从今以后，你是老板，我看还有谁敢让你走。"

李巧一愣，忙拒绝："我不要你的股份。"

江何却很坚定："我偏要给，我就是要告诉他们，就算你是坏女人的女儿，哪怕你也是坏女人，背着我跟不知道什么人怀了孩子，我也愿意把一切都给你，无条件做你的后盾，我倒要看看，谁还要出来说闲话!"

李巧意外："你知道我怀孕了？"

江何只好承认："之前安妮告诉我的，她去医院的时候，刚好碰到你去妇产科建档。"

李巧定定地看着江何，又问："我是坏女人？"

江何被问住了，支支吾吾："呃……"

李巧继续问道："就这样你还是愿意把一切都给我？"

江何目光坚定，毫不犹疑，却又有些委屈道："别再离开我了。"

李巧感动得出奇，刚刚还一脸难过，却因为江何的支持和安慰晴霁起来。她抬起手腕套住江何脖子，一把将他拽到跟前，踮起脚尖在他唇上轻轻一吻。

江何知道她同意了。

于是，从这一刻开始，他们之间将不再有你我。这不是他对她的一次讨好，一份允诺，一种牺牲，而是一场皈依。

7

笑寺的修建紧锣密鼓，不到半年，就完成修复。

落成当天，江何和李巧没有叫别人，而是将大舍的业主们都叫了过来。除了没法到现场的白鹿和花鹿，大家就像每一次乔迁之喜一样，都穿着干净、簇新的衣服，高高兴兴地来到门口。

江何这天也格外高兴，像个小孩一样叽叽喳喳说个不停："……进门记得把脚抬高一点，这个门槛必须得跨，不能踩啊！墨墨和彪彪，你俩帮安妮抬一下轮椅！"

众人相继穿过山门进入院内。原本破旧不堪的山门，因为一侧的檐牙不见了，谁看都觉得像一个豁牙的老汉。后来周瑞从收

367

来的老木头里找了相似的，重新雕刻补上，大家都觉得老汉焕发了新生。

刚一进门，大神就忍不住惊呼："哇！"

众人问他怎么了，大神才说道："我觉得，这儿像修了，但又好像没修。"

王彪托着下巴道："好像这里发生过很多事情，又好像什么都没有发生过。"

江何开心道："这就是我们想要的效果。"

乌鸦看到被重新安放回大殿外面的神光碑，立即上前摸了摸："好久不见啊！石板板，你也终于回家了。"

神光碑笔直地矗立在院子里，四周还有石狮子和石貔貅的护卫，为了与之对应，江何还在另一侧造了一座小型木塔。

左碑右塔，相得益彰。

来到大雄宝殿门口，江何又逐一介绍了修复过程。

为了重修大殿，他们几乎将整个房子拆回到每一个零件，大到梁柱，小到榫卯，全部加以维护和保养，没法用的做替换。整个过程下来，一共清理了上万个木头部件，却又有条不紊，有章可循。

安妮忍不住赞叹："还是中国的古人智慧高，用这些木头拼拼搭搭就能造出这么大这么结实的房子。"

茶在一旁边拍视频，边解说道："都说中国古人造房子，讲究的是墙倒屋不塌，墙甚至不起到承重作用，所有支撑都在于梁和柱。"

大雄宝殿内部是全敞开式的，内置了一尊高达屋顶的释迦牟尼佛像。

整个内部装饰中，最引人注目的便是屋顶上方的拱井。在一个充满古意、陈旧的环境里，江何采用了新式的材料，由半透明的聚酯纤维板组成的莲花形状，层层叠叠参差掩映，如梦如幻。

金灵点评："有点鬼宅新旧结合的那个意思。"

老白也揽着骆佳，忍不住夸道："琼楼玉宇，出尘脱俗，此景只应天上有，人间哪得几回眸！"

参观完大殿，江何又带着大家去到后院。原先荒芜的院落，现在做了一片水景。

小树从前特别喜欢来这儿玩，现在看到院子变这么漂亮，忍不住道："江叔叔，我将来上大学也想学建筑。"

静水，蓝天，盛放的莲花，苍老的房子，与少年的理想交织在一起，相映生辉，相得益彰。

一圈看下来，大家又在黑牙师父的带领下回主殿参拜，奉上香炉和蜡烛，愿佛祖保佑每一个人和他们的生活。

笑寺落成后，恰逢中秋节，何东叫江何去家里吃饭。

偌大的房间里，厨师做了一大桌菜，只有父子俩默默吃着，既没有拉家常，也没有说闲话。

好大一会儿，何东才起了个话头："老城改造的方案想好了吗？"

江何赶紧放下汤勺，说起了他和李巧刚刚讨论出来的思路。

何东绷着脸："别给我丢脸。"

江何望着何东，才半年不到就觉得他又老了一些。都快70岁的人了，每天还朝九晚五去上班，说起工作上的事，思路一点也不比年轻人慢。单就这些方面，他和李巧都挺佩服他的。

江何点点头，应下。

两人又默默吃了一会儿，江何刚想找点话题，以免气氛这么尴尬，结果还没开口，何东又沉沉说道："什么时候把那位也带回来吧?"

江何一怔:"哪位?"

问完见何东看自己的眼神不悦,才反应过来说的是李巧,忙道:"哦,那下次我问问她。"

江何将大舍的股份转给李巧后,两人也去办理了结婚登记手续。如今李巧怀孕七个多月,忙完笑寺的工程,肚子越来越大。江何正想着让她好好休息一段时间,却没想到何东主动提起。

他听黑牙说过,何东之前曾找过李巧,促使她离开江何。

江何放下筷子,试探性地问道:"那您现在不反对我和她在一起了?"

何东定定地看着江何,眼睛瞪得老大,问道:"我反对过吗?我只是把事情说出来,路是你们自己选的。"

江何被这个辩解搞得很无语,不过既然他不反对,那他以后可以大方带她回来。

吃完饭,江何又陪着何东到书房,聊了一个多小时专业上的事。临走时,何东还让管家准备了大包小包的中秋礼品,让他带回去。

看何东张罗,江何心里忽然有了一种和以往很不一样的感受。

临走时,他忽然对何东说了一句:"谢谢你,爸。"

何东看了眼礼盒,摆手:"小事。"

江何忙更正:"我不是说这些,我最近一直都想跟你说,谢谢你,爸。"

笑寺的项目上,何东虽然嫌标的小,但当江何真正拿下后,他还是很支持和帮忙。李巧的身世被人揭出,江何也一直在查背后搞鬼的人,何东最先查出是穆兰。前不久何欢去世,何东将何欢的遗产折成现金，恭恭敬敬地请她过好自己的生活，别再打扰江何，如果再有下次，他将不会姑息。

何东见江何眼中有些湿润，拍拍他的肩膀，将他送出了门。

第二天，江何开车带李巧去扫墓。

大概是因为最近终于轻松下来，李巧非常嗜睡，上车没多久就睡着了。等到了地方，江何也没急着叫她，一直等她睡醒。

等睡醒后，李巧告诉江何："我刚刚梦到他们了。"

江何问："梦到了什么？"

李巧说："还是和以前一样，在一条路上，我看到李磊和核桃在前面走，我在后面追，我喊他们，这一次，他们终于回头了。"

江何看到李巧热泪盈眶，伸手握住了她的手。

李巧继续道："我跟他们说，我好想你们。李磊也说，我们也想你，但是我们已经不在一个世界，你要过好你自己的生活。我说，我不想忘掉你们。可是，他们还是转过身，继续朝前走。我喊他们，追他们，还不小心摔了一跤。核桃就松开他爸爸的手，跑回来扶我，还亲了亲我，在我耳边说，再见，妈妈，我们要去新世界了。"

江何安慰道："他们是来跟你告别的。"

李巧点点头。

梦中，她最后看到两人走到了一扇门前，在门口停下，转回身望了她一眼，朝她挥挥手，又转身进入门内。

江何跟李巧一起来到南溪河边，在松树下的玛尼石堆前，李巧将鲜花和两人爱吃的零食摆放好，坐在江何铺好的垫子上，喃喃道："以前我一直很害怕放下，总觉得没有持久的伤悲和纯粹的留恋，就什么都没有了。我责怪过李磊，非要接那个单，还要带着核桃一起去送货，结果出了那么大的意外。我也责怪过我的父母，为什么那么不争气，把我一个人留在这世上。"

江何静静地听着，把李巧揽在怀里，做她的人肉靠垫。

李巧对着一大一小两个石堆，伤心道："现在我只能请求你们原谅了。你们已经死了，我却还要继续活下去。你们已经死了，我还要去赚钱，吃很香的饭，看路边的野花，爱上别的男人，还要生下跟核桃一样可爱的小宝宝。你们都已经死了，可我还要拥有很长的生命，并且感受到很多很多美好的生之乐趣。"

李巧越说越难过，最后说道："希望你们能够原谅，我还要活在这个世界上。"

江何也在一旁双眼湿润道："是啊！请你们一定要原谅我们！我会替你们好好爱她，好好照顾她，安息吧！"

那天，江何陪着李巧在那里待了很久，说了很多话。他知道，经过了这么多，李巧终于可以放下心中最后一点尘埃。

他希望她幸福，他也一定会让她幸福。

等到两人准备离开时，迎面看到河边走来两个拾荒的小孩，一眼就认出了他们："咦！怎么是你们？我们好久都没有看到你们，还有乌鸦姐姐？"

江何也认出这是当时在桥洞下面送他土豆的小孩，只是让他惊奇的是，李巧竟然也认识他们。

李巧立即关心起两个小孩，还问到了其他人。因为不放心，她又帮着联系救助站，并让江何开车把他们送去。

在李巧忙着安顿他们时，江何好奇地问小孩："你们怎么也认识她？"

两小孩睁大眼睛，如实说道："你在的时候，她也在呀。"

江何一愣。

他忽然想起，那天烤火的时候，他看到一个酷似李巧的身影，后来追上去发现不是，难道自己没有看错？

那天晚上，他在梦中追逐李巧，来到一片镜子丛林。为了引她现身，他还假装崴脚，后来，他还和她……

想到这里，江何忽然傻眼，他急忙走过去将李巧拉出房间。

两人来到一片空阔无人的绿地上，江何在李巧身前跪下，把耳朵贴在她的肚子上，听到里面怦怦的心跳。

江何问："所以，我是爸爸?"

李巧笑着，点了点头。

江何顿时开心起来，大笑道："我怎么就没有想到呢?"

李巧无奈道："我也没有想到，你说梦游的时候运动神经格外兴奋，那天晚上真的是……太刺激了……"

江何听完也忍不住夸耀道："那是！而且我这办事效率也真是绝了，一击即中，一点都不浪费。"

李巧见他手舞足蹈，开心得像个小孩。

江何笑完叫完，回到李巧身边，将她揽在怀里，认真道："虽然知道得有点晚，但是我说话绝对算数。等娃生下来，还是跟你姓，但为了让我也有所体现，生下来是男孩的话，就叫李涛涛，是女孩的话，就叫李渺渺，你觉得怎么样?"

李巧见江何兴奋地说着，露出了一个大大的笑容，道："好!"

——全文完

后记　更大的容器

后现代主义精神分析代表人物比昂，曾经提出容器的心理概念。

比昂认为，母亲通过帮助孩子消化接受现实的痛苦，因而涵容了孩子，成为容器，而孩子作为被容纳的一方，在母亲的涵容下，发展出自己的心智，耐受住现实的痛苦和自身对生活事实的动荡反应。

我学精神分析的老师苏晓波也曾经打过一个很有趣的比喻，说做心理治疗，过程就好比做陶罐，治疗师扮演着陶艺师的角色，在心理层面上，不断帮助来访打造能够涵容一切心灵问题的容器。

在我看来，做心理治疗、做陶罐、盖房子、写小说，等等，这些其实都是在做一件事，就是打造合适的容器，用以承载人心。

这就是《大舍》的故事创意。

这不仅是因为我对建筑和建筑师的浓厚兴趣，更是我在精神分析治疗师的学徒过程中，偶然生发出的一种联想。

2018年，我因为工作和生活上的一些不顺利，被一种巨大的匮乏和耗竭感压得喘不过气来。这一年，也是我从北京电影学院毕业第十年，我慢慢觉得本科教育中的技术流和十年编剧生涯中累积的经验，已经不足够支撑我在编剧这条路上继续往下走，我必须想办法拓宽视野，提升认知。

因为大学时期曾经看过一些萨尔瓦多·米纽庆关于家庭治疗的书籍，便萌生出学习心理学的想法，在中科院心理所就读心理咨询和心理治疗专业的在职研究生之后，我渐渐走上了精神分析的道路。

2019年，像每一个跃跃欲试成为分析师的人，我开始接受个人体验，这真是一段既充满神奇又痛苦无比的经历。

神奇的是，这个过程就像一个接二连三开盲盒的游戏。盲盒里面盛放着丰富的感受和直觉，都是被现实和理智狠狠压抑的东西，让我惊喜原来我这么有故事。

痛苦的是，那些感受和直觉当中有太多令人不安的东西，就像荣格所说，我们每个人的心灵都有阴暗面，当那些感觉因为体验的安全环境不断暴露，充斥的焦虑、挫败、羞耻也让我倍感不适和煎熬。

在经过漫长的上千小时的个人体验浸泡之后，2022年，从春天开始，因为封控我有很长时间被关在房子里。那是北京二环里一间破旧狭小的胡同平房，沉闷、压抑、逼仄，像个小棺材。

整日置身在这样的空间，我的心情可想而知。有一天，终于忍无可忍，我架起梯子，爬上屋顶，来到高处，抬头看鸽群在蓝天上畅快地飞翔，眺望不远处的钟鼓楼，平时摩肩接踵的地安门外大街空无一人……那一刻，我忽然想到，我们每时每刻都身处在空间当中，小到一个房子，大到整个地球，心灵的感受和空间的形态息息相关，我为什么不去写一个有关心灵和房子的故事？

于是，这个以建筑为题，以心理体验为核，以爱和治愈为主旨的故事，就在那些宅家的日子里一点一点萌芽。

落笔的过程并不容易。第一、二稿因为聚焦单元故事，几乎看不到主角的存在感，直到2023年春天，我将前面写完的四个故事拿给刘恒老师审阅。刘老师看完以后，除了提点我要注意小说写作和剧本写作的差异，更重要的是他用一句话总结了这个故事的主旨，即"把建筑比作容器，用容器承载人心"。

因为有了这句话，我豁然一下找到了故事的主人公，作为建筑师的江何和李巧，他们的使命与他们的创伤，他们在人海中相识，相互扶持，彼此疗伤，最终一起了悟大舍的真正内涵。

一个惊喜的收获是，经过五轮修改，我也感觉到我内心渐渐变成了更大的容器。我没有轻易对稿件感到满意或者厌倦，在和老师、编辑、朋友们的不断探讨中吸取经验和见解，我没有因为他人的看法，动摇或者放弃自己的坚持。在长达两年的写作过程中，许多沮丧和痛苦的时刻，我都耐受住了。

最终能将这个故事呈现出来，我还要感谢很多人。

首先是我的父母，感谢你们一如既往的爱与信任，支持我在风雨和寂寞中一往无前；感谢曾林老师，这个故事里面的所有议题都曾被我们反复讨论，文章中的很多话也都是我们曾经说过的话；感谢施琪嘉老师，引领我走上精神分析学习，带我开展临床实践，为一个建筑师的故事提供了心理治疗师的视角；感谢刘恒老师，提出了宝贵的意见和观后感，确立了故事的主旨，鼓励我完成小时候的梦想，成为一个小说作者；感谢何东，对笑寺空间提出的建议，并且贡献了《大雄宝殿》的创意；感谢苏晓波老师，将里尔克的诗推荐给我，才有了《不要竖立纪念碑》；感谢陈良程，提供了《泡泡堂》的故事素材，并在小说出版中提供的帮助和引荐；感谢邓婧，启发我写出《犬舍》；感谢陈伟，无论我写得好与坏，总能得到你的认可和支持；感谢王先雷，通过AI绘画描

376

绘出书中的十二座房子，让我在文字之余有了空间想象；感谢吴梦蛟、孙玲、洪颖、梁广明、郭涛、梁思达、李亚娜、姜立娟、杨兆婧、余海霞、周翔、白晗、钱思远、王娜、马贵斌等，你们不厌其烦地阅读稿件，提出宝贵的意见和反馈。

希望这本书能得到大家的喜欢，愿每个人心有大舍，一世长安。

吕晓娟

2024年1月10日